U0165592

詞體美典形成與詞史建構之探索

劉少雄 著

五南圖書出版公司 印行

序 言

　　詞體美典如何形成？諸家怎樣建構詞的歷史？這是我一直以來爲學治詞很感興趣的兩個課題。這些年來發表了二十餘篇詞學論文，大多與此相關。

　　我之研究詞體美典的形成，不是就詞這一文類作整體概括的論述，而是透過個別作家、作品分析詞學文體論中潛在的問題。譬如：由李煜前後期詞的對照分析個人與時代如何影響詞的抒情特性；由柳永的豔詞探討雅俗之辨及其美學評價；由歐陽脩的性情與創作表現論析其詞在情理跌宕中展現的姿態；由周邦彥詞之結合音樂旋律與文字鋪敘，融會敘事與抒情的特性，觀察其如何創造一種可觀可感的抒情模式，形成一種美的典範；由時代人情的觀點探討清詞之美和清代詞學的批評意態等。這些文章大抵是從「人」的觀點研究「文」的，其實都關係到詞作爲一種獨特文體的情感問題。

　　我們談論中國文學的抒情傳統，要知道每一種文體所抒的情應有不一樣的內容和表現。而要體察詞的情感特質，必須深入辨析詞人爲詞的內在動因及其用情爲文的態度。源自詞心的「情」雖相似，但如何面對、梳理這份情卻因人而異，或表現爲婉轉低回，或表現爲超脫飛揚，或豪，或曠，在迎拒依違、抑揚跌宕之間，各具面貌，呈現出多種姿態，成就了不同的美感。李煜、柳永、歐陽脩、周邦彥皆婉約詞名家，我所撰作與之相關的詞學論題，雖不能完全反映唐宋詞的整體面貌，但都

有其代表的意義，而其中揭示的若干論點，於我們重探詞學文體論時也應具激發思考的作用。

至於詞史建構部分，則以周濟、胡適為代表，研究清代和近代學者如何因應時代的需要為詞史賦予不同的內容及意義，並藉《草堂詩餘》一集之研究分析明清詞學的演變勢態。

如是交錯著作家與作品、創作與批評、個人與時代等多層次的論述，希望能為詞體美典的形成以及詞史建構的歷程勾勒出一個較具體的輪廓。

《論語》說：「雖小道，必有可觀者焉；致遠恐泥，是以君子不為也。」詞乃小道末技，為何詞人卻耽溺於此，甚至成為時代的文學、復興的體類？詞家和一般的論者何嘗不知詞體的制限，他們之尊體，特別強調詞的比興寄託的特質，不斷提出清空、沉鬱、境界之說，似乎皆是「為詞而辯」的舉措，適足以反映他們內心的憂懼。我們研究詞家、詞史，是不能不正視詞的幽暗意識及其與時代個人的關係的。

這些年來，我一直在探問：詞所抒發的是怎樣的情？作家為何要選擇詞體創作？論者為何提出緣於尊體的理論？詞為何成為宋代的文學代表？清詞為何復興？學者怎樣建構詞史以強化他們堅守的理念？我在大學教詩詞、做研究，在家裡寫古體、作新詩，認真地生活，感受人情世界的悲喜，出入於不同的界域，深切領會到「體」（形於外者）、「性」（凝於內者）的深沉意義。小至一詩一詞，大至個人和時代，即因即果，內外表裡都是有關聯的。這裡所收的文章，或明或暗的，都在試圖回答上述的問題。這樣的文體論述，不純然是客觀事理的探尋，其實更關係到主觀的因素──藉此梳理一己的情思，作一學理的體證。我之愛詞，本身就有許多可以敘說的故

事。我深信，言爲心聲，文學研究若能回到內心探問，會有更深刻的生命意義。而在讀寫之間，情理交涉之際，能入其內，又能出其外，回歸生活，反省而有所開創，那是多麼美好的境界。

文章寫了，發表了，本來不想再回顧整理。但學生不時向我抱怨，不容易找到我散在各處的論文。後來想想，彙集這些作品，重新出版，既方便讀者參閱，順便反省過去的思路，爲自己留個紀念，未嘗不好。撰述這些論文期間，常常得到國科會的獎勵，參考了許多評審先生的意見，使我在物質和精神上都獲得幫助，在此，致上我誠摯的謝意。尤其感謝內子玟玲，平時欣賞詩文，疑義相析，彼此激發並加深了許多想法。她最懂我爲文的用心，這書中有不少論見是與她商討後才得出來的。我在臺大中文系接受完整的大學、研究所教育，老師的提攜和指引，我銘感於心。除了詩詞老師（如鄭騫老師、張敬老師、吳宏一老師）的啓迪，張亨老師的學養與寬厚、廖蔚卿老師的嚴謹與任眞、樂蘅軍老師的專注與深情，都給予我深遠的影響。我從他們開設的思想史、先秦道家、批評史、文心雕龍、散文與小說等課程，學會如何進入轉益多師、融會古今、兼重情理、具通變史觀的治學門徑，更重要的是，他們讓我知道：做人要踏實眞誠，對學問要存一份敬意；全心的投入，是可以做出有生命的學問來的。詞學，對我來說，豈只是做詞的學問而已？

這八篇文章，有舊稿，也有新作，共同見證我這些年來的學思歷程。這裡收錄的論柳永、歐陽脩、清詞、《草堂詩餘》、周濟和胡適等篇章，都屬舊作，皆刊載於之前出版的《詞學文體與史觀新論》（2010）。該書另有論蘇軾和姜夔二文，因題材性質的關係，則編入五南圖書公司出版的《以詩

為詞——東坡詞及其相關理論新詮》（2020）和《南宋姜吳典雅詞派相關論題之探討》（2022）二書中。至於該書〈鄭騫先生的詞史觀〉一文，將會結合其他論述鄭騫詞學的相關文章，另外結撰成書。本書新收的是論李煜和周邦彥兩篇長文，又於論胡適詞史觀一文中補寫其詞學效應一節，這些都是近期的研究心得。對於舊稿，我的態度是儘量保持原貌，不作更動。人生過處，如路上偶然留下的指爪，記痕已在，毋須著意塗改。寫下這篇序文，畫上句號，就是新的開始。好像休息過後正待起飛的鴻雁，留泥印在人間，一趟新的旅途即將展現眼前。

目錄

假作眞時眞亦假——
李後主詞的情意世界

一、南唐詞風的建立及歧出 —— 由馮延巳到李煜

　　五代時的西蜀和南唐代表兩種文化，在詞的創作上明顯展現出截然不同的風格。定都四川成都的西蜀，其代表性詞集《花間集》是延續晚唐豔情詩的發展，風格偏於濃豔雅麗；而定都江蘇金陵（後改江寧府，在今江蘇省南京市）的南唐，則延續江南小調和唐代抒情短詩的傳統，詞風較為清俊淡雅。西蜀詞人多是宮廷豪門的清客，而南唐作者則大都是統治階層的人物，如南唐中主李璟、後主李煜和中主朝宰相馮延巳，他們的政治地位和文化水平略高於一般的花間作家。因此，南唐詞雖多為娛賓遣興之作，配合歌舞宴樂而填寫，大部分是寫男女相思怨別、傷春悲秋的題材內容，但整體來說，格調比花間詞高雅，遣詞造句則更清新俊秀，也較能顯現作者的性情。

　　南唐將近四十年的國祚（937-975），中主李璟以及馮延巳執政的時期，正是由盛轉衰的階段，後主更是亡國之君，因此他們的詞多帶有時代的烙印，充滿著「好景不常，人生易逝」的哀感。詞既融合了個人的身世之感，無疑便深化了詞的情感境界，而富有詩人興發感動的質素，容易觸動讀者的情緒，這是非常值得重視的一點。

　　李璟（916-961）天性儒懦，素昧威武，在位後期，國勢危如累卵，初則屈服於周，自去帝號，改稱國主，後又奉宋正朔稱臣，抑鬱而終。他的詞寫男女情事，清麗詞句中別有幽怨情思，不獨流連光景而已。所謂知人論世，如果能多了解當時南唐的處境、中主的心情，應可體認這些作品或也隱含著詞人

---

* 本文係據2020年11月出版之專書《唐宋詞的情感世界》第五章「今昔與真假 —— 李後主詞的雙重對比性」，改寫修訂，並擴充內容而成。對後主詞的寫作背景、前期詞特色及其整體評價，有較周全的論述。

感時憂國之思。可惜李璟留存下來的詞只有四首，無法充分顯現他的才華，也不足以反映整個時代[1]。

南唐詞的代表作家應是馮延巳（903-960），主要原因有三：一是他創作的詞數量夠多，據中華書局1999年出版的《全唐五代詞》，收錄馮延巳詞112首[2]，雖然當中有些詞互見於唐五代及北宋名家，但可信為馮延巳所作的詞實為百首左右，在唐五代詞壇中算是最多的一家了；二是他的詞有顯著的個人風格，並且最能反映那個時代的特色；三是他的詞影響北宋初年詞壇的發展，在詞史上有承先啟後的地位。

馮延巳其人其詞有何特色？馮延巳，字正中，廣陵人（今江蘇揚州）。他善於寫文章，多才藝，學問淵博，辯說縱橫。南唐中主李璟時為宰相，頗熱中功名，恃才傲物，捲入當時朝廷黨爭甚深，樹敵也多；晚年務為平恕，人望漸回[3]。馮延巳以詞名家，有《陽春集》傳世。他是五代北宋間重要詞人，雖有個人特色，仍不失五代風格。馮詞仍多「俾歌者倚絲竹而歌之，所以娛賓而遣興」（陳世修〈陽春集序〉）之作，內容也大體不脫閨怨情懷、離別相思，抒情委婉，文采華美。另須注意的是，馮延巳部分作品流露個人主觀執著的熱情與悲涼無奈的感慨，卻不拘限於某一事件，頗能化為普遍化的經驗，富有深厚感發力量的情感意境，容易引起讀者共鳴，引發更深刻的體

1　龍榆生〈南唐二主詞敘論〉：「中主實有無限感傷，非僅流連光景之作。王國維獨賞其『菡萏香銷翠葉殘，西風愁起綠波間』二語，謂『大有眾芳蕪穢，美人遲暮之感』。《人間詞話》似猶未能了解中主心情。論世知人，讀南唐二主詞，應作如是觀，惜中主傳作過少耳。」見《龍榆生詞學論文集》（上海：上海古籍出版社，1997），頁203。

2　見曾昭岷、曹濟平等編《全唐五代詞》（北京：中華書局，1999），正編卷三〈馮延巳〉，頁647-715，收詞112首。按：李璟存詞四首、李煜計四十首（包括三殘句）。

3　馮延巳小傳，參鄭騫《詞選》（臺北：中國文化大學出版部，1995），頁15。

會與聯想[4]。王國維曾以馮延巳詞句「和淚試嚴妝」來形容他的詞風[5]。「和淚」是悲哀的表現，一種往下沉的心情，但即使帶著淚水，心裡不好受，也要認真裝扮，保持美麗。對鏡整理儀容，本有一份反省自覺，是一種心甘情願的抉擇。這種面對悲哀而仍充滿著執著的熱情，是知其不可為而為之的精神表現。

此外，馮延巳詞還有一種特色，就是在高華濃麗的筆調下蘊含著深沉的悲哀。這與他的時代身世有關。正如前面所說，馮延巳是熱中功名的人，他又生長在一個動盪不安、爭奪權力的時代，他在當宰相的時候，遇到許多失意的事，他的政敵對他的排擠和攻擊，無所不用其極。鄭騫先生〈論馮延巳詞〉說：「這樣的政治生涯使他的心情空虛、不安；而當時社會的普遍現象又是從來亂世所共有的現象，一面是黑暗與恐怖，一面是沉湎與放縱。政治的遭遇與社會的氣氛合併起來，使馮延巳總是抱著滿腔空虛苦悶，去過看花飲酒奢佚的生活。這與謝靈運的縱情山水是同樣的心情。所以馮詞的風格與謝詩一樣，在高華濃麗的底面蘊藏著無限悲涼。[6]」並借「一樹櫻桃帶雨紅」、「綠樹青苔半夕陽」等詞句來形容馮詞的風格特質[7]。

總之，馮延巳詞最可注意的特色與成就，主要就是「高華濃麗的底面蘊藏著無限悲涼，而面對人間難免的哀愁卻表現出

4　詳葉嘉瑩〈從人間詞話看溫韋馮李四家詞的風格〉，《迦陵談詞》（臺北：純文學出版社，1976），頁91-116。

5　《人間詞話》：「正中詞品，若欲於其詞句中求之，則『和淚試嚴妝』，殆近之歟。」見唐圭璋《詞話叢編》（臺北：新文豐出版公司，1988），頁4241-4242。

6　見鄭騫〈論馮延巳詞〉，《景午叢編》（臺北：中華書局，1972），頁111。

7　鄭騫〈論馮延巳詞〉解釋「一樹櫻桃帶雨紅」、「綠樹青苔半夕陽」兩句云：「一樹盈盈，朱實綠葉，誠然可稱得起嚴妝，『帶雨紅』，則是和淚了。……夕陽是紅的，是光明溫暖的，但與綠樹青苔相映，則增加了蕭森悽惻之感；尤其是半字，寫出陽光與陰影對照。學者能體味這兩句詞，則於馮詞風格思過半矣。」見《景午叢編》，頁112。

執著熱誠的態度」這兩方面。由此而知，馮延巳詞能藉小詞抒寫作者深沉又幽微的情思，遂使詞不再停留在應合歌舞生活、吟詠歌妓心情的豔曲範圍，其後北宋初期晏殊、歐陽脩詞即繼承馮詞的遺緒，在詞中可見到文人特有的高華格調和心境。劉熙載《詞概》說：「馮延巳詞，晏同叔得其俊，歐陽永叔得其深。[8]」馮延巳對北宋江西名家如晏殊和歐陽脩都有影響，晏殊在才思上有著馮詞那樣的俊秀，而歐陽脩則在情韻上有著馮詞那樣的深厚。馮延巳在五代詞人中，與溫庭筠、韋莊鼎足而三，影響北宋諸家尤其深遠，而南唐詞風得向江西發展，延巳就是關鍵人物。

王國維《人間詞話》說：「馮正中詞雖不失五代風格，而堂廡特大，開北宋一代風氣。與中後二主詞皆在花間範圍之外。[9]」這段話凸顯了南唐詞在花間外的獨特性，更確立了馮延巳在詞史上承先啟後的地位，也將南唐二主與馮延巳分開論述。二主詞確實與馮詞風格有別，不過就詞的抒情特性言，李璟較接近馮延巳，多為尊前閨中、花前月下的男女相思之情，而李煜則有較強的主體意識，尤其是後期作品已是個人直抒胸臆之作。吳梅《詞學通論》說：「余嘗謂二主詞，中主能哀而不傷，後主則近於傷矣。然其用賦體，不用比興，後人亦無能學者也。此二主之異處也。[10]」自花間以來，詞貴含蓄，要眇宜修，愛用比興，已成詞體的基本特質，而詞至後主卻是一大變化。誠如唐圭璋評曰：「尤其後主晚期，自抒真情，直用賦體白描，不用典，不雕琢，血淚凝成，感人至深。[11]」李煜以

---

8 見《詞話叢編》，頁3689。
9 見《詞話叢編》，頁4243。
10 見吳梅《詞學通論》（上海：復旦大學出版社，2005），第六章，頁42。
11 錄自唐圭璋〈南唐二主詞總評〉，載楊敏如編著《南唐二主詞新釋輯評》（北京：中國書店，2003），頁135。

他的個性才情、身分遭遇，為詞體開創出新的境界。龍榆生〈南唐二主詞敘論〉於此有很精到的論述：

> 後主一生，即在極端矛盾生活中度過。迫遇過度刺激，血淚迸流，造成後期哀感纏綿之作品。……後主仁愛足感遺民，而生活卻成奴虜，篤信竺乾教義，而大不能徹悟真空，重重矛盾交戰於中，而自然流於音樂化的文字。讀後主後期作品，但覺「可哀惟有人間世」，聽教坊離曲，「揮淚對宮娥」，正極度傷心人語。愛戀如嬪妾，且不能相保，無涯之痛，自饒弦外之音，後主詞不能以跡象求，而感人力量，非任何詞家所能企及……所謂「春花秋月何時了」，所謂「無奈朝來寒雨晚來風」，所謂「天教心願與身違」，所謂「流水落花春去也，天上人間」，并極愴惻纏綿，無可奈何之致。所謂「別時容易見時難」，所謂「別是一番滋味在心頭」，何等怨抑，不但「亡國之音哀以思」而已。往日笙歌醉夢，光景留連，至此時，對月已改朱顏，貪歡惟在夢裡，憑茲血淚，滲入新詞，不獨與花間作風，殊其旨趣，曲子詞之有真生命，蓋自後主實始發揚。[12]

　　整體來說，馮延巳詞畢竟仍是五代格調，多「為他」之作，代擬述情，而後主詞則已突出時代所限，表現為「寫我」之篇，遣情抒懷，他在詞史上有著非常重要的地位。李煜後期詞以血淚寫成，哀感纏綿，不獨與花間異趣，更與南唐詞的基調不同，是以詞抒寫個人真實生命感受的開端。

12　見《龍榆生詞學論文集》，頁206-208。

二、文學與人生 —— 李煜其人其詞

李煜是南唐中主李璟第六子，生於南唐烈祖昇元元年（937），卒於宋太宗太平興國三年（978），享年四十二。宋太祖建隆二年（961），二十五歲，嗣位為南唐國主，宋太祖開寶八年（975），三十九歲為趙宋所滅。隨軍入汴梁，封違命侯，改封隴西公。居宋二年餘卒，或云太宗賜藥毒殺之。追封吳王，世稱李後主。後主少穎悟嗜學，工書畫，精音律，能詩文，詞作尤稱上乘，才華更在乃父之上。其性情真摯仁厚，然處事優柔寡斷，原非經世治國之才，又逢國勢不安之際，終為亡國之君[13]。

南唐詞於花間詞外別開蹊徑，不再拘限於豔情綺思、侑酒助興之曲，漸能一抒詞人心聲，呈現高華之格調。此一演變過程，馮延巳可謂首開風氣，而二主繼之，當中尤以後主成就最受推崇。一般論李煜詞，皆以開寶八年（975）南唐國亡為界限，分成前後兩期。前期作品內容多寫宮中歡樂、男女情事，風格清新雅致，歷來評價頗為參差，褒貶不一；後期身遭亡國之恨，感慨遂深，詞作變為沉痛悲涼、哀怨鬱結，後世詞家所推許賞愛者，率為此類。然無論歡娛或悲愴，後主詞情意真摯、善用白描、氣象博大的特色，卻是前後一致的[14]。

歷來對後主詞的評價，莫不認為他任性天真，直抒胸臆，情深意切，最能表現詞體感人的特性[15]。王國維《人間詞話》對後主詞的四則重要的評論，其實都是從這個基本認知上出發

---

13 後主生平事略，參鄭騫《詞選》，頁20-21。
14 吳梅：「余謂讀後主詞，當分為二類。〈喜遷鶯〉、〈阮郎歸〉、〈木蘭花〉、〈菩薩蠻〉（「花明月暗」一首）等，正當江南隆盛之際，雖寄情聲色，而筆意自成馨逸，此為一類。至入宋後諸作又別為一類。其悲歡之情固不同，而自寫襟抱，不事寄託，則一也。今人學之，無不拙劣矣。」見《詞學通論》，頁42-43。
15 見前引吳梅、龍榆生、唐圭璋諸家評語。

的。首先，他對李煜作爲詞人的個性本質說：

> 詞人者，不失其赤子之心者也。故生於深宮之中，長於
> 婦人之手，是後主爲人君所短處，亦即爲詞人所長處。[16]

　　王國維認爲詞人應該要有赤子之心，需要時刻保持一份純
眞，不受俗世所污染，而李後主生長在深宮之中，備受婦人
寵愛，撫養長大，這是他不能成爲一個好君主的原因，但是正
因爲這樣他才能保留赤子之心，而這卻是他作爲一個詞人的優
點。

　　接著，王國維以李後主爲主觀詩人的代表：

> 客觀之詩人，不可不多閱世。閱世愈深，則材料愈豐
> 富，愈變化，《水滸傳》、《紅樓夢》之作者是也。主
> 觀之詩人，不必多閱世。閱世愈淺，則性情愈眞，李後
> 主是也。[17]

　　他認爲作家的世間閱歷愈少，愈能保住純眞的心，李後主
就是這樣的一位活在自我世界的主觀詞人。但後主是身爲國
主，面對內憂外患，內心又怎能不受影響？後來面對國破家
亡，由一國之君變爲俘虜，彷彿從天上掉落凡間，他又如何能
忍受這種屈辱呢？後主的一生，就是在極端矛盾的生活中度過
的。愈是以感性的、主觀的態度面對人生，無法用理性的、客
觀的態度去理解現實，愈想保存單純的生命情調，而不能踏實
地去應付複雜的人事，在生活中產生如此巨大落差的情形下，

16　見《詞話叢編》，頁4242。
17　見《詞話叢編》，頁4243。

他愈會感到無助而絕望，陷入無窮哀痛的深淵而不能自拔，甚至感到人生的虛妄。李煜的後期詞，就是用主觀直接的方式表達他悲痛欲絕的感受，都是「血淚凝成，感人至深」的作品。

針對後主後期詞的表現，《人間詞話》評說：

> 尼采謂：「一切文學，余愛以血書者。」後主之詞，真所謂以血書者也。宋道君皇帝〈燕山亭〉詞亦略似之。然道君不過自道身世之戚，後主則儼有釋迦基督擔荷人類罪惡之意，其大小固不同矣。[18]

王國維說後主詞「儼有釋迦基督擔荷人類罪惡之意」，論者頗不以為然，引來不少非議。葉嘉瑩曾為其辯解說：「所謂『擔荷人類罪惡』，亦不過喻言後主詞中所表現者雖為其個人一己之悲哀，然而卻足以包含了所有人類的悲哀。正如釋迦基督之以個人一己擔荷了所有人類之罪惡，並非真謂後主有擔荷世人罪惡之意也。[19]」的確，王國維所說不過是一種借喻而已。同樣面對亡國之痛，相對於宋徽宗「自道身世之戚」，後主詞有如血淚凝鑄而成的哀感，其情意之真摯，語言之真切，所形成的渲染效果，更是直逼人心，極易引起共鳴。換言之，用情愈深，寫情愈真，愈能抒發生命本質之悲劇感，能將個人的感受化為普遍性的經驗，賦予永恆的意義[20]。

---

18 見《詞話叢編》，頁4243。
19 見葉嘉瑩〈從人間詞話看溫韋馮李四家詞的風格〉，《迦陵談詞》，頁118。
20 李澤厚〈談李煜詞討論中的幾個問題〉一文對王國維此說有很深切的體認。他說：「作者從自身遭受迫害屈辱的不幸境地出發，對整個人生的無常、世事的多變、年華的易逝、命運的殘酷……，感到不可捉摸和無可奈何，作者懷著一種悔罪的心情企望著出世的『徹悟』和『解脫』，但同時卻又戀戀不捨，不能忘情於世間的歡樂和幸福，作者痛苦、煩惱、悔恨，而完全沒有出路……這種相當錯綜複雜的感觸和情緒遠遠超出了狹小的個人『身世之感』的範圍，而使許多讀者能從其作品形象中聯想和觸及到一些帶有廣泛性質而永遠動人心弦的一般的人生問題，在情感上引

後主純真任性的表現，使詞從娛賓遣興的工具，發展成爲獨立的抒情文體，他在五代詞之演進及其文學史上的成就，具有超時代的意義，普遍受到肯定。王國維即明確指出：

> 詞至李後主而眼界始大，感慨遂深，遂變伶工之詞而爲士大夫之詞。[21]

詞發展到李後主，尤其是他後期的作品，已不是爲配樂而填寫的歌詞，它已經變成文人可以抒寫個人情志、自抒胸臆的抒情文體了。因此可以說詞的境界因後主而開拓，而詞之有真生命，大概就是從後主開始的。

誠如前面所述，依據後主的生平，他的詞可分爲前後期兩類。前期之旖旎歡樂，後期之沉痛悲涼，形成強烈相對的意境，相當明顯。歷來評論多讚賞他的後期詞，而貶抑他的前期詞。其實，前後期是相對的，要真正了解後主後期詞之佳妙，必須先認識他前期詞的好壞之處；再者，如果沒有前期之過度耽溺於歡樂，就不會有後期之過度悲痛，那是相對激盪出來的情緒。更可況，前後期的表現都來自同一個生命體，李煜雖然面對不同的生活，表面上有快樂與悲哀的差別，但實際上都是他真實的體驗。「真」這一特質，一般以爲是貫串李煜整個生命的。劉毓盤《詞史》說：

> 後主詞於富貴時能作富貴語，愁苦時能作愁苦語。無一

起深切的感受。而這也就是王國維所神祕地解說的所謂悲天憫人的『擔負人類罪惡』的『血書』的真正實質所在。」見李澤厚《美學論集》（臺北：三民書局，2022），頁528。

[21] 見《詞話叢編》，頁4242。

字不眞，無一字不俊。溫氏以後，爲五季一大宗。[22]

　　能於樂中寫樂、苦中寫苦，眞情流露，直言無諱，作爲詞人能夠如此縱情任性，眞率自然的表現自我，確實是後主難能可貴的特質，尤其令人疼惜。

　　中國文學評論由來重視辭情的「眞」，而對善於言情的詞體則更強調作家眞情流露和作品眞切自然的表現，並給予極高的評價。況周頤《蕙風詞話》說：「眞字是詞骨。情眞、景眞，所作爲佳，且易脫稿。[23]」王國維《人間詞話》亦云：「能寫眞景物、眞感情者，謂之有境界，否則謂之無境界。[24]」後主詞之所以備受推崇，關鍵就在一「眞」字。葉嘉瑩曾比較陶潛和李煜兩人的任眞態度之異同，並分析後主辭情的表現：

　　　我嘗以爲中國歷代詩人中最能以任眞的態度與世人相見的，一個是陶淵明，另一個就是李後主。不過淵明之「眞」乃是閱世甚深以後有著一種哲理之了悟的智慧性的「眞」，後主之「眞」則是全無所謂閱歷，更無所謂理性的純情性的「眞」；淵明在任眞中，仍然有著他自己的某種反省與節制的持守，而後主之任眞則是全無所謂反省與節制的任縱。淵明與後主之所以爲「眞」的內容雖然不同，然而他們之全然無所矯飾的以純眞來與人相見的表現態度，在基本上卻是有著相似之處的。

---

22 見劉毓盤（子庚）《詞史》（臺北：臺灣學生書局，1973），頁36。
23 見況周頤《蕙風詞話》卷一，《詞話叢編》，頁4408。
24 見《詞話叢編》，頁4240。

後主的純眞與任縱，我們可以從他的爲人與爲詞中得到證明。我們試看後主在亡國以前之耽溺於享樂；在亡國以後之耽溺於悲哀；⋯⋯凡此種種皆足以見後主爲人之任縱與純眞。至於就爲詞言之，則後人往往將後主詞自亡國前後分爲二期，以爲亡國前的作品乃是香豔的，而亡國的作品乃是悲哀的，這從外表來看，原是不錯的，然而卻殊不知後主這兩種不同的風格，原來卻乃是同出於「任縱與純眞」之一源。⋯⋯此外，就後主詞之用字造句而言，他的基本態度也是全以任縱與純眞爲主的，擺落詞華，一空依傍，不避口語，慣用白描，無論其爲亡國前之作品或亡國後之作品，無論其爲歡樂之辭或愁苦之語，都是同樣以任縱與純眞爲基本之表現方式的。[25]

後主詞的「眞」，確實是他作爲「主觀之詩人」及「不失其赤子之心者」的縱情任性的表現。他對人世的體認，是以極純眞的情、極敏銳的感受直透人情物事的本質與核心，而不是依憑客觀事實和理性思辨的方式以求得普遍的認識。正因爲是直覺的感受，抒發著人類最原始的情緒，容易直接撼動人心，擴散及於全體，得到普遍的認同。後主詞之被評爲「眼界大，感慨深」，就是這緣故。而後主前後期悲歡情懷的極端表現，乃源自其任縱與純眞的本性，這論點大抵與劉毓盤所說相同。不過，葉嘉瑩有較完整的文體概念，由作者的個性、詞的情意內容到文辭表現，都能內外兼顧，明白指出後主其人其詞的特色。

---

[25] 見葉嘉瑩〈從人間詞話看溫韋馮李四家詞的風格〉，《迦陵談詞》，頁119-121。

詞之爲體通常係以相對性的內容與形式抒發情緒與展現美感[26]。多愁善感的作家，如生涯際遇的落差愈大，今昔對照的幅度愈強，自能激發更深刻的詞情，作品的情感張力便愈強。李煜既具先天的詞人特質，又深受後天環境的影響，因此他的詞有著十分鮮明的時代烙印，也充分表現出他獨特的個性。要深切體認後主詞的主體意識與文體風貌，須細讀他的前後期詞。如透過相對的層面去了解後主其人其詞，則更能由其變化的體貌中掌握其不變的體性特質。後主詞有前期與後期之別，是顯而易見的。而對應於現實，悲歡哀樂的境遇，後主的詞中世界，反映了他的人生態度與生活方式，追根究柢自有其一致性。他解釋世界的方式，面對或逃避，自然形成一種獨特的生命情調。過去以所謂「眞」的角度去詮釋後主詞，但這樣的觀點會否遮蔽了一些事實？後主之樂其所樂，悲其所悲，自是眞情流露，可是他的「樂」是怎樣營造出來的，而他的「悲」又是如何形成的呢？這牽涉他面對現實人生的態度。如前面所說，後主是以縱情任眞的方式去體認人生，換言之，他面對現實人生便欠缺客觀認知、理性思考的能力，無疑也就顯示出他不曾具有充足的危機意識，更不用說能做深切的自我反省了。因此，他詞中所創造的悲歡世界，完全係忠於一己任眞個性的展現，相對地就與現實情況有著不可避免的落差，應該充滿著矛盾與衝突，而其極端情緒的表現正流露出他心中的不安與焦慮感。從這個角度來看，他的詞無論前期或後期，自然都有著現實層面和心理認知的差距，眞實與虛幻之間，形成生命底層時相對立、難以調和的狀態，情緒便一直跌宕不已，如此波動極大的情感節奏，遂造就了後主詞獨特的情意世界——最能具現詞體的抒情特性，又極富興發感動的力量。

₂₆ 詳劉少雄〈對比的美感——唐宋詞的抒情特性〉，《學詞講義》（臺北：里仁書局，2011），頁39-107。

下文將先探討後主前期詞的辭情與體貌，然後再以此為基礎，詳細分析他的後期詞相對呈現的意態，並由其悲歡真幻的情境中直探本心，希望能結合情性與文體的關係，重新詮釋並評價後主詞。

三、前期詞的真實性與虛幻感

李煜前期詞所敘寫的內容，可分四類：一、詩酒歌舞的生活，如〈浣溪沙〉（紅日已高三丈透）、〈玉樓春〉（晚妝初了明肌雪）、〈子夜歌〉（尋春須是先春早）、〈一斛珠〉（曉妝初過）；二、溫馨旖旎的情態，如〈菩薩蠻〉（花明月暗籠輕霧）、〈菩薩蠻〉（蓬萊院閉天台女）、〈菩薩蠻〉（銅簧韻脆鏘寒竹）；三、相思怨別之情，如〈搗練子〉（雲鬢亂）、〈搗練子〉（深院靜）、〈采桑子〉（庭前春逐紅英盡）、〈長相思〉（雲一緺）、〈喜遷鶯〉（曉月墜）、〈采桑子〉（轆轤金井梧桐晚）、〈阮郎歸〉（東風吹水日銜山）；四、山水閒適之趣，如〈漁父〉（浪花有意千重雪）、〈漁父〉（一棹春風一葉舟）、〈望江南〉（閒夢遠）二首。

這些作品敘寫宮廷宴樂、男女情思、生活逸趣，多屬描述物事人情的「為他」之作，卻非純粹抒發個人情懷的「寫我」之篇，雖有個別不同的題材，但詞的屬性仍與唐五代詞沒有多大差異。不過，在抒情語調、風格表現上，李煜自有其個人的特色。下文先就李煜「於富貴時能作富貴語」這方面，論述他前期作品中寫宮廷詩酒歌舞生活的歡樂情景，探討李煜的心境及其詞的意境。之後再分析其他詞篇的辭情特色。

(一)宮宴歡樂生活的背後

陳善《捫蝨新語》說：「帝王文章，自有一般富貴氣

象。[27]」首先，看李煜的〈浣溪沙〉：

> 紅日已高三丈透，金爐次第添香獸，紅錦地衣隨步皺。
> 佳人舞點金釵溜，酒惡時拈花蕊嗅，別殿遙聞簫鼓奏。[28]

　　這是一首寫宮中行樂的詞。南唐統治下的江南，物產豐饒，而君主之享受極其侈靡。詞中展現出來的宮中氣象，富麗堂皇，非一般花間閨閣庭園詞可以比擬。「紅日已高三丈透」，太陽已上升到超過三丈的高度，指天已大亮，時候不早了。詞的敘述角度，是從高處往低處寫的，反映了帝王居高臨下的氣勢。也有借日光斜照宮內，為暗處打燈、聚光之意。這一句也很巧妙地暗示這是延續昨晚的狂歡活動，通宵達旦而仍未結束。「金爐次第添香獸」，宮中人依序為金色的香爐添加獸形的香料。香爐放置在桌案上，而陽光斜斜照著，光影掩映間，香煙繚繞，增加了浪漫、溫馨的氣氛。接著說「紅錦地衣隨步皺」，順著光影寫到地上的畫面：紅色錦緞地毯在舞女急促進退旋轉的腳步下而生出皺褶。

　　詞的上下片通常會有明顯的區分，往往作「情景、內外、今昔」的對照。這首詞卻有意泯滅了上下片的界線，構成連貫不斷的情節結構，讓人物、動作、畫面鋪衍出一種華麗的場景、一種歡樂的氣氛。下片首句即帶出宮女尋歡作樂的樣態：「佳人舞點金釵溜，酒惡時拈花蕊嗅。」舞女隨著音樂節拍而躍動迴旋，因為動作激烈，以至金釵從髮鬢上滑了下來。酒醉了，卻不時以手拈花，嗅花蕊以解酒。跳舞而至於金釵溜地，

---

27 引自陳書良、劉娟《南唐二主詞箋注》（北京：中華書局，2014），頁62。
28 本文所引李煜詞，大抵依據王仲聞《南唐二主詞校訂》（北京：中華書局，2008）本。為省篇幅，文中不再注釋出處。如有異文狀況，則另作說明。

酒醉乃至於嗅花來提神，可見極度歡樂已露疲態而意猶未足。
「別殿遙聞簫鼓奏」，這時竟又聽到別的宮殿傳來簫鼓奏樂
聲，用別殿來映帶皇宮正殿的歡樂情況，寫出了處處繁華的景
象。下片由近而遠，正是以遠處之景象反襯此處之無比歡樂。

　　整首詞所設計的場面，所呈現的氣象，已突破花間藩籬。
每句都營造出不同的動態，充滿著活力，而感官意象清晰，
兼視覺聽覺嗅覺味覺之美，更反映出作者認真投入、熱愛生活
的精神。最後寫佳人累了，倦了，又再被外面樂聲鼓動，煥發
起來的意興，表現了一種永無終結的歡樂；而慵懶與輕俏的結
合，由此處連接到別處，幾乎讓人相信青春與歡樂是永不消逝
似的。這是李煜早期生活的寫照，極度沉醉於聲色之中。

　　〈玉樓春〉一詞則是李煜早期的代表作：

　　　晚妝初了明肌雪，春殿嬪娥魚貫列。鳳簫吹斷水雲間，
　　　重按霓裳歌遍徹。　臨風誰更飄香屑，醉拍闌干情味
　　　切。歸時休放燭花紅，待踏馬蹄清夜月。[29]

　　這首詞也是寫南唐宮廷歌舞宴樂的盛況，時間安排在春天
的晚上，如連著〈浣溪沙〉來看，就更清楚了解南唐宮中日日
夜夜笙歌宴飲、縱情歡樂的狀況。這一首〈玉樓春〉寫出了一
種濃豔富麗而不失清雅脫俗的風情，氣象萬千，非一般文人的
生活世界所能想像。

　　詞的上片主要寫宴樂的盛大場面。首兩句「晚妝初了明肌
雪，春殿嬪娥魚貫列」，先寫宮女晚上剛梳妝完，明淨的肌

29　王仲聞校訂本原作「笙簫」、「臨春」、「休照」、「待放」，此處則參酌詞情，
　　據其他版本及鄭騫《詞選》等書，改為「鳳簫」、「臨風」、「休放」、「待
　　踏」。

膚如雪一般的白，然後寫她們在春日的御殿裡出場的動作與畫面：宮女依次排列，如魚兒在水中游動先後連貫成行。接著，敘述她們登場表現歌舞的情景：「鳳簫吹斷水雲間，重按霓裳歌遍徹。」樂工吹奏鳳簫到極致，樂聲如行雲流水，悠揚不絕，而且重新按拍演奏整套的〈霓裳羽衣曲〉。描寫樂器之精美，舞曲盛大的演出，也透露出樂音傳播空間之遼闊，表演時間之漫長，這樣的場面，這樣的歡樂，真是極盡精美、奢華之能事。而詞的動態用語和形容詞彙，亦充分配合內容發揮渲染誇飾的效果。所謂「吹斷」，是吹奏盡興而達極致之意。「重按」，再按拍而奏，即重奏的意思。作者使用這些字詞，表現了一種耽於逸樂的放縱心情，而且也相當傳神地為音樂賦予了強烈的感情色彩。所謂「水雲間」，形容樂聲如行雲流水般悠揚清遠。水雲，泛指所有空間，以水代地，以雲代天，通常以之形容樂音悠揚，所傳之空間遼遠。而「歌遍徹」，意思是從頭到尾演出全套舞曲（遍，指曲調的段落。徹，指大曲中的最後一曲，即終曲）。據史書記載，大周后善歌舞，尤工琵琶。〈霓裳羽衣曲〉是盛唐時著名的宮廷樂舞曲，安史之亂後就失傳了。後來大周后得到殘譜，加以整理，用琵琶來彈奏，於是開元、天寶之遺音得以再傳於世[30]。這首詞上片敘寫嬪娥之美且眾和歌舞之盛，正記錄了宮中沉醉聲色、縱情逸樂之事。

---

[30] 〈霓裳羽衣曲〉原為西域樂舞，初名〈婆羅門曲〉。唐玄宗開元中，河西節度使楊敬述獻上，又經玄宗改編增飾並配上歌詞和舞蹈，於天寶十三年改用此名。其樂舞皆描寫虛無縹緲的仙境和仙女的形象。安史之亂後，此曲散佚。白居易〈長恨歌〉：「漁陽鼙鼓動地來，驚破霓裳羽衣曲。」後南唐後主李煜得殘譜，經昭惠后補綴成曲。馬令《南唐書》卷六〈女憲〉：「後主昭惠后周氏，小字娥皇，大司徒宗之女。甫十九歲，歸於王宮。通書史，善音律，尤工琵琶。元宗賞其藝，取所御琵琶時謂之燒槽者賜焉。……後主即位，冊為國后。……唐之盛時，〈霓裳羽衣〉最為大曲，罹亂，嚳師曠職，其音遂絕。後主獨得其譜，樂工曹生亦善琵琶，按譜粗得其聲，而未盡善也。后輒變易訛謬，頗去洼淫，繁手新音，清越可聽。」陸游《南唐書》卷十六〈后妃諸王列傳〉亦載其事，並云：「后得殘譜以琵琶奏之，於是開元天寶之遺音復傳於世。……後主以后好音律，因亦躭嗜，廢政事。」

此詞和前首〈浣溪沙〉一樣也沒有明顯的上下片之分，表示活動延續進行，沒有停頓的意思。過片即寫另外的感官享受：「臨風誰更飄香屑，醉拍闌干情味切。」據傳後主宮中設有主香宮女，掌焚香及飄香之事[31]。這裡是說宮女隨風飄灑香料粉末，增加了嗅覺的享受，而眾人酒醉之餘，情致愈覺深濃，不自覺地拍打欄杆來應和，熱情洋溢。這首詞中間四句，有聽音樂，賞歌舞，也有聞香氣，品美酒，正是極色、聲、香、味之娛，令人心曠神怡，興奮不已。結尾兩句：「歸時休放燭花紅，待踏馬蹄清夜月。」是說歌舞宴罷，歸去時不許點燃蠟燭，要讓馬蹄踩著滿路清麗月色而行。寫曲終人散，但意猶未盡，沉醉歡樂之餘，仍有清遊之逸興，可見作者特具詩人風流浪漫的個性。

以上兩首詞都用極輕快的語調，真切地表達了宮中行樂的歡愉氣氛和興奮心情。如此盛大的排場，富麗的景物，高華的格調，表現出來的極端沉醉癡迷、縱情任性的態度，都已突破花間小詞的格局，非普通詞人所能經歷所能創造的意境[32]。有兩點值得注意：一是在流暢自然的書寫中，見出作者主觀投入的意識，遂賦予詞中人物盡情參與活動的神態，敘述過程中以動作顯風姿；一是在構篇上，隨著詞體往前推進的模式，人物穿插出現，情節連貫發展，在歌聲舞影、杯觥交錯中，製造出一種如在目前搬演的畫面，極富戲劇效果。兩詞並看，在時空設計上，恰好呈現南唐宮殿早晚歡宴的情景：日以繼夜，樂此

---

31 陶穀《清異錄》卷下謂後主宮中：「有主香宮女，其焚香之器曰把子蓮、三雲鳳、折腰獅子、小三神……，凡數十種，金玉為之。」

32 唐圭璋評〈玉樓春〉：「此首亦寫江南盛時景象。起敘嫦娥之美與嫦娥之眾，次敘春殿歌舞之盛。下片，更敘殿中香氣氤氳與人之陶醉。『歸時』兩句，轉出踏月之意，想見後主風流豪邁之襟抱，與花間之侷促房櫳者，固自有別也。」見唐圭璋《唐宋詞簡釋》（臺北：木鐸出版社，1982），頁31-32。

不疲；由此及彼，笙歌不斷，「寫足處處繁華景象」[33]。誠如俞陛雲《五代詞選釋》評〈浣溪沙〉曰：「作者自寫其得意，如穆天子之爲樂未央，適示人以荒宴無度，甯止楊升庵譏其忕富貴耶？但論其詞，固極豪華妍麗之致。[34]」兩詞的結尾，意在言外，皆寓含渴望此樂此情永不消竭的心聲。

這是李煜以他的宮廷生活爲藍本，創作出來的詞的世界，正表現出他的任性與天眞。然而在這歡樂情境的底下是否隱藏著他不願面對的眞實世界？俞陛雲說李煜是「無愁天子」，〈玉樓春〉「詞極富貴，而〈浪淘沙令〉『流水落花春去也，天上人間』，又極淒惋，則富貴亦一場春夢耳」[35]。過去一般評論都認爲李煜後期詞之所以如此淒婉，是相對於前期生活之美好而引起的深刻感受，過去的歡樂便如一場春夢，雖美卻短暫。從帝王到囚犯，身分的變化、生活的落差是如此的大，因此激起的悲喜情懷相對就非常強烈，因此李煜歡樂時歡樂，悲哀時悲哀，都眞實地表現在他的詞作裡，那是清晰可見的。他自始至終都是一個縱情任性的人，所以無論是前期詞「作富貴語」或後期詞「作愁苦語」，都是他的眞性情眞感受。這一點，我們並不懷疑。不過，若就前期詞的表現來論定李煜是「無愁天子」，則與事實有出入。

對於國家的危殆、政治的動盪、身世的際遇，李煜詞中沒有絲毫反應，反而盡是刻意鋪陳的「荒宴無度」，難道他眞的無動於衷？據歐陽脩《新五代史・李煜傳》云：

---

[33] 見唐圭璋《唐宋詞簡釋》，頁31，評〈浣溪沙〉。
[34] 見俞陛雲《唐五代兩宋詞選釋》（上海：上海古籍出版社，1985），頁123。
[35] 同上，頁128。

煜爲人仁孝，善屬文，工書畫。……開寶四年，煜遣其弟韓王從善朝京師，遂留不遣。煜手疏求從善還國，太祖皇帝不許。煜嘗怏怏以國蹙爲憂，日與臣下酣宴，愁思悲歌不已。……煜性驕侈，好聲色，又喜浮圖，爲高談，不恤政事。[36]

　　這段話很清楚地敘述了李煜的性情和他面對政局的態度。李煜有文人雅士的個性，卻無治國之長才；他有憂國之心，卻沒有解決問題的能力。外在情勢的險惡，固然使得他欲有作爲卻難以施展，但歸根究柢他的個性和處事態度才是關鍵。李煜「性驕侈，好聲色，又喜浮圖，爲高談」，顯見他有縱情聲色、耽於逸樂的傾向，而信奉佛教既尚高談，乃文士之雅興，「未必能達道」（借用杜甫〈遣興〉詩句）。這兩方面，無論是物質的享受或精神的寄託，對李煜來說都是逃避現實的方式。在憂患國蹙之時，仍「日與臣下酣宴」，可見他自我放縱的一面，而說他「愁思悲歌不已」，照理他應有著無窮的「愁思」，但在前期的作品中卻不見感時憂國的「悲歌」，他反而刻意描述宮中行樂，這正是他「天性儒懦」[37]，不敢面對現實，所採取的一種防禦行爲，帶有自我欺騙的成分，讓自己確信一切都安好如故。他與前述馮延巳時所面對的亂世現象「一面是黑暗與恐怖，一面是沉湎與放縱」是相類似的情況，馮延巳「總是抱著滿腔空虛苦悶，去過看花飲酒奢侈的生活」，李煜則是縱情聲色以掩飾心中的憂患，因此他的華麗誇張的表現，其實背後正隱藏著極度不安的情緒與極度深刻的苦痛。

---

36 見歐陽脩《新五代史》卷六十二〈南唐世家第二〉。
37 龍袞《江南野史》卷二：「嗣主音容閑雅，眉目若畫。尚清潔，好學而能詩，天性儒懦，素昧威武。」

(二) 當下的黏膩與分離的隱憂 —— 男女情詞的虛與實

　　李煜另外兩類詞—寫「溫馨旖旎的情態」和「相思怨別之情」—皆涉及男女之情，這些作品都屬唐五代詞習見的題材，不過在摹寫閨中男女幽歡怨別之情時，李煜個人的生活經驗和隱意識的生命感受亦常折射於其中，這與前面二詞所述的詞情意態其實也有著內在的關聯性。在歌聲舞影的極度歡樂氣氛下，注入人物特寫，並賦予男女生動的情意，更反映了李煜情慾世界的精神實貌。

　　李煜的〈一斛珠〉是其豔情詞的代表：

> 曉妝初過，沉檀輕注些兒箇。向人微露丁香顆，一曲清歌，暫引櫻桃破。　　羅袖裛殘殷色可，杯深旋被香醪涴。繡床斜憑嬌無那，爛嚼紅茸，笑向檀郎唾。

　　龍榆生說：「後主在位十五年，保境安民，頗有小康之象。因得寄情聲樂，蕩侈不羈。……故在前期作品，類極風流蘊藉，堂皇富豔之觀。其描寫美人嬌憨情態者，如〈一斛珠〉，……溫馨豔麗，蕩人心魄。[38]」後主「寄情聲樂，蕩侈不羈」，即史書所云「煜性驕侈，好聲色」，在這詞的人物書寫上，更表露無遺。整首詞都在描述女子的口唇[39]，由梳妝後再輕點少許香料於唇間，到舔舔舌尖，慢慢張開紅潤的嘴唇，開始唱歌，皆用特寫手法集中表現女子唇部的動作。羅袖二句，乃就唇色言，意謂深紅的唇脂被拂過的羅袖弄得有點掉

---

[38] 見〈南唐二主詞敘論〉，頁205-206。
[39] 唐圭璋《唐宋詞簡釋》：「此首詠佳人口。起兩句，寫佳人口注沉檀。『向人』三句，寫佳人口引清歌。換頭，寫佳人口飲香醪。末三句，寫佳人口唾紅茸。通首自佳人之顏色服飾，以及聲音笑貌，無不描畫精細，如見如聞。」（頁30）

落，顏色還可以，無須補妝，沒想到喝酒時卻旋即被滿杯美酒給化開了[40]。最後寫美人斜倚繡床百無聊賴、無所適從的嬌媚樣態，笑對著情郎吐出嘴裡嚼爛的紅絨線頭。隨著音樂節奏，整首詞的推動都聚焦在嘴唇動作的變化，女子的容姿舉止畢現，具體而生動，彷彿就在眼前，極富挑逗之態。過去的詞論，雖稱讚此詞「描畫精細，絕是一篇上好小題文字」，頗有新穎之處，但亦多以為此詞俗豔，「風流秀曼，失人君之度」，乃「綺靡之音」[41]。話雖如此，這首詞有畫面有動作，描繪出詩酒歌舞世界縱情歡樂的實貌，栩栩如生，而妙傳女子柔媚輕佻的神態，確實達到挑動情慾、男女相互取悅的效果。

　　李煜這類情詞頗能掌握詞體的臨場感，以及模擬如在人前傾訴的抒情特質，頗具戲劇成分，富有親切感與挑逗性。他的三首〈菩薩蠻〉，繪情逼真，敘事明暢，寫出了男女互動的情節：

　　　　銅簧韻脆鏘寒竹，新聲慢奏移纖玉。眼色暗相鉤，秋波

40　或謂二句皆指羅袖，而其中所謂『襄殘』亦有二解：或指羅袖上殘存之唇印，如詹幼馨《南唐二主詞研究》：「一曲清歌之後，口唇略有潤濕之感，於是順手以羅衣長袖輕輕按拭，因而唇上所注沉檀紅色染上衣袖，這一點點唇膏膏下的暗紅色，並不影響羅袖的美觀，無所謂，還可以，沒甚麼。緊接著說『杯深旋被香醪涴』，和上一句聯起來，應理解為『旋被深杯香醪涴』。意思是羅袖接著又被酒污染了。」亦有謂沾染上殘酒剩液者，如羊春秋析曰：「寫歌女演唱後的酒會場景，酒喝多了，羅袖被紅色而芬芳的酒沾髒了。殷色，是深紅色；可，隱約之義。起先還沾上點隱約可見的殘酒，及至深杯大口時，卻把衣裳弄污了。這暗示她已經喝醉。」（見《唐宋詞鑑賞辭典》，上海辭書出版社。）或謂二句各有所指，如佘雪曼《李後主詞欣賞》：「她的櫻唇上塗的口紅，被酒化開了，杯子的邊緣，沾上了一點一點的紅斑，修長的羅袖，拂著酒杯時，也染上殷紅的顏色。」按：此詞純詠美人口，則二句應就唇色變化言最為貼合。

41　潘游龍《古今詩餘醉》卷一二：「描畫精細，絕是一篇上好小題文字。」李漁《窺詞管見》：「李後主〈一斛珠〉之結句，……此娼婦倚門腔，梨園獻醜態也。……無論情節難堪，即就字句文淺者論之，爛嚼打人諸腔口，幾於俗殺，豈雅人詞內所宜？」陳廷焯《雲韶集》卷一：「畫所不到，風流秀曼，失人君之度矣。」俞陛雲《五代詞選釋》：「雖綺靡之音，而上闋『破』字韻頗新穎。下闋『繡床』三句自是俊語。」

橫欲流。　雨雲深繡戶，未便諧衷素。讌罷又成空，魂迷春夢中。

蓬萊院閉天台女，晝堂晝寢人無語。拋枕翠雲光，繡衣聞異香。　潛來珠鎖動，驚覺銀屏夢。臉慢笑盈盈，相看無限情。

花明月暗籠輕霧，今宵好向郎邊去。剗襪步香階，手提金縷鞋。　畫堂南畔見，一向偎人顫。奴為出來難，教君恣意憐。[42]

　　第一首寫男女於宴會上兩情相悅卻無法偕合的情事，先從吹奏笙笛女子撩人的樂音開始，而後寫女子眼波傳情，男子與之相視，遂陷入意亂神迷、綺思春夢中，下片即敘述其遐想及心理的曲折變化，最後抒發未能如願、悵然失落之感。第二首敘述男子潛入閨房與佳人相見的旖旎之情，先寫美如仙女的人兒在畫堂晝寢的情況及其睡姿，再從她身子轉動，衣服散發的香氣，引出男子推門而入、驚醒女子的情節，而結束在笑臉盈盈、相看含情的畫面。兩詞動靜得宜，皆能具體呈現男女間迷惘、欣喜的情態。第三首寫女子夜間密會情郎，如見其人，如聞其聲，動作逼真，則更富戲劇效果。詞先描摹迷濛浪漫的氛圍，鋪墊宜於偷情之背景，以女子口吻道出亟欲奔向情郎那邊的想法，然後描述她的具體行動：手提金縷鞋，只穿著襪子，步上充滿花香的臺階。由這動作見出她怯怯不安的神態，既謹慎又擔憂。下片即寫會面的情景：女子在畫堂南側一見到情郎

42　王仲聞校訂本「銅簧韻脆」一首原作「春雨」，斟酌詞情應依其他版本作「春夢」；「花明月暗」一首原作「今朝」，則應作「今宵」。

便依偎著他，有好一會兒仍在顫抖，可見她既緊張又嬌羞的心情。最後女子向情郎說出大膽真率的話語：「奴爲出來難，教君恣意憐。」整首詞如搬演戲劇，有情節，有動作，有對話，女子之舉止心境畢現，極盡密會憂歡之態。而以女子口氣寫來，在表演場合，毫不隱諱地向著觀眾訴說，則更具煽情的效果。

這些情詞因爲寫得逼真，多被認爲是後主的真實情事。馬令《南唐書》卷六〈女憲傳〉說：「後主繼室周后，昭惠之母弟也。警敏有才思，神彩端靜。昭惠感疾後，常出入臥內，而昭惠未之知也。……后自昭惠姐，常在禁中。後主樂府詞有『剗襪步香階，手提金縷鞋』之類，多傳於外，至納后，乃成禮而已。翌日大醮羣臣，韓熙載以下皆爲詩以諷焉，而後主不之譴。[43]」後來諸家評論李煜〈菩薩蠻〉「花明月暗」一詞，幾乎都採《南唐書》之說，以爲「乃後主記與小周后幽會之事」[44]，其後更聯繫到另兩首〈菩薩蠻〉，指爲「亦皆實寫當日情事」[45]。因爲「花明月暗」一詞具載於史冊，後人多信以

---

[43] 按：蔡居厚《詩史》亦載其事：「後主繼后周氏，昭惠后女弟。開寶元年，冊立行親迎禮，民間觀者萬人。先是后寢疾，小周后已入宮中，后偶褰幬見之，怨至死，面不外向。後主制樂府，豔其事，詞云：『花明月暗籠輕霧』（下略）。詞甚狎昵，頗傳於外，至納后，乃成禮而已。翌日大宴羣臣，韓熙載以下皆作詩諷焉，而後主不之譴也。」引見郭紹虞《宋詩話輯佚》（臺北：華正書局，1981），頁468-469。

[44] 劉永濟《唐五代兩宋詞簡析》：「此非泛寫閨情之詞，乃後主記與小周后幽會之事。馬令《南唐書》載後主繼室周后，即昭惠后之妹也。昭惠感疾，后嘗在禁中，先與後主私，後主作〈菩薩蠻〉云云。按此詞，後主自記，情景甚真，偎人顫者，又驚又喜之態也。」龍榆生〈南唐二主詞敘論〉：「其爲小周后而作〈菩薩蠻〉，尤極風流狎昵之至，不愧『鴛鴦寺主』之名。」黃進德《唐五代詞選集》：「此詞敘寫與小周后密約偷期情景。通篇白描，細緻、真切。」

[45] 沈雄《古今詞話》卷上：「兩詞（指『花明月暗』、『銅簧韻脆』二首）爲繼立周后作也。周后即昭惠后之妹。昭惠感疾，周后常留禁中，故有『來（當作「未」）便諧衷素』、『教君恣意憐』之語，聲傳外庭。至再納后，成禮而已。」俞陛雲《唐五代兩宋詞選釋》承其說，以爲二首皆與小周后相關。唐圭璋《唐宋詞簡釋》則統論三詞云：「此首寫小周后事。……『奴爲』兩句，與牛給事之『須作一生拼，盡君今日歡』同爲狎昵已極之詞。他如『潛來珠鎖動，驚覺銀屏夢』、『眼色

爲眞，但「銅簧韻脆」和「蓬萊院閉」二詞則缺乏明確證據，有些學者則持保留的態度，前者如黃進德《唐五代詞選集》所說：「此詞寫豔遇。上片寫歌伎獻媚，心許目成；下片寫不知所如，未便諧衷訴的悵惘。情思綿邈，意境飄忽，與李商隱某些無題詩相似。或謂此首亦爲小周后而作，不知所本。[46]」後者如楊敏如編著《南唐二主詞新釋輯評》所說：「這首詞仍是李煜在金陵宮中眞實生活的生動體現。女主人公可能是小周后，但沒有甚麼證據，只好丟開不究。[47]」其實，這可分兩個層面來談：一是此說果實有其事？一是諸家爲何信以爲眞？按馬令於宋徽宗崇寧四年（1105）撰成《南唐書》，距離南唐國亡（975）已一百三十年，小周后於其姊病中入宮，此事諸家說法頗一致，至於〈菩薩蠻〉「花明月暗」一詞說是具錄後主與小周后幽會事，則始見於馬令《南唐書》，但不知何所據？其後陸游所撰被譽爲「簡核有法」[48]的《南唐書》則未載錄。可見此事未盡可信，疑似附會之說。據史書記載，後主對

暗相鉤，秋波橫欲流』諸詞，亦皆實寫當日情事也。」（頁32）詹幼馨《南唐二主詞研究》亦云：「三首〈菩薩蠻〉，在後主詞作中，自成格局，可以作爲一組詞看。它們記錄了後主的一段風流韻事，也反映了後主詞風的一個側面。」（武漢：武漢出版社，1992。頁42-43）孔范今主編《全唐五代詞釋注》（中）也以爲：「這（『花明月暗』）是一首寫男女幽會的愛情詞。寫得感情熱烈，大膽率眞。或謂實有其事，乃是寫後主與小周后的偷情，可從。」（西安：陝西人民出版社，1998。頁796）「此首（『蓬萊院閉』）亦是後主與小周后偷情之作。前首寫女見男，這首寫男見女。結構嚴謹，層次分明，雖用白描，但見深情。」（頁797）「此首（『銅簧韻脆』）亦是寫後主與小周后的歡會。」（頁797）張玖青編著《李煜全集》亦云：「從內容及藝術風格看，這首詞（『銅簧韻脆』）與前兩首應該是同時之作，大約也是寫他和小周后約會的事。」（武漢：崇文書局，2019。頁45）

46 見黃進德《唐五代詞選集》（上海：上海古籍出版社，1993），頁417。
47 見楊敏如編著《南唐二主詞新釋輯評》，頁42。
48 《四庫全書總目》云：「《南唐書》十八卷，《音釋》一卷，宋陸游撰。……馬令書與游書盛傳，而游書尤簡核有法。」按：馬令書未盡善，陸游乃採擇諸書，刪繁補遺，重加編撰。其卷數人物雖不及馬令書之多，但史料多經考證，敘次簡潔，實爲南唐史之佳作。

小周后確實寵愛有加[49]，但評論者不能為了滿足個人的想像，先入為主的認定其所作豔詞必涉及實際情事。這類以事釋詞、以詞證事的方式，「詞—事」循環論證，是過去寄託說常用的詮釋方法，實不足取[50]。文學之美及其意義，不在於有無其人其事，而在於作者透過想像力，用文字形式創造出來的辭情意境。諸家對三首〈菩薩蠻〉的解讀，相互參照，無非是以這些偷情幽會、調情狎昵的情節，塑造後主沉湎女色的形貌[51]，並藉此以增加閱讀的趣味。後主的個性特質及其身世背景自然有助於寫作豔情詞，詞中空間活動的展現，男女人物的情意表達，一如純寫宮廷宴樂生活，都極富個人的特色，充滿臨場感與煽動性，作者在情慾世界中的憂喜情懷表露無遺，因此無須附會本事說，這些詞作本身其實也足以反映後主的主體意識及用情態度。

後主在這三首詞中寫男女間悵然若失、兩情相悅、半羞半喜的情態，維妙維俏，十分傳神，可以看出用筆者融情入詞的態度──它不是概念的敘述，也不是一般情詞含蓄委婉的方式，而是以人物的行動推展情節，無論是眼波傳情、相視而笑，或是恣意示愛，都生動細緻地表達出來，可以感受到作者熱誠投入的寫作精神，也可從中意會到他所預期的臨場表演效果。這種以生活經驗為複本的創造，如真實一般的展演，皆出

---

49 陸游《南唐書》卷十六〈后妃諸王列傳〉第十三：「後主國后周氏，昭惠后妹也，昭惠卒，未幾，後主居聖尊后喪，故中宮久虛，開寶元年，始議立后為繼室⋯⋯。后少以戚里，間入宮掖，聖尊后甚愛之，故立焉，被寵遇於昭惠。時後主於群花間作亭，雕鏤華麗，而極迫小，僅容二人，每與后酣飲其中。國亡，從後主北遷，封鄭國夫人，太平興國二年，後主殂，后悲哀不自勝，亦卒。」

50 詳劉少雄〈情意內容寄託說的詮釋問題〉，《南宋姜吳典雅詞派相關論題之探討》（臺北：五南圖書公司，2022），頁222-244。

51 如黃進德說：「此詞（指『蓬萊院閉』一首）寫在深宮庭院中與小周后白天調情狎昵的情景。刻劃細緻、逼真。與上首參讀，可見後主沉湎女色的又一側面。」見《唐五代詞選集》，頁416。

於男性視角的描述，而著墨於男女身體的接觸、心理慾望的流露，自有一種自我滿足的快感在其中。

詞的創作，尤其是早期應歌填寫的詞，有著「回音反響」、「鏡面相映」的效應：創作者以詞述情，敘寫俗情世界中的男歡女愛、感時傷逝的情節（王國維稱之曰「常人之境界」[52]），然後交付歌女樂工彈唱，同時他也是觀賞者，在歌聲樂韻中品味物情人意，流連忘返，構成一個迴環複沓的情感旋律，不斷擴散渲染，寫作者更為自己的文辭語態所感動，遂陷溺於一己編織的情網中，自我陶醉，又有點攬鏡自憐的況味。這一往一返的寫讀聆賞的活動，藉著刻意製造的身體相親的黏膩感和精神相悅的寄託之意，自我創造既真實又虛幻的情境，確實能讓人沉湎其中。但有一點須認清的是，詞中的真實性與後主本人的經歷沒有必然的關係。寫情如真有時是一種很好的「偽裝」（或「騙術」），多少帶有自我催眠的作用，而情節之取捨與安排決定了這真實性是怎樣被建構起來的。作者的建構，掌握了話語的權力。他一則可以主宰場面，刻意營造縱情歡逸的氛圍以娛賓遣興，有著遊戲的性質、玩樂的刺激感；一則藉此暗中牽動情思，轉引潛意識的慾望為可感知的意象，投影自我的心曲，從而得到內在的滿足感。

史書批評後主「性驕侈，好聲色」，他早期的宮宴、豔情詞，確實反映了他耽於逸樂、沉湎女色的面貌，但他並非客觀地複製實際生活的情狀，而是在書寫的過程中融入了他積極參與的熱情、主觀投入的情思，可以看見他樂在其中的真切感

---

52 王國維《清眞先生遺事·尙論》：「境界有二：有詩人之境界，有常人之境界。詩人之境界，惟詩人能感之，而能寫之，故讀其詩者，亦高舉遠慕，有遺世之意。而亦有得有不得，且得之者亦各有深淺焉。若夫悲歡離合，羈旅行役之感，常人皆能感之，而惟詩人能寫之。故其入於人者至深，而行於世也尤廣。」

受，以及迷醉於人情物事的愛與美的表現。後主三首〈菩薩蠻〉詞模擬男女之情，敘寫宴會上相望不相親的悵惘，男子潛入閨房與女子相看的深情，以及女子偷會情郎的竊喜與羞赧，都充分掌握了男女的真情實感。文學能源於深情，出自至誠，自然能感人並引起共鳴[53]。

誠如前文所說，後主能寫歡樂時的歡樂，乃是他情真的表現。因此，我們看他寫一般情詞，男女相思怨別之作時，同樣可感受到他體情之深與寫情之真的一面。

> 雲一緺，玉一梭。澹澹衫兒薄薄羅。輕顰雙黛螺。　秋風多，雨相和，簾外芭蕉三兩窠。夜長人奈何。（〈長相思〉）

> 深院靜，小庭空，斷續寒砧斷續風。無奈夜長人不寐，數聲和月到簾櫳。（〈搗練子〉）

這兩首詞寫秋夜寂寥的心境，以輕柔的動作，配合室內外相應的景色和感官意象，順著時空推展，層疊渲染出淡淡的哀愁，語調舒徐，文筆清疏而有情致。〈長相思〉似是客觀敘寫閨中女子日夜間的事況與心情，其實這何嘗不可視作女子獨白的心聲？我們想像這闋詞交付歌女演唱時的情況。詞文本身就像一個小劇本，歌女照著它的內容來表演：上片係一邊唱詞，一邊做動作——盤好雲髻，插上玉簪，穿上色淡質薄的羅衫，卻是眉頭輕皺！下片即說出眼前面對的情景，道出一己的心思

---

53 傅庚生說：「以感人之淺深，衡量文學作品之優劣，十九得之。作品之感人深，自於作者之至誠……至誠之發，又自於深情。」詳《中國文學欣賞舉隅》（臺北：萬卷樓圖書公司，2002），〈深情與至誠〉，頁18-29。

——簾外風多雨和，打在芭蕉葉上，聲聲入耳，實在難以入睡，遂嘆息道：如此漫漫長夜，教人如何是好！同樣寫秋聲，〈搗練子〉在情節安排上則稍做了一點變化：先鋪墊庭院之空寂，帶出斷斷續續的砧聲與風聲，這一陣一陣的聲籟在靜謐中更顯清晰。接著化客觀環境的敘述為主觀情意的表達：「無奈夜長人不寐。」最後才說出不能入睡的無奈心聲，因為除聽見窗外傳來的砧聲、風聲，還看著月色映照窗簾上，所見所聞都觸動了秋夜懷人的情緒，讓人深感無奈。後主這兩首詞充分掌握了小詞即景生情的特色，娓娓道來，淺語皆有致，極富感染力。

　　至於寫傳統的閨怨題材，從女子角度著筆，敘述相思怨別之情，後主也有頗出色的表現。

> 庭前春逐紅英盡，舞態徘徊。細雨霏微，不放雙眉時暫
> 開。　　綠窗冷靜芳音斷，香印成灰。可奈情懷，欲睡朦
> 朧入夢來。（〈采桑子〉）[54]

> 轆轤金井梧桐晚，幾樹驚秋。晝雨新愁，百尺蝦鬚在玉
> 鉤。　　瓊窗春斷雙蛾皺，回首邊頭。欲寄鱗游，九曲寒
> 波不泝流。（〈采桑子〉）

　　兩首〈采桑子〉都按照一般詞篇「因景及情、時空順勢推展」的書寫模式，由外景到室內，最後收束於一個夢幻、渺遠的空間，以寄託思念不已的情懷。一如前述作品，後主創作這類情詞，都能照顧歌詞表現的性質，透過景色的鋪設與轉換，配合情節內容，引發情緒的變化，營造自然、動態的臨場感。

---

54 王仲聞校訂本原作「亭前」，據晨本《二主詞》作「庭前」。

第一闋寫春，第二闋敘秋，季節雖殊，但皆以「情因景發，景隨情轉」的手法，在情景相生、催化之下，完成動人的詞篇。兩詞開篇先寫花落、葉殘，帶出春去、秋深的感嘆，然後藉雨添愁，撩人情緒，表現爲蹙皺雙眉。因景言情，關鍵在意識到時間的推移變化。兩詞皆能沿著這脈絡鋪展。但面對念遠之愁情，卻有不同的表現：第一首是感嘆對方渺無音訊，印香也化成灰燼，以喻戀情之消歇。在這無所依託的情形下，唯有託諸夢寐。第二首則是猛然驚覺秋深，美好的戀情（春情）確已消逝，卻仍懷抱希望，回首邊關，欲寄書信以表相思，最後又深感無奈，因爲諸多障礙，實在困難重重，音書自無由送達。二詞皆能掌握失意人的情緒，或淒婉，或甚悲切，情節安排有轉折，詞情亦在跌宕之間展現出不同的語態，寫來如聞其聲如見其情，相當眞摯動人。

後主寫相思懷人的詞，也有從男子角度著筆的，例如：

> 曉月墮，宿雲微，無語枕頻欹。夢回芳草思依依，天遠雁聲稀。　啼鶯散，餘花亂，寂寞畫堂深院。片紅休掃盡從伊，留待舞人歸。（〈喜遷鶯〉）

這首詞作者用了各種視聽意象逐步渲染寂寞無聊的情緒。先寫清曉之時，眼看月落雲散，人卻頻頻斜靠睡枕，無言以對。「月」與「雲」這兩個意象都與離愁相關——望「月」而興思憶之懷，見「雲」而生離散之感——因此而知人之無語，輾轉不安之緣由。然後逆敘夜夢之事，但夢已醒，相思念遠之情卻如萋萋芳草綿綿不絕。而天空遙闊，鴻雁飛遠，其聲漸不可聞，乃暗喻欲寄音信卻無所依託之意。下片藉鶯聲、殘花之散亂，寫春將逝去，增添深院空寂冷落之感。詞往往以相對之

情境構篇，當意識到事物變動不居時，通常會緊繫一份不渝之情以相對抗，後主這詞也是這樣的寫作模式，片紅兩句即關係人情。而面對離懷別緒，因景所述之情，會因作者性格之差異，展現出不同的語態和辭情。後主向來任性、偏執的個性特質，也反映在這詞的結語中：「片紅休掃盡從伊，留待舞人歸。」掃花迎賓本是待客之道，但這裡卻一反常態，偏偏任由紅花飄落也不把它清理。此承前「餘花亂」而言，已由客觀之敘述改為主觀情意的表達。花落即春去，這也表示詞中人不惜以決絕的語氣揮別舊日戀情的態度。不過，詞的最後一句則申說其所以如此卻是另有所圖，轉合之間，辭情跌宕，設想出人意表。隨它片片落紅飄墜，不願掃去，是要等待「舞人」踏著落花歸來：「想來是希望她看到落花而生惜春之感，珍惜那易逝的美好韶光；或許是想讓她通過滿眼落花，解會自己的傷春意緒、寂寞情懷。[55]」不管他的理由為何，兩句於感傷無奈中仍有著期盼戀人歸來的意念。這不禁令人想起李商隱〈落花〉詩「腸斷未忍掃，眼穿仍欲歸」的情境。舞人如能歸來，意謂歡宴如常，春情依舊，庭院就不再寂寞。詞中寫相思之情，可理解為對具體的人的思念，更宜解作對青春韶華、流金歲月之留戀。回想前面分析的後主宮中歡樂的詞，這裡出現的「舞人」與其實際的宮廷生活確實息息相關。

(三) 悠閒生活的嚮往 —— 如夢一般的真實？

後主縱情聲色，耽於逸樂，自有其愛美愛熱鬧，屬於物質性享受的一面，但作為一個有靈性的詩人，他亦有精神上浪漫悠閒生活的寄託；兩者都出自他的真性情，並不相違。如〈玉樓春〉所述沉醉於宮廷歌舞宴樂之餘，更有「歸時休放燭花

---

55 見劉慶雲《新譯南唐詞》（臺北：三民書局，2010），頁279。

紅，待踏馬蹄清夜月」的清賞雅興，則可見一斑。舊傳後主有兩首〈漁父〉詞，被視為題畫之作。詞曰：

> 浪花有意千重雪，桃李無言一隊春。一壺酒，一竿身，世上如儂有幾人。[56]

> 一櫂春風一葉舟，一綸繭縷一輕鉤。花滿渚，酒滿甌，萬頃波中得自由。[57]

王國維輯本《南唐二主詞》校勘記曰：「右二闋見《全唐詩》、《歷代詩餘》，筆意凡近，疑非李後主作也。彭文勤《五代史》注引《翰府名談》：張文懿家有〈春江釣叟圖〉，衛賢畫，上有李後主〈漁父詞〉二首云云……。[58]」據北宋《五代名畫補遺》、《宣和畫譜》等書亦載其事[59]。王國維雖以「筆意凡近」為由，嘗疑二詞非後主所作，但舊籍言之鑿鑿，故仍將其輯錄在後主集內，其後諸家也都認為必非偽作[60]。

自古以來，漁樵生活乃文人雅士嚮往的意境。而以漁父為題的詩詞，通常都會因題起興，表達隱逸之趣。唐代張志和曾

---

56 王仲聞校訂本原作「闌苑有情千里雪」、「快活如儂有幾人」，今據通行本作「浪花有意千重雪」、「世上如儂有幾人。」
57 王仲聞校訂本原作「酒盈甌」，今據通行本作「酒滿甌」。
58 錄自張玖青編著《李煜全集》（武漢：崇文書局，2019），頁28。
59 劉道醇《五代名畫補遺》：「衛賢，京兆人，仕南唐，為內供奉。初師尹繼昭，後刻苦不倦，執學吳生（道子）。長於樓觀殿宇，盤車水磨，於時見稱。予嘗於富商高氏家觀賢畫〈盤車水磨圖〉，及故大丞相文懿張公第有〈春江釣叟圖〉，上有南唐李煜金索書（按：疑即金錯書，即金錯刀書）〈漁父〉詞二首……。」《宣和畫譜》卷八：「衛賢，長安人。江南李氏時為內供奉。長於樓觀人物，嘗作〈春江圖〉，李氏為題〈漁父〉詞於其上。」
60 著者如王仲聞《南唐二主詞校訂》，詹安泰《李璟李煜詞校注》，陳書良、劉娟《南唐二主詞箋注》。

作〈漁歌子〉[61]，描寫漁人優游在山水間的生活情調，極富詩情畫意，令人神往。李煜取張志和原調賦詞，立意也頗相似。但二人身世殊異，性情不同，所表現的風格趣味自然有差異。李煜二詞寫在舟中垂釣，看花飲酒，語意相當輕快朗暢，但直白道出「世上如儂有幾人」、「萬頃波中得自由」之意，殊乏餘韻，不若張詞語調舒緩，能融情入景，閒逸之趣自然流露。張志和自稱煙波釣徒，過著隱逸的生活，詞中自有詩畫，也充分顯現退隱江湖悠閒安逸的意境。李煜雖有鍾山隱士（簡稱「鍾隱」）、蓮峰居士等雅號，卻無實際隱居生活的體驗，今因畫題詞，緣詞寫意，表達欽慕漁人生活的自由浪漫，乃文人一時之雅興，風流自賞，不能視作此時即有退隱之念。據載李煜佞佛，這與隱退無關，更何況他畢竟「大不能徹悟真空」。此時的李煜縱情任性，主觀意念甚強，由其筆調語態可以看出實與隱逸精神有隔，這類詞自非其所長。

　　除了題畫賦詞，李煜另有山水遊賞之作，具見詩人的本質。他愛美而善感，喜歡享受生活，因此能在日常事物中發現美的存在，提筆為文，自得其樂。這類作品緣自真性情真感受，都是筆意俱佳之作。請看下列兩首〈望江南〉[62]：

　　　　閒夢遠，南國正芳春。船上管絃江面淥，滿城飛絮輥輕塵。忙殺看花人。

　　　　閒夢遠，南國正清秋。千里江山寒色遠，蘆花深處泊孤

---

[61] 張志和〈漁歌子〉：「西塞山前白鷺飛，桃花流水鱖魚肥。青箬笠，綠蓑衣，斜風細雨不須歸。」按：張志和的詞保存下來的只有〈漁歌子〉（原題〈漁父〉）五首，這是其中的第一首。

[62] 舊本二首合為一首，調名〈望江梅〉。惟《全唐詩》、《歷代詩餘》均分為二首，調名〈憶江南〉、〈望江南〉。按：二詞分寫春秋，殊無連貫，不像一般雙調詞上下片的敘寫方式，應作二首為是。

舟。笛在月明樓。

　　一般評論幾乎都認爲這兩首詞都是李煜被俘入宋後追思故國之作，可是比較前後期作品，後主被俘後無不充滿悲傷愁苦之語，與這二詞的聲情意態實在不同。我以爲這兩首〈望江南〉詠嘆江南風物，是作者帶著愉悅的心情與讀者分享他對春秋二季之美的感受。詹幼馨說：「『閒夢遠』三字，乃詩家慣用之語，非必確指爲遠地相思。此蓋後主優游局外，歌以寄興而已。」又說：「用『閒夢遠』三字領起全詞，顯出雍容不迫，優游自在的神情。[63]」這三字確實是很好的開篇，充滿詩意——彷彿之間，悠閒地自夢中醒來，江南一帶「正」是如此這般的美景展現目前。這種即說即現的臨場感，是詞中有畫的一種提示方式，以下便是實景實情的敘寫。第一首的關鍵詞是「芳春」的「芳」字，作者著意鋪述春日美好的景象，誠如唐圭璋《唐宋詞簡釋》所說：「此首寫江南春景。『船上』句，寫江南春水之美，及船上管弦之盛。『滿城』句，寫城中花絮之繁，九陌紅塵與漫天之飛絮相混，想見寶馬香車之喧，與都城人士之狂歡情景。末句，揭出傾城看花。[64]」整首寫江南芳春，水綠花繁，充滿著畫面流動之感。第二首的關鍵詞是「清秋」的「清」字，作者要在詞中展現江南日夜寂靜秀美的秋景，遠處是冷色調下的寥廓江山，近岸則見蘆葦深處有孤舟停泊，構成一幅平遠的山水圖畫，最後寫笛聲流盪在樓中月下，更添清麗悠遠之韻致。李煜既能體驗春秋二季不同之美，也能寫作出相應的詞情格調，詩人陶醉美好事物的心性於此可見。

63　見詹幼馨《南唐二主詞研究》，頁50-51。
64　見唐圭璋《唐宋詞簡釋》，頁33。

綜述李煜前期詞寫的盡是詩酒歌舞的生活、溫馨旖旎的情態、相思怨別之情和山水隱逸之趣，絲毫不見現實殘酷生活的反映與感受。作為敘述者的主體性（主觀意念）在詞中相當明顯，他塑造無限歡樂、詩情畫意的人生，但在物質豐美的世界中也有著精神上失落之感。李煜詞中所寫的笙歌醉夢，刻意敘述無窮歡樂的場面和心情，彷彿寄託了一種「但願長醉不願醒」（李白〈將進酒〉詩句）的心願與想望。如何面對焦慮不安的情緒？李煜採取的方式顯然出自他心理上的防禦機制，那是無法真正面對現實而故意逃避的方式。不過，就文學而言，他確能寫出真情實感，具見作者的才華、性情與動感，雖是應歌的「為他」之作，也流露出詞人多情、詩人浪漫的本質，讀著也令人愉悅。

四、相對情境激化的悲情

　　上一節論述李煜前期寫歡樂場景和男女情詞，也探問了他是否真的樂在其中的問題。所謂樂以忘憂，表現的是一種逃避的方式。如果一直都能如此，活在自己編織的美夢中，李煜可以說是有個快意的人生。問題是他無法避免政治的迫害，等到國破家亡了，他不得不面對真實殘酷的人生。三十九歲那年，南唐為宋所滅，後主和家人被押解到汴京，初封違命侯，後來改為隴西公，雖仍保有爵位，但卻是被軟禁，在汴京住了兩年多，鬱鬱寡歡，不久便去世。

　　從前的歡欣喜樂，轉眼成空，如一場春夢。後主被俘，離開故都，渡江時寫了一首詩〈渡中江望石城泣下〉：「江南江北舊家鄉，三十年來夢一場。吳苑宮闈今冷落，廣陵臺殿已荒涼。雲籠遠岫愁千片，雨打歸舟淚萬行。兄弟四人三百口，

不堪閒坐細思量。[65]」寫亡國後的落魄和淒涼心境，之前繁華的宮殿，現在變成一片冷落、荒涼，眼前盡是愁雲慘霧，雨如淚下，目極傷心。而絕望無依的兄弟四人和家眷，都已不堪愁苦，無法安閒地坐著，不斷細細思量，但恐怕千頭萬緒，想理也理不清了。

到汴京以後，無論身分地位、生活環境、心情感受都有了極大的變化，所謂天上人間，相距甚遠，落差非常大。因此，前後期的生活和心境形成的對比，反映在詞中，無論語調、內容和風格便有極大的差別。我們如果仔細去觀察，會發現李煜前期之耽溺於歡樂無非是藉此來麻醉自己，是無法面對現實的一種逃避人生的方式，本身已混淆了事實與假象，後來面對囚虜的生活，他同樣採取逃避的方式，只圖醉夢中尋求慰藉，過著自我封閉的生活，哀痛逾恆，相對於前期過度的歡樂溫馨，後期詞充滿著哀愁怨恨則是另一種極端。今昔生涯變化愈大，產生的張力愈強，激起的情緒就愈強烈。

詞體往往呈現一種相對性的美感──今昔對照，李煜後期詞在這方面的相對性之特質相當顯著。而李後主詞比一般詞人較複雜的是，它有雙重的對比性，就是說它有兩個層次：第一個層次，相對意境是今與昔，過去與現在，就是前期之旖旎歡樂，對照後期之沉痛悲涼；第二個層次，相對意境是夢與眞，夢境與眞實，就是後期詞本身的問題，現實的囚虜生活與逃避到夢中世界的對照，前者是以眞爲假，不願正視殘酷的現實，後者是以假當眞，耽溺在虛構的夢中。以下分兩個主題來論述：第一個主題是「往事不堪」，就是意識到今不如昔，不堪回首的悲嘆；第二個主題則是「舊歡如夢」，談後主不斷往返

---

65 見張玖青編著《李煜全集》，頁18。

於現實與夢境之間所體悟的人生如夢之感。

(一) 往事不堪 —— 不能忘情的苦果

李後主頓然感到今不如昔，有非常強烈的感覺，令他最難接受的事實，就是剛亡國而從天子降為俘虜之時。他的詞〈破陣子〉，記錄了這時候的心情，他說：

> 四十年來家國，三千里地山河。鳳閣龍樓連霄漢，玉樹瓊枝作煙蘿。幾曾識干戈。　一旦歸為臣虜，沈腰潘鬢銷磨。最是倉皇辭廟日，教坊猶奏別離歌。揮淚對宮娥。[66]

這首詞緬懷過去的美好，正點出今日之悽慘，充滿著無窮的悔恨和悲傷。「四十年來家國，三千里地山河。」南唐疆域遼闊，統轄三十五州之地，號為大國，然而這個王朝，不到四十年便滅亡了。李煜是在南唐開國那年出生的，三十九歲那年亡國，他經歷了整個南唐歷史的盛衰變化；三十九歲之後，他最美好、最風光的歲月結束了，此後則是另一階段的苦難人生。回憶之前的生活，華麗的宮殿樓閣，建築雄偉，上與雲天相接，而園囿中的奇葩異卉籠罩在煙霧中，枝條分披纏繞，一片繁茂蓊鬱的景象。所謂「鳳閣龍樓連霄漢，玉樹瓊枝作煙蘿」，給人高高在上，彷彿與世隔絕的感覺。因為是這樣的自我封閉的心理、刻意打造的夢幻世界，當然對家國危難的處境採取的就是一種拖延的處事方式。「幾曾識干戈」，誰知道戰爭是怎麼一回事？當時他總不願意認真面對，可是不管知不知

---

[66] 王仲聞校訂本原作「垂淚對宮娥」，諸本亦作「揮淚對宮娥」。詹幼馨《南唐二主詞研究》云：「揮字更沉痛，更有形象。」

道戰爭是怎麼一回事，戰爭卻是無情。「一旦歸爲臣虜，沈腰潘鬢銷磨」，這是干戈帶來的教訓。一旦淪爲稱臣於宋的俘虜，從此在屈辱和痛苦中苟且偷生，以至於身體日漸消瘦而白髮頻生。以前，終日沉醉於快樂的氛圍，刻意忘記時間的存在，現在則在痛苦中，驟然感覺時間原來如此快速變換，早已不復少年時。青春與美夢，在這場戰爭之後，都已灰飛煙滅。而離開故國那一刻，是永遠的痛：「最是倉皇辭廟日，教坊猶奏別離歌。揮淚對宮娥。」因此他永遠記得那畫面：就在倉皇辭別宗廟的時候，教坊樂工還奏起別離的歌曲，這種生離死別的情形，令人悲痛欲絕，只能對著宮女揮灑熱淚了。從前他和樂工、宮女所營造的歡樂盛況，沒想到會用這樣的方式結束，那種亂離的悲傷，痛苦無告的心情，除了淚水還能用甚麼方式來表達呢？以淚告別，所不捨的不只是那些宮女，而是她們所代表的青春年華、流金歲月。

伴隨著心中的悔恨，後主的淚就從沒停止過。據載，李煜入宋後，終日「只以眼淚洗面」[67]，可以想見他傷心欲絕的心情。試看下列詞句，就可知道他當時的生活與心理狀況：〈清平樂〉說：「別來春半，觸目愁腸斷。」離別以來，春天已過了一半，眼前所見的一切都令人悲傷不已。因爲離家在外，最怕的就是觸景傷情。〈浪淘沙〉說：「往事只堪哀，對景難排。」往事回想起來，只令人徒增哀嘆罷了；即便面對多麼美好的景色，也終究難以排遣心中的愁苦。因爲「人生自是有情癡，此恨不關風與月」，他的問題就在不能忘情，又無法面對現實。所以他「起坐不能平」（〈烏夜啼〉），終日坐立難安，

67　王銍《默記》卷下：「李國主歸朝後與金陵舊宮人書云：『此中日夕，只以眼淚洗面。』」陸游《避暑漫抄》：「韓玉汝家有李國主歸朝與金陵舊宮人書云：『此中日夕，只以眼淚洗面。』」

心情起伏跌宕，實在難以平靜。這種處境，他認定是無人能理解的，所以〈相見歡〉說：「無言獨上西樓」、「別是一般滋味在心頭」。可見他活在自我的世界裡，有一種絕對的孤獨感，已非語言所能表達，也無法與人溝通。在孤絕的生活中，他深切體會的是：「世事漫隨流水，算來一夢浮生。」（〈烏夜啼〉）世間事物如同流水一樣的消逝無蹤，而自己的一生就像夢一般的虛幻。那兩年多的俘虜生活，李煜寫的詞都充滿著年華流逝的感嘆，無窮的怨恨。面對這一切，他如何自處，怎樣面對呢？一是喝酒，盡量將自己灌醉。他說：「醉鄉路穩宜頻到，此外不堪行。」（〈烏夜啼〉）比起人間行路難，醉鄉的道路平坦，應該可常去，除此之外，別無他處可行。二是做夢，逃避到夢中世界。〈浪淘沙〉說：「夢裡不知身是客，一晌貪歡。」只有在夢裡才能忘卻作客他鄉，淪為囚徒的苦況，享受片刻的歡愉。但這樣的醉夢人生，真的可以免除苦惱嗎？〈子夜歌〉說：「故國夢重歸，覺來雙淚垂。」夢境畢竟是夢境，現實還是現實，令人感覺這好像無法掙脫的宿命，不禁悲從中來，淚流不已。這樣的生活，這樣的感思，日日夜夜，循環不已，難怪他終日以淚洗面了。

　　這無窮的悲恨之所以產生，關鍵就在於他心中有著一份無法忘懷之情——愈是執著於過去的美好，就愈難忍受當下的不堪，因此不斷緬懷過去，就更會誇大過去生活的美好，相形之下，就更不滿於現狀，這樣日復一日，失落感愈大，激起的情緒就更強烈，愁恨就愈積愈深，令人難以承受。李煜的〈虞美人〉一詞最能表達這樣的情緒：

　　　春花秋月何時了，往事知多少。小樓昨夜又東風，故國
　　　不堪回首月明中。　雕欄玉砌應猶在，只是朱顏改。問

君能有幾多愁，恰似一江春水向東流。[68]

　　這首詞的概括性和感染力都很強，雖然是個人的情懷，卻寫出了普遍性的人類經驗。它一開篇就說出了人間愁恨的根源：「春花秋月何時了，往事知多少。」春花秋月是四季更替之中，年年反覆的良辰美景，去而復來，斷無終了之時；往事則指人生在世，值得回憶的賞心樂事，時移則事往，往而難追，最是無常。這兩句明白彰顯了「永恆的自然」和「無常的人事」的相對性，而這一對比是全詞的基本架構。前六句即從不變的自然景物、具體物象，對照出人世無常的悲感，最後遂引發了一種天下人所共有而永遠無法消除的哀愁長恨。人生的意義就是從疑問開始的。為甚麼大自然的一切永無終止，循環不已，而人生卻如此短暫，而在短暫的人生中，卻又如此充滿著變數，產生各種成敗得失、悲歡離合的事，而多少事終將化為陳跡？過往的一切能清楚記得的又有多少？春花秋月，代表一年四季之中最美麗的景色，花開花落，月圓月缺，一是日間所見之物，一是夜裡所見之景，這架構了一個永恆景象：日日夜夜，由春到秋，皆循環流轉，大自然宣示著它不變的本質。看著這些景色，難免令人觸景傷情。這就是李煜詞所說的「觸目愁腸斷」。「小樓昨夜又東風，故國不堪回首月明中」，在那麼多的人生往事中，作者最難以忘懷的是故國之思。然而同樣的春夜，大自然的景色如常，明月依舊，東風又吹拂著，但人事卻大不相同，故國已不堪回首——誰願意回想過去那些不愉快的事，又如何承受得了回憶的傷痛？這裡是以個人的事例，印證了永恆與無常所形成的相對性，因而激發的悲感。接

68　此詞文本悉依俞平伯《唐宋詞選釋》、鄭騫《詞選》、張玖青編著《李煜全集》、劉慶雲《新譯南唐詞》等書所錄。

著他說：「雕欄玉砌應猶在，只是朱顏改。」在故國之思中，他最在意而依舊不能忘情的原來是那帝王身分、居住在「鳳閣龍樓連霄漢，玉樹瓊枝作煙蘿」的生活。從常理推測，牢固的建築物應可抵擋歲月，不易損毀塌落，而相對於此，人卻難永保青春，所以說：「只是朱顏改。」人的面容會隨著歲月而變改，而加上人事的變遷所帶來的苦惱，則更容易變得憔悴不堪。這兩句是以更具體的形象表現了變與不變的又一次對比。

　　這首小詞只有短短八句，而前六句卻將永恆常在與短暫無常的概念做了三次的對比，從自然的永恆對照人事的變化，到春夜的風與月對照個人的事例——故國之思，再到具體的建築物對照人的容顏，由遠而近，由大景到小景、由外在的景物到人的身體上，層層推進，於是這一無常的悲感，遂形成了一種讓人感覺無法逃於天地之間的壓力，遂逼出了最後兩句，引發了一種天下人所共有而永遠無法消除的哀愁長恨——「問君能有幾多愁，恰似一江春水向東流。」將抽象的愁，用具體的物象「水」來形容，讓人感覺到它的真實性與流動特質，顯示了愁恨的深遠悠長，而水也是時間的象徵，言外之意，彷彿意味著人生的愁恨融合在時間裡，與時間長存，永無終止之日。此即白居易長恨歌「此恨綿綿無絕期」之意。但為何會有此綿綿長恨？不就是因為有著一份執著的情？面對大自然的恆久性，相對地，意識到世間總是充滿著「好景不常、人生易逝」的事實，但人在這變化中，卻沒有放棄最後的努力，仍以堅守著心中的這份情來加以對抗，而呈現出「此情不渝」的精神。因有不渝之情，才會生出無窮的怨恨。那麼天地悠悠，人生有限，但因為有情而承擔著苦難，卻又執著無悔，這不也是為生命賦予意義的一種方式？李煜最後兩句，改變了敘述口吻，「問君」固然是自問，乃自家的真實感受，但也是後主縱情任性的

表現，直逼讀者接受而不容置疑的事實：往事只堪哀，人生有情必有恨，那是大家都無法逃避的宿命，世間必然存在的悲感！

(二) 舊歡如夢 —— 重回夢中的世界

李後主的詞有雙重的對比性，第一層的對比是過去與現在——在今昔對照之下，產生不堪回首的悲嘆，而第二層的對比則是夢境與眞實，看他如何耽溺夢中而逃避現實的表現。這裡用「舊歡如夢」作標題，是因爲既然感覺舊日的歡樂如夢一場，那麼逃避現實最好的方式就是回到夢中，用這個標題多少是有反諷的意味。在不斷往返於現實與夢境之間，反反覆覆，李後主在心態上也許已顛倒了眞假是非。就是說久而久之他已視殘酷的囚虜生活是虛幻的，不把它當作眞實的存在，反而把夢回故國的情境當作眞的一樣。換言之，舊歡如在夢中，日久都信以爲眞的了。不願正視殘酷的現實，是以眞爲假，轉而耽溺在夢中，則是以假當眞，這是作者逃避痛苦而採取的自我欺騙的方式。人世間許多事情，眞眞假假，假假眞眞，但何者是眞？何者是假？往往都是相對的，大多取決於個人主觀的認定。如同《紅樓夢》中賈寶玉夢遊太虛幻境，看見的那幅對聯所寫的：「假作眞時眞亦假，無爲有處有還無。」這兩句的意思是世間一切都是虛假的，把虛假當眞，其實那所謂眞也畢竟還是假的；而一切都是空無的，以無爲有，其實所謂的有終歸也是無。李後主一生就是無法參透這道理，他活在自己編織的夢中，卻又無法眞的擺脫現實囚虜生活的痛苦，明知用逃避的方式終究無效，卻又不得不沉迷夢中，一生便都充滿著矛盾。如同李白說：「舉杯銷愁愁更愁。」藉酒澆愁，只能圖一時的快慰，酒醒後更感空虛寂寞，而李後主想藉夢來忘憂，夢醒後

的失落感恐怕會更大。

　　上文說李煜使用兩種逃避方式：一是藉酒消愁，一是沉醉夢中。我們仔細閱讀李後主被俘虜之後所寫的詞，其實真的談到飲酒，並強調藉醉飲去消除人間苦惱的，只有〈烏夜啼〉一首中的最後兩句：「醉鄉路穩宜頻到，此外不堪行。」但談到夢的詞卻有四、五處之多。可見遁入夢中才是他經常使用的方式，而不是喝酒。喝酒的意象，在前期詞常常出現，如「酒惡時拈花蕊嗅」、「醉拍闌干情味切」，無非是想藉此表達笙歌醉夢的狀況、歡樂的氣氛。而作為俘虜的他，卻不常提及飲酒之事，也許是痛苦到極點，整個嗅覺、味覺的感官都失去了，而且心中充滿著悔恨，面對酒筵歌席也許會怕觸景傷情。因此，精神頹靡萎頓到如此地步，既無心亦無力改善生活，那麼倒頭就睡，逃到夢中世界，也許是唯一的出路了。

　　李煜寫夢的悲喜情懷，簡單來說有三種情況：

　　第一、無法夢歸故國。〈清平樂〉說：「雁來音信無憑，路遙歸夢難成。」那是剛離開江南，到汴京後不久的絕望心情。這兩句是說：大雁飛來了，卻沒有帶來遠方的信息。而路途遙遠，恐怕連想歸去的夢也難以夢到。本來夢的行程與距離遠近是不相干的，現在卻說路途之遠，遠到想做夢歸去都做不到，寫來相當悲哀。

　　第二、夢回故國卻最怕醒來。〈憶江南〉說：「多少恨，昨夜夢魂中。還似舊時遊上苑，車如流水馬如龍。花月正春風。」一開篇就寫出憤恨難平的心情：為何昨夜夢回故國，正在享受帝王生活的美好時，卻讓我醒來？他所恨的當然不是夢中情境，而是做夢這件事。如果無夢，心如槁木，生活就不再起波瀾，就這樣渾渾噩噩、了無生趣的度過此生，而偏偏昨夜

做了一個夢，夢到過去真實一般的情景，依然是在皇家的林苑中遊樂，場面非常熱鬧——「車如流水馬如龍。花月正春風」——車馬奔馳，絡繹不絕，在春風吹拂中，繁花搖曳，明月映照。一個「正」字，寫出當下的臨場感，歷歷在目，彷彿享受著這一切的美好，正樂在其中。而正在此時卻突然轉醒，得重新面對殘酷的現實，倏忽之間，由夢到醒，形成極大的反差，而相對激盪之下，此刻沉痛悲涼的感受就更強烈了，這就難怪作者怨恨昨夜那場夢了。

第三，承接第二種情況，明知沉醉於夢境，醒來更生怨恨，卻仍貪戀夢中世界的歡樂，以至於寫出了今昔對照下更深沉的悲痛，體認到美好的人生已被摧毀的事實。〈浪淘沙〉一詞寫出了這樣的深悲：

> 簾外雨潺潺，春意闌珊。羅衾不耐五更寒。夢裡不知身
> 是客，一晌貪歡。　獨自莫憑闌，無限江山。別時容易
> 見時難。流水落花春去也，天上人間。[69]

蔡絛《西清詩話》說：「南唐李後主歸朝後，每懷江國，且念嬪妾散落，鬱鬱不自聊。嘗作長短句云：『簾外雨潺潺，春意闌珊……。』[70]」含思淒婉，未幾下世。可見這是作者去世前不久所寫的。這首詞值得注意的是它的對比性結構所形成的激烈情緒。故國不堪回首，離開家鄉後便難以重返，這些都是明明知道的事實，作者卻作繭自縛，一直不能忘情，而面對現實的殘酷，每晚就只希望逃入夢中，尋求短暫的歡樂，但醒

---

[69] 此詞文本悉依俞平伯《唐宋詞選釋》、鄭騫《詞選》、劉慶雲《新譯南唐詞》等書所錄。
[70] 引自陳書良、劉娟《南唐二主詞箋注》，頁112。

來後的痛苦卻不斷加深，如此惡性循環，到最後反而更深刻的認知到其實一切的美好已不復存在。這首詞就寫出了這種極端的苦況，明知作夢徒勞無益，卻也只在夢中能稍稍得到一點慰藉。李後主的處境確實令人同情。

　　詞一開篇就寫出一片淒涼、殘敗的景況。「簾外雨潺潺，春意闌珊。」簾外一片潺潺的雨聲，春天的景象衰敗凋殘，春天就要過去了。所謂「一切景語，皆情語。」春天本身是沒有盛衰之感的，那是人的意識。詩詞中所寫的春景，無非是寄託人的一份春心、春情。開頭這兩句，寫出了詞人所體會的環境氛圍，反映了他的生命感受。下一句果然就寫到他自己的情況了：「羅衾不耐五更寒」，即使蓋著絲綢被子，也抵受不了清早的寒氣。顯見作者這時候是醒著的，也許是因為下雨了，氣溫下降，寒氣逼人，讓人無法安睡，他就這樣的醒來了。醒來後，簾外傳來潺潺的雨聲，聲聲入耳，更令人感到孤單淒涼。因而推想，庭院中的花草在風雨中應已零落凋殘，春天也將結束了。他所以有這樣的意識，那是因為剛結束了一場美夢所引起的。好景不常，是容易發生的事。晏幾道〈蝶戀花〉說：「春夢秋雲，聚散真容易。」春與夢，所以並稱，是因為春光短暫，好夢易醒，兩者都有美好卻不能長久的特性。現在，因為被寒氣弄醒，先前的美夢就破滅了。而美夢一破滅，又得面對作為臣虜的屈辱感，和苦不堪言的處境，遂不得不令人眷戀夢中的世界，所以他說：「夢裡不知身是客，一晌貪歡。」意思是只有在夢裡才能忘卻作客他鄉，淪為囚徒的苦況，享受片刻的歡樂。可見作者的夢，就是一種逃避現實的方式。然而夢中的歡樂只有短短的時間，醒來後的哀愁卻是長長而無法消除的。李後主的痛苦就在不能忘情。故國之思，終日糾纏著他。所謂「日有所思，夜有所夢。」李後主所以能常常夢回故國，

如眞實的一般，是因爲他白天裡都在思念過去。

「獨自莫憑闌，無限江山。別時容易見時難。」這三句是說：千萬不要獨自一人在高樓上倚靠欄杆遙望遠方，因爲想到舊時擁有的無限江山，心中就感傷不已。相對來說，告別大好河山是容易的，但再要見到它就極爲艱難。多情而又執迷不悟的詞人也許都一樣，像柳永〈八聲甘州〉說：「不忍登高臨遠，望故鄉渺邈，歸思難收。」他們都知道登高臨遠的後果，都用了「莫」、「不忍」等字詞，告誡自己千萬不要做，但卻明知故犯，還是無法壓抑那份思念故國、盼望歸鄉的熱切情緒，結果當然是帶來更深的悲痛了。李後主體認到的事實是「別時容易見時難」，現在去國離鄉，想歸家已無望了。既然如此，那麼訴諸夢境就變成唯一的方法。但李後主在這首詞裡已意識到夢中景象畢竟是虛幻，做夢只是逃避現實，用來尋求短暫快樂的一種方式罷了。至於現實，他已感覺沒甚麼希望，世間萬事一切都是一去不返的。所謂「別時容易見時難」，既呼應上兩句面對江山的感嘆，而無限江山所代表過去一切的美好，不也是消失了便無法再重現？這首詞最後兩句寫出了這種幻滅感：「流水落花春去也，天上人間。」這給開篇「春意闌珊」的推測說法，賦予了眞實的內容。現在登高臨水，果然看到落花飄零的畫面，眞的證實了「春意闌珊」，春天已逝的事實。誠如前面所說，春天代表一份春心、春情，也代表人生最美好的韶華歲月。這兩句象徵的含意是非常沉痛悲傷的。這兩句其實有多重的意思：一種說法是，這是承接上一句，說明別易見難的情況，是說過去的美好與美麗的春光都逝去了，就如天上人間，永遠阻隔不通，再無重見之緣。另一種說法是，這表示迷離惝恍的心境，是說流水飄著落花，春天就這樣歸去，試問能到哪兒尋找春日的美好呢？是在天上，抑在人間？又一

種說法是，這是美麗與哀愁的對比，意思是過去的美好，如落花流水，隨春光逝去，如此美好的一切，實在再難出現，現在與過去的對比，實有天壤之別。比較起來，第三種說法較可取。春天代表美好，如果春天不見了，人生便不再美好，生活好像從天上掉落凡間一般，落差很大。不過，以後主任性天眞的態度，悲痛欲絕的心情，奔放激切的筆調，最後這兩句應該會採用一網打盡、毫不保留的論斷方式，來表達他極度哀傷的感受。流水在這裡代表時間，花象徵美麗的容顏、青春的生命，而春則是韶華歲月，一切美好的象徵。「流水落花春去也，天上人間」，這兩句是說：流水帶走了落花，生命中美好的一切皆如春光美景，倏忽而過，一去不返，天上也罷，人間也罷，茫茫宇宙間，所有的一切都同歸於悲哀的宿命。前人說這是後主最後的代表作，不是沒有根據的。如此哀痛逾恆，後主的精神狀況可以想見。

五、活在自我世界之虛妄

李煜在做階下囚的痛苦生活中，雖可藉夢逃避現實的煩憂，但他已意識到其實美好的一切都隨時間而飄逝，慢慢體悟到人生不過是一場虛幻。以詞來表達「人生如夢」這一生命課題，李後主之前未曾出現。唐五代詞人的夢詞，能呈現較完整型態的，是韋莊的〈女冠子〉：「昨夜夜半，枕上分明夢見。語多時。依舊桃花面，頻低柳葉眉。半羞還半喜，欲去又依依。覺來知是夢，不勝悲。」這首詞寫男子思念女子相思而成夢，夢醒而悲的情況，具體明白地敘述了入夢、夢中到夢醒的整個過程，而寫夢中情節尤其精采，彷彿眞的像過去情境的重現，從兩人竊竊私語，看見女子的面貌眉妝，一響一笑間，展現溫柔嬌羞的模樣，然後寫到分手時依依不捨的神態，歷歷在

目，是唐五代夢詞中不常見的內容。最後寫正在難分難捨之際，詞人忽然醒來，才知道是一場夢。情節作這樣快速的轉折變化，給人措手不及的感覺，由此生出極端悲切的情緒，完全是可以理解的。用清晰的夢中景，對比反襯當下的處境，激起相對的悲情，在上文介紹的後主〈憶江南〉詞也有相類似的內容，也用了同樣的手法。而當後主以一己的生涯歷練，將自己真實的生命感受化入詞中，寫出人生如夢的體驗時，他的詞已提升到另一個層次，情感之外多了一份略帶哲思的感悟，超出了一般男女情詞的藩籬，已進入士大夫更幽深、高遠的情意世界。

李後主個性偏執，他的人生的虛妄感，是活在自我封閉的世界中所形成的。他的個性決定了他的一生。怎樣去界定生活的意義，怎樣去認知自己與外在世界的關係，就是一種生命的抉擇，後主選擇完全活在自己的世界裡，面對人生，他採取的是一種自我孤立、不再信任別人的態度。他亡國之後，心中充滿著悔恨，卻不加以反省，反而一味縱容自己的情緒，耽溺在哀愁怨恨中，用冷漠的態度面對周遭一切。後主之所以如此，不難理解。他活在過去，沒有勇氣接受現在，因而就沒有未來。換句話說，他個人的內在世界被掏空了，也失去了與外在世界的聯繫，整個人生頓失方向，也找不到有甚麼值得追求的價值和意義。他心裡應該有很深的罪咎感，平常處於極度焦慮不安的狀態中，孤立無援，於是帶著自虐的心態，放縱自己的情緒，也因為對生命已喪失了興趣與熱誠，乃採取了自我放逐的方式度日。

後主的〈相見歡〉最能表達這種自我放逐的寂寞孤獨感：

無言獨上西樓，月如鉤。寂寞梧桐深院鎖清秋。　　剪不

斷，理還亂，是離愁。別是一般滋味在心頭。

　　這首詞傳誦一時，但不及〈浪淘沙〉、〈虞美人〉等詞奔放沉著，不過因為這是作者悲從中來，直接表白的沉痛心聲，毫不保留地說出自己最不一樣的感受，語調激切，所以極為哀怨動人。這首詞上片敘寫所處環境的寂寞，下片則是宣洩滿腹離愁別恨，卻只能獨自領受的極度辛酸與悲痛。

　　「無言獨上西樓」，一開篇就說出詞人的處境，亦點畫出後主的愁容。所謂「無言」，不是無話說，而是不能言，不願言，不知如何言，無人可以言，可見亡國之君處境的險惡，也反映出後主的心理狀態──語言本來是與人溝通的工具，現在他孤獨登樓，無言以對，可見他自我封閉，與人隔絕，沒有聯繫的孤絕狀態。我們可以推想他一整天在室內應該是悶悶不樂的，現在入夜了，雖然是一個人，他還登樓，走出戶外，往高處去，可見他有藉此紓憂解悶的想法。可是，看到的景色卻是「月如鉤」、「寂寞梧桐深院鎖清秋」，舉頭所見新月如鉤，如此殘缺的月色怎不令人更增人生不和諧完美的傷感之情？於是不忍再看，低下頭來，沒想到卻望見更令人惆悵的景象：種植梧桐樹的幽深庭院，一片寂靜，彷彿將清冷的秋色都關在裡面。所謂「鎖清秋」，是關住了淒清的秋意。這裡的鎖字，既寫門庭深鎖，也暗點後主作為囚虜的處境；鎖住的不只是秋景秋色，還有後主的身體和心靈。因此所謂「寂寞」，其實就是後主投影於梧桐深院的心情。這兩句，一寫月，一寫梧桐，俯仰之間，到處都讓人觸景傷情。他之所以有此感觸，是因為他不認同現有的一切，面對外在的景物只會徒惹悲哀，卻不能排遣愁怨，而追根究柢就是他自始至終都無法擺脫心中的一份離愁別恨。

下片，因景抒情。換頭三句說：「剪不斷，理還亂，是離愁。」離愁，是人們內心的一種情感思緒，六朝民歌中常用絲綢、絲線的「絲」這個字，諧音「思念」的「思」。李煜在這裡也是用絲線來比喻愁思，他用「剪不斷，理還亂」的千絲萬縷，形容愁思之紛繁糾纏和難以解開。這比單純的諧音取義，賦予了更生動又更深刻的意義。彷彿使人看到離愁就像一團亂絲，僅僅盤旋糾纏著人，而無法鬆綁，得到解脫。這是詞人作繭自縛的結果。實際上，這愁怨是何時，又是怎樣形成、怎樣發生的，又該如何化解，真的也摸不著頭緒。而由此離愁帶來的苦惱，重重疊疊，糾結紊亂，如千千萬萬無形的思縷，纏繞著他，理也理不清，剪也剪不斷，畢竟這是離思，不是一般的絲線。因離別而帶來的愁緒，怎能剪得斷，化解得了呢？除非如白居易〈長相思〉詞所說：「思悠悠，恨悠悠，恨到歸時方始休。」如想終止這份離恨，除非能歸去，回到屬於自己的世界，但在身不由己的情況下，那終究是無解的。至於，改為理性一點，弄清楚一些頭緒，讓自己好過一點，沒想到治絲益棼，越理越亂，還是不得要領，反而越做越糟。這可見詞人的努力，但也看見他徹底的失敗。而李後主這份離別的愁緒為甚麼那麼紛繁、那麼糾纏，又那麼難以排解呢？他最後說：「別是一般滋味在心頭。」所謂「別是一般滋味」，是無人嘗過的滋味，只有自家領略的意思。後主是亡國之君，他所受的痛苦，所嘗的滋味，自與常人不同，實非世人所能體會。既然這不是一般的離愁，自然非一般語言所能表達，也不是一般人所能理解。唐圭璋說：「心頭所交集者，不知是悔是恨，欲說則無從說起，且亦無人可說，故但云『別是一番滋味』。究竟滋味若何，後主且不自知，何況他人？此種無言之哀，更勝於痛

哭流涕之哀。[71]」這種說不出是怎樣的一種滋味的離愁別恨，點滴在心頭，表明了那是不可言傳的個人獨有的體會，這樣的話就是否定了與人溝通的可能，無疑是將自己封閉在孤絕的世界裡，拒絕了別人的關懷慰問。

這首詞由「無言獨上西樓」寫起，最後寫出了一種無言以對，孤獨無依的極端沉痛悲涼之感。然則「人間沒個安排處」，無人能理解自己，李後主又如何自處呢？他所採取方式就如前文所述，躲回自己的夢中世界去。

他在〈子夜歌〉（即〈菩薩蠻〉）一詞敘寫夢中夢醒的情事，進而體悟到人生的虛妄：

> 人生愁恨何能免，銷魂獨我情何限。故國夢重歸，覺來雙淚垂。　高樓誰與上，長記秋晴望。往事已成空，還如一夢中。

我們讀詞的首兩句：「人生愁恨何能免，銷魂獨我情何限」，就可了解〈相見歡〉一首所說「別是一般滋味在心頭」，究竟是怎麼樣的語態和心境了。李後主的主觀意識相當強，他認定人生是怎麼一回事，就會用很清楚的語言直接表達出來，讓人無法置喙。我們可以說李後主是很真的人，他自矜自憐，也很固執，始終表裡如一。但他一生的悲劇，主要就是來自這樣的個性，而這個性帶給他極大的痛苦。他說：人生於世，充滿著愁恨，誰能免得了？但為何我悲傷難過的事特別多？面對這種種令人悲痛欲絕的情事，李後主慣用的方法就是逃避。那麼，他最希望逃往何處？江庵〈別賦〉說：「黯然銷

---

71 《唐宋詞簡釋》，頁39。

魂者，唯別而已矣。」最使人心神沮喪、失魂落魄的，莫過於別離。李煜之「銷魂獨我情何限」，主要指的就是一種離愁別恨。因此，故國就是他「日有所思，夜有所夢」的歸宿。「故國夢重歸，覺來雙淚垂」，夢回故國，可以尋得片刻的歡樂，可是一覺醒來，感慨萬千，不禁熱淚盈眶。「覺來雙淚垂」，是因為今昔對比，現實情境的孤苦無奈，相對於夢中情境的溫馨旖旎，撫今追昔，反差非常大，情緒也更複雜所導致的。

　　「高樓誰與上，長記秋晴望」，寫醒來依舊無法忘懷故國，一直都記得秋日與賓客一起登高望遠的情境。所謂「誰與上」，即與誰上，能與何人登上高樓？其實指的是無人同上高樓之意，進一步點明作者的現實困苦的環境和空虛寂寞的心情。秋日晴空，浮雲變幻，此景此情，引申出作者更深一層的哀嘆：「往事已成空，還如一夢中。」他追念過去的繁華歲月，覺得一切成空，如在夢中，總覺虛幻。這是他一生的總結。《金剛般若波羅蜜經》中四句偈：「一切有為法，如夢幻泡影，如露亦如電，應作如是觀。」後主篤信佛教，佛經對他應有影響，不過這兩句詞不是根據佛經的經義真正認為「應作如是觀」，而是出於他窮途末路的哀鳴。現實中很多事情，讓人感到束手無策，難以自主，總讓人感到徒勞無功，有一種空虛而無著落的感覺，而人間世事無論悲歡笑淚，事過境遷，也總給人一種不堪回首的感嘆，作者是基於此才有「往事已成空，還如一夢中」的感慨的。事實上，後主尚未空諸一切，看破紅塵，得到真正的解脫。

　　這首詞出現兩個「夢」，代表兩個層次。上片說「故國夢重歸」，是平常出現的夢，夢中世界，以為都是真的，但「覺來雙淚垂」，醒來一對照，方知是假，不過一場虛幻。下片說「還如一夢中」，是就往事來說，所謂「往事知多少」，多少

事情一過去即成往事，都化作一場空，難以追回，好像夢境一般，似真若幻。這是作者的迷惘，是對人生更大的質疑，表達了「人生如夢」的虛妄感。人如果不是痛苦到極點，不會如此地懷疑並否定人生的。因此，無論是夢中境或世間事，對後主而言，都是如夢一般的虛幻不真，而後主所度過的一生，總括來說就是虛妄的人生。

六、最後的總結

本文以雙重對照的觀點重新審視李後主的詞，對他詞中的情意世界做了多面向、多層次的論析，最後歸納幾個要點來總結李後主其人其詞：

第一、李後主詞縱情任性，充分表現了他的個性特色。因而，隨著他極大幅度的生涯變化，詞中悲歡哀樂的情緒十分顯著，跌宕有致，感人特深。詞發展到後主，已注入更多屬於個人的身世之感，已由歌詞變為抒情詩一般的文體。李煜在詞史上的地位於焉可見。

第二、李後主詞有前後期之分，前期旖旎歡樂，後期沉痛悲涼，形成強烈的對比。但無論是過度沉醉於歡樂，或過度耽溺於悲痛，其實都是後主無法面對現實生活的表現。他沒有勇氣面對真實的自己，所以採取了逃避的方式來麻醉自己。因此，李後主的整個人生，就是逃避的人生，也是醉夢人生，而到最後他也體會到原來一切都屬虛幻，那麼也就可以說是虛妄的人生。「往事已成空，還如一夢中」，但在如夢的人生中，何時能醒來？後主的內心世界是不安的，因為他蘊藏著極大的憂懼。他沒有勇氣面對真實人生，他將自己最真最深的情意投注在虛幻的世界裡，於是歡樂時的歡樂，不是真正的歡樂，至於悲哀時的悲哀，因相對情懷的激盪而引起的情緒自然就更強

烈了。

第三、李後主前期詞寫詩酒歌舞的生活，沉醉在帝王宮殿的生活中。亡國後，他思念故國，所追憶的都是些宮殿情景、生活片段。他的詞盡是這些畫面：「鳳閣龍樓連霄漢，玉樹瓊枝作煙蘿」、「想得玉樓瑤殿影，空照秦淮」、「車如流水馬如龍」、「雕欄玉砌」、「長記秋晴望」等等。可見家國所象徵的身分地位，所擁有的物質生活，才是他最在意的。現在的囚虜生活，與過去的生活對比，反差之大眞如天上與人間之別，這難怪他無法釋懷，那麼悲痛欲絕了。因爲帝王身分的失落，不只是一種恥辱，更是一切生命意義的否定。他亡國後剩餘的生命，只能活在屈辱和無窮的悔恨中。我們在一般的詞裡都會讀到詞人面對時間推移，空間隔分，往往都會喚起心中一份與人聯繫的不渝之情，來證明自己生命存在的意義。如柳永〈八聲甘州〉說：「想佳人，妝樓顒望，誤幾回、天際識歸舟。爭知我，倚欄杆處，正恁凝愁。」晏幾道〈鷓鴣天〉說：「從別後，憶相逢。幾回魂夢與君同。」蘇軾〈江城子〉說：「十年生死兩茫茫。不思量，自難忘。」這些敘寫生離死別的詞篇莫不如是。然而在後主後期詞作中卻未曾出現這樣的情節，他緬懷的都是過去的享樂生活。終日沉醉於歡樂，或是耽溺在悲哀之中，帶著自矜自憐的方式度日，都是缺乏愛的能力的表現。或者可以這樣說，後主個性比較懦弱，他無法承受生命的重量；雖有赤子之心，卻始終有著不成熟的心靈。他的悲劇實乃來自他的個性，當然也與他的身分與際遇有關。

就文學論文學，李煜的詞雖不是蘇辛豪曠精神的展現，但確實發自內心，眞率自然，寫得痛快淋漓，予人強大的衝擊力和震撼感。他表達情緒不糾纏，只是盡情傾訴，沉醉於樂，也沉醉於悲，完全忠於自我生命的感受，起落的姿態十分動人，

而這情意表達的方式，本身就是一種美，一種帶有悲劇性的
美，也著實令人憐惜。

情感與形式——
論柳永的豔詞

一、柳永詞的兩種評價

唐五代詞，依《花間集》與《尊前集》所錄，大抵皆綺筵別席之上，文人隨興賦作，歌妓婉轉而歌的篇章。這類作品，內容以傷春懷遠、閨情別恨和美人神態爲主，寫景多在枕間席上、繡閣園庭，遣詞但求錦麗，體製多是短章。而能自外於花間一派，有個人的風格特色，應數南唐馮延巳、李煜二家。馮延巳「爲樂府新詞，俾歌者倚絲竹而歌之，所以娛賓而遣興」的態度[1]，雖同於花間，但其詞堂廡氣象更爲弘闊，別創一種情感境界，非徒一般樂歌而已。至於後主李煜的詞，早期猶有言情旖旎之作，華麗高朗，備見才情，晚年感傷亡國，字字血淚，更是內在情志的充分表現，感慨特深，境界變大，已非五代格局所能拘限。不過，就體製而言，無論花間詞人或馮、李二家，仍集中於短篇令詞的製作。這種現象，一直延續到北宋初年。晏殊、歐陽脩爲宋初名家，二人詞風直承馮延巳，晏得其俊，歐陽得其深[2]，所長俱在令詞，內容不出唐五代範圍，甚至創作的地點仍多是朋僚親舊燕集之間，雖有述寫個人之興感哀樂，亦多爲娛賓遣興之作。可以看出，詞發展到北宋初期，雖然作者日多，卻依然無法取得和詩文相等的地位，創造出更多更深廣的題材，更開闊的意境。這和詞起於檀板筵會之間的出身有關，和它那嚴整的音律要求、狹小的內容形式也相關。篇幅短小的令詞如同詩中的絕句，無法容納波瀾開闊的情感、曲折詳密的敘述，又加上音樂的拘束，更使得「但使龍城飛將在，不教胡馬度陰山」的雄勁、「醉臥沙場君莫笑，古

---

* 本文最先發表在《中國文哲研究集刊》9期（1996年9月），頁163-192。題曰〈論柳永的豔詞〉。後改題〈柳永豔詞的情感與形式〉。

1 語見陳世脩〈陽春集序〉，馮延巳《陽春集》，四印齋本。

2 劉熙載〈詞概〉：「馮延巳詞，晏同叔得其俊，歐陽永叔得其深。」見唐圭璋編《詞話叢編》（臺北：新文豐出版公司，1988），第四冊，頁3689。

來征戰幾人回」的蒼莽悲涼以及敘事說理之體自絕於曲子詞之外，這是詞體先天不足之處。而文人未盡全力、隨興賦寫的態度，也使得它無法脫離樂歌的身分而獨立，這是詞後天不足的地方。奠定詞體獨立、發展的基礎，須賴長調之興起。篇幅廣大的長調，固然仍受音律的限制，卻足以容納更多樣的情感，於是，詞的形式內容得以擴充伸展，不再局限於綺羅薌澤之間，而進入更深曲的情志，更闊大的境界。所以說長調的創作是詞史上影響深遠的一件大事，推動這件大事的功臣則是柳永。

柳永雖不是長調的創始者，卻是第一位擅寫長調的專業詞人，他的《樂章集》三卷連同續添曲子一卷，共收詞二百一十二首[3]，約有十分之八是長調，其數量之多前所未見，寫作技巧亦臻純熟靈活，可以說長調到了他的筆下，已發展成為一種相當成熟的體製了。同時，他也是第一位投注一生才力於詞之創作的文人，既創新調，復研技巧，更藉登山臨水、望遠興懷的題材，寫入自己落拓江湖的羈旅情愁，其淒清高曠打破了五代宋初以來的詞的格局。不過，論者皆以為柳永在詞境上的開拓仍然有限，遠不如他在詞的體製上的貢獻大，而真正拓展詞的內容意境，使詞成為和詩文可以並稱的文學作品，則有待蘇軾的出現[4]。然而由柳永催促成熟的長調，卻是

3　此據唐圭璋編《全宋詞》（臺北：文光出版社，1978），頁13-57，所收詞數。

4　宋翔鳳《樂府餘論》：「按詞自南唐以後，但有小令。其慢詞蓋起宋仁宗朝。中原息兵，汴京繁庶，歌臺舞席，競賭新聲。耆卿失意無俚，流連坊曲，遂盡收俗俚語言，編入詞中，以便伎人傳習。一時動聽，散播四方。其後東坡、少游、山谷輩，相繼有作，慢詞遂盛。……柳詞曲折委婉，而其中具渾淪之氣。雖俚語，而高處足冠群流，倚聲家當尸而祝之。……以屯田一生精力在是，不似東坡輩以餘事為之也。……余謂慢詞，當始者卿矣。」見《詞話叢編》，第三冊，頁2499。按：宋翔鳳對柳永十分推崇，不過謂慢詞始於柳永，是值得商榷的，因為敦煌曲裡早已有慢詞（長調）的製作；至於說柳永傾全力填詞，慢詞由此而盛，則是事實。關於柳永、蘇軾在詞史上的重要貢獻，鄭騫〈柳永蘇軾與詞的發展〉一文有很精闢的論述，可參閱：見鄭騫《景午叢編》（臺北：中華書局，1972），頁119-127。

日後宋詞卓然獨立、璀燦興盛的主要根基。所以，柳永在詞史上的地位，就奠基在他所作長調的質與量上。可是，除了這種發展史上的肯定外，歷來詞論家對柳永的作品又給予怎樣的評價呢？他真正的文學成就是否可觀？相對於花間詞的精麗、晏歐的深俊，柳永結束了令詞獨領風騷的時代，其長調創作開拓了哪些新領域、表現出哪些新的風格特質？請看由宋迄今幾家重要的詞評：

> 至柳耆卿始，鋪敘展衍，備足無餘，形容盛明，千載如逢當日，較之《花間》所集，韻終不勝。（宋・李之儀〈跋吳思道小詞〉）

> 柳耆卿《樂章集》，世多愛賞。□□該洽，序事閒暇，有首有尾；亦間出佳語，又能擇聲律諧美者用之。惟是淺近卑俗，自成一體，不知書者尤好之。予嘗以比都下富兒，雖脫村野，而聲態可憎。（宋・王灼《碧雞漫志》卷二）

> 逮至本朝，禮樂文武大備，又涵養百餘年，始有柳屯田永者，變舊聲，作新聲，出《樂章集》，大得聲稱於世，雖協音律，而詞語塵下。（宋・胡仔《苕溪漁隱叢話・後集》卷三十三引李清照語）

> 柳之樂章，人多稱之，然大概非羈旅窮愁之詞，則閨門淫媟之語。……彼其所以傳名者，直以言多近俗，俗子易悅故也。（同上卷三十九引《藝苑雌黃》語）

> 柳詞格固不高，而音律諧婉，語意妥帖，承平氣象，形容曲盡，尤工於羈旅行役。（宋・陳振孫《直齋書錄解題》）

耆卿詞曲處能直，密處能疏，峯處能平；狀難狀之景，達難達之情，而出之以自然，自是北宋巨手。然好爲俳體，詞多媟黷，有不僅如《提要》所云，以俗爲病者。
（清·馮煦《蒿庵論詞》）

耆卿詞細密而妥溜，明白而家常，善於敘事，有過前人。惟綺羅薌澤之態，所在多有，故覺風期未上耳。
（清·劉熙載《藝概·詞概》）

耆卿詞，當分雅、俚二類。雅詞用六朝小品文賦作法，層層鋪敘，情景兼融，一筆到底，始終不懈。俚詞襲五代淫靡之風氣，開金、元曲子之先聲，比于里巷歌謠，亦復自成一格。（龍榆生《唐宋名家詞選》引夏敬觀手評《樂章集》語）[5]

從以上的評語可以得知：柳詞在藝術技巧上得到相當高的評價，論者普遍認爲柳永詞音律諧婉，擅於鋪敘，用字細密妥溜，敘事則明白家常、形容曲盡，然好用俚語俗曲，白描過度，時或不免淺近卑俗，而更令人詬病的是他「好爲俳體，詞多媟黷」。在題材內容方面，柳詞大致不離羈旅行役、美女與愛情之敘寫兩大主題（寫都市承平氣象這一次要題材，亦有出色的表現[6]）。前者抒寫柳永落拓江湖、登山臨水、望遠興懷

---

5 見李之儀：《姑溪文集》，《粵雅堂叢書三編》本，卷四十；《詞話叢編》，第一冊，頁84；《苕溪漁隱叢話》（臺北：長安出版社，1978），頁254、319；錄自鄭騫《詞選》（臺北：華崗出版有限公司，1978），「附錄」，頁189；《詞話叢編》，第四冊，頁3585-3586、3689-3690；見龍榆生《唐宋名家詞選》（香港：商務印書館，1986），頁8。

6 宋·黃裳〈書樂章集後〉云：「予觀柳氏樂章，喜其能道嘉祐中太平氣象，如觀杜甫詩，典雅文華，無所不有。是時予方爲兒，猶想見其風俗，歡聲和氣，洋溢道路之間，動植咸若。令人歌柳詞，聞其聲，聽其詞，如丁斯時，使人愾然所感。嗚

的流浪情懷，以及個人的不遇之悲，是前代鮮有的題材，而其高曠淒清的詞境更非五代宋初詞人所能望及；後者寫閨門倡樓之情事，因襲五代淫靡風氣，多引來非議，為世所詬病。兩類詞有明顯的雅鄭之分，而評論的高下亦由此而定。柳詞中膾炙人口、備受推崇的名篇皆屬前者，飽受衛道之士攻擊，招致「詞格不高」、「風期未上」之譏的則是後者，所謂「閨門淫媒之語」、「綺羅薌澤之態」正指這一類豔詞。

　　豔詞者，側豔香軟之詞也。側有不正之意，豔指錦麗華美；側豔合用，兼指文辭情思的輕靡流麗。至於香軟二字，既指明了內容以綺羅薌澤之態為主，又拈出詞旨在表達軟膩之情、宛轉之思。所以豔詞涵括的範圍是少女神情姿態和心境的描摹、少婦閨中懷人的愁思以及男女相親相悅的冶遊作品。如前所述，這類題材風格為晚唐五代詞之正宗，也是歷代詞的重要主題，為何柳永卻以此類作品招來非議？這些作品真的只是一些媟黷淫靡的篇章嗎？抑或也有柳永一生的才情貫注其間，甚至有不容忽視的意義在？而柳永明白如話的敘事方式是否乃促成其詞淺近卑俗的重要因素？歷來詞論家是基於怎樣的原因否定柳永豔詞的價值？總之，將柳詞簡單概括為雅俗二類，給予兩種不同的評價，是否合理？難道柳永豔詞真的一無可取？在檢討這些批評意見之前，我們有必要重新審視柳永所有的豔詞作品，切實地了解其內容及表現特色，方可有一比較客觀的論斷，而不至人云亦云，或為求平反而造成另一種偏見。

呼！太平氣象，柳能一寫於樂章，所謂詞人盛世之黼藻，豈可廢耶？」又《方輿勝覽》引范鎮語：「仁宗四十二年太平，鎮在翰苑十餘年，不能出一語詠歌，乃於耆卿詞見之。」可見時人對柳永寫都城風光的詞相當推崇。

二、柳永豔詞的情意內容和表現方式

在柳永《樂章集》所收二百多首詞中，純粹以女性與愛情為主題的豔詞約有六十首，依其敘述方式可分為兩類：客觀的描寫與主觀的敘述；依內容來分，則不外少女歌聲舞影、嬌媚神態、懷人哀思及男女繾綣之情的敘寫。以下分類論述之。

(一)客觀描寫的情景

所謂「客觀描寫」，是指以第三者的眼睛、想像力去觀察眼前的女子，揣摩她們的心境，描繪出這些女子的身段、舉止、神情與心思。換言之，行文敘事之間，作者從未現身，嬌媚的女子、哀怨的思婦便是唯一的主角。當然，所謂客觀只是一相對的概念，這裡不過是用來方便與表達了作者情意一類的作品區分罷了。柳詞中客觀敘寫的豔詞，可細別為臨寫歌聲舞影者，描述嬌媚神態、靈慧心思者，以及揣摩閨中愁怨者三種，全部合計三十四首。

第一類臨寫歌聲舞影的詞，共計八首：〈柳腰輕〉（英英妙舞腰肢軟）、〈鳳棲梧〉（簾下清歌簾外宴）、〈浪淘沙令〉（有箇人人）、〈木蘭花〉四首（心娘自小能歌舞、佳娘捧板花鈿簇、蟲娘舉措皆溫潤、酥娘一搦腰肢裊）、〈瑞鷓鴣〉（寶髻瑤簪）。其中三首極力描摹歌聲之動人，四首寫舞姿之輕靈，〈木蘭花〉第一首則兼寫歌舞之妙。分別觀之，八首皆有生動之處，然而若是比並齊看，卻會發現無論是鋪排章法、遣辭用字或描寫角度往往重覆。大體言之，總自泛論主角的美色才藝開始，如「英英妙舞腰肢軟」、「有箇人人、飛燕精神」、「蟲娘舉措皆溫潤」等，而後展開主題的描述，或美舞姿，或稱歌喉，終結以搖動人心的詠嘆，如「坐中年少暗消魂，爭問青鸞家遠近」、「何當夜召入連昌，飛入九天歌一曲」等。其

中最出色的往往是主題描述的部分，生動靈活，充分表現柳詞「形容曲盡」的特色。我們不妨看看下面這首〈柳腰輕〉：

> 英英妙舞腰肢軟。章臺柳、昭陽燕。錦衣冠蓋，綺堂筵會，是處千金爭選。顧香砌、絲管初調，倚輕風、佩環微顫。　乍入霓裳促徧。逞盈盈、漸催檀板。慢垂霞袖，急趨蓮步，進退奇容千變。算何止、傾國傾城，暫回眸、萬人腸斷。

　　此詞最令人驚喜的是由「顧香砌」到「進退奇容千變」的一段描寫。從絲竹初調，美人斂袖凝立寫起，一句「倚輕風、佩環微顫」，既寫欲舞未舞的美人情態，復點出了觀者屏氣凝神的專注，因為只有四周寂靜，始能覺出輕風之動、佩環之聲。而上半闋能以此結，方可煞住錦衣冠蓋、千金爭選的喧鬧，將所有注意力移到美人的舞姿上。於是下半闋娓娓述其舞容，全用白描手法，既言曲拍由緩入急，更寫慢舞急旋之狀，一氣呵成，不著典故，而舞者活現眼前。他如寫歌聲之「桐樹花深孤鳳怨。漸遏遙天，不放行雲散。」（〈鳳棲梧〉）及「凝態掩霞襟。象板聲聲，怨思難任。嘹亮處，迴壓絃管低沉。時恁迴眸斂黛，空役五陵心。」（〈瑞鷓鴣〉）亦屬白描佳作，且不只寫出歌聲，也寫出了歌中的情意。值得注意的是，全詞以描摹歌聲舞影為主題的作品，在五代北宋初，柳永之前僅得魏承班〈玉樓春〉一首，稍晚則見張先〈慶春澤〉、歐陽脩〈減字木蘭花〉兩首[7]。因此，我們似乎可以斷定這種題材原來只是冶遊

7　魏承班〈玉樓春〉：「輕斂翠蛾呈皓齒，鶯囀一枝花影裡。聲聲清迥遏行雲，寂寂畫梁塵暗起。　玉斝滿斟情未已，促膝王孫公子醉。春風筵上貫珠勻，豔色韶顏嬌旖旎。」張先〈慶春澤・與善歌者〉：「豔色不須妝樣。風韻好天真，畫毫難上。花影豔金罇，酒泉生浪。鎮欲留春，傍花為春唱。　銀塘玉宇空曠。冰齒映輕脣，

作品裡的襯景，並非描寫的重點，直到柳永筆下才正式成爲豔詞中的主題之一。而在柳永的白描技巧裡，這些歌舞雖然難免重覆，卻也頗爲靈動。另外值得一提的是，八首詞的篇幅多不長，但鋪敘詳盡的特色卻一如長篇，不復花間之隱約含蓄。

第二類描述女子嬌媚靈慧的神態與心思的詞，共計九首：〈鬥百花〉其三（滿搦宮腰纖細）、〈西江月〉（鳳額繡簾高卷）、〈迷仙引〉（纔過笄年）、〈荔枝香〉（甚處尋芳賞翠）、〈少年游〉其四（世間尤物意中人）、〈少年游〉其五（淡黃衫子鬱金裙）、〈促拍滿路花〉（香靨融春雪）、〈洞仙歌〉（嘉景）、〈燕歸梁〉（輕躡羅鞋掩絳綃）。或寫及笄少女的嬌憨，或言風流佳麗的嫵媚；而〈迷仙引〉低述的是妓女願得有心人的多情的心聲，〈燕歸梁〉傳達的是女子偷期密約的驚心與癡戀；無論長篇短調，九首作品充分表現了柳永「狀難狀之景，達難達之情，而出之自然」的技巧，其整體風貌是甜蜜、柔婉而靈巧的。請看〈荔枝香〉一首的描述：

> 甚處尋芳賞翠，歸去晚。緩步羅襪生塵，來繞瓊筵看。金縷霞衣輕褪，似覺春游倦。遙認，眾裡盈盈好身段。
> 擬回首，又佇立、簾幃畔。素臉紅眉，時揭蓋頭微見。笑整金翹，一點芳心在嬌眼。王孫空恁腸斷。

上半闋以「甚處尋芳賞翠，歸去晚」引導出晚歸的佳人，珊珊行來，由遠而近，「緩步羅襪生塵」寫此漸來麗影，也輕描「來繞瓊筵看」的情態，那是徐緩、婀娜的；而幾分零亂

蕊紅新放。聲宛轉，疑隨煙香悠颺。對暮林靜，寥寥振清響。」歐陽脩〈減字木蘭花〉：「歌檀斂袂。繚繞雕梁塵暗起。柔潤清圓。百琲明珠一線穿。　櫻唇玉齒。天上仙音心下事。留住行雲。滿座迷魂酒半醺。」三首皆寫歌聲之美。

不整的金縷霞衣，不復是梳洗方罷的清新整齊，卻爲她緩慢的舉止添加一種嬌慵神韻；於是配合開始就提出的「尋芳賞翠」「歸去晚」的背景，自然轉出「似覺春遊倦」五字。行文至此，一位慵倦、嬌美的女子已被勾勒出來，而「遙認，眾裡盈盈好身段」是把剛才集中在美人身上的鏡頭拉遠，做一種統攝的描寫，加深讀者的讚嘆：這嬌慵麗影雖在眾人之間，卻益顯其出色不凡。然而，盈盈好身段只是天生麗質，眞正能賦與佳人生命、顛倒眾生的，還是其巧笑倩兮、嫣然媚態。柳永此作最成功的正是下半闋由此著筆的描寫。「擬回首」，本因春遊倦而欲離去，卻又彷彿意中有誰，轉思回望（這意中人是否遙認之人），但也矜持，「又佇立、簾幃畔」。九字寫得女子心思千迴百轉，而語卻簡明。接著再以「素臉紅眉」淡言女之顏面，顏面得窺則因她佇立簾幃畔，一番思索之後，終於「時揭蓋頭微見」。「微見」本是美人欲窺簾外之人，卻也令簾外之人得見伊人，因此，「笑整金翹，一點芳心在嬌眼」方能入得王孫眼中，惹來「空恁腸斷」的驚豔與惆悵。美人之美全賴「笑整金翹」句達到極點，秋波流轉，慢整金翹，似有若無的情意就在美目盼兮之間。全詞言及佳人身段顏面的，只以「盈盈好身段」、「素臉紅眉」輕輕提過，柳永傾力敘述的是她嬌慵、軟媚的舉止神情，他的用字堪稱「細密妥溜」、「明白家常」，而敘事詳密的工力更勝一般的花間之作，因此千百年後，自他詞中走出的依舊是水靈靈、活生生的女子。這樣的作品又怎能以「閨門淫媟之語」來否定其價值呢？

　　大體而言，屬於這一子題的幾首豔詞都具活潑、輕巧、自然、細膩的特色，是柳永豔詞中相當出色的作品。比較例外的是〈燕歸梁〉一首：

輕蹋羅鞋掩絳綃。傳音耗、苦相招。語聲猶顫不成嬌。乍得見、兩魂消。　匆匆草草難留戀，還歸去、又無聊。若諧雨夕與雲朝。得似箇、有囂囂。

　　這是一首短篇令詞，仍以白描手法寫成，固然「明白家常」，卻不免淺俗卑下，格調不高。究其因，絕非題材問題，因為李後主也有過同樣題材的佳作：

花明月暗籠輕霧，今宵好向郎邊去。剗襪步香階，手提金縷鞋。　畫堂南畔見，一向偎人顫。奴為出來難，教君恣意憐。（〈菩薩蠻〉）[8]

　　二詞互較，優劣立判。蓋因柳詞寫情過露，使得男歡女愛破壞了情詞的美感，反覺淺直；不若後主在大膽與羞怯之間得其分寸，遂有癡情之美。可以看出柳永在打破「詞必以含蓄雋永為工」的律令之後，固然得以暢所欲言，表現出活潑的生命，但使用不當時，卻也足以破壞藝術應有的美感。

　　第三類揣摩閨中愁怨的詞，共計十七首：〈鬥百花〉其二（煦色韶光明媚）、〈甘草子〉（秋暮）、〈甘草子〉（秋盡）、〈晝夜樂〉（洞房記得初相遇）、〈傾杯樂〉（皓月初圓）、〈法曲第二〉（青翼傳情）、〈錦堂春〉（墮髻慵梳）、〈定風波〉（自春來）、〈少年游〉其七（簾垂深院冷蕭蕭）、〈少年游〉其八（一生贏得是淒涼）、〈少年游〉其九（日高花謝懶梳頭）、〈望遠行〉（繡幃睡起）、〈訴衷情〉（一聲畫角日西曛）、〈望漢月〉（明月明月明月）、〈西施〉其三（自從回步百花橋）、〈減

8　見王仲聞《南唐二主詞校訂》（北京：中華書局，2007），頁40。

字木蘭花〉（花心柳眼），以上十六首皆爲尋常少婦或風塵女子的閨怨詞，獨有一首〈鬥百花〉（颯颯霜飄鴛瓦），自內容、用字來判斷，應屬宮怨之詞。

閨閣愁思本是花間主題，歷來詞家也鮮有不爲者，可說是詞文學裡極普遍的題材，因此對這一類作品的省察，將有助於了解柳詞與花間詞的異同。以下先從柳永的〈定風波〉一詞談起：

> 自春來、慘綠愁紅，芳心是事可可。日上花梢，鶯穿柳帶，猶壓香衾臥。暖酥消，膩雲嚲。終日厭厭倦梳裹。無那。恨薄情一去，音書無箇。　早知恁麼。悔當初、不把雕鞍鎖。向雞窗、只與蠻箋象管，拘束教吟課。鎮相隨，莫拋躲。針線閒拈伴伊坐。和我。免使年少，光陰虛過。

詞以景語起，卻非客觀的寫景。在點明春日之後，以「慘」、「愁」二字加諸紅綠春光上，正是「芳心是事可可」者眼中之春也。因此，日上花梢、鶯穿柳帶的明媚輕快，在「猶壓香衾臥」的舉動中，不但消失無遺，還強化了閨中人的寂寞無聊。同時經由此五字，乃使寫景之筆一轉而至臥於香衾上的人，引出下文「暖酥消，膩雲嚲」的憔悴，「終日厭厭倦梳裹」的闌珊意緒。至此，愁怨之情未嘗明見。率由景物與人的形容舉止流露出來，是一種曲微含蓄的筆法，也是花間一派的特色，如溫庭筠〈菩薩蠻〉：「小山重疊金明滅，鬢雲欲度香腮雪。懶起畫蛾眉，弄妝梳洗遲。照花前後鏡，花面交相映。新貼繡羅襦，雙雙金鷓鴣。」最稱典型。而柳詞之異於花間，就在不依此筆法推衍全篇。「無那。恨薄情一去，音書無箇」，正是猛地一聲長嘆，嗔怨愛恨俱露，不復含蓄云云。就

在這種強烈的相思愁緒裡，才有下半闋那樣明白說出的悔恨心聲。下半闋的文字簡易曉暢如話語，一氣呵成，寫盡了千古以來隱藏在「悔教夫婿覓封侯」之後的心境。很多閨怨愁情的產生不都是「悔當初、不把雕鞍鎖」？不都是渴望著一朝能夠「針線閒拈伴伊坐。和我。免使年少，光陰虛過」嗎？這樣淋漓盡致的描摹思婦的心事，是唐五代宋初詞所不及的。

〈定風波〉以外，能夠深入剖析閨中人思念之情的白話佳句屢見於柳詞，如〈錦堂春〉的「幾時得歸來，香閨深關。待伊要、尤雲殢雨，纏繡衾、不與同歡。儘更深、款款問伊，今後敢更無端」，〈法曲第二〉的「以此縈牽，等伊來、自家向道。洎相見，喜歡存問，又還忘了」，皆寫得深情款款，毫不隱藏，又無俗膩之病。此外，柳永層疊鋪敘的特色在〈望遠行〉一詞中也出色的表現了出來：

> 繡幃睡起。殘妝淺，無緒勻紅鋪翠。藻井凝塵，金梯鋪蘚，寂寞鳳樓十二。風絮紛紛，煙蕪冉冉，永日畫闌，沉吟獨倚。望遠行，南陌春殘悄歸騎。　凝睇。消遣離愁無計。但暗擲、金釵買醉。對好景、空飲香醪，爭奈轉添珠淚。待伊游冶歸來，故故解放翠羽，輕裙重繫。見纖腰，圖信人憔悴。

詞自佳人睡起開端，先言其無緒，再以「藻井凝塵，金梯鋪蘚」的室內景況襯托出她的深閨寂寞；而「風絮紛紛，煙蕪冉冉」，是佳人睡起後，獨倚畫闌所見到的室外景色，也烘托了望遠行、無歸騎的惆悵迷惘之情，所謂「情景交融」，正是此等筆法。下半闋「凝睇」二字承上文之「望遠行」，啟下文「離愁」之成因。凝睇無所得，轉思消遣此番別意離情，於

是有暗擲金釵買醉之舉。卻不料好景香醪反而益添寂寞之感，「消遣離愁無計」的悲哀更深。轉念之間，又回到了最初的等待，把所有的深情寄望於遠人歸來時，輕裙重繫，讓瘦弱的身軀細訴今日的相思之苦。全詞用字典雅，層層鋪展一片深情，委婉動人，寫盡了「衣帶漸寬終不悔，為伊消得人憔悴」的心事。這是柳詞明白家常之外，另一種風格，好處是「鋪敘展衍，備足無餘」，而其中情意依然宛轉有韻致。這一點與花間餘韻不同，主要原因除了創作手法不同外，更重要的是篇幅長短的關係。

柳永與花間一派的差異殆如上述。不過，附加說明的是，在這些閨怨作品中，屬於令詞的〈訴衷情〉、〈甘草子〉等，頗能保留花間遺風。

(二) 主觀敘述的情思

所謂「主觀敘述」，是指以第一人稱的筆法寫下個人的濃情、對方的蜜意；換言之，此類作品雖然也描述了佳人的歌舞、神態與心思，但主題卻是男方與女方兩情相悅的情境[9]。這一部分的柳詞共有二十四首：〈玉女搖仙佩〉（飛瓊伴侶）、〈畫夜樂〉其二（秀香家住桃花徑）、〈兩同心〉（嫩臉修蛾）、〈惜春郎〉（玉肌瓊豔新妝飾）、〈金蕉葉〉（厭厭夜飲平陽第）、〈尉遲杯〉（寵佳麗）、〈秋夜月〉（當初聚散）、〈鳳棲梧〉其三（蜀錦地衣絲步障）、〈隔簾聽〉（咫尺鳳衾鴛帳）、〈集賢賓〉（小樓深巷狂遊徧）、〈合歡帶〉（身材兒）、〈少年游〉其三（層波瀲豔遠山橫）、〈少年游〉其六（鈴齋無訟宴遊頻）、〈長相思〉（畫鼓喧街）、〈洞仙歌〉（佳景留心慣）、〈擊梧

9　這類作品以兩情相悅的情境為主題，不包括作者個人羈旅途中回憶所及者。

桐〉（香靨深深）、〈菊花新〉（欲掩香幃論繾綣）、〈長壽樂〉（尤紅殢翠）、〈玉蝴蝶〉其三（是處小街斜巷）、〈玉蝴蝶〉其四（誤入平康小巷）、〈木蘭花令〉（有箇人人真攀羨）、〈西施〉其二（柳街燈市好花多）、〈河傳〉（翠深紅淺）、〈西江月〉（師師生得艷冶）。另有兩首比較特別的詞，〈秋蕊香引〉（留不得）和〈離別難〉（花謝水流倏忽）則寫死別相憶之情。

比起第一部分的作品，這二十六首詞無論是技巧、意境都遜色許多，唯一可稱道的是多數篇章依然情真意切，這也是柳永艷詞的一大特色。他之所以能那麼真切、深刻的揣摩出女孩子的喜怒哀嗔，固然由於才情、筆力與環境所致，但不可忽視的是其中真誠相待的因素。柳永一生大部分時間流連於歌臺舞榭，作品多寫於淺斟低唱之時，他描述的對象是歌妓舞姬，而宛轉唱出他詞中的情意、真正讚嘆他的才華的，也是這些歌姬舞妓，她們與柳永之間不只是一般文人妓女的逢場作戲，更多了一份相知相憐的情意。這份情意表現在客觀的描述裡，就是細密妥溜的體會，流注到主觀的敘述時，就成濃烈的迷戀。〈玉女搖仙佩〉云：「擬把名花比，恐旁人笑我，談何容易。細思量、奇葩艷卉，惟是深紅淺白而已。爭如這多情，占得人間，千嬌百媚。」雖淺白如話，尋常譬喻，卻非淺薄之徒能言。〈玉蝴蝶〉其三云：「珊瑚筵上，親持犀管，旋疊香箋。要索新詞，殢人含笑立尊前。」其四云：「未同歡、寸心暗許，欲話別、纖手重攜。結前期。美人才子，合是相知。」則在強調魚水之歡的冶遊作品中，加入了兩心相知的情意。至於他為蟲蟲填寫的詞，充滿濃情蜜意，更非等閒狎妓之作，如〈集賢賓〉的下半闋：「近來雲雨忽西東。誚惱損情悰。縱然偷期暗會，長是匆匆。爭似和鳴偕老，免教斂翠啼紅。眼前時、暫疏歡宴，盟言在、更莫忡忡。待作真箇宅院，方信有初

終。」以上文字皆以情意眞切取勝，就技巧而言，卻非全屬上乘筆法，如果進一步尋找如第一部分所見的佳構，則近乎不可得。不但如此，柳詞之所以有「詞語塵下」、「風期未上」之譏，在此類作品中最能看出端倪。請看以下三詞：

有箇人人眞攀羨。問著洋洋回卻面。你若無意向他人，爲甚夢中頻相見。　不如聞早還卻願。免使牽人虛魂亂。風流腸肚不堅牢，祇恐被伊牽引斷。（〈木蘭花令〉）

蜀錦地衣絲步障。屈曲回廊，靜夜閒尋訪。玉砌雕闌新月上。朱扉半掩人相望。　旋暖薰鑪溫斗帳。玉樹瓊枝，迤邐相偎傍。酒力漸濃春思蕩。鴛鴦繡被翻紅浪。
（〈鳳棲梧〉其三）

欲掩香幃論繾綣。先歛雙蛾愁夜短。催促少年郎，先去睡、鴛衾圖暖。　須臾放了殘鍼線。脫羅裳、恣情無限。留取帳前燈，時時待、看伊嬌面。（〈菊花新〉）

〈木蘭花令〉寫對一佳人的迷戀，以直接問述的口語寫成，詞句淺直，竟至予人輕佻之感，連特有的深情都不可見，比起來連那個花間詞人張泌〈浣溪沙〉筆下「消息未通何計是，便須伴醉且隨行，依稀聞道太狂生」的浪蕩子都遜他三分輕狂。次一首〈鳳棲梧〉的上半闋極佳，下字雅且具有鋪敍委婉的特色，此在短短數語的篇幅中殊爲難得。可惜下半闋轉入魚水之歡後，筆法如前，娓娓敍述，致使本應含蓄輕點的題材流於太露，既失美感，復有「淫媟卑俗」之嫌。至於〈菊花

新〉一闋，李調元《雨村詞話》評為柳永淫詞之冠[10]，主要原因是全詞以淺白之語鋪寫，如實的呈現了男女交歡的一段過程。試與花間詞人和凝同類作品比較：

> 披袍窣地紅宮錦，鶯語時轉輕音。碧羅冠子穩犀簪，鳳凰雙颭步搖金。　肌骨細勻紅玉軟，臉波微送春心。嬌羞不肯入鴛衾，蘭膏光裡兩情深。（〈臨江仙〉）[11]

況周頤評此詞「其豔絕倫，所謂古錦蕃錦也。嬌羞二句，尤能狀難狀之情景也」[12]，給予頗高的評價。〈臨江仙〉寫男女閨闥祕事，以景作結，留有許多想像空間，含蓄蕩漾，恰到好處，不像柳詞寫得那麼直接，栩栩如生，但也顯得俗豔寡味。

再舉《花間集》中另一首被況周頤《蕙風詞話》推為「自有豔詞以來，殆莫豔於此矣」[13]的作品比較，便更能知悉柳永豔詞的弊失。歐陽炯〈浣溪沙〉：

> 相見休言有淚珠，酒闌重得敘歡娛，鳳屏鴛枕宿金鋪。　蘭麝細香聞喘息，綺羅纖縷見肌膚，此時還恨薄情無。[14]

《栩莊漫記》評曰：「歐陽炯〈浣溪沙〉『相見休言有淚珠』一首，敘事層次井然，敘情淋漓盡態，而著語尚有分寸，以視柳七黃九之粗俗不堪，自有上下床之別。[15]」此詞下片似

10　李調元《雨村詞話》卷一：「柳永淫詞莫逾於〈菊花新〉一闋。」見《詞話叢編》，第二冊，頁1391。
11　見蕭繼宗評點校注《花間集》（臺北：學生書局，1977），頁316-317。
12　語見上書「集評」所附；頁317。
13　見《詞話叢編》，第五冊，頁4424。
14　見蕭繼宗評點校注《花間集》，頁297。
15　同上，「集評」附引。

涉猥褻，然因上片蘊蓄情意，敘寫別後重逢之歡愉，一片體貼的深情貫串全篇，雖寫氣息、肌膚之親，但也隱約模糊，點到爲止，所以雖爲豔語，卻不輕佻，這與柳永〈菊花新〉等詞相較，自有雅鄭之別。再者，〈浣溪沙〉敘事述情雖也井然有序，但並非一瀉而下，在寫男女交歡之情時，以「鳳屏鴛枕」、「蘭麝細香」、「綺羅纖縷」等豔麗意象加以烘托渲染，在華靡的氣氛中自有一份矜持的意韻，這與柳詞直言無諱的表達方式不大相同。

至此可以看出，柳永擅於鋪敘，長於白描的技巧，固然賦與詞中人物生動活潑的生命，使事件的進展歷歷如在眼前，然而，一但用來處理濃烈的情感時，往往狂熱有餘，神韻不足，影響了文學的藝術性。就這一點而言，花間一派反倒有其可取之處。

柳永豔詞內容之分析，悉如上述，歸納而言，其特色正在一個盡字。盡，就是細細的說出一切，從外在的閨閣繡戶說到女子的容顏姿態，再說到最深微的心思意緒；從觥籌交錯、歌聲舞影的場合說到枕前燈下的信誓旦旦，再說到香衾繡被裡的輕憐密意；一句一句的鋪衍，一件一件的描繪，所謂「鋪敘展衍，備足無餘」是也。而用以完成盡之特色是白描的技巧。所謂白描，本來是指傳統中國繪畫中祇以淡毫輕墨，描畫輪廓，不施色彩的一種畫法；文學中的白描，是以簡單、自然、明白的語句，細密妥帖的寫出各種情景，少典故，無隱喻，更乏深遠的寄託[16]。白描與說盡在豔詞的寫作中造成的影響有利有弊：其利則寫女子之形貌、神情、靈思、幽怨俱能巧妙生動如在目前，淋漓盡致，動人心魂，用以敘事亦能明白曉暢，如歷

---

[16] 田同之《西圃詞說》：「柳屯田哀感頑豔而少寄託。」

其境；其弊則一旦涉寫冶遊之樂、男女閨房之情時，香軟固宜，卻極易流於鄙陋輕浮。此外，白描手法處理相同情事時，難免詞窮之病。我們只要細心讀過前述的豔詞，就不難發現在柳永多采多姿的抒情敘事中，無論遣詞造句，或者描寫角度，甚至極少運用的典故，都頗有雷同、重覆處[17]，此點本是所有作者都在所難免的，但在古典派詞人手中，多少可以利用文典、事典與各種雕琢工夫去避免。周邦彥就是這方面的能手。蔡嵩雲《柯亭詞論》說：「周詞淵源，全自柳出。其寫情用賦筆，純是屯田家法。特清真有時意較含蓄，辭較精工耳。[18]」周詞寫情所用的賦筆，是鋪采摛文、含蓄細緻的一種；而柳永豔詞則往往即事言情，只是直說[19]。所以讀柳詞，明白如話，坦率熱切，給人如真的感受，自有一種深情美意在，但細味之，不少作品卻流於淺直，游辭濫調，了無餘韻，甚少美感可言。

　　劉熙載稱柳詞「細密而妥溜，明白而家常，善於敘事，有過前人」，馮煦則以其「好為俳體，詞多媟黷」為憾，兩者正好指出柳詞因白描與能盡而形成的詞風。說得更真切的是鄭振鐸：

---

17 錢裴仲《雨華盦詞話》：「柳詞與曲，相去不能以寸。且有一個意或二三見，或四五見者，最為可厭。」周曾錦《臥廬詞話》：「柳耆卿詞，大率前遍鋪敘景物，或寫羈旅行役，後遍則追憶舊歡，傷離惜別，幾於千篇一律，絕少變換，不能自脫窠臼。詞格之卑，正不徒雜以鄙俚已也。」可見這是柳永為詞的通病，不必限於豔詞。至於周曾錦所論詞格，正以柳詞往往草率下筆，不細加斟酌也；此即周濟《介存齋論詞雜著》之意：「耆卿樂府多，故惡濫可笑者多，使能珍重下筆，則北宋高手也。」見《詞話叢編》，第四冊，頁3012；第五冊，頁4648；第二冊，頁1631。
18 見《詞話叢編》，第五冊，頁4912。
19 饒宗頤：「柳詞二百一十首。作風約分兩種，一為鎔景入情之詞，如晁無咎所稱不減唐人高處，陳振孫所稱尤工於羈旅行役者是。一為即事言情之詞，如李清照所謂塵下，王灼所謂野狐涎者是。」見饒宗頤《詞籍考》（香港：香港大學出版社，1963），頁41。

花間的好處，在於不盡，在於有餘韻。耆卿的好處卻在
於盡，在於「鋪敘展衍，備足無餘」。花間諸代表作，
如絕代少女，立於絕細絕薄的紗帘之後，微露丰姿，若
隱若現，可望而不可即。耆卿的作品，則如初成熟的少
婦，「偎香倚暖」，恣情歡笑，無所不談，談亦無所不
盡。[20]

　　矜持的少女易受尊重，恣情歡笑的少婦卻往往面對衛道之
士的譴責，從生命的活力來看，兩者實各有其獨立的可愛處。
今天我們重新面對柳永的豔詞，更宜自文學的本質來探討，不
應輕率的以道德眼光否定其成就。

三、柳永豔詞的寫作背景和文體特色

　　王國維《人間詞話刪稿》云：「豔詞可作，唯萬不可作儇
薄語。龔定庵詩云：『偶賦凌雲偶倦飛，偶然閒慕遂初衣。
偶逢錦瑟佳人問，便說尋春為汝歸。』其人之涼薄無行，躍然
紙墨間。余輩讀耆卿、伯可詞，亦有此感，視永叔、希文小詞
何如耶？[21]」龔自珍這首詩表面上頗能表現出用情的質樸與坦
白，但一生皆「偶然」行事，總缺少一種執著的熱誠與專一的
定力，而其所直率表白的感情便不免因欠缺醞釀與誠意而顯得
虛假淡薄，這就難怪王國維有「涼薄無行」之譏了。兩性感情
的表白，直率無妨，但總也有分寸，必須出之以真摯誠敬之
心，才不至流為輕狂與猥褻。王國維亦曾直斥「屯田輕薄子，
只能道『奶奶蘭心蕙性』耳。[22]」「奶奶」之句，出自〈玉女

20　見鄭振鐸《插圖本中國文學史》（臺北：漢學供應社），第三十五章，〈北宋詞
　　人〉，頁487。
21　見《詞話叢編》，第五冊，頁4265-4266。
22　同上，頁4265。

搖仙佩〉：「須信畫堂繡閣，皓月清風，忍把光陰輕棄。自古及今，佳人才子，少得當年雙美。且恁相偎倚。未消得、憐我多才多藝。願嬭嬭、蘭心蕙性，枕前言下，表余深意。爲盟誓。今生斷不孤鴛被。」這段言語表露了男子及時行樂、一心只願與異性交歡共枕之意，寫來坦白直率，但言語間少了一種對女性的尊重，也不曾著墨於情意本身，游詞鄙語，表現出一種輕薄淫靡的神氣，詞品自是不高。詞，是高雅或是鄙俗，不在它的題材內容，而在它的神韻氣味，而詞品高低卻又關乎作者的品格特質[23]。柳永日與儇小縱遊倡館酒樓間，填詞遣興，與歌女吟唱，他的豔詞之所以偶涉淫鄙，當然與他的出身、習染相關，而其詞中所用的文辭語氣，爲了符合他寫讀歌詠的特殊環境的需要，自然以諧俗爲宜；換言之，柳永豔詞之有淫媟之譏，有其主客觀的因素，不獨他的表現方式產生這樣的效果而已，而且更牽涉到他的用情態度與寫作背景。

從前對柳詞的評價，往往都在雅俗之辨的課題下展開，通常便忽略了柳永豔詞在文體與審美趣味上的特殊成就。誠如第一節所述，柳詞常被區別爲羈旅行役與閨門淫媟兩類，其間雅俗之分、優劣高下之判已十分顯然，但這種固執一端的批評態度，不但對柳永的豔詞，甚至可以說對柳永的全部作品的論斷，都是不公允的，因爲他們忽視了柳永作爲一位專業詞人的整體性，以及其作品在主題意識上的互相關聯，更何況柳永的豔詞雖涉淫黷，卻並非毫無是處。過去的詞評家往往視柳永所有的豔詞作品爲一個整體，而忽略其中的差別，一概否定其價值，這是十分不妥的。在上文的論述中可以知道，柳永豔詞處理幾種情事，敘述的方式有別，所呈現的效果便有不同。簡單

---

23 《人間詞話》云：「詞之雅鄭，在神不在貌。永叔、少游雖作豔語，終有品格；方之美成，便有淑女與娼女之別。」見《詞話叢編》，第五冊，頁4246。

的說，從客觀的角度著筆，寫美人的情色才藝，作者讓詞中人物活潑呈現，自有一種生動的意韻，而主觀陳述男女間俗世情慾的感受時，由於純屬個人情事，渲染太過，便頓失美感，因此，柳詞之被評爲卑俗，應指這一類劣作，不可一概以此論定他所有的豔詞。這是須加注意的一點。重探柳永的豔詞，並且給予他一個比較公正的評價，必須避免墮入題材決定論中雅俗二元分判的窠臼，擺脫一般意識型態的束縛，就詞論詞，方能發掘出它的美的意義與弊病之所在。在更進一步探討柳永豔詞在文體與意境上的成就和特色之前，如能對柳永的個人寫作背景以及當時的文化環境等外緣因素有充分的了解，這對認識其詞風之形成會更有助益。

上一節所論，旨在探析柳永豔詞所表達的內容及其基本特色，我們若能將柳永的豔詞放回他整個創作生命中去檢視，則更能知悉這類作品的深層意義。柳永一生在官宦仕途與花街柳巷間徘徊，因塡詞而落第，又因失志而沉迷於歌酒，卻又始終不能忘懷功名，這是他一生的悲哀。因此，他在〈鶴沖天〉詞說「忍把浮名，換了淺斟低唱」，分明是故作瀟灑語，至於〈少年游〉所說的「一生贏得是凄涼。追前事、暗心傷」，則是他生命的眞實寫照。我們翻開《樂章集》，會很清楚的發現柳詞所寫的節候是相當清晰的，述旅情的多是秋景，總揉合著與伊人的離情別緒，而寫懷想帝都或寫女子的豔情，則多是一片春色，其中寫女子的閨怨也常抒發其惦念征夫之情，而男子的尋歡詞裡則往往隱藏著一種恐怕又將遠離之深憂。柳永一生的憂歡情懷，就在這樣的春與秋的對比、閨情與離愁的交錯中具體呈現，而由此正可看出兩種詞情的相關性[24]。這是作者與

---

[24] 陳廷焯《白雨齋詞話》卷六有一段話頗能透露此中消息：「柳耆卿〈戚氏〉云：『紅樓十里笙歌起，漸平沙落日銜殘照。』意境甚深，有樂極悲來、時不我待之

作品的整體關係的一面，若從各種題材的取捨與文體的抉擇等方面來看，則又反映出作者生命情調的不同面向。柳永畢竟同時生活在士與俗的世界中，其羈旅詞與豔情詞的寫作對象不同，在風格的取向上便有差異。龍沐勛曾分別二者說：

> 推其「詞語塵下」之故，則又以「變舊聲作新聲」，必借助於教坊樂工，而教坊樂工之要求，固不僅求士大夫之欣賞而已也。詞體之恢張，非永之日與樂工接近，深識聲詞配合之理，誰能開此廣大法門？且柳固曠代才人，文學修養，迥非恆流可比。其《樂章集》中，雖「大概非羈旅窮愁之詞，則閨門淫媒之語」。然前者「為我」，後者「依他」，所抒寫之情境與作用不同，正不容相提並論。[25]

　　龍氏「為我」、「依他」之說，假若其所謂「為我」是指能寫出一己主觀的情志，「依他」指應樂工要求而作，則後者似乎把柳永的創作看得太被動了，何況在上節的分析裡已指出柳永的豔詞其實也有作者抒寫其真情實感的表現？姑不論龍氏的說法是否周延，他起碼點出了這兩種詞屬於兩個不同的詮釋世界，詞境與語言自然有異。簡單來說，柳永寫悲秋情懷，情景交融，抒發一己的落拓失意，最易引起共鳴，因為這是士人的普遍經驗。至於一般的豔語情詞，設定的對象則是樂工妓女，需要的是纖豔的情調，淺白的言語，誠如《四庫全書總目》所說：「蓋詞本管絃冶蕩之音，而永所作旖旎近情，故使

　　感。而下忽接云：『不妨且繫青驄，漫結同心，來尋蘇小。』荒謬無度，遂使上二句變成淫詞，豈不可惜。」見《詞話叢編》，第四冊，頁3924。

[25] 見龍榆生（沐勛）〈兩宋詞風轉變論〉，《龍榆生詞學論文集》（上海：上海古籍出版社，1997），頁239。

人易入。雖頗以俗爲病，然好之者終不絕也。[26]」柳詞在當時之所以流播廣遠，至於有井水處皆能歌之，亦未嘗不是由於俚語之便於傳習的緣故。而柳永豔詞的整體風貌的形成，與這種特殊的創作與聽讀環境很有關係。要加強這一論點，還可注意兩項事實：一是柳永豔詞不但詞語塵下，而且聲態可憎，就是說柳永塡詞所依之曲調多爲當時流行的里巷俗曲，與一般士大夫所習用的歌曲自有雅鄭之別[27]；一是柳永接觸的歌妓是青樓私妓，而非官妓和家妓，因此爲配合市井藝妓的演唱，柳永塡詞便有曲以媚俗爲尚、詞多歌聲舞影及風月悲歡之作的傾向[28]。

再者，柳永的士子身分無疑也爲他帶來困擾，因爲他竟敢公然悖逆了文人的基本規範，棄雅從俗，因此自北宋以來士大夫階層對他的攻擊就不曾放鬆，上引諸家評語都可引證。歐陽炯〈花間集序〉說：「自南朝之宮體，扇北里之倡風。何止言之不文，所謂秀而不實。」批評前朝的詩歌欠缺文采，而且內容又不夠充實，而《花間集》編選的宗旨則是「庶使西園英

---

26 見《四庫全書總目》（北京：中華書局，1987），卷一九八，〈樂章集‧提要〉，頁1807。

27 梁麗芳：「因爲其他的詞人極少採用柳永的詞牌來塡詞，後世的詞評家鄭祇謨及謝章鋌遂指斥柳永所採用的詞牌是僻調。我認爲柳永所採用的詞牌並非僻調，剛巧相反，卻是當時流行於民間的歌曲，一般士大夫詞人對里巷之曲有偏見，不屑於塡寫當時被高人雅士視爲俚俗的慢詞。而官職低微、音樂造詣高深、長期生活在民間的柳永，卻勇敢擺脫拘束，大膽塡寫創製這些流行於民間的曲調，因此之故，他的慢詞受盡當時士大夫的嘲諷與非議，以致一生不得志。」見梁麗芳《柳永及其詞之研究》（香港：三聯書店，1985），頁38-39。

28 張惠民：「宋代的歌妓，大致可分爲官妓、市井藝妓和家妓。……市妓與士大夫文人的關係比起官妓對命官的獻藝不獻身，主要的差別是提供性服務，而歌妓獻藝則成爲次要的職能。所以詞中題詠贈答青樓市妓之作，則多以風月悲歡爲主，而異於『不關風月』的『情癡』，這也是宋代詞學劃分閨情詞之雅正或塵俗的主要依據。」見〈宋代士大夫歌妓詞的文化意蘊〉，《中國古代、近代文學研究》，1994-1期，頁189-190。按：筆者頗同意張氏的基本論調，以此推知柳永所狎者應是市妓，不過柳詞中仍表現出十分欣賞她們的歌舞才藝之意，可見柳永所認識的妓女多是才色兼具的。

哲，用資羽蓋之歡；南國嬋娟，休唱蓮舟之引」，試圖用士大夫的雅詞取代民間的俚詞。入宋以後，士大夫階層更深化了雅的精神與內容，而清雅之美更成爲時代的象徵[29]。詞，須含蓄委婉，典雅合律，方爲本色；這是兩宋主流詞學的重要論調[30]。柳永流連坊曲、放浪形骸的行徑，骫骳從俗、淫靡淺薄的詞風，與尙雅的標準背道而馳，自然便受到嚴厲的批判了。

我們暫且不作道德批判，不因人廢詞，也不以辭害意，純粹從文學表現的特色著眼，並且考慮上述的背景，會發現柳永在開拓語言與意境方面的成就相當可觀。

情詞或豔詞之風格特質的形成，其中一項重要的因素是作者面對男女關係的立場與態度；這方面，柳永的取向確實迥異於時人。日本學者村上哲見明確的指出：

> 勿庸贅言，唐宋文人題詠妓女或寫贈妓女的詩詞決不在少數。所以，雖然耆卿的「豔情」之作有相思、合歡、題詠這樣的不同體裁，而出現在詞中的女性卻大體上都是妓女之類，但是它遭到擯斥，並非單純由於這個緣故。士大夫的道德並不是那樣禁慾的。總之，問題在於其態度和立場。例如，如果採取把女性當作風流遊戲的手段，說得極端些，看作任人玩弄之物的態度，反而不會被特別當作問題的吧。耆卿的情況不是這樣，他吟詠

---

[29] 繆鉞：「六朝之美如春華，宋人之美如秋葉；六朝之美在聲容，宋代之美在意態；六朝之美爲繁麗豐腴，宋代之美爲精細澄澈。總之，宋代承唐之後，如大江之水，瀦而爲湖，由動而變爲靜，由渾灝而變爲澄清，由驚濤洶湧而變爲清波容與。此皆宋人心理情趣之種種特點也。此種種特點，在宋人之理學、古文、詞、書法、繪畫、以至印書，皆可徵驗。」見繆鉞〈論宋詩〉，《詩詞散論》（臺北：開明書店，1977），頁31-32。

[30] 詳劉少雄《宋代詞選集研究》（臺北：國立臺灣大學中文研究所碩士論文，1986），第二章，第二節，頁26-42。

時採取的不是居高臨下的態度，而常常是以幾乎對等的人與人的關係而進行吟詠的，這正是因為他本身的生活就處於那個社會之中的緣故。[31]

　　一般士大夫與歌女的交往多是逢場作戲，但柳永因失意而長期生活於青樓妓院之中，與歌妓朝夕相處，容易產生「同是天涯淪落人」的感慨，自然有著一份憐惜之情。所謂柳永以平等的態度對待女性，這不過是一相對的概念而已，本文不願太過強調這一點。近來大陸學者重評柳永的豔詞，肯定其社會意義，主要就是由這一平等尊重下層妓女的觀點著眼，認為柳永真實地寫出了她們的生活、受屈辱的心靈以及希冀脫離火坑的熱切期盼，柳永對她們表達了同情與愛意，衝擊了傳統的階級觀念，打破了封建禮教的藩籬，甚至有學者認為這種「美人才子，合是相知」的愛情觀，是一種新興的社會意識，為男女自由提供了理論根據，對後世影響甚鉅，而柳永以平等的態度對待不幸的妓女，「確實傾注了進步的人道主義精神」[32]。這些說法有點過甚其辭，須知道柳永對市井歌妓雖有一份情意在，不過是失意人對失意人的情感投射，一種帶有自憐性質的移情作用而已，說不上甚麼偉大的情操。何況從敘述的角度來看，柳永那些稍有猥褻意味的詞，還是用男性的口吻敘寫，暗示著對性慾的冀盼，多少還有視女性為「他者」的輕狂的態度存在[33]，這在上文已有例證說明，這裡便不贅引。我們不是反對

---

[31] 見村上哲見著、楊鐵嬰譯《唐五代北宋詞研究》（西安：陝西人民出版社，1987），第三章，「柳耆卿詞論」，頁222-223。

[32] 詳金啟華、王子明〈柳永的歌妓詞〉，《中國古代、近代文學研究》，1984-22期，頁19-23；李金水〈柳永俗詞的積極意義〉，同前，1987-3期，頁143-146；龍建國〈論柳永詞的社會美學意義〉，同前，1991-2期，頁148-153。

[33] 根據葉嘉瑩先生的觀察：「所謂『儇薄語』的作品，大都乃是男性作者用男性口吻所寫的，視女性為『他者』的作品。而另一方面則凡是用女性口吻所寫的詞，或者雖用男性口吻而卻是具含有女性之情思的作品，一般說來則大多不會有『儇

柳永有切身處地的以平常的態度對待妓女這一看法，只是不願接受推衍太過的論斷。持上述看法的學者，顯然忽略了柳永所受時代與個人的限制，不免有過度詮釋之嫌。與一般的文人比較，柳永確曾站在歌女的立場，寫出了她們的才貌心聲，而他的豔詞作品也頗能反映北宋俗情世界的聲色面貌，柳詞這方面的成就當然值得肯定。不過，這種重塑柳永的思想人格，藉以提升其文學地位的構想，總有點不切實際，因為文學家地位的高低主要是依賴其作品的藝術成就來判斷，而無論柳永豔詞在文化層面上有多大意義，也不能代替文學價值的論定。

回到文學的探討，柳永忠於自己真實的感受，即事言情，就是一種「寫實」的態度。劉若愚曾提出「情感寫實」（emotional realism）的一個概念總括柳詞，說：

> 在中國詩中對情愛的敘寫是隨處可見的，尤其在詞裡，
> 畢竟詞本是源於流行民間的愛情歌曲；只是柳永所寫的
> 情愛詞的特徵，是他對愛的坦率，及寫實的態度。他對
> 性愛的描寫不僅不受儒家道德規範的抑制，同時不企圖
> 將愛情理想化，或誇張愛情的偉大。他時常以強烈的
> 情感和一無保留的坦率寫愛的享樂和痛苦。……總之，
> 柳永的詞充分顯示著情感的寫實主義，也就是說，他
> 以高度主觀和多情的態度觀察人生，而在表現他的主觀
> 感情的時候，他又是寫實的，不隱瞞，不偽裝，也從不
> 試圖誇張他的感情。呈現在他作品中的「主人（或自白
> 者）」，是一位有著正常人的慾念和品味的人，充分享
> 受生命的快樂，也抱怨備嘗人生不可避免的艱辛，是一

薄語』的出現。」見葉嘉瑩〈論詞學中之困惑與《花間》詞之女性敘寫及其影響（下）〉，《詞學古今談》（臺北：萬卷樓圖書有限公司，1992），頁494。

位不以人性中有免不了的弱點爲恥的人，而最大的願望只是快樂的活著。柳永的靈性，是強壯而不細緻的，他的觀念既不新奇也不深奧。然而，他的情感的寫實主義在他的詞中注入了眞，使他的詞（時常，並非經常）免於陳腐。由於他以平常人的立場寫作，不附庸風雅也不超世，他的詞有著廣大而易於接受的吸引力。無怪乎他是那個時代的最受歡迎的詞家了。[34]

這爲柳永豔詞在語言與意境上的拓展之功，作了最恰當的總結。寫情如眞，柳永出色的豔詞千百年來仍然動人心魂，乃歸因於這種眞實的人生態度與寫實手法，這是一種新的抒情方式，直接坦然，無復幽隱深微；而上文論及柳詞之能盡與白描工夫，也因這情感寫實的觀點的提出，更益顯其意義。柳永新的敘事手法，是使用明晰而有次序的鋪敘語言，一改過去傳統令詞的含蓄而富詩之意蘊的筆法爲直接顯露而全無言外之意的陳述。當時一般文人寫的都是詩化了的婦女的感情，而柳永寫豔情，則用活生生的語言，大膽寫出眞切露骨的男女之愛，這是一種開創。詩化了的女性的口吻，容易引人遐思，而生活中的婦女形象的口吻，則顯得太眞實而不能引起高遠的聯想，因此，習慣傳統詩文表現方式的讀者便無法容忍柳詞之逾越雅的界域，殊不知柳詞之俗正有它眞切、大膽寫出一般人之肉慾感受的開創性的一面[35]。也許可以這樣認爲，柳詞之所以被譏爲

---

34 見劉若愚著、王貴苓譯《北宋六大詞家》（臺北：幼獅文化事業公司，1986），頁80、82-83。吳炎塗也有類似的看法：「柳永這類作品中眞正表露創意的，應在於他並不追循前人『香草美人』的足跡。……柳永這種不具倫理、道德意識，不具知性回思的寫實態度，大膽的寫下詞人對女性的愛慕與關切，不論是以男人爲主體，或以女性爲主體，無疑是文學史較少見的，尤其在詞這文類裡。」見吳炎塗〈柳永的詞情與生命〉，《鵝湖》，2卷11期，頁42。
35 參葉嘉瑩：《唐宋名家詞賞析——柳永、周邦彥》（臺北：大安出版社，1988），頁11。

鄙俗淫媒，最重要的原因不在於他所寫的美女與愛情的題材，而在其所使用的寫實的創作方式。還值得一提的是，柳永寫當下具體真實的歌舞享樂的感受，其所使用的語言時態往往是現在式的，絕少迂迴、映襯的跨時空的敘述，而這種貼近現實感觀世界的文字，是熱情而真率的，這是柳永詞中美女的歌聲舞影、嬌媚神態之所以顯得特別靈動有致的原因之一。

柳永的豔詞固然有纖佻鄙俗之作，但整體而言，他的成就仍相當可觀。柳永那種有著新的視野、新的語言表現方式的作品，在我們現代的觀點看來，都顯得特別有意義。但這一論點的成立，無疑會牽引出新的詞學問題來，譬如說雅俗的分判是否需要重新定義？甚麼是詞的美的本質？柳永以降的兩宋詞壇，有一條走向俚俗的詞統，經柳永、黃庭堅、康與之、万俟雅言、曹組等詞家串聯而成，充滿著強勁的生命力，與雅詞流派相對並抗衡，可是由來都被排拒於正統的詞史之外。如何重塑宋詞的真實面貌，並給予這些作品一個適切的評價？這些論題雖然值得重加思索，卻也超出了本文的範圍，只好留待日後再探討了。

情理跌宕之間——
歐陽脩詞的文體特質

一、由歷來的詞評談起

宋明詞評多爲歐陽脩豔詞辯誣，論者普遍認爲：歐陽脩一代儒宗，風流蘊藉，所爲歌詞溫潤秀潔，世所矜式，而詞集中參雜不少俗豔鄙褻之語，應爲他人所僞託。[1]這種因人論詞、崇雅尊體的看法，一直是詞學的核心觀點。然而，這樣的論斷，旨在維護歐公名儒的身分與地位，似乎過於側重文人的本位立場，未必完全符合當時歌樂文化的客觀環境、詞人應歌酬唱的創作心態。近期學者探討這問題，頗能拋開過去的雅俗觀，就版本的源流眞僞、宋初詞壇的實際情況、歐詞的創作實貌，考論辨析，認爲歐陽脩詞集確有少數誤入之作，那是宋人詞集編撰的普遍現象，但不能否認的是歐公塡寫了大量豔詞[2]。今天我們評論歐陽脩詞，就不能忽略歐詞中既有雅製也有俗調這一事實，因而批評的視野便須拓寬，觀點也得調整。這是須注意的一點。

清中業以降，有關歐陽脩詞的批評，多能就詞論詞，對歐詞的風格特質、詞學淵源及詞史地位都有評述。最有代表性的是下列四家：

---

* 本文原載國立臺灣大學中國文學系編《紀念歐陽脩一千年誕辰國際學術研討會論文集》（臺北：臺大中文系，2009），頁215-246。

1 曾慥〈樂府雅詞序〉：「歐公一代儒宗，風流自命，詞章幼眇，世所矜式。當時小人或作豔曲，謬爲公詞，今悉刪除。」王灼《碧雞漫志》卷二：「歐陽永叔所集歌詞，自作者三之一耳。其間他人數章，群小因指爲永叔，起曖昧之謗。」吳師道《吳禮部詞話》：「歐公小詞，間見諸詞集，陳氏《書錄》云一卷，其間多有與《花間》、《陽春》相雜者，亦有鄙褻之語一二廁其中，當是仇人無名子所爲。近有《醉翁琴趣外篇》，凡六卷，二百餘首，所謂鄙褻之語往往而是，不止一二也。」

2 詳王水照〈醉翁琴趣外編的眞僞與歐詞的歷史定位〉，《詞學》第十三輯（上海：華東師範大學出版社，2001），頁44-54。

永叔詞只如無意，而沉著在和平中見。（周濟《介存齋論詞雜著》）

韓、范諸鉅公，偶一染翰，意盛足舉其文，雖足樹幟，故非專家，若歐公則當行矣。（周濟〈宋四家詞選目錄序論〉）

宋初大臣之為詞者，寇萊公、晏元獻、宋景文、范蜀公與歐陽文忠並有聲藝林。然數公或一時興到之作，未為專詣；獨文忠與元獻學之既至，為之亦勤，翔雙鵠於交衢，馭二龍於天路。且文忠家廬陵，而元獻家臨川，詞家遂有江西一派。其詞與元獻同出南唐，而深致則過之。宋至文忠，文始復古，天下翕然師尊之，風尚為之一變。即以詞言，亦疏雋開子瞻，深婉開少游。本傳云：「超然獨騖，眾莫能及。」獨其文乎哉！獨其文乎哉！（馮煦《蒿庵論詞》）

馮延巳詞，晏同叔得其俊，歐陽永叔得其深。（劉熙載《詞概》）

永叔「人間自是有情癡，此恨不關風與月。」「直須看盡洛城花，始與春風容易別。」於豪放之中有沉著之致，所以尤高。（王國維《人間詞話》）[3]

　　周濟、馮煦都認為，相對於宋初學人之偶而作詞，歐陽脩則可稱專家；歐公上承南唐馮延巳，下啟北宋蘇軾、秦觀，

3　見唐圭璋編《詞話叢編》（臺北：新文豐出版公司，1988），頁1632、1644、3585、3689、4245。

在詞史上具有承先啓後的地位。就風格特質言，歐詞得馮詞之深，而於深婉之外，另闢疏儁之風；換言之，歐詞既有繼承，也有新創。周濟更指出歐詞「在和平中」見「沉著」，王國維則認爲歐公若干詞篇「於豪放之中有沉著之致」；可見歐詞有一重要的特色，就是它始終保持一種「沉著」的意態，既不因過於和平而流爲纖弱乏味，也不至於因豪放太過而流爲粗獷鄙俗，欠沉實剛健之感。歐陽脩文學往往被評爲有姿態，就在於他非只有一種筆調，平淡無奇，而往往是紆徐曲折，一唱三嘆，「外若優游，中實剛勁」，令人回味[4]；就詞而言，它便包含著既婉亦儁、既深摯又疏宕的特質，能發爲和平之調，也能抒豪放之情，但都能表現出冷靜從容、深沉蘊藉而非淺易輕浮的情思。諸家的論述，頗能扼要地點出歐詞的體性特質。近人相關的詞論，大抵不離這基本論調；其中，鄭騫先生和葉嘉瑩先生依舊說而出新意，可拓寬並加深我們對歐詞的認識。

　　鄭騫先生推衍馮煦、王國維之說，在確認了歐詞婉儁兼美的特質之餘[5]，更比較對照馮晏歐三家詞，從而彰顯了歐陽脩詞的藝術風貌。他說：

　　　　珠玉詞緣情體物細妙入微處，爲六一所不及；六一情調之奔放，氣勢之沉雄，又爲珠玉所無。

4　朱熹《晦庵先生朱文公文集》卷八十一〈跋歐陽文忠公帖〉：「歐陽公作字，如其爲文，外若優游，中實剛勁，惟觀其深者得之。」方東樹《昭昧詹言》卷十二論歐陽永叔詩：「歐公情韻幽折，往反詠唱，令人低徊欲絕，一唱三嘆，而有遺音，如啖橄欖，時有餘味，但才力稍弱耳。」

5　鄭騫〈成府談詞〉：「王國維《人間詞話》：『永叔〈玉樓春〉：「人生間自是有情癡，此恨不關風與月。直須看盡洛城花，始共春風容易別。」於豪放之中有沉著之致，所以尤高。』所謂豪放中見沉著，歐詞佳者皆然，不止此〈玉樓春〉。馮煦〈宋六十一家詞選序錄〉（《詞話叢編》改題《蒿庵論詞》）以爲歐詞『疏儁開子瞻，深婉開少游』，亦是此意。疏儁即是豪放，深婉即是沉著。疏儁而不能深婉則失於輕滑，豪放而不能沉著則失於叫囂，二者皆詞之魔道。」見《景午叢編》（臺北：中華書局，1972），上集，頁251。

馮歐兩家互見之作甚多，無從確定。若以風格論，則馮詞深婉者多，筆致較輕，歐詞豪宕者多，筆致較重。

馮歐兩家作風雖云相近，究有不同；馮較剛，歐較柔，「淚眼問花」之語，馮不肯道。

俊在氣韻，深在情致。……歐詞有時過於「流連光景，惆悵自憐」，我寧喜晏之俊，不喜歐之深。[6]

這幾則詞評概括了歐詞在情辭語意方面的特色。鄭先生指出歐陽脩得馮延巳之「深」，乃「深在情致」。前人有關歐詞的論述，很少在「情」字立說，何況是個人的感傷情懷和兒女柔情？縱使言情，過去的詞論仍多秉持傳統詩教的「情志」說立論，仍重視情的內容功能之「正確性」與「合理（合禮）性」，「溫柔敦厚」是它的理想境界。其實，南宋早已有歐陽脩深於體情之說。羅泌〈六一詞跋〉云：「情動於中而形於言，人之常也。……公性至剛，而與物有情，蓋嘗致意於《詩》，為之《本義》，溫柔敦厚，所得深矣。吟詠之餘，溢為歌詞。[7]」不過這裡所謂的「情」明顯是情志說的觀點，與鄭先生所持的「緣情綺靡」之立場不盡相同。更須注意的是，鄭先生論述歐公的詞情及其表現，分辨出幾個層次，揭示了幾個要點：一、歐詞雖出自馮延巳，有深婉的一面，卻比馮詞多了豪宕之風；整體而言，馮詞以深婉為多，筆致輕柔，而歐詞以豪宕為多，筆致則較重；二、因為歐詞多為豪宕之重筆，體物言情不若晏殊細妙入微，別有一種豪放奔逸之情調、深厚沉

---

6 見鄭騫〈成府談詞〉，《景午叢編》，頁251；《詞選》（臺北：中國文化大學出版部，1995），頁14、26；〈詞曲概說示例〉，《景午叢編》，頁75。
7 見施蟄存編《詞籍序跋萃編》（北京：中國社會科學出版社，1994），頁54。

雄之氣勢，卻是晏殊所沒有；三、在面對情感的態度上，歐陽脩顯得比馮延巳纏綿曲折，例如寫花落春去的情景，馮說「日日花前常病酒，不辭鏡裡朱顏瘦」（〈鵲踏枝〉），意態較剛，情志堅執，歐則「淚眼問花花不語，亂紅飛過鞦韆去」（〈蝶戀花〉），意態偏柔，情思婉轉，這是兩人不同的地方；四、歐陽脩重情，而且情思幽折深細，但有時過於「流連光景，惆悵自憐」，詠嘆低回，雖則動人，氣韻卻不高。我們順著這一點，也許便可理解，歐詞為何會有那麼多俗豔之調、鄙褻之語了：情慾的宣洩，語言的真切顯露，意欲強留青春，卻恐怕終究是感傷年華的另類表現。這一點，鄭先生沒有明說，然而由他的話中未嘗不可導引出這樣的解釋的。下文會就此再作具體的論析，此處不贅。上述幾點，都甚切要，只是在論述上沒有清楚交代彼此的關係，譬如歐詞惆悵自憐的哀嘆和豪宕的筆致有無關係？這須就文體內外諸因素作深細的論辯，方可詮解透徹。鄭先生點到為止，後經葉嘉瑩先生融會前說，貫通其理，遂使歐陽脩詞的風格面貌展現出更清晰的輪廓。

葉嘉瑩先生也曾較論馮晏歐三家詞，主要的論點與鄭先生相當一致，詮釋卻更詳切。葉先生分析三家的風格：馮延巳是纏綿鬱結，熱烈執著；晏殊是圓融溫潤，澄澈晶瑩；歐陽脩是抑揚唱嘆，豪宕沉摯。她認為：「這種不同的風貌，主要表現於其以不同的心性感受，在寫作時所結合的不同的聲吻。」這是相當周延的文體論觀點，照顧到情感與形式的緊密關係。先不談筆勢的部分。事實上，葉先生已觀察到歐陽脩內在情思的複雜性——有一種相反相成的力量在歐公的內心不斷拉扯，上下起伏，歐詞之所以特有豪宕又沉著之姿態乃緣於此。

以歐陽脩而言，我們往往就可以自其風月多情的作品中，體會出他心性中所具有的對於人間美好之事物的賞愛之深情與對生命之苦難無常的悲慨，以及他自己在賞愛與悲慨相交雜之心情中的一種對人生的感受和態度。……歐詞之所以能具有既豪放又沉著之風格的緣故，就正因爲歐詞在其表面看來雖有著極爲飛揚的遣玩之意興，但在內中卻實在又隱含有對苦難無常之極爲沉重的悲慨。賞玩之意興使其詞有豪放之氣，而悲慨之感情則使其詞有沉著之致。這兩種相反而又相成之力量，不僅是形成歐詞之特殊風格的一項重要原因，而且也是支持他在人生之途中，雖歷經挫折貶斥，而仍能自我排遣慰藉的一種精神力量。這正是歐陽脩的一些詠風月的小詞，所以能別具深厚感人之力的主要緣故。

歐陽脩富於遣玩的意興，很有欣賞的興趣，但我們一定得注意到他的遣玩的意興都是一種傷感、悲哀的反撲，而這也是爲甚麼歐陽脩詞同樣寫遊賞宴集，聽歌看舞，卻一點也不膚淺，反會使人感到包含有一種人生之哲理的緣故，這是因爲他的遣玩的意興不是單純的。

歐陽脩的詞裡一方面有傷感悲哀的情感，但他又要將它排遣掉，要向它反撲，從而表現出一種豪興。傷感是一種下沉的悲哀，反撲卻是一種上揚的振奮，這兩種力量的起伏是造成歐陽脩詞特有姿態的原因所在。[8]

8　見葉嘉瑩：〈論歐陽脩詞〉，繆鉞、葉嘉瑩：《靈谿詞說》（上海：上海古籍出版社，1987），頁105；葉嘉瑩：《唐宋名家詞賞析・二》（臺北：大安出版社，1988），頁47、55。

葉先生充分掌握了前人的論點，作了非常深透又周延的詮釋：歐詞有賞玩的意興、悲慨的感情；賞玩的意興使其詞有豪放之氣，悲慨的感情則使其詞有沉著之致；而在賞愛、悲慨之間，歐公把持了熱愛生活的人生態度，意欲向傷感悲哀反撲，表現出一種豪氣，如是在下沉與上揚的兩股力量的激盪下，便形成了歐詞的跌宕之姿。葉先生並進一步指出，歐陽脩一生仕途起起伏伏，他對於良辰美景的銳感多情和善於遣玩的豪興，充分見證於他的詞篇，然而在這賞愛與豪宕的情意底下其實正隱含著一種悲慨與解悟交雜且難以具言的心境。這些複雜的情緒，種種的心境，葉先生以為「都是由於歐陽脩所具有之性格、學問、襟懷和經歷所形成的一種綜合反映，因而也就正是這種極為複雜的情緒，才使得歐陽脩的詞在意境風格方面既兼具有豪放之氣與沉著之致，而在表現的姿態方面，又極具抑揚唱嘆之美，而這一切又皆出於作者無心之流露。[9]」由詞而論及其人，復由人而知其詞，兩相呼應，顧及文體內外的關聯性，這是相當周全的風格論。不只此也，在行文運筆的細節方面，葉先生亦注意到內在的心性感受與寫作時所結合的聲吻之緊密關係，是內外一體的：「即以其〈玉樓春〉詞之『直須看盡洛城花，始共春風容易別』二句而言，明明是有春歸的惆悵與離別的哀傷，而歐陽脩卻偏偏要在惆悵與哀傷中作樂，而且還用了『直須』、『看盡』、『始共』等極為任縱有力的敘寫口吻，而也就是在這種要從惆悵哀傷之中掙脫出來的賞玩之意興中，表現出了歐詞之既有飛揚豪宕之氣，也有沉著深厚之致的特殊的風格。」這樣因語氣格調而感知其情，相當具體地論證了歐詞的特質，並發揚其精神意韻，葉先生可說是善於體察與分析。

9　見〈論歐陽脩詞〉，《靈谿詞說》，頁108-109。

在葉先生之前，劉若愚在《北宋六大詞家》中，也曾透過晏歐詞之比較，提出一些與鄭先生類似的看法：

> 歐陽脩的詞描寫的範圍較廣，對不同的外界有較多的探索，對個人身邊的小世界則寫得較晏殊為少。在歐陽脩的詞裡，我們可以看到壯麗的景色，不只限於親切的四周，雖然尚未達到沉雄壯闊的境地。例如，……〈采桑子〉，有著天高地闊的風景和無牽無掛的歡樂心情，這種情境在晏殊詞中是很少見到的。第二，歐陽脩的詞表露著他對生命的全付（副）熱誠，更自然的把他自己溶入眼前的情景。所以他的詞感情較晏殊激越而不那麼拘謹。還有，歐陽脩對女性的心理有頗深的體會，在他的詞中，以相當諒解的同情心描寫想像中女性的心情，使讀者得以體會她們的心境，不只是把他們當作藝術品一樣去欣賞。避免不了的現象是，有些詮釋者一定要把這些詞解釋為諷諭當時政治的。[10]

劉若愚論歐詞對外界的探索，可作上引鄭先生第一則詞評的引申說明。所謂景由心生，歐詞之有「天高地闊的風景和無牽無掛的歡樂心情」，可以看出歐陽脩的氣魄與歡情，這是他優於晏殊的地方。談到詞情的部分，劉若愚認為歐陽脩以全然投入的生命熱誠，融情入景，詞情較激越，又能體會女性的心境，擬寫情態，亦予人真切的感受。這些論點的內在意涵，與鄭先生、葉先生所謂深在情致、有遣玩的意興、豪宕之情等概念，意義是相通的。劉若愚亦指出後人多因歐詞有不少敘寫少

---

[10] 見劉若愚著、王貴苓譯《北宋六大詞家》（臺北：幼獅文化事業公司，1986），頁45-46。按：原著係James J. Y. Liu, *Major Lyricists of the Northern Sung*, Princeton: Princeton University Press, 1974.

女之哀怨與柔情，實難想像這是歐公的作品，因爲這與歐公儒者的形象不相符，遂「把這些詞解釋爲諷諭當時政治」，以爲認定歐詞有寄託之深意，這樣就可消解大家的疑慮，而賦予歐詞正面的意義。劉若愚只簡單揭露這一詮釋現象，看來他是深不以爲然的，不過也沒多作辯解。他只明白肯定歐陽脩能深切體會女性的心理，並能「以相當諒解的同情心描寫想像中女性的心情，使讀者得以體會她們的心境，不只是把他們當作藝術品一樣去欣賞」這一點。我們接著要問的是，歐公對女性的關懷，寫女性的情思，是否寓含作者相類似的感受，是移情作用的一種表現？歐陽脩詞中的女性最關切怎樣的人間情懷？作者想表達甚麼主題？所謂「出於作者無心之流露」（葉嘉瑩語），不正是歐陽脩內在情懷的眞實的一面？劉若愚其實已接觸到歐陽脩詞情的一個重點，可惜只陳述了現象，未作內在根由的探討。

今天我們要分析歐詞的文體特質，筆者認爲務必掌握文體的完整面貌，照顧到作家與作品、情感與形式等內外諸因素；換言之，欲要對歐詞有整全的認識，文體論中的體裁、體性、體勢、體式等方面，都須作辯證融合的了解，不能忽略任何一個環節。作者爲何選擇某種文體創作？他寫了些甚麼？怎樣表達？呈現了怎樣的特色？如何依體而成就個人的風味？我們一般了解的題材內容、形式表現、風格面貌、創作主體與客體的關係，其實都是內外呼應，彼此相關，可互爲解釋的[11]。上述

---

11 有關文體諸因素的相互關係，筆者曾爲文論述曰：「一件藝術作品就是完整的統一體，其外在的文辭與內在的情意必須是一和諧的組合，形成所謂的完整。中國的文體論，往往都能兼顧這兩方面立說……。作者的情志乃文學創作的原動力，而作者既因個人情性的激發而有文學創作，讀者透過作品所能把握體會的也就是文辭中的情意；換言之，因『情動』、『理發』而形見於『言』、『文』的，是『沿隱至顯，因內符外』的統一體，作品的情貌即能透露作者的情貌。文學以感情、思想爲內涵特質，但必須藉文字組織及美化技巧才能具現，就是說文學創作是要把作者的

諸家，各有論點，互有關聯，涉及的層面也廣，體察也深到，提出的概念也值得重視，尤其是葉嘉瑩先生對歐詞文體特色的詮解已相當周延，但綜合來看，他們對文體中最關鍵的內外相應的問題，即歐陽脩其人其詞有何必然的關係這一問題，仍未細作探究，而歐詞中情辭語意各層面的分析則不夠緊密，各因素的互動詮釋不足，彼此之間的因果關係便有所欠缺，遂無法切實且生動地解釋歐詞在質與量上出現的某些現象。譬如，歐詞的數量居宋初諸家之冠[12]，其中豔詞又特多，這反映了作者歐陽脩怎樣的選體心理？在詞為小道的普遍認知下，他為何「願拋心力作詞人」？以詞寫情，緣於怎樣的外在因素、發自怎樣的內在動因？歐詞既有為他人填寫，也有一己述懷之作，這些作品有無共同的主題？他的文筆既雅又俗，既以抒情為主調，又增加了敘事的功能[13]，風格表現亦深婉亦疏儁，有著遣玩之興、豪宕之情，這種種特色有無關聯，是否可作貫串的了解、互相引證解釋？所謂斯人而有斯體，歐陽脩「深在情致」，而詞尤長於言情，然則要從歐詞所展現的各種面貌中，理出頭緒，辨析其真正的文體特質，歐陽脩特有的那一份情應是重要的線索。詞體緣情而綺靡，那是它作為抒情文體的基本質素，然而詩文亦可同具這特性，那麼如何去區分彼此的同異？別同異，本來就是辨體工作的要項，因此，我們研究歐陽

情思藉具體的形式表現出來才算完成。所謂形式乃是一個統攝的名稱，它包含構成或呈現藝術整體性的各種方式或形相。情思落實於文字表現時第一個考慮到的因素，無疑是文類的體式，因為它是形式最基本的意義。各種文類之體裁、體式所以不同，全因文體的作用、性質和內容各別之故。行文語態受體式決定，體式又因情質始有所樹立，而情質又必須與體式作合理的配搭始能成為自然生動的姿貌。」見劉少雄〈由詩到詞——東坡早期詞的創作歷程〉，《會通與適變——東坡以詩為詞論題新詮》（臺北：里仁書局，2006），頁9-10。

[12] 《全宋詞》存錄歐陽脩詞239首，柳永詞212首，張先詞162首，晏殊詞136首。

[13] 參陳曉芬：〈論民間歌曲對歐陽脩詞的影響〉，華東師範大學中文系中國古典文學研究室編《詞學論稿》（上海：華東師範大學出版社，1986），頁153-162；王水照〈醉翁琴趣外編的真偽與歐詞的歷史定位〉，《詞學》第十三輯，頁44-54。

脩詞的文體特性，就不能不從根本處著手，清楚辨析歐詞中的「情」的實貌——我們必須切實去追問歐陽脩填詞是緣於怎樣的一份有別於他體的情？而這份情為何能與詞體相應？又歐公以悲感入詞，如何能展現沉著的意態，時婉時雋，而在婉雋間跌宕其情，形成其詞特有的姿貌？文體的根本在情，要清楚了解歐詞文體跌宕的特質，就須對歐公與詞相應的情韻以及其排遣悲情的內在轉化機制有所體認，那是毫無疑問的。

二、遇感慨處見精神——自歐文中體現詞情

洞悉歐公之深情，是了解歐詞的關鍵。歐陽脩文學，令人印象最深刻的是字裡行間所流露的情。洪本健《歐陽脩資料彙編·前言》論述歐文，歸納前人看法，得出一個結論，他說：「富於情感性是歐文的重要特徵。李塗在《文章精義》中稱許歐陽脩說：『此老文字，遇感慨處便精神。』姚永樸的《文學研究法》讚嘆道：『宋諸家唯歐公有其情韻不匱處。』現代散文大師朱自清在《經典常談》中也指出：『歐文最以言情見長。』由於情深，且抒情婉曲，歐文韻味深美，顯示出其特有的成熟的藝術風格。[14]」歐文一唱三嘆，有吞吐往復之致，韻味無窮，最是動人。其實不獨文章，他的詩也如前引方東樹《昭味詹言》所評：「情韻幽折，往反詠唱，令人低徊欲絕。」這見諸於詩文的情韻，正是歐公人品性情的反映。黃公渚《歐陽永叔文·敘》說：「大抵，脩之為人，天懷樂易，性情純摯，故其文章，亦委曲紆徐，神韻綿邈，特多抒情之作。[15]」歐陽脩情多且情深，這是他熱愛生命的表現；而他的文學所以特別能動人，就在於他有比一般人深摯的情思，多了

14　見洪本健編《歐陽脩資料彙編》（北京：中華書局，1995），頁1-2。
15　見黃公渚選注《歐陽永叔文》（臺北：商務印書館，1977），頁8。

一種人生感嘆，又頗能自覺，知所節制，也願排宕化解，而表現出沉著的意態、奮發的精神。

　　筆著多年前曾為文論述歐陽脩的雜記文[16]，今日重讀歐公的文章與詩詞，以為歐文的某些精神意韻與表現方式，是貫通他的文學生命的，而我們藉此以了解他的詞，應該會有更深刻的體會。歐陽脩的雜記文最大的特色是感情洋溢，主觀意識甚濃，娓娓道來，詠嘆多，吞吐多，明白曉暢，容易與人親近；而且借題寓慨，好發義論，以抒其情志，表達對時事的感嘆與關懷。文中認為就歐文所表現的主題意識、思想內容，可以看出歐公人格與精神上的幾項特質：一、樂觀進取的儒者精神；二、自適其適的文人性格；三、嘆往惜今的歷史意識；四、考實辨妄的理性態度。綜合來看，歐陽脩篤信儒學，勇於為義，不空談理論，務實而進取，且能堅守原則，而不苟合於人，雖偶然失意，也能自我惕勵，努力奮發[17]。歐陽脩一方面表現出儒家知其不可為而為之的積極入世的態度，另方面當遇到挫折，心生憤懣，苦惱抑鬱時，他達觀樂易的天性，卻能加以調和轉化，於山林、亭園、家居生活之中找到樂趣，自我排遣。此外，與本文更相關的是他表現在文章中的「嘆往惜今」之情；該文分析說：「林琴南謂歐陽脩山水亭園之記，『俯仰夷猶，多作弔古嘆逝語』。歐陽脩秉持詩人對時光推移的敏感，另則又懷抱著儒者樂觀進取的精神，而且身處由晚唐五代以來鮮有的太平之世，無論政治、社會、文化都有嶄新的局面，因此，歐陽脩雜記中所興的嘆往之懷，沒有太多傷感，反而映襯

---

[16] 詳劉少雄〈歐陽脩雜記文的思想內涵與表現特色〉，《中國文學研究》創刊號（臺北：國立臺灣大學中國文學研究所，1987），頁139-154。

[17] 有關歐陽脩積極進取、務實而不尚空談的行事態度，以及其堅守原則、絕不輕易妥協的堅拔精神，近代學者有相當詳細的論述；請詳劉子健〈歐陽脩的學術與思想〉，見《歐陽脩的治學與從政》（香港：新亞研究所，1963），頁19-128。

出他的惜今之情，相當肯定現在。[18]」歐陽脩的情理意趣，在文章中都充分顯露，可看出他的性情、學問與襟抱，以及他面對問題的態度與化解的方式。至於行文運筆方面，除了蘇洵所評「執事之文，紆餘委備，往復百折，而條達疏暢，無所間斷。氣盡語極，急言竭論，而容與閒易，無艱難勞苦之態[19]」外，歐文更擅長發議論，用翻筆，以突顯主題，其引喻寄慨，起疑答辯，夾敘夾議，情理兼具，極盡抑揚頓挫之致。那樣的筆勢語態，緣內而發，正是他情性意志的具體展現。

李塗說「遇感慨處便精神」，後來張須論歐文也說「以低回感嘆見精神」[20]，這是我們閱讀歐陽脩文學最應注意的情感特質。所謂感嘆之情，往往是相對的境況前後映照所激發的一種過去不及現在、後不如今、今不如昔的情懷。上文所說的「嘆往惜今」，就是在古今對照下搖蕩出來的情思，俯仰之間，欣慨交心，有所執著也有所體悟，形成語意之跌宕，文章搖曳有致。歐陽脩重情，自不能忘情，他的文學作品中常鋪述古今、人我、盛衰、哀樂對照的情景，頗多傷離念遠、撫今追昔、時空憂患的主題，尤其對幾位志同道合的朋友追念的文章，更見其情韻之美，俯仰頓挫之感。歐公於〈江鄰幾文集序〉一文中極為沉痛的說：

> 余竊不自揆，少習為銘章，因得論次當世賢士大夫功行。自明道、景祐以來，名卿巨公往往見於余文矣。至於朋友故舊，平居握手言笑，意氣偉然，可謂一時之

---

18 同注17，頁144-145。
19 見蘇洵〈上歐陽內翰第一書〉，曾棗莊、金成禮《嘉祐集箋註》（上海：上海古籍出版社，1993），頁328-329。
20 見張須〈歐陽脩與散文中興〉，羅聯添編《中國文學史論文選集》（臺北：學生書局，1979），第四冊，頁1391。

盛；而方從其遊，遽哭其死，遂銘而藏著，是可嘆也。
蓋自尹師魯之亡，逮今二十五年間，相繼而歿，爲之銘
者至二十人；又有余不及銘，與雖銘而非交且舊者，皆
不與焉。鳴呼！何其多也！不獨善人君子難得易失，而
交遊零落如此，反顧身世死生盛衰之際，又可悲夫！而
其間又有不幸罹憂患，觸網羅，至困阨流離以死，與夫
仕宦連蹇，志不獲伸而歿，獨其文章尚見於世者，則又
可哀也歟！然則雖其殘篇斷稿，猶爲可惜；況其可以垂
世而行遠也！故余於聖俞、子美之歿，既已銘其壙，又
類集其文而序之，其言尤感切而殷勤者，以此也。[21]

　　這篇序文抒發一己交遊零落、死生盛衰的感慨，並痛惜亡
友「仕宦連蹇，志不獲伸」、「困阨流離以死」的際遇，字
裡行間充溢著惋惜之情、淒涼之意；高步瀛評曰：「今昔俯
仰，感喟蒼涼，使人情爲之移。[22]」他的代表作如〈釋秘演詩
集序〉、〈蘇氏文集序〉、〈梅聖俞詩集序〉、〈張子野墓誌
銘〉、〈黃夢升墓誌銘〉、〈尹師魯墓誌銘〉、〈祭石曼卿
文〉，慨嘆故友平生，惜才傷逝，義情轉折起伏，讀來感人至
深；而其構篇，極寫當年詩酒言歡之事，映照今日淒清寂寥之
感，頓挫抑揚，更增哀嘆。所謂「因道其盛時，以悲其衰」，
以盛衰二字生情，是歐陽脩慣用的運思方式[23]，而從今昔情景
多重的對照中，癡執解悟之間，歐陽脩在作品中展現了更沉著
的意態、更深摯的情思。

---

21 見《歐陽脩全集》（臺北：華正書局，1975），卷二，頁139。
22 見高步瀛選注《唐宋文舉要》（臺北：宏業書局，1979），頁681。
23 「因道其盛時，以悲其衰」二句，見歐陽脩〈釋秘演詩集序〉。又劉大櫆評歐陽
　　脩〈眞州東園記〉曰：「鋪敘今日爲園之美，一一倒追未有之荒蕪，更有情韻意
　　態。」

歐陽脩生平幾位重要朋友，結交在洛陽，因此，洛陽一地可說是他終身難忘的地方，詩詞中屢有提及[24]。歐陽脩二十四歲中進士，任西京（河南洛陽）留守推官，在錢惟演幕下。《宋史》本傳云：「（歐陽脩）始從尹洙（師魯）游，爲古文，議論當世事，迭相師友。與梅堯臣（聖俞）游，爲歌詩，相唱和。遂以文章名冠天下。[25]」他三十九歲時回憶當日的洛陽生活，說：「我昔初官便伊洛，當時意氣尤驕矜。主人樂士喜文學，幕府最盛多交朋。園林相映花百種，都邑四顧山千層。朝行綠槐聽流水，夜飲翠幕張紅燈。」（〈送徐生之澠池〉）其實，歐陽脩在洛陽所交不僅幕中名士，更尚善詩文、愛飲酒、喜談兵之豪傑[26]，當時他印象最深刻的應該就是石延年（曼卿）了[27]。此外值得一提的是，歐陽脩於洛陽期間，因少年得志，私生活不免放縱，往往「游飲無節」，爲長官所不滿[28]。後來他深自反省，「悔其往咎」，便節制多了[29]。一般認爲歐陽脩歌詞，就是在洛陽時期開始的[30]。景祐三年（1036）以後，歐公由於直言遭忌，屢受誣陷打擊，他的生活處境與人生

---

[24] 歐陽脩詩詞中出現「洛陽」一詞的，詩有23處，詞有3處；出現「洛城」一詞的，詩有8處，詞有4處。

[25] 見脫脫等撰《新校本宋史》（臺北：鼎文書局，1998），卷三百一十九，列傳第七十八，頁10375。

[26] 歐陽脩〈張子野墓誌銘〉：「初，天聖九年，予爲西京留守推官。是時，陳郡謝希深、南陽張堯夫與吾子野，尙皆無恙。於時一府之士，皆魁傑賢豪，日相往來，飲酒歌呼，上下角逐，爭相先後，以爲笑樂。而堯夫、子野退然其間，不動聲氣，眾皆指爲長者。予時尙少，心壯志得，以爲洛陽東西之衝，賢豪所聚者多，爲適然耳。其後去來京師，南走夷陵，並江漢，其行萬三四千里，山砠水崖，窮居獨遊，思從曩人，邈不可得。然雖洛人，至今皆以謂無如向時之盛。然後知世之賢豪不常聚，而交游之難得，爲可惜也。」見《歐陽脩全集》，卷二，頁26。

[27] 參劉子健〈歐陽脩與北宋中期官僚政治的糾紛〉（二）「歐陽的發跡」，《歐陽脩的治學和從政》，頁133-136。

[28] 劉子健說：「錢（惟演）去位，王曙繼任，對歐陽的私生活也不滿意。『訝其多游』，『恐其廢職事，欲因微戒之』，好像當時並未生效。」同上，頁136。

[29] 詳〈答孫正之第二書〉，《歐陽脩全集》，卷三，頁93-94。

[30] 見謝桃坊〈歐陽脩及其詞〉，《宋詞概說》（成都：四川文藝出版社，1992），頁180-181。

態度從此便起了很大的變化，文學風格也有所改變。歐陽脩貶官夷陵，即修書尹洙，相互勉勵。他以為因言事得罪，自屬必然，為了伸張正義而被殺，也不算忘親；而身處逆境，「益慎職，無飲酒」，仍要勤奮公務，不能縱逸；而且絕不「戚戚怨嗟，有不堪之窮愁形於文字」，以「勿作戚戚之文」為戒[31]。於此，可以看出歐公冷靜自省、積極有為的精神。所謂不作窮愁潦倒之語，不過分哀嗟怨嘆，以致於頹靡不振，正是歐陽脩卓犖不群、高雅風度品格的表現。不過，人生的感嘆在所難免，歐陽脩以正面的態度加以承擔、加以排解，遂表現為沉著深摯、豪放駿逸的跌宕姿態，這在他的詩文乃至於詞都有類似的表現，只是詞之為體不同於詩文，其情懷質感、文辭語態亦自有別，譬如說詩文所不願言說的戚戚之感，於長於抒情的歌詞中又怎樣吸收轉化，以輕倩之體表深婉之情？那是需要細加體察的。回頭看葉嘉瑩先生的一段話：「以歐陽脩而言，我們往往就可以自其風月多情的作品中，體會出他心性中所具有的對於人間美好之事物的賞愛之深情與對生命之苦難無常的悲慨，以及他自己在賞愛與悲慨相交雜之心情中的一種對人生的感受和態度。」這悲喜相對的情狀、欣慨交雜的心境，不論表面的題材，其情感本質、主題意識實與歐文多所呼應。歐陽脩的仕途由洛陽出發，填詞亦始於洛陽，當時詩酒歡樂，轉眼人去事空；在時空流轉變化中，青春與老邁，歡情與寂寞，對比的情境愈強烈，搖蕩的情懷愈深切，盛衰哀樂之感便更激盪，而歐詞之所以持久創作，歌聲不斷，反覆吟詠，莫非緣自那不願改變的心——「人生自是有情癡」？

---

31 見〈與尹師魯書〉，《歐陽脩全集》，卷三，頁88-89。

順便一提，歐詞抒情，誠如前人所說，也有敘事、議論之筆，活用虛詞發語，具見精神。王構《修辭鑑衡》卷二引《張橫浦日新》說：「人言歐公《五代史》其間議論多感嘆，又多設疑，蓋感嘆則動人，設疑則意廣，此作文之法也。[32]」此亦歐公填詞之法。

三、世間何計可留春 —— 歐詞特有的情韻

歐陽脩填詞數量多，且有特色，一般只看重他在詞史中承先啓後的意義，很少注意到歐陽脩的生命情調與要眇宜脩的詞體的密切關係？難道歐詞之作都如他所說：「因翻舊闋之辭，寫以新聲之調，敢陳薄技，聊佐清歡」[33]，純然應歌酬唱、娛賓遣興而已？或者就像王水照所分析的，宋初文人之愛賞小詞，係受「時代崇尚華靡的風尚」所影響，是情性的自然流露，出於「精神補償與心靈撫慰的需求」，意欲衝破道德倫常規範的一種表現[34]？歐詞的填寫當然有其相應的歌舞音樂環境、供給需求的條件，這些都不過是外緣因素；或解釋作是一種壓抑的情緒找到了偷渡的方式，這說法也未免把歌詞創作看得太嚴正，賦予太多人爲的意義，反而更不自然了。以情賦詞，緣歌起興，究竟搖蕩的是怎樣一份特殊的情？這情的本質才是了解此體的關鍵，反之亦然。換言之，就歐陽脩本身來說，我們須探究的是他眞正的創作動因 —— 詞「情」的本體。歐詞固然有雅製和俗調，題材多男女相思、傷春怨別之情，也有不少幽期密會、床笫柔情之作，後期更有傷時念遠、嘆老惜別、徜徉山水之篇什，多敘他人的際遇，也有個人的抒感；可

---

[32] 見王構《修辭鑑衡》（長沙：商務印書館，1939），卷二，頁38。
[33] 見歐陽脩〈西湖念語〉，黃畬箋《歐陽脩詞箋註》（北京：中華書局，1986），頁1。
[34] 見〈醉翁琴趣外編的眞偽與歐詞的歷史定位〉，《詞學》第十三輯，頁50。

見歐詞的內容相當豐富，這正反映出他介入生活層面之廣，用情之深刻與熱切。無論是客觀間接的流露，或是主觀直接的表達，緣於歐陽脩詞心的那份情，應該是相通互應的。鄭騫先生謂歐詞「深在情致」，所謂深情往往就是一種執著，真誠而熱切，堅定不移，其積也厚，意味尤長。鄭先生並批評歐詞有時過於「流連光景，惆悵自憐」，殊不知這正是深情婉轉的某種表現，卻是詞情低回蕩漾的主旋律。

歐陽脩詞整體來說既多且佳，能開子瞻之疏雋、少游之深婉，關鍵在於他深切地掌握了詞的情韻，確立了宋代文化精神中特有的一種抒情格調。這情韻是詞體的基本特質，必要的條件；緣此，個人之才氣學習不同，其所形成的風格體貌，或豪或婉，或清疏或麗密，便各有差別。好比大海之於湖泊之於溪澗，大小深淺不同，姿態多變，各具面貌，而本源則一，都來自水。然則，何謂詞的情韻？我曾為文稍作定義如下：

> 詞的美感質素在其情韻。詞之為體，含蓄委婉，最具女性陰柔之美，宜於表達幽隱深微的情思；詞人所代表的是一種細膩、敏感的生命型態，追憶往事，流連光景，對於男女相思之情、風物年華之變化，多出之以輕靈細緻的筆觸，寫入哀感，賦以真情，最能動人心魂，予人隱約淒迷之感。詞的抒情特性，主要是以時空與人事對照為主軸，在男與女、情與景、今與昔、變與不變的對比安排下，緣於人間情愛之專注執著和對時光流逝的無窮感嘆，美人遲暮、春花易落、好夢頻驚、理想成空等情思遂變成詞的主題。而詞的體製，如樂律章節之重複節奏、文辭句法的平衡對稱，無疑更強化了這種婉轉低回、留連反覆的情感質性。因此，所謂詞的情韻，就

是一種冉冉韶光意識與悠悠音韻節奏結合而成的情感韻律，回環往復，通常是以好景不常、人生易逝之嘆爲主調，別具婉曲之致。婉曲之美，是詞體的基本特質，在神不在貌，無論寫兒女之情或士人之思，代擬或自述，應社或抒懷，傷春怨別或詠物紀游，凡屬詞體，這種情辭本質不可或缺。[35]

　　詞的情韻，婉轉低回，留連反覆，那是情思與韻律糾結盤旋而成的一種情感節奏。這節奏主要是相對情懷的激盪而形成的——外在時空對照人間情事，一方面是變化的體認，一方面是不變的執著，兩相對應，拉扯互動，便產生了抑揚頓挫，起伏不已的動能，性情因此而搖蕩，最後依聲吟詠，遂譜寫出一曲曲婉轉動人的情詞。詞情之起，空間阻隔、時光流逝的感嘆是關鍵的因素，所以說「情感韻律，回環往復，通常是以好景不常、人生易逝之嘆爲主調」。

　　歐陽脩時空感嘆特深，上文已有論述。歐陽脩的抒情文學頗多傷離念遠、撫今追昔的主題，充滿著盛衰哀樂之感。所謂好景不常、人生易逝，歐陽脩的體會尤其深刻，洛陽盛事，轉眼成空，故友困阨，交游零落，歐公一一爲他們作銘，爲其著作撰序，一遍又一遍的回想，一次又一次的忍受哀痛，歐公多情易感的心積累了更深沉的寂寞與哀傷，其沉著深摯，烙印在文章字句中。文章如此，此情此感溢而爲詞，看來也是順理成章的了。而詞體的特性較詩文爲深曲，則歐陽脩在詞中所抒的情自然更婉轉低回，尤其借女聲傳達，則更見哀傷，乃至「流連光景，惆悵自憐」，更是他難以克服時光憂懼的無奈心聲。

---

[35] 見劉少雄〈由詩到詞——東坡早其詞的創作歷程〉，《會通與適變——東坡以詩爲詞論題新詮》，頁15。

歐公的情感生命本質上早已具有詞「情」的質素。我們再從政治的氣候、時代的氛圍看，由南唐到宋初，似乎都濃罩著類似的哀感情調。過去往往只就江西的地緣和文人相等的身分地位等因素，論析南唐宋初詞學的傳承關係，很少注意到他們的詞情意韻所折射的時代心聲。南唐由烈祖李昇到中主李璟，北宋經歷四朝，內憂外患，文人看著時局轉折，多有濃烈的盛衰之感；只是南唐與宋初的盛衰情況剛好相反。南唐詞，深情纏綿，吐屬清華，能見作者性情；而好景不常、人生易逝，則可說是南唐詞的主題意識，哀感動人。龍榆生〈南唐二主詞敘論〉說：「中主（李璟）實有無限感傷，非僅流連光景之作。王國維獨賞其『菡萏香銷翠葉殘，西風愁起綠波間』二語，謂『大有眾芳蕪穢，美人遲暮之感』，似猶未能了解中主心情。[36]」所謂知人論世，歐陽脩的詞雖也被評為「流連光景」，也應作如是觀：「實有無限傷感」！至於說歐陽脩得馮延巳之深，應也不是偶然。馮延巳本身就是執著熱誠的人。鄭騫〈論馮延巳詞〉說：「馮延巳是個熱中功名的人，又生於五代那樣喪亂相尋的時代。他在南唐作宰相，屢次遇到失意的事，他的政敵又多，彼此傾壓排擠無所不用其極。這樣的政治生涯使他的心情空虛、不安；而當時社會的普遍現象又是從來亂世所共有的現象，一面是黑暗與恐怖，一面是沉湎與放縱。政治的遭遇與社會的氣氛合併起來，使馮延巳總是抱著滿腔空虛苦悶，去過看花飲酒奢侈的生活。這與謝靈運的縱情山水是同樣的心情。所以馮詞的風格與謝詩一樣，在高華濃麗的底面蘊藏著無限悲涼。[37]」歐陽脩所處的政治環境不至於像南唐那般的險惡、黑暗，社會也沒出現沉湎與放縱的現象，但歐陽脩

36　見龍榆生《龍榆生詞學論文集》（上海：上海古籍出版社，1997），頁203。
37　見鄭騫：《景午叢編》，上集，頁111。

為朝廷所用，也不能按照理想做事，有所作為，竟然「使怨嫉謗怒叢於一身，以受侮於群小」38，實始料未及，其內心的空虛苦悶，可想而知。其詞於豪放中有沉著之致，有時卻過於「流連光景，惆悵自憐」，也不是沒有原因的。

王國維《人間詞話》說：「余謂馮正中〈玉樓春〉詞：『芳菲次第長相續，自是情多無處足。尊前百計得春歸，莫為傷春眉黛蹙。』永叔一生似專學此種。39」在這半闋詞中看到詞人多情惜春的跌宕心境，歐陽脩於此體會極深，姿態更多樣。歐公〈嘲少年惜花〉一詩云；

> 紛紛紅蕊落泥沙，少年何用苦咨嗟。春風自是無情物，
> 肯為汝惜無情花。今年花落明年好，但見花開人自老。
> 人老不復少，花開還更新。使花如解語，應笑惜花人。

因春去花落而傷感，是人之常情，豈只少年特有的情懷？歐公多情，所謂「嘲少年惜花」，其實是自嘲之辭，表面看是認清生命的本質，花常開，人自老，可是惜花傷春年年依舊，「多情卻被無情惱」（東坡〈蝶戀花〉語）的情緒何時能真正排除？歐詞中寫春景春花的詞篇特多40，這份春情所反映的內在情理之掙扎，尤為生動而深切。

---

38 歐陽脩〈歸田錄序〉：「幸蒙人主之知，備位朝廷，與聞國論者，蓋八年於茲矣。既不能因時奮身，遇事發憤，有所建明，以為補益；又不能依阿取容，以徇世俗，使怨嫉謗怒叢於一身，以受侮於群小。」《宋史》本傳亦云：「（韓）愈不獲用，（歐陽）脩用矣，亦弗克究其所為，可為世道惜也哉。」
39 見《詞話叢編》，頁4244。按：此詞別又作歐陽脩詞。
40 據羅鳳珠：「唐宋詞全文檢索系統」（http://cls.hs.yzu.edu.tw/CSP/W_DB/index.htm）統計，「春」、「花」等詞語在宋初名家詞中出現的次數及比例分別為：歐陽脩266首詞中，「春」144次（54%）、「花」213次（80%）；晏殊144首詞中，「春」59次（41%）、「花」72次（50%）；柳永218首詞中，「春」54次（25%）、「花」95次（44%）。

一般來說，詞善於表春情，詩則長於敘秋感。古語有云：「春女思，秋士悲。」女子春日情懷，其實最能象徵詞的情韻。春天是一個奇特的季節，處處鶯飛草長，充滿著生機，氣候卻不穩定，陰晴難測，變化多端。因此，大地雖長出許多花草，冒出無數新芽，可是這些植物能否順利生長，卻充滿著變數，難以逆料，所以春天雖生機盎然，卻也有幾分渾沌[41]。身處其中，既感受到生命的喜悅，享受著青春的甜美，又有些隱憂，怕春光易逝，好景不常。這如同女子的心情，一方面自盼自顧如春花一般的美麗年華，但又擔心春花不見採，美人遲暮。這種既感受美好又猶疑不安的情緒，就是春情，也是詞裡最重要的一種情緒[42]。歐陽脩的代表作幾乎都是春詞。留春、惜春、送春、傷春，歐詞不斷歌詠這份春天的情緒；而這春情，兼美麗與哀愁，年去歲來，回環往復，本身就屬詞的情感韻律：

　　　　畫閣歸來春又晚。燕子雙飛，柳軟桃花淺。細雨滿天風
　　　　滿院。愁眉斂盡無人見。　　獨倚闌干心緒亂。芳草芊
　　　　綿，尚憶江南岸。風月無情人暗換。舊游如夢空腸斷。
　　　　（〈蝶戀花〉）

　　　　殘春一夜狂風雨，斷送紅飛花落樹。人心花意待留春，
　　　　春色無情容易去。　　高樓把酒愁獨語，借問春歸何處
　　　　所。暮雲空闊不知音，惟有綠楊芳草路。（〈玉樓春〉）

---

41 《說文解字》：「春，推也。從艸，從日。艸，春時生也，屯聲。」「屯，難也。象
　　艸木之初生，屯然而難。」《易·序卦》：「有天地，然後萬物生焉。盈天地之間
　　者唯萬物，故受之以屯。屯者，盈也。屯者，物之始生也。」《彖辭》：「屯，剛
　　柔始交而難生，動乎險中，大亨貞。雷雨之動滿盈，天造草昧，宜建侯而不寧。」
42 詳劉少雄〈對比的美感詞——唐宋詞的抒情特性〉，《讀寫之間——學詞講義》
　　（臺北：里仁書局，2006），頁74-76。

把酒花前欲問他，對花何吝醉顏酡。春到幾人能爛賞，何況，無情風雨等閒多。　豔樹香叢都幾許，朝暮，惜紅愁粉奈情何。好是金船浮玉浪，相向，十分深送一聲歌。（〈定風波〉）

　　所謂人心、花意、春情，其實都是一體，皆代表對青春愛戀、美好生命的癡迷執著，然而人暗換、花落樹、春易去，愛情也難長久，生命則有何依歸？詞中始終迴蕩著這份意欲留春卻也終究留不住的無奈之情。而所謂傷春，是對美好時光驟然飄逝的一種感傷，年復一年，不斷吟嘆，更增急景流年、年華頓老之感：「急景流年都一瞬。往事前歡，未免縈方寸。」（〈蝶戀花〉）「一覺年華春夢促。往事悠悠，百種尋思足。」（〈蝶戀花〉）「尊前貪愛物華新，不道物新人漸老。」（〈玉樓春〉）這些都是以春所代表的外物為不變，映照出人間情事的變幻，歲月之飄忽。

　　以上種種，何嘗是虛擬的情緒，那是歐陽脩的真情實感所體證出來的。歐陽脩實際的仕宦生活，就曾經常掉入時空對照的實況中，撫今追惜，感受十分真切；這情懷又豈只是一般的傷感，細讀之，字裡行間添加了更深沉的喟嘆、蒼涼的情味：

憶昔西都歡縱。自別後、有誰能共。伊川山水洛川花，細尋思、舊游如夢。今日相逢情愈重。愁聞唱、畫樓鐘動。白髮天涯逢此景，倒金尊、殢誰相送。（〈夜行船〉）

記得金鑾同唱第，春風上國繁華。如今薄宦老天涯。十年歧路，空負曲江花。　聞說閬山通閬苑，樓高不見君家。孤城寒日等閒斜。離愁難盡，紅樹遠連霞。（〈臨江仙〉）

平生爲愛西湖好，來擁朱輪。富貴浮雲，俯仰流年二十
春。　歸來恰似遼東鶴，城郭人民。觸目皆新，誰識當
年舊主人。（〈采桑子〉）

　　面對這種種相對的情懷，及其所激盪的愁緒，歐陽脩認定
了「人生自是有情癡」（〈玉樓春〉），也宣示著「莫言多病爲
多情，此身甘向情中老」（〈踏莎行〉），以一種執著無悔的精
神，用有限的生命見證此情之不渝，這正是對好景不常、人生
易逝的哀感的最有力的反擊。

四、鬢華雖改心無改──歐詞的跌宕之姿

　　歐詞跌宕之美，就是一種柔中帶韌的表現，是兼內容與形
式言的。歐詞主要是抒情，但也如其詩文，亦好設疑發議論。
情的抒發往往是曲折低迴的，但敘事說理，論辯質疑，則是迎
頭面對，意欲反撲，紓解糾結，尋求安頓與解決之道，那意態
是振拔高昂的。歐陽脩緣情爲詞，婉轉深摯，也能以理導情，
辯難析疑，如是情理交錯，便形成了歐詞語意抑揚跌宕的姿
態。

　　試朗讀下列幾段文字：「聚散苦匆匆。此恨無窮。今年花
勝去年紅。可惜明年花更好，知與誰同。」（〈浪淘沙〉）「離
愁漸遠漸無窮，迢迢不斷如春水。……平蕪盡處是春山，行
人更在春山外。」（〈踏莎行〉）語意層遞翻疊，轉折多變，歐
陽筆力之健於焉可見。〈玉樓春〉一詞寫相思怨別之情，不復
一般情詞之曲折婉媚：「別後不知君遠近，觸目淒涼多少悶。
漸行漸遠漸無書，水闊魚沉何處問。夜深風竹敲秋韻，萬葉千
聲皆是恨。故敧單枕夢中尋，夢又不成燈又燼。」唐圭璋《唐
宋詞簡釋》評曰：「此首寫別情，兩句一意，次第顯然。分別

是一恨。無書是一恨。夜聞風竹，又攪起一番離恨。而夢中難尋，恨更深矣。層次深入，句句沉著。[43]」此詞敘事層次清晰，語言明快淋漓，具見強烈直率的意緒，如見其人。

　　所謂筆鋒帶感情，文如其人，這種強健的筆力意態，無疑是歐陽脩豪宕深摯的情意生命的具體展露。歐詞中敘寫傷春怨情，最見跌宕姿態的是〈蝶戀花〉（庭院深深深幾許）一闋的下片：

　　　　雨橫風狂三月暮。門掩黃昏，無計留春住。淚眼問花花
　　　　不語，亂紅飛過鞦韆去。

　　明知不可為而為之的執著精神充分展現。王又華《古今詞論》引毛先舒云：「詞家意欲層深，語欲渾成。作詞者大抵意層深者，語便刻畫；語渾成者，意便膚淺，兩難兼也。或欲舉其似，偶拈永叔詞云：『淚眼問花花不語，亂紅飛過鞦韆去。』此可謂層深而渾成。何也？因花而有淚，此一層意也；因淚而問花，此一層意也；花竟不語，此一層意也；不但不語，且又亂落，飛過鞦韆，此一層意也。人愈傷心，花愈惱人，語愈淺而意愈入，又絕無刻畫費力之跡；謂非層深而渾成耶？[44]」這樣的分析相當精采，甚能切中要領。不過，若從情理運思的角度去詮釋，則更見其頓挫之態。三月暮春，雨橫風狂，花期實已結束，這是無可奈何的事實。所謂門掩黃昏，彷彿將門掩上，時光便也不能溜走，這是癡心的妄想。但欲留春卻發覺真的無法留住，這是理性的省悟。雖則如此，也不放棄，仍希望以真摯的情、熱切的淚打動春花，可是卻換來花的

43　見唐圭璋：《唐宋詞簡釋》（臺北：木鐸出版社，1982），頁67-68。
44　見《詞話叢編》，頁608。

冷落對待；然而，花眞無情嗎？不然，爲何它卻化作落紅悄悄飛到鞦韆搖蕩的地方——看來是「道是無情還有情」啊！這樣的運筆，這樣的意態，跌宕婉轉之間，成就了這首詞的深厚渾成。

歐陽脩面對人間美好事物的愛賞之情，面對生命苦難無常的悲慨，以及在兩者之間，他所把持的人生態度往往形成其詞作特有的風貌。著名的〈玉樓春〉就具有這樣的特色：

> 尊前擬把歸期說，未語春容先慘咽。人生自是有情癡，此恨不關風與月。　離歌且莫翻新闋，一曲能教腸寸結。直須看盡洛城花，始共春風容易別。

「多情自古傷離別」，人生的聚散本無定數，而相知相聚的喜悅往往加深日後分離隔絕的悲哀，可是卻無人能逃脫這喜悅、悲哀的循環，一代又一代的詩詞中最常見的也正是這些勘不破的無奈。歐陽脩這首詞藉敘事、抒情、議論之筆，企圖開脫，卻終不免惆悵的，依然仍是這樣的離情。詞中的內容是這樣的：在筵席上打算告訴對方歸來的日期，不料還沒開口，她那美麗的容顏早已變成淒慘得說不出話的表情了。作者在這悲辛的離愁裡，領悟到人生愁恨的根源，就是有情。因爲有情，所以就有了長相廝守的癡念；因爲有情，所以就有了慧劍難斷的牽掛；如是，遂令人脆弱地禁不起生離死別的疼痛。風月本是不惹人的，而人卻往往自己去惹風月。惹了風月，又怨風月。可是明月清風原是客觀的自然景象，何曾關係著人間的悲歡離合？眞正陷人於愁恨之中的應是主觀的情癡。下半闋，他試圖寬解自己。說：離歌一曲已令人無限悲痛，因此千萬別一遍又一遍地翻新重彈，讓離別的人一次又一次地忍受那椎心之

痛。然則，面對離愁，人究竟要如何解脫？人生怎樣才能達到自然無礙的境界呢？歐陽脩在這裡用比喻的方式說出一番論見：看來就只有把洛陽城的花朵都看遍了，將春色全納入胸中，然後才能從容無憾地與春風話別；換言之，詞人的意思是只要歷盡人間喜樂與悲苦，自然也就不易為外界事物挑動感情，不再輕易讓離愁牽絆。可是，洛陽城花開花落，朝夕芳菲不歇，年年春意重來，要等到幾時，才能算是真正「看盡洛城花」呢？而人間的悲歡離合，形形色色，短暫的一生又如何能歷盡看遍？歐陽脩這一番自我寬解的話，只是一個難以實現的假設罷了。或許，當我們以無限的熱情賞愛這人間的美景繁華時，已註定要同時背負起人世聚散無常的悲哀了……。這首詞寫出了一種徒然的期待，那未嘗不是一種不甘心輕易放棄的自我期許；一方面感到無能為力，一方面卻又想有所作為，在陷溺的情緒中勉力振揚，沒想到最後卻跌落得更無奈更深沉。

其實，歐陽脩自有更平實的方式面對時空的流轉變化、人間的離合悲歡。前面一直提到歐陽脩熱愛生命，全然投入，充滿賞玩的雅興、豪宕的情懷。愈到後期，他的歷練更豐富，心胸更曠達，更知道如何排解人生的苦惱。

> 嘗愛西湖春色早。臘雪方銷，已見桃開小。頃刻光陰都過了，如今綠暗紅英少。　且趁餘花謀一笑。況有笙歌，豔態相縈繞。老去風情應不到，憑君剩把芳尊倒。
> （〈蝶戀花〉）

> 兩翁相遇逢佳節，正值柳綿飛似雪。便須豪飲敵青春，莫對新花羞白髮。　人生聚散如弦筈，老去風情尤惜別。大家金盞倒垂蓮，一任西樓低曉月。（〈玉樓春〉）

十載相逢酒一卮，故人才見便開眉。老來游舊更同誰。
浮世歌歡眞易失，宦途離合信難期。尊前莫惜醉如泥。
（〈浣溪沙〉）

十年前是尊前客，月白風清。憂患凋零，老去光陰速可
驚。　鬢華雖改心無改，試把金觥。舊曲重聽，猶似當
年醉裡聲。（〈采桑子〉）

平山闌檻倚晴空，山色有無中。手種堂前垂柳，別來幾
度春風。　文章太守，揮毫萬字，一飲千鍾。行樂直須
年少，尊前看取衰翁。（〈朝中措・送劉仲原甫出守維揚〉）

　　與其用概念論述，情理交戰，終究糾結難解，有時倒不如
輕鬆一點，認清事實，坦然面對，行樂及時，別有深摯的情
味。所謂「在和平中見」「沉著」，是這個意思嗎？歐公說
「鬢華雖改心無改」，自其不變者而觀之，人間到處有歡樂。
這理念，東坡續有發揚。

　　歐陽脩詞中所表現的感情看來並不單純，當中有著悲哀、
奔放、沉痛、昂揚的多種成分，交織成多種的姿貌，而其運
筆行文，亦能緣情循理作轉折變化，可以看出他柔中帶韌性的
生命力。鄭騫先生說：「宋朝的一切，都足以代表中國文化的
陰柔方面，不只詞之一端。……柔並不一味的軟綿綿，而要有
一種韌性。[45]」讀了歐詞，大概不難理解這段話的意義。吉川
幸次郎分析宋詩，謂宋代的新人生觀是揚棄悲哀，而宋代詩人
有意追求的一種詩境就是寧靜安詳的心境[46]。宋詞則擺盪在情

---

[45] 見鄭騫〈詞曲的特質〉，《景午叢編》，上集，頁61。
[46] 詳吉川幸次郎著、鄭清茂譯：《宋詩概說》（臺北：聯經出版事業公司，1979），
頁32-36、46-49。

緒的上下之間，既無法不面對人間的悲情，卻也不甘於陷溺不返；如何排遣，怎樣在情中得到安頓，便是詞人的重要課題。或表現為執著的熱情，或以豪情反撲，或以曠達的懷抱紓解，宋詞所代表的精神就是體證了一種生命意態——在世事無常中確認人情不變。東坡說「多情應笑我」，何嘗不是詞人普遍的心聲？人不能忘情，又不願逃情，就須面對，勇敢承擔。歐陽脩「此身甘向情中老」而展現的豪宕而沉著的態度，與他立身行事、治學為文等方面的知其不可為而為之的精神息息相關，這與宋文化的精神意韻也是一致的。我們由此重看詞盛於宋的現象，再論歐陽脩的詞史意義，應該會有一番新的體認。

詩賦與樂律的協奏——

清眞詞美典之形成

一、「體」與「姿」——周邦彥詞詮釋觀點的省察

　　回顧詞學史，眾所周知的是，周邦彥詞名甚盛，他所作的歌曲音律妍雅，傳播廣遠，而其修辭鍛鍊工夫亦備受推崇，爲婉約詞之正宗，遂確立了它的典範意義。但以內容意境爲重的論說，則持相對批判的立場，對其詞多有貶抑。由於各人對詞的體源、體性、體用和體式，看法不同，對詞體便有各種抑揚褒貶之論，而對詞人的評價亦往往會有高下不一的論調，那是常見的現象。我們可以理解的是，在詞可歌唱的年代，詞有著娛賓遣興的實用功能，大眾多愛賞聲情平易動人而不避俗之作；而在文人雅集中，詞則講究辭句典雅、音韻諧美。可是，當詞逐漸脫離樂曲，變成抒情述懷的一體、案頭閱讀的文本時，論者則轉而重視其情意內容和文辭形式，以雅爲尚。至於視詞爲詩之一體或強調其歌樂屬性，則又各有立場[1]。尤須注意的是，尊體意識一直與詞緊密相隨，無論在內容或形式上，大多要求詞須雅正得體，而比興寄託之說更往往強加在詞情的論證上，考事說詞，從而確認它的價值，但這樣的詮釋根本就混淆了文學之爲美的意義。歷來對周邦彥詞的評論也確實具體呈現了上述的情況。現在整個語言、文化環境已與過往大不相同，我們理應突破傳統的詮釋框架，以文本爲依據，回歸文學的本質來認識詞體。換言之，這並非出自尊體的意念爲詞而辯解，而是就詞論詞，針對詞的創作特性，探討它的獨特美感。周邦彥是在怎樣的文化氛圍、寫讀條件中創調塡詞？他如何在

---

* 本文係據110學年度休假研究報告（2022年2月）修訂而成。按：本人曾於2015年11月國立臺灣師範大學國文系主辦「第四屆敘事文學與文化國際學術研討會」，發表〈光景流連——清眞詞的敘事性與抒情性〉，並於2020年10月臺大中文系學術討論會發表〈清眞詞的渾厚之姿及其形成的美典〉，其後於休假期間針對這兩篇文章，斟酌諸位評審意見，並增補內容，完成較爲完整的論述。

1 詳劉少雄〈秦柳之外——東坡清雅詞境之取向〉，《以詩爲詞——東坡詞及其相關論題新詮》（臺北：五南圖書公司，2020），頁93-137。

詩樂並重的情形下創新體式？說周詞是「以賦為詞」，究竟是甚麼意思？這概念是否周延？據此以詮釋清真詞，效用有多大？他的小令、長調形成了怎樣的藝術特色，成為一種美典？這些都是值得關切的課題。

一種美典的形成，有其自身文體結構形式上之美，也受到各種內外因素的影響，並經由不同詮釋觀點的相互作用而產生的，自然構成一種相對的、有機的型態，顯現出彼此交涉、依違的辯證關係。換言之，為文學建構一種美典，確立它現代的意義，也同時重新檢視了它歷時性的詮釋意涵，賦予傳統新的內容，彼此依存並自成一個整體的認知體系。因此，為了更完整呈現周邦彥詞美典的形成，讓我們先整理一下過去的幾個詮釋重點，了解它的演變歷程，確認它被認知的部分，並檢討其中的一些看法，溫故而知新，以方便往後章節的討論。

首先，宋人普遍認為周邦彥妙解音律，能自度曲，最為知音[2]。周詞在當時是配合樂曲而填寫，非一般的抒情詩，它具有音樂的屬性是無庸置疑的。因此，要體味清真詞之美，須兼顧詞情和聲情。雖然，宋樂不傳，但我們誦讀周詞，似仍可於其字句音聲的抑揚跌宕中領略到它與樂韻節奏相周旋的特色。張炎《詞源》說：「美成詞只當看他渾成處，於軟媚中有氣魄。[3]」這應是結合文辭與音律來說的。王國維《清真先生遺事・尚論三》說：「讀先生之詞，於文字之外，須兼味其音律。……今其聲雖亡，讀其詞者，猶覺拗怒之中自饒和婉，曼

2　《宋史・文苑傳》：「邦彥好音樂，能自度曲，製樂府長短句，詞韻清蔚，傳於世。」《咸淳臨安志・人物傳》：「邦彥能文章，妙解音律，名其堂曰顧曲，樂府盛行於世。人謂之落魄不羈，其提舉大晟亦由此。」王灼《碧雞漫志》卷二：「江南某氏者，解音律，時時度曲。周美成與有瓜葛，每得一解，即為製詞，故周集中多新聲。」樓鑰〈清真先生文集序〉：「樂府傳播，風流自命，又性好音律，如古之妙解，顧曲名堂，不能自已。」沈義父《樂府指迷》：「清真最為知音。」
3　見唐圭璋《詞話叢編》（臺北：新文豐出版公司，1988），頁266。

聲促節，繁會相宜，清濁抑揚，輾轆交往。兩宋之間，一人而已。[4]」強調清眞詞語律音聲之美，但這特色如何與文辭內容結合，達到音義兼美的抒情效果？王國維沒有進一步的論述。後來龍榆生所發揚的周詞之「以健筆寫柔情」的「奇崛」之美，即從聲情之激越處體味得來[5]。

其次，宋人莫不稱讚周詞工於練字，善於融化前人詩句，隱括入韻，渾然天成[6]。沈義父《樂府指迷》更指出周詞「往往自唐宋諸賢詩句中來，而不用經史中生硬字面，此所以爲冠絕也。[7]」宋人詞論爲何特別重視周詞這方面的特色？這與宋代詩學之重作意，講究句法之學、奪胎換骨之法[8]，當然有關。但採用溫庭筠、李商隱等唐詩人字面好而不俗的詩句入詞，究竟會爲整首詞創造出怎樣的美感？帶來怎樣的抒情效果？這方面也許得考慮歌詞傳情達意、擴散渲染的效應，它如何在反覆迴盪的旋律中，藉熟悉的詩詞語句喚起似曾相識之感，引起共鳴，達到催化情緒的作用，讓人流連於今昔之際，沉醉於其中。許多唱詞，像在傳統戲曲、地方戲劇裡之所以大量引用唐宋詩詞名篇名句，就可知曉當中道理了。此外，王國維認爲周詞融化詩句「不過一端」，「不如強煥云『模寫物

---

4   王國維《清眞先生遺事》，載孫虹《清眞集校注》（北京：中華書局，2002），「附錄」，頁467。

5   龍榆生〈清眞詞敘論〉：「其詞（蘭陵王）雖敘離情，而以聲之激越，讀之使人慷慨。清眞詞之高者，〈瑞龍吟〉、〈大酺〉、〈過秦樓〉、〈氏州第一〉、〈尉遲杯〉、〈繞佛閣〉、〈浪淘沙慢〉、〈拜星月慢〉之屬，幾全以健筆寫柔情，則王灼以『奇崛』評周詞，蓋爲獨具隻眼矣。」見《龍榆生詞學論文集》（上海：上海古籍出版社，1997），頁321。

6   劉肅〈片玉集序〉：「周美成以旁搜遠紹之才，寄情長短句，縝密典麗，流風可仰。其徵辭引類，推古誇今，或借字用意，言言皆有來歷，眞足冠冕詞林。」陳振孫《直齋書錄解題》：「清眞詞多用唐人詩語，隱括入韻，渾然天成。」張炎《詞源》：「美成負一代詞名，所作之詞渾厚和雅，善於融化詩句。」

7   見唐圭璋《詞話叢編》（臺北：新文豐出版公司，1988），頁277-278。

8   參龔鵬程〈知性的反省——宋詩的基本風貌〉，黃永武、張高評編《宋詩論文選輯》（高雄：復文圖書出版社，1980），第一輯，頁147-149。

態，曲盡其妙』，爲知言也」[9]。其實，字句的鍛鍊和詞中物態人情的摹寫，是有機的組合，須從整體的效果看其如何共同營造和諧統一的藝術世界。

進一步說，以上所述的辭采聲律之美，所以能於體物言情上發揮作用，更需統攝於立意構篇的運作上，才能產生意義。在歌詞普遍傳唱、文人參與填寫、大眾讀者喜歡閱覽的時代，基於應用、創作及欣賞的需要，示人以門徑往往是評論的出發點。宋人詞論幾乎都集中在形式技巧方面評述清眞詞，尤其多以其長調作爲討論的對象。陳振孫《直齋書錄解題》說：「清眞詞……尤善鋪敍，富豔精工，詞人之甲乙也。[10]」周詞工於布局，結構曲折細密，這是方家一致公認此乃清眞詞最大的特色和成就。清代以來幾個重要的論點，如謂清眞妙於「鉤勒」、「沉鬱頓挫」、「深厚」而有「姿態」、「介於疏密之間」[11]，莫不從其詞筆之順逆正反，結構之轉折交錯、翻疊對比的角度而提出的。這些方面都是近現代學者最關心的課題，而由此進而討論周詞「以賦爲詞」、具「敍事性」等特質，更導引出新的詮釋觀點。下文會有詳細介紹，此處暫且不談。

詞體作法至周邦彥而粲然大備，窮極工巧，足爲範式。諸家皆推崇備至，稱之爲「集大成者」，且擬之爲「詞中老杜」，不過大多是就其「獨絕千古」的「思力」所成就的高妙的藝術技巧而言[12]，至於對周詞的內容意境方面則有「惜乎意

9　同注4，頁466。

10　載孫虹《清眞集校注》，「周詞總評」，頁412。

11　周濟《介存齋論詞雜著》：「鉤勒之妙，無如清眞，他人一鉤勒便薄，清眞愈鉤勒愈渾厚。」陳廷焯《白雨齋詞話》：「其妙處亦不外沉鬱頓挫，頓挫則有姿態，沉鬱則極深厚。」朱孝臧：「兩宋詞人，約可分爲疏密兩派，清眞介在疏密之間，與東坡夢窗，分鼎三足。」（引自唐圭璋《宋詞三百首箋注》）

12　周濟《宋四家詞選・序論》：「清眞集大成者也。……問塗碧山，歷夢窗、稼軒，以還清眞之渾化，予所望於世之爲詞人者蓋如此。」周濟《詞辨・自序》：

124　詞體美典形成與詞史建構之探索

趣卻不高遠」、「但恨創調之才多，創意之才少」[13]之評。周詞長調之寫作題材，多爲一般的「賦情」、「離情」、「詠物」、「懷古」、「節序」等類[14]，無論是抒情、寫景或敘事之筆，重點皆在言情述懷，未見因事議論、緣情說理如蘇辛詞般的表現；於宇宙人生，他能「入乎其內」而寫情，卻不能如蘇辛「出乎其外」而有高遠之致[15]。單單就情詞而言，周詞往往被認爲不能予人直接興發之感動，即使不像南宋史達祖、吳文英詞之被評爲有「隔」或無「意境」[16]，但不如晏歐柳秦諸家情詞之眞摯動人，關鍵就在他的體情態度和敘寫方式。

劉若愚就曾明確指出：「他與他們（按：指晏殊、歐陽脩、柳永及秦觀諸詞家）不同處在於他似乎以較隔離的態度描寫情。他的詞通常不顯露原始的情感，而是『情感靜化之後的回憶』，雖然，由另一方面看，他也沒有達到將情感哲理化的超越境界。以無可奈何的態度，他視情爲人的躲避不了的弱點。」「他的作品微妙而細緻，然而不能常以直接的力量動

「（董）晉卿推其沉著拗怒，比之少陵。」王國維《清眞先生遺事》：「詞中老杜，非先生不可。」周濟《介存齋論詞雜著》：「美成思力，獨絕千古，如顏平原書，雖未臻兩晉，而唐初之法，至此大備，後有作者，莫能出其範圍矣。」

13 張炎《詞源》：「美成詞……採唐詩融化如自己者，乃其所長。惜乎意趣卻不高遠。」王國維《人間詞話》：「美成深遠之致，不及歐秦；惟言情體物，窮極工巧，故不失爲第一流之作者。但恨創調之才多，創意之才少耳。」

14 張炎《詞源》論詞的創作法則，特別針對「詠物」、「節序」、「賦情」、「離情」四類題材，舉例說明其體要特質；這大概是當時詞人最常塡寫的歌詞內容。周邦彥的長調作品也多屬這些類別。其「賦情」、「離情」的作品，包括往事追憶（如〈瑞龍吟〉、〈拜星月慢〉）、兩地相思（如〈塞垣春〉、〈掃花游〉）、傷離意緒（如〈蘭陵王〉、〈夜飛鵲〉）、羈旅愁情（如〈大酺〉、〈渡江雲〉）、倦遊懷歸（如〈齊天樂〉、〈滿庭芳〉）等項；「詠物」類有〈六醜〉、〈花犯〉等；「節序」類有〈解語花〉、〈六么令〉等；另有「懷古」之作，如〈西河〉。

15 王國維《人間詞話》：「詩人對宇宙人生，須入乎其內，又須出乎其外。入乎其內，故能寫之；出乎其外，故能觀之。入乎其內，故有生氣；出乎其外，故有高致。美成能入而不能出，白石以降，於此二道皆未夢見。」

16 王國維《人間詞話》：「梅溪、夢窗諸家寫景之病，皆在一隔字。」「南宋詞人之有意境者，唯一稼軒。……及夢窗、玉田出，并不求諸氣體，而唯文字之是務，於是詞之道熄矣。」

人。他的詞的世界即使不是不透明，也是半透明的，而非一種透明體，文字結構像是雕刻精美的象牙或玉石，而非形狀單純的瓷器。」[17] 這兩段話歸納出周邦彥情詞的內容及其表現特色：它寫普遍的悲傷情緒，不採原始的自然流露的方式，而是經過一番冷靜處理後的回憶書寫，以微妙而細緻的筆觸鋪述出來，表達情意較為間接，「相對的就減少了它們直接感人的力量」[18]。中國文學批評由來較重自然而輕人工，前者多被視為能顯露真情，後者則否，兩者之間優劣立判。劉若愚基本上是繼承了王國維的論調[19]，對周詞「能入不能出」，缺乏高遠的意境，一樣是頗有微辭的。

後來葉嘉瑩綜合前人「思力」和「賦筆」的詮釋觀點[20]，分析宋詞發展的三種創作類型，於「歌辭的詞」、「詩化的詞」之外，提出「賦化的詞」的寫作方式，讓我們能充分了解周邦彥和南宋典雅派詞之為美及其抒情特質之所在：「周邦彥所寫的以賦筆為之的長調，卻突破了這種直接感發的傳統，而開拓出了另一種重視以思力來安排勾勒的寫作方式，而這也就正是何以有一些習慣於從直接感發的傳統來欣賞詩詞的讀者們，對這一類詞一直不大能欣賞的主要緣故」[21]。周邦彥既以鋪陳描述為主的手法為詞，屬於辭賦之性質，在思力安排之中蘊含一種深隱的情意，因此，「讀之者要想體會其意蘊

---

17 見劉若愚著、王貴苓譯：《北宋六大詞家》（臺北：幼獅文化事業公司，1986），頁179、186。

18 同上，頁182。

19 詳劉少雄〈境界探索的起點——評劉若愚著、王貴苓譯：北宋六大詞家〉，《中國文學研究》創刊號（1987年5月），頁183-186。

20 周濟《介存齋論詞雜著》：「美成思力，獨絕千古，如顏平原書，雖未臻兩晉，而唐初之法，至此大備，後有作者，莫能出其範圍矣。」鄭騫《詞選》：「邦彥……詩文俱工，尤長於賦，詞集長調諸作，皆賦筆也。」

21 見葉嘉瑩〈從中國詞學之傳統看詞之特質〉，《中國詞學的現代觀》（臺北：大安出版社，1988），頁9-10。

之深美，自然便也要採取以思索去探尋之途徑方能得之」[22]。話雖如此，由於傳統中國詩學，一向都重自然而輕人工，體勢辭句如小賦之作通常都被認為「綿密工麗有餘，而高情遠致微減」[23]，尤其白話文運動以來，欣賞古典詩詞，更重視內容意境，並以情意之真切而深厚、語言之流麗且透明為尚，因此周邦彥和典雅派之「賦化的詞」，也常被批評為徒具形式之美，而不能予人真切之感受，嫌其意境不高，也降低了它整體的文學價值。

　　然而，亦有些學者不認為周詞盡是吟風賞月、毫無意境之作，他們用「知人論世」的觀點，考證清真生平，然後據事論詞，採取以思索去探尋之途徑，找出它深隱的情意，從而論定它在內容意境上別具的意義和價值。前面引述葉嘉瑩的賦化之說，似已為周詞之所以有遠隔的情意特質找到合理的解釋，可是她卻又在羅忼烈〈北宋擁護新法之詞人周邦彥〉一文之強調周詞中多含政治性之喻託的啟發下，將周邦彥生平仕宦進退之跡與當時政治背景的關係來解讀〈渡江雲〉（晴嵐低楚甸）一詞，發現此詞乃「分明漏洩了其中政治託喻之消息的一篇極為重要的作品」，因此進一步推論說，有了這樣的認識之後，「再來閱讀周詞的其他作品，就會對其詞中之意境，有較深一層的體會了」[24]。後來果然有不少學者據此引申發揮，充分運用羅忼烈所謂「迹其生平及仕宦得失而尋繹之」的詮釋方法，以證實清真「詞情惝恍迷離，言近意遠」，其中別有「絃外之音，實寓身世之感，則又繫乎政事滄桑者也」[25]。像這樣

---

[22] 見葉嘉瑩〈論周邦彥詞〉，《靈谿詞說》（上海：上海古籍出版社，1987），頁284。

[23] 見劉永濟《詞論》（臺北：龍田出版社，1982），下卷，頁100。

[24] 同注22，頁304-307。

[25] 語見羅忼烈《清真集箋注》（上海：上海古籍出版社，2008），頁152。諸家清真詞情意寄託說之詮釋，詳王強《周邦彥詞新釋輯評》（北京：中國書店，2006），

的情意內容寄託說，在詞學史上並不陌生。它產生的文化心理背景以及其詮釋觀念和方法上的問題，十分複雜，因本文的撰述重點不在此，姑且擱置不論[26]。總之，詞人情事之考證，和詞中所表現的詞情特質，屬於不同的層面；那麼，寄託說和境界說所界定的「情」，於理是不相對等的，它們的涵義也不全同。因此，絕不能以此代彼，作為迴護己說的憑證。退一步想，即使證實了清眞詞寓身世之感、有政治之喻託又如何？我們能據此決定作品的價值嗎？這能改變清眞詞的文本質感所具現的情意世界所予人的眞實感受嗎？恐怕沒那麼簡單。葉嘉瑩雖然看來對詞學仍有所困惑，試圖爲周詞尋找其可讀的意義，難免失了分寸，但她比一般學者起碼還多了一份自覺，不至於完全混淆了文學價值判斷的準則。所以她還是堅持周詞在整體表現上雖有精工博大深隱曲折之長處，卻畢竟缺少了一種高遠的神致，「一則固由於其表現手法有天工與人巧之別，再則也由於其作品所具含的感發生命的素質，也原來就有所不同的緣故」。而作品的意境與風格，則受作家個人的生命特質和態度的影響。葉先生認爲觀察周邦彥的一生，他少年之激進，原非眞正出於自己的理想襟抱，而晚年之恬退，則正是由於他對榮辱禍福仍有所畏懼的一種顧慮。他的生命情調既是如此的不夠積極剛健，因之其作品中所具含感發生命的質素，比起歐、蘇等詞人自然顯得薄弱，而乏高遠之致[27]。

　　王國維在〈清眞先生遺事〉一文中將境界區分爲「詩人之境界」和「常人之境界」，是值得注意的觀點：

　　各詞所附講解及輯評。
[26] 讀者對這論題有興趣，可參顏崑陽《李商隱詩箋釋方法論:中國古典詮釋學例說》，臺北：里仁書局，2005；劉少雄《南宋姜吳典雅詞派相關詞學論題之探討》（臺北：臺大出版委員會，1995），第四章，第四節〈情意內容寄託說的詮釋問題〉，頁233-256。
[27] 同注22，頁313-314。

詩人之境界，惟詩人能感之而能寫之，故讀其詩者，亦
高舉遠慕，有遺世之意。而亦有得有不得，且得之者亦
各有深淺焉。若夫悲歡離合、羈旅行役之感，常人皆能
感之，而惟詩人能寫之。故其入於人者至深，而行於世
也尤廣。（清眞）先生之詞，屬於第二種爲多。故宋時
別本之多，他無與匹。又和者三家、注者二家。自士大
夫以至婦人女子，莫不知有清眞，而種種無稽之言，亦
由此以起。然非入人之深，烏能如是耶？[28]

　　所謂「詩人的境界」，指的是詩人能夠感知而且能夠寫出
來的情思，因此就給讀者一種獨特的感受，不過這類作品比
較主觀，也比較個別性。至於「常人之境界」，則是一般人都
能夠感受到，能夠表達出來的，比如男女相思、悲歡離合、羈
旅行役之類的人間題材。這類作品因爲具有普遍性，「故其入
於人者至深，而行於世也尤廣」，也就是說它能深刻的打動人
心，流行的層面也更廣遠，容易引起共鳴。詞基本上就是當
時的流行歌曲，它所書寫的理應以普羅大眾熟悉的內容題材
爲主，而且要明白易懂，因此自然就傾向於表現「常人的境
界」。即使不是爲應歌而作的詞，就算是個人的抒情詞，都要
求能夠將個人的經驗，化爲普遍的人類經驗，彼此可以交流共
感。這是作爲一般歌詞的基本特色。

　　周邦彥詞多屬常人之境界（如前所述的寫作題材），詞中
抒發個人的悲喜情懷，有著普遍的意義，因此最易感動一般
大眾。王國維所形容的盛況絕不虛假，因爲宋代就有這樣的紀
錄：「周邦彥……二百年來以樂府獨步，貴人學士、市儈妓女

28　王國維《清眞先生遺事》，載孫虹《清眞集校注》，「附錄」，頁466-467。

知美成詞爲可愛」[29]。如按照後來詞學界對周詞的批評，說周詞係用思力安排的方式寫情，缺乏自然感發的特質，其幽隱曲折之情意須深加思索體會方可有得，這顯然與宋時一般大眾所體會的不盡相同。當時知識階層能欣賞清眞詞的文辭之美，這不難理解，至於「婦人女子」、「市儈妓女」之喜愛周詞，恐怕就不完全是它的修辭練字的工夫，而應是它易懂的內容和平常的意境，以及其所配合的絕妙而動人的樂曲。對一般讀者與聽眾來說，像周邦彥那些所謂好的歌詞，內容雖然平常，但都是普遍的經驗，讓人易讀易感，且在美妙的樂音的感染下，便容易進入情境，產生共鳴。用純粹詩的標準，來要求它必須具備深刻的思想、高遠的意境，是否完全對應，則不無疑問。就常人境界的寫作來看，王國維認爲周邦彥能有感於常人之哀樂，以詩人的才能，發而爲詞，故「入於人者至深，而行於世也尤廣」，顯然周邦彥深能體察常人的情意，也能譜寫一般人都能接受並認爲「可愛」的歌詞，與後人在不同的情境下所體認的周詞面貌頗不相同。

　　在宋詞逐漸詩化、雅化的過程中，論詞即重作意，尤尚清遠之境，要求詞如詩一般的有雅正的內容和形式。周詞中有些樸直自然的情語，如「最苦夢魂，今宵不到伊行」、「天便教人，霎時廝見何妨」、「許多煩惱，只爲當時，一晌留情」，往往被視爲鄙俗而受到排斥[30]，詞論只一味強調他的雅製，故意忽視他這一眞面目，而後僅就其所謂思力安排的詞立論，說其乏直接興發之感動，「他似乎以較隔離的態度描寫情」，這

---

[29] 見陳郁《藏一話腴外編》，載孫虹《清眞集校注》，「周詞總評」，頁411。

[30] 張炎《詞源》：「詞欲雅而正，志之所之，一爲情所役，則失其雅正之音。耆卿、伯可不必論，雖美成亦有所不免。如『爲伊淚落』，如『最苦夢魂，今宵不到伊行』，如『天便教人，霎時廝見何妨』，如『又恐伊，尋消問息，瘦損容光』，如『許多煩惱，只爲當時，一晌留情』，所謂淳厚日變成澆風也。」

些論斷顯然都有偏頗，不夠周延。王世貞說：「美成能作景語，不能作情語。[31]」絕對不是事實。上引的情話，真的有失「雅正」[32]，會大壞風俗？歌詞的語言不是要明白易懂、真切動人嗎？所謂雅俗，是相對的概念，有時真是見仁見智。況周頤《蕙風詞話》就認為：「（周詞）此等語愈樸愈厚，愈厚愈雅，至真之情，由性靈肺腑中流出，不妨說盡而愈無盡。[33]」張炎批評周詞使用這些語言，指責這是「為情所役」的表現。這不是反面佐證了周詞乃緣情之作，雖不知節制，卻是流自肺腑的真切語言？姑不論周詞言情用語的方式，是直接或間接，就「情」的內容本質而言，劉熙載《詞概》說：「美成詞信富豔精工，只是當不得一個『貞』字。[34]」周詞「未得為君子之詞」，因為「旨蕩」[35]。王國維《人間詞話》更進一步說：「詞之雅鄭，在神不在貌。永叔、少游雖作豔語，終有品格。方之美成，便有淑女與倡伎之別。[36]」周邦彥作豔語，本來就沒有如「淑女」般的故作矜持，他的詞如實的反映了他在俗情世界中的生活情事，表現為「旨蕩語豔」，有「倡伎」本色，自然不覺意外。沈謙《填詞雜說》就看到美成詞這樣的特點：「『天便教人，霎時廝見何妨。』花前月下，見了不教歸去，卞急迂妄，各極其妙。美成真深於情者。[37]」周邦彥詞之所以「入人之深」，是因為他深於體情，所寫的就是切身的常人之境，故易得共鳴，流傳也廣。

---

31 王世貞：《藝苑卮言》，見《詞話叢編》，頁389。
32 吳衡照《蓮子居詞話》卷一：「張炎云：『詞貴雅正，……所謂淳厚日變成澆風也。』韙哉是言。雅俗正變之殊，學者不可不辨。」
33 見《詞話叢編》，頁4428。
34 見《詞話叢編》，頁3692。
35 同上。
36 見《詞話叢編》，頁4246。
37 見《詞話叢編》，頁634。

尚雅而不遠俗，重文辭也諧樂律；字句鍛鍊而布局謹嚴；善於鋪敘，有思索之安排，蘊含深隱的情意，也有至情的表現，發爲直切的豔語；格調高健又幽咽[38]，構篇曲折而層深，音義相諧，情景兼融—這是周邦彥詞給人的整體印象。上述每一環節相輔相成，互有關聯，共同構成作品的完整生命。於此，我們欣賞周詞之美，有兩個關鍵詞：「渾」和「姿」，便須多加留意。

歷來詞論從練字入韻、鋪敘構篇到風格體貌，多以一「渾」字來形容周邦彥詞—「渾然天成」、「渾厚和雅」、「愈鉤勒愈渾厚」。張炎《詞源》說：「美成詞只當看他渾成處，於軟媚中有氣魄。[39]」這是周詞聲情語意合一的表現。馮煦《蒿菴論詞》也說：「毛氏先舒……又曰：『言欲層深，語欲渾成。』所論未嘗專屬一人，而求之兩宋，惟片玉、梅溪，足以備之。周之勝史，則又在渾之一字。詞至於渾，而無可復進矣。[40]」他所讚美的，是周詞下筆運字，曲折層深，組織細密，達到修辭而不見工夫、練意而不留痕跡的渾化之境。而在情景交融，層層鋪敘下，清眞的詞情世界展現了所謂的「渾厚」，更讓日本學者村上哲見深爲折服：

> 不直接抒「情」，而通過綿密細緻的敘述、描寫，自然地醞釀出「情」的世界，所以，其「情」愈是無限的，則愈成爲茫漠無垠的。由於這種茫漠的「情」的世界是無限的而造成了莫測幽深的「境界」。我認爲這「境

---

38 馮煦《蒿菴論詞》：「毛氏先舒曰：『北宋詞之盛也，其妙處不在豪快而在高健，不在豔冶而在幽咽。豪快可以氣取，豔冶可以言工，高健幽咽則關乎神理骨性，難可強也。』」

39 見《詞話叢編》，頁266。

40 見《詞話叢編》，頁3588-3589。

界」才正是諸家所說的「渾厚」，這大約是不會錯的。[41]

　　諸家所說的「渾厚」，有多種層面，這裡所說的只是其中的一種。不過，他指出了周詞即景即情、融渾一體的特色——在精緻的摹寫物態和細密的敘述事況中，加深了詞的抒情效果，創造出特別幽隱深微的情意世界。之前周濟所謂「清眞愈鉤勒愈渾厚」，已隱約包含了此意。因此，要探討周邦彥詞的抒情性和敘事性的特質，如能在整體「渾」的觀念下去辨析，相信會有更周延而深刻的體認。

　　陳廷焯《白雨齋詞話》卷一有一段話最能接續周濟之說，清楚點出周邦彥詞用情爲文的特色：

> 然其妙處，亦不外沉鬱頓挫。頓挫則有姿態，沉鬱則極
> 深厚。既有姿態，又極深厚，詞中三味亦盡於此矣。[42]

　　既深厚又有姿態，就是「渾」的一種展現。周詞以跌宕之筆，吞吐其辭，沉鬱而頓挫，於開合動蕩間，感慨逾深，語態也多姿，具見神采。陳廷焯於《雲韶集》評周詞說：「美成詞大半皆以紆徐曲折勝，妙於紆徐曲折中有筆力有品骨，故能獨步千古。[43]」那就是一種渾厚，如根深於內而勃發於外，綻放出「奇崛」的風姿。

　　姿，是一種情意和文辭融合所呈現的完整可感的文體風貌，具現作者的精神意蘊、作品的文情風采。陳世驤〈姿與

---

41 見村上哲見著、楊鐵嬰等譯《周美成詞論》，《宋詞研究》（上海：上海古籍出版社，2012），頁294。
42 見《詞話叢編》，頁3787。
43 陳世焜（即陳廷焯）《雲韶集・宋詞選・周詞評》，載吳則虞校《清眞集》（臺北：木鐸出版社，1982），「參考資料」，頁160。

Gesture——中西文藝批評研究點滴〉一文說：

> 一首詩和一部樂曲一樣，總要有一個基調，有個基本
> 的情意，貫徹全章。無論用多少不同的字來表達，或
> 暗示或象徵，這個基本情意的多種方面，詩人自己時
> 時深深的感覺著它，而也要他的讀者感覺著。根據姿態
> 論來說，詩人深深的感到這個基本情意時，他不自覺的
> 操持著或傾向著一種生理器官姿態。這姿態大概是不自
> 覺的、下意識的。到他用字時上意識選擇意義，卻受著
> 下意識姿態的支配。因爲根本上是受著同一姿態支配選
> 出來的，所以各個字雖然表面意思不同，而根本反映著
> 同一姿態，乃發生聲音有「言外之意」的契合。……凡
> 是重言、雙聲、疊韻等等，其價值都不在它本身，詩中
> 不是有此便好，而要看它使用時與全篇各部分的有機
> （organic）作用，即與貫串全篇的基本情意「姿態」之適
> 合。

> 一首好詩的生成，初由於詩人深深感到一種基本情意要
> 傳達。受這種情意的支配，他在心理生理上起一種姿
> 態。……因爲姿態必須是由基本情意生成而支配才是有
> 意義的活的姿態，在藝術中構成表現這姿態的技巧，更
> 不能離開基本的自然情意，而獨立成爲純技術便算有價
> 值。

> 藝術中的姿態雖是人爲，但根本不能離開姿態的自然原
> 理。即姿態本是表達實感的情意。……是內容與形式的
> 完全諧和統一。……藝術所以永久有存在價值，就是爲
> 其能爲人永久保留一個超出目前一時實用的境界，把握

著人的情意表現與行動而加以有意義的組織，並給予和現實實用間的距離，而可以有永久性供客觀的觀覽，作爲生命多方的永恆之表現。這就是所謂美。[44]

　　周邦彥確實創造了一種獨特的抒情美感，他的詞所展現的姿態，是內外和諧統一的有機組合。周詞成就了怎樣的一種渾厚之境、頓挫之姿？以上所述的字句章法等方面的特色，寫情的方式，歌曲的屬性，都需在整體的觀念下才能具現其渾然的姿質與風采，才能真正理解它的形式的意義。作者填詞，如何感發起興，擇體爲文，爲形式賦予生命，在相應的寫作閱讀、表演欣賞的文化環境[45]，讓讀者聽眾亦有所感——這是了解文體之「姿」如何形成也須留意的面向。就周詞文本呈現的樣態而言，所謂「頓挫則有姿態」，說明姿態本身不是靜止、平面的情狀，而是抑揚有致，立體且流動，在起伏變化中形成的，因此它充滿著活力與精神；這源於創作者「深深感到一種基本情意要傳達」，並依憑其「品骨」和「筆力」，才能使文情之「紆徐曲折」不僅僅是一種技巧，而是「有意義的活的姿態」。周詞的韻律詞采，交錯組成一種聲色之美，敘事抒情融於一爐，冶煉出一種特別的時空情景，各種因素在離合跌宕、依違順逆之間，遂鎔鑄了周詞渾厚而有姿態的獨特之美。

二、敘事以抒情——詞體書寫模式的演進

　　詞之爲體，重在抒情。周詞的題材無論是賦情、詠物，或

---

[44] 見陳世驤《中國文學的抒情傳統》（北京：三聯書店，2015），頁235-238。

[45] 龍榆生《清眞詞敘論》：「吾嘗論曲子詞之發展情形，往往與倡樓妓館，發生密切關係，即清眞亦可莫不然。私意以爲論清眞詞之作風，言其師友淵源，則不免於万俟詠諸人，以上迄柳永之影響。言其音樂環境，則前期流連坊曲，獲助於教曲伎師；後期提舉大晟，集思於同官諸友。即其所以與東坡異趣，大約亦以此種因緣，非偶然而已也。」見《龍榆生詞學論文集》（上海：上海古籍出版社，1997），頁320。

節序、懷古，主要都在抒發情懷。詞所「抒」之「情」，和其他文體不一樣。它原先是配合都市流行樂曲而寫作，即使文人後來將它納入抒情詩的範圍，依格律填寫，但詞和詩的性質、功能、體製、話語模式和表現手法畢竟不同；正因體式不同，它們所抒的「情」在質感上便有差異。每種文體，都有其情感與形式辯證融合的獨特性。我們談論文學中的「情」，是不能離開它的形式的；文學中的「情」只有在形式中才有意義。因為形式的層面甚廣，本文無法一一都照顧，而立意構篇、組織布局，無疑是最能統合字句音聲而成為有意義的有機部分，我們可以由此章法結構中看出情意內容抒發的動向，及其如何賦予形式以意義，創造屬於它的文體姿貌[46]。

　　詞的長調須鋪敘，就是說詞的抒情不能僅靠直訴、白描的方式和詩意的手法以達成，它需要鋪排敘述的方式。周詞善鋪敘，不只長調，小令也如是，這是大家公認的。上文引述村上哲見說清真詞：「不直接抒『情』，而通過綿密細緻的敘述、描寫，自然地醞釀出『情』的世界。」周詞抒情中的敘事性的特質相當顯著。在詞中摹寫物態，鋪述事件，無非是為了推衍、渲染、加深「情」的質感與實貌，以催化詞的抒情效果。事件本身並非緊要，它是真是假也無須深究，關鍵在作者敘述的觀點與方式。換言之，敘事的手法是抒情的一種手段，它如何「醞釀出『情』的世界」才是我們關心的重點[47]。近現代學者對周邦彥善於鋪敘的特色，頗有發明，可以歸納出幾個要項。

---

46 福西永：「藝術不僅給感覺力披上了形式的外衣，也喚醒了感覺力中的形式。」見福西永《形式的生命》（北京：北京大學出版社，2011），頁123。
47 村上哲見說：「這裡所說的描寫、敘述，是同所謂敘事詩中的敘事有本質的不同。拿以上所舉例子來說，雖然細膩入微地描寫了那情景或是當時的事實經過，但是歸根結柢，在哪裡、甚麼時候、和誰，都未明說，這一切都被融合在『情』本身中了。」同注41，頁336。

首先，如龍楡生評清眞詞所說：「辭賦家以鋪敘爲主，更以其法變而入詞，乃極壯麗之觀，而爲士大夫所同矜尚。清眞之造詣，洵非諸家之所及已。[48]」鄭騫先生也同樣認爲周邦彥：「尤長於賦，詞集長調諸作，皆賦筆也。[49]」賦，本來就有鋪的意思[50]。以辭賦之鋪敘筆法變化入詞，便意味著走向更精緻更人工化之創作道路，一別以往感發自然的書寫方式，使詞的品類事勢之鋪陳，寫物寓意之技巧，物態之描繪，時空之設計，更形精細深刻，敘述結構更層深曲折。詞本以抒情爲主，用這樣的相對客觀、理性的方式敘事述情，如劉若愚所說的「以較隔離的態度描寫情。他的詞通常不顯露原始的情感，而是『情感靜化之後的回憶』」。所以重藝術功力者，對周詞的造詣，微妙與細緻的筆法，無不讚賞，並推之爲巨擘，但對一般讀者而言則嫌其過於雕琢，又不習慣這樣刻意爲文的鋪敘方式，不易從中直接引發感動，遂敬而遠之，甚至給予負面的評價。這是近期對周邦彥詞的基本看法。

葉嘉瑩綜合了前賢的論調，在賦筆入詞的前提下，指出周邦彥開拓出一種「以思索安排」的寫詞方式[51]，提出「賦化的詞」的概念，確立其美感特質，並援引「頓挫」、「鉤勒」之說彰顯周詞鋪敘構篇的特色，賦予更豐富的內涵。周詞技巧功力之所長[52]，上文已有概述，此處不贅。值得注意的是，葉先

---

48 見龍楡生〈兩宋詞風轉變論〉，《龍楡生詞學論文集》，頁244。
49 見鄭騫《詞選》（臺北：中國文化大學出版部，1995），頁74。
50 《文心雕龍・詮賦》：「賦者，鋪也。鋪采摛文，體物寫志也。」
51 葉嘉瑩〈論周邦彥詞〉：「周邦彥所使用的，則可以說是屬於辭賦之性質的，以鋪陳描述爲主的手法。」（頁286）「周邦彥所開拓出來的寫詞之方式，既是以思索安排取勝，則讀之者要想體會其意蘊之深美，自然便也要採取以思索去探尋之途徑方能得之。」（頁284）
52 據葉嘉瑩之歸納，約有以下數項：一曰善於融化前人詩句；二曰善於體物，描繪工巧；三曰善於言情，細賦周至；四曰善於鍊字，妥貼工穩；五曰精於樂律，有清濁抑揚之美；六曰工於佈局，結構曲折細密。見〈論周邦彥詞〉，頁292-293。

生將周詞的鋪述放在詞史的脈絡上與前後作家較論，凸顯它真正獨特之處：

> 周詞的展開，不似柳詞之多用直筆而好用曲筆，常將過去、現在、未來之時空做交錯之敘述。

> 柳詞之敘寫是平面的，而周詞之敘寫則是立體的；柳詞之筆法是詩歌與散文的結合，而周詞之筆法則似乎是詩歌與傳記故事的結合。本來慢詞之篇幅既長，則在言情體物的鉤勒描摹之工細之外，再增加一點繁複曲折的故事性，原也該是此文學體式之發展的自然趨勢。只不過南宋後期一些受周詞影響的作者，卻並未完全從周詞之故事性的方面去發展，而是從其跳接逆入等種種錯綜繁複的手法中，……缺少了周詞的故事性，於是也就更顯得隔膜晦澀起來，所以引起後人之不少譏評。[53]

一是周邦彥化柳永之直筆為曲筆，變平面的敘寫為立體的敘寫；周詞多時空交錯之敘述，不是柳永的平鋪直敘的方式[54]。二是柳詞的筆法是詩歌與散文的結合，而周詞是筆法則似是詩歌與傳記故事的結合。三是周詞有故事性的結構，文辭雖鉤勒精細，但增加了繁複曲折的情節，層層鋪敘，情意更深摯，脈絡仍可尋，不像南宋典雅派詞人之捨棄故事性的敘寫，改為跳接逆入等錯綜繁複的手法，讓人讀來那樣的艱澀。所謂曲筆、立體的敘寫、時空情景交錯、故事性，這些彼此相關的概念，無非是要詞寫得曲折、深刻而生動，以敘事之繁複手法

---

[53] 見〈論周邦彥詞〉，頁300-302。
[54] 夏敬觀手評《樂章集》：「耆卿多平鋪直敘。清真特變其法，一篇之中，迴環往復，一唱三嘆。故慢詞始盛於耆卿，大成於清真。」

催化、加強詞的抒情效應。八〇年代，與葉嘉瑩同時前後，袁行霈亦發表了相類似的看法：

> 周詞的鋪陳增加了角度和層次，他善於把一絲感觸、一點契機，向四面八方展開，一層又一層地鋪陳開來，達到毫髮畢見、淋漓盡致的地步。柳詞雖然講究鋪陳，但「多平鋪直敘」，可以說是一種線形的結構。周詞則多迴環往復，是環形的結構。周邦彥常常寫一個有首有尾、有開有合的過程。

> 周詞的結構，如果仔細分析，主要是今昔的迴環和彼此的往復。他的詞常常是在：今—昔，昔—今；我—她，她—我之間翻來覆去地跳躍著。今昔是縱向的，彼此是橫向的。今昔與彼此的交錯造成一種立體感。……迴環往復的結構，使周詞形成一種黏膩的藝術風格。情濃意密，綢繆宛轉，剪不斷，化不開，有一股黏勁兒。[55]

這幾個著眼點幾乎和葉先生如出一轍。前人所謂的曲折層深，他們都做了很好的說明。周詞「迴環往復的結構」，就是要整首詞的各個環節達到宛轉綢繆、交錯融合的效果——人我今昔對照輝映，立體而靈動，形成一種「黏膩」的風格。文辭的黏膩，相對的，便反映了情意的濃密。的確，我們讀周詞的長調名篇，如〈蘭陵王〉、〈六醜〉、〈渡江雲〉、〈大酺〉、〈夜飛鵲〉、〈解連環〉等，都呈現了情景曲折的特色[56]，而清眞也以賦筆入小令，創作出如〈蝶戀花〉（月皎驚鳥

---

55 袁行霈〈以賦爲詞——清眞詞的藝術特色〉，《中國詩歌藝術研究》（北京：北京大學出版社，1987），頁354-367。
56 鄭騫〈詞曲概說示例〉：「周詞寫景寫情，俱以曲折勝。右詞（指〈渡江雲〉）起

棲不定）之有完整情節，表現出生動傳神的情意[57]，〈玉樓春〉
（桃溪不作從容住）之時空情景緊密的交錯對比，以寫出對愛之執
著[58]。上述幾個關於周詞鋪述的要點，都給予後人許多啟發。

　　詞之情節安排如何立體生動，不至於平白無奇？敘事不是
只有簡單的順著說或是倒著說的方式，它如何與情緒相生相
感，在時空流動之間接續轉折，有多種起承轉合之法。柳永
情詞的鋪述，它的開展多是平直的，例如〈雨霖鈴〉敘寫別
情，是由離別的當下擬想今晚、明朝、此去經年的種種，一脈
直下[59]；其他名篇如〈雪梅香〉（景蕭索）、〈玉蝴蝶〉（望處
雨收雲斷）、〈八聲甘州〉（對瀟瀟暮雨灑江天）諸詞，寫羈旅情
懷，幾乎都是千篇一律的「上片：今，下片：昔—今」的敘
述套式——面對眼前蕭瑟之景，暗想當年，惹來今日淒傷之
感[60]。秦觀的長調，多寫登山臨水棲遲零落之苦悶，善於將外

首三句，寫景便有無限曲折。其他如〈大酺〉首數句，〈霜葉飛〉首數句，〈解語
花〉首數句，皆是此等手法。寫情之曲折，則莫過於〈解連環〉『怨懷無託』云
云，有迴腸盪氣之致。」見《景午叢編》（臺北：中華書局，1972），頁78。

[57] 〈蝶戀花〉：「月皎驚烏棲不定。更漏將殘，轆轤牽金井。喚起兩眸清炯炯。淚花
落枕紅綿冷。執手霜風吹鬢影。去意徊徨，別語愁難聽。樓上闌干橫斗柄，露寒人
遠雞相應。」按：俞陛雲《唐五代兩宋詞選釋》評曰：「此紀別之詞。從將曉景物
說起，而喚睡醒，而倚枕泣別，而臨風執手，而臨別依依，而行人遠去，次第寫
出，情文相生，為自來錄別者希有之作。結句七字神韻無窮，吟諷不厭，在五代詞
中，亦上乘也。」唐圭璋《唐宋詞簡釋》曰：「此首寫送別，景真情真。……此作
將別前、方別及別後都寫得沉著之至。」

[58] 按：〈玉樓春〉這個詞調共八句，有點像律詩的結構，最能反映相對性的美感。周
邦彥用了四組對句來架構這一闋詞，透過相對的情景，在變與不變的對照下，表達
了時空流轉的悲傷，也呈現出此情不渝的精神。請詳下一節之分析。

[59] 陳匪石《宋詞舉》：「『念去去』二句，於無語之時，想到別後之望而不見。……
過變推開，先作泛論，見離別之情，不自我始。『更那堪』用時令拍合，上應首
句。於此處則為進一層。『今宵』以下，亦推想將來。……『此去經年』四句，盡
情傾吐，老筆紛披，北宋人拙樸本色，不得以率筆目之。至由今宵以推到經年，亦
見層次。」

[60] 如唐圭璋《唐宋詞簡釋》評〈玉蝴蝶〉：「此首『望處』二字，統攝全篇。起言憑
闌遠望，『悄悄』二字，已含悲意。『晚景』二句，虛寫晚景足悲。『水風』兩對
句，實寫蘋老、梧黃之景。『遣情傷』三句，乃折到懷人之感。下片，極寫心中之
抑鬱。『難忘』兩句，回憶當年之樂。『幾孤』句，言文酒之疏。『屢變』句，言
經歷之久。『海闊』兩句，言隔離之遠。『念雙燕』兩句，言思念之切。末句，與

在之景與內在之情做微妙的結合，語調極淒婉[61]。他的鋪敘手法，時空銜接的模式比柳永多變化，例如〈望海潮・洛陽懷古〉一首，寫舊地重遊，觸景生情，上片即寫今日出訪之事並頓生昔日之感，但過片依然接續寫往日之追憶，直到中間「重來是事堪嗟」一句才回到現場情景，打破了上下片的界線；又如〈滿庭芳〉（山抹微雲）一首，寫離別的愁情，起篇即鋪墊傷懷的景色與聲籟，然後因景憶往：「多少蓬萊舊事，空回首、煙靄紛紛」，轉眼間，浮現眼前煙靄景象，也寓有往事如煙之意，下片再敘別時情景，預想後會難期，結以傷情之景，時空在不知不覺間轉換，感情也跟著深化了。秦觀之後，周邦彥在鋪敘的手法上則成就了更多層次的立體架構。

　　清人最欣賞清真之有頓挫之姿。「頓挫」一語，可解釋周詞之鋪敘不至於平直的緣故。上文已指出周詞的筆力與風格，可於其「高健幽咽，層深渾成」處參得[62]，他以健筆寫柔情，情意悲而聲激越，呈現出獨特的姿態。而其頓挫之姿，最能由其轉折跌宕、迂迴曲折的結構形式上看出。韓經太認為清真詞的「頓挫」，帶有強烈的個性特點，大概有以下幾項：一、發唱警挺，入題敏捷；二、逆筆迴旋，神情充沛；三、突轉陡接，奇警飛動。清真詞章法之妙、結構之美，就在於他融情入景，敘事言情，筆力雅健，轉折多變，因此內容生動而不呆

篇首相應。『立盡斜陽』，佇立之久可知，羈愁之深可知。」

[61] 鄭騫〈成府談詞〉：「小山詞傷感中見豪邁，淒清中有溫暖，與少游之淒厲幽遠異趣。小山多寫高堂華燭酒闌人散之空虛，淮海則多寫登山臨水棲遲落落之苦悶。二人性情家世環境遭遇不同，故詞境亦異，其為自寫傷心則一也。」葉嘉瑩〈論秦觀詞〉：「秦觀最善於表達心靈中一種最為柔婉精微的感受。」「他一向的長處，原是對於景物及情思都能以其銳感做出最精確的捕捉和敘寫，而且善於將外在之景與內在之情，做出一種微妙的結合。」

[62] 龍榆生〈清真詞敘論〉：「欲見周詞之風格，畢竟當於高健幽咽，層深渾成處，參取消息矣。」（頁323）「清真詞，雖寫兒女柔情及羈旅行役之苦，而能大筆振迅，幽咽而不流於纖靡，富豔而不失之狂蕩，其關鍵皆在於此。」（頁332）

板，姿態活潑而不滯澀，詞情跌宕而不平緩。另照應以點睛之筆來彰顯主題，用鉤勒之功以釐清脈絡，使得詞的章法結構更臻完善[63]。

對周詞鋪敘的各方面的特色，劉揚忠在《周邦彥傳論》一書裡總結性地歸納出五個要點：一、在抒情作品中納入較多的敘事成分和生動曲折的故事情節之描寫來寄寓感情；二、活化人物的寫作，寫出事件中具體的生活環境和人物個性，一改五代宋初作品中那種類型化、普泛化的歌女形象，而創造出具有較為鮮明、生動而豐滿的形象特徵；三、用了多種穿插變化、騰挪跌宕以利表達複雜情事的曲折章法，更生動地寫景、敘事、抒情和突出抒情主人公的形象；四、敘事寫景，追求多種角度、多種類型的意境美，採用了一種翻新法——特殊觀察法，亦即在常人之情、常見之景時掘取其中埋藏不顯或被人忽視的一面來加以精心描繪，令人一新耳目，如臨新境；五、普遍運用一種重在工筆細緻的形象描繪的寫實筆法，使詞帶上了典麗精工、縝密質實的整體風格特徵[64]。

此外，蔣哲倫沿著葉嘉瑩先生的思路，並綜合了諸家的論點，對周詞的敘事本質及其成效，提出了相當詳切的看法。她在〈論周邦彥的羈旅行役詞〉一文中分析周邦彥曲折多變的鋪敘特色，尤其對其情節中時空情景之論述，頗值得注意：

> （周邦彥詞）融寫景、抒情和敘事於一爐，採用點染襯托的手法，通過順敘、逆敘和補敘等多重敘事方式，將現時、過去以及對未來的設想，交叉揉合在一起，形成

---

[63] 詳韓經太〈極頓挫之致，窮鉤勒之妙——論清真詞的章法結構〉，《詩學美論與詩詞美境》（北京：北京語言文化大學出版社，2000），頁326-341。
[64] 見劉揚忠：《周邦彥傳論》（西安：陝西人民出版社，1991），頁93-111。

曲折迴環、多層次多側面的立體結構，較之柳永的平鋪
直敘，更為婉曲多姿，深刻而細緻。

羈旅行役離不開旅途紀游或旅途述懷，因而詞中帶有較
多的記事成分，也有很強的抒情性。它可以用順敘的方
式記眼前景、途中事，也可以通過回憶或假設性的想像
述心中事、懷裡情。

通過回憶和假設性的想像，能夠將不同地點、不同人物
的思想感情、生活情景交流融合在一起，從而打破時空
的界線，擴大抒情的範圍。[65]

此外，蔣哲倫在〈清真、淮海詞風之異同〉一文裡又補充
了一些周詞敘事特色的說明，解釋了周詞敘事所以靈動有致、
深刻動人的原因：

周邦彥規模之大，還表現在他多層次、多方位、多側面
的立體架構上。作者善於突破界線，採取順敘、逆敘、
倒插等多重手法，不斷轉換時空和場景，通過聯想將此
地的情事與彼地的情事交叉錯合起來，造成場景的跳躍
和時空快速變動的節奏感。

讀周邦彥的詞，有時彷彿在閱讀唐人的傳奇小說，委婉
動人，辭采驚艷。短短一首小詞中往往有人物，有故
事，有生動的細節描寫，詞人的喜怒哀樂常常通過情節

---

65 見蔣哲倫：《詞別是一家》（上海：上海社會科學院出版社，2005），頁100-
111。

的起伏變化客觀地呈露出來。

> 周詞中寫了許多歌妓，一個個神態畢現，而決不給人以
> 雷同之感，其訣竅就在能抓住生動的細節以突出人物的
> 個性。[66]

我們都知道敘事（或敘述narration）如做動詞用，主要是指表述事件的話語，而所謂話語（discourse），是與敘述內容相對的表達層面，所涉及的是敘述行為，關心「怎樣」敘述而不是敘述「甚麼」[67]。敘事的方式，包括情節安排、時空設計、人物刻劃、對白運用等項[68]。我們檢視以上關於周詞鋪敘特色的討論，諸家對周邦彥的敘事手法做了相當詳盡又切要的分析，涉及敘事的諸多層面，也得到一致肯定的成績。

總結所論，得出的共識是：周詞鋪敘迴環往復，呈現了多角度、多層次的立體架構；運用各種順敘、逆敘、倒插等手法，產生曲折多變的情節；「今昔─你我」的時空情景交錯融合，同時並置，而場景在緩急快慢的轉換間，也影響著整首詞之節奏的變動；借人物、故事推動鋪展，情節的變化，細節的描寫，有如傳奇小說般的寫作方式；在情節編排中，頗能抓住生動的細節以突出人物的個性；並能以故為新，從常人之景、常人之情中取材，再加鍛鍊，形成新的情境。整體而言，周詞敘事以抒情，最成功之處，就在於能用操縱如意的密麗筆觸，寫出複雜多態的情事，而且寫得深刻而生動、細緻而典雅。

---

[66] 同上，頁112-123。
[67] 參杰拉德・普林斯著，喬國強、李孝弟譯《敘述學詞典》（上海：上海譯文出版社，2011），頁48「話語」條、135-136「敘述」條。
[68] 詳申丹、王麗亞《西方敘事學：經典與後經典》，北京：北京大學出版社，2013。

不過，在我們整理歸納周詞的敘事性和抒情性的特質時，有否如第一節所述的「在整體的觀念下」，「具現其渾然的姿質與風采」，「真正理解它的形式的意義」？我們並不否定周詞具備上述的敘事特色，但我們也關切這些敘事話語是否完全切合詞體的屬性，符合詞的抒情特質。為何詞需要這些敘事方式？詞畢竟是以抒情為重的文體，且在周邦彥的時代屬協樂合律的體式，寫作和聆賞之間，有其特別的對話模式，和相應的傳情感興的機制，因此，在詞中的敘事手法所創造的形式，都必須在這基準下才更具意義。就是說詩文小說中的敘事，和詞中的敘事，不完全一樣；它們的話語模式，雖然都同樣具備情節、人物等項目，但表述的方式和產生的效用，卻又不盡相同。周詞敘事以抒情，自有它屬於詞體的特殊美感，「頓挫中的姿態」，那是毫無疑問的。

三、詩情、賦筆與樂韻——創造一種可觀可感的姿態

　　我們應怎樣閱讀清真詞？因為詞有詩情，有賦筆，有敘事結構，我們就把它當詩賦小說一樣的閱讀嗎？當然不是。詞是一種合樂的抒情文體，有它獨特的話語模式；後來作者雖僅依格律填寫，也須依循詞的基本體式創作，仍不脫詞的抒情本質。詞，如何抒情？這裡不擬繁複討論，只就其基本的體性特質和樂曲屬性稍加說明。

　　文人詞也有不少娛賓遣興，應景酬唱，帶有遊戲性質，不避豔曲俗情之作。不過，一般情詞，無論是為他或寫我之篇，還是最為大家所喜愛、最具文學價值的。這類情詞，含蓄委婉，充滿女性陰柔之美，宜於表達幽隱深微的情思。簡單的說，詞乃配合音樂填寫，而音樂也是抒情性很強的一種藝術。與繪畫建築之為空間藝術相對，音樂屬時間的藝術。在中國的

文學世界裡，主體性的抒情詩，從屈原的〈離騷〉開始，時間意識引申的生命存在問題，一直是主要的書寫課題[69]——「汨余若將不及兮，恐年歲之不吾與。……日月忽其不淹兮，春與秋其代序。」中國文學的情意世界往往糾結著「時間推移、空間遙隔、死生契闊」的茫茫之感，在這種焦慮不安的時空意識下，字裡行間每每充滿著傷時嘆逝的悲感。這一主題，各文類都有處理，但表現的方式則有不同，形成多樣的抒情美感。詞以妍雅精緻之筆觸，配以拗怒柔婉的樂律，開闔轉折間，時空之感深長，抒情性也特別強烈。詞的抒情性，主要是以時空與人事對照為主軸，在情景今昔、變與不變的對比安排下，緣於人間情愛之專注執著和對時光流逝的無窮感嘆，美人遲暮、年華虛度、往事不堪、理想成空等情思遂變成詞的主題。而詞的體製，如樂律章節之重複節奏、文辭句法的平衡對稱，更強化了這種婉轉低回、留連反覆的情感韻味，極富催化感染的作用。因此，詞的情韻，就是一種冉冉韶光意識與悠悠音韻節奏結合而成的情感韻律，迴環往復，通常是以吟詠「好景不常、人生易逝」之哀感和「此情不渝」的精神為主旋律。[70] 換言之，詞譜寫了一種情思與韻律糾結盤旋的情感節奏，這節奏主要是相對情境交錯激盪而形成的——外在時空對照人間情事，一方面是變化的體認，一方面是不變的執著，兩相對應，拉扯互動，便產生了抑揚頓挫，起伏不已的動能，性情因此而搖蕩，音聲隨之而激昂，遂譜成一曲曲婉轉動人的情詞。

　　周邦彥甚能體會這種詞韻特質，深曉個中要領。他的〈玉樓春〉一詞，最是代表：

---

[69] 詳陳世驤〈論時：屈賦發微〉，《中國文學的抒情傳統》（北京：三聯書店，2015），頁141-193。

[70] 見劉少雄：〈由詩到詞——東坡早期詞的創作歷程〉，《以詩為詞——東坡詞及其相關論題新詮》，頁21-22。

桃溪不作從容住，秋藕絕來無續處。當時相候赤闌橋，今日獨尋黃葉路。　　煙中列岫青無數，雁背夕陽紅欲暮。人如風後入江雲，情似雨餘黏地絮。

　　整闋八句，每聯都用對偶，透過相對的情景，今昔映照交錯，轉景生情之間，頗富張力，在變化之境中顯現不變之情[71]，密麗冷凝的色澤中飽含著強烈執著的熱情，把對比的美感發揮得淋漓盡致，也鮮明地展現了詞體特有的抒情風貌。這是極端具體的範例，在小令中難得一見。行文之法多方，不論小令長調，詞之創作自必以合乎詞的體性特質為佳。長調的敘寫，多了些特別的技巧，審音協律，練字造句，以求聲色之美，敘事寫景，感興融情，以造渾化之境，更深化了詞的抒情主調，創造了新的美典。至於周邦彥的長調在抒情模式上如何樹立典範，下文再述。

　　詞的樂譜大部分已失傳，現在我們欣賞詞，只把它當一般文本如詩一樣的閱讀，通常都忽略了詞的樂曲屬性。詞的運思構篇，因體成文，是受著音樂所制約的。音樂，是怎樣的一種形式？音樂語言和結構如何抒情？音樂的信息本質又如何？談論這些，可不容易，筆者在這裡只擬就詞之文體書寫比較與音樂知識相關的部分，略作說明。

　　首先，我們先要了解音樂在形式上的特性。姚一葦在〈音樂的符號性〉一文中談到，音樂是一種有次序的信號。如自信號的觀點來看，至少有以下幾個特點：一、音樂是運動的形

---

[71] 劉若愚評曰：「一連串多處的對比，建立起全詞的架構，最後終於表現了這首詞的主旨——過去歡愛與眼前孤寂的對比。⋯⋯這些對立的意象，一方面強調著詩中人無根的形態，另一方面，也表明了愛的恆久的本質。」見《北宋六大詞家》，頁158-159。

式——這種運動有一定的節奏與旋律，同時以一定的曲線向前運動；二、音樂的運動有其方向性——音樂是向前推移，時間也是向前推移，但在推移中是有變化的，其變化是音長短的變化和強、弱、高、低之不同；三、音樂運動的時間性——音樂時間是指心理的時間，這種時間的感覺是變化的，是一種變化的過程；四、音樂運動的空間性——凡是運動一定有空間的變化，一般而言音樂的運動乃非實體的運動，但它卻可產生空間變化的感覺，即空間變化不是實質的，而是一種空間的感覺化。[72] 綜合以上所述，可見音樂有其自身的邏輯形式，成為它自己的一種語言，形成一個獨立的世界。

我們再來看幾段關於音樂結構及其抒情特質的分析文字：

> 音樂結構是通過一定的音樂邏輯，將音樂語言的多種要素合理安排，造成有機的多樣統一。使人們可感受音樂的連續性、整體性和動力性，從而表現音樂的形式美。……由於形式美的規律總可以歸結為一些基本要素，如重複、發展、對比、平衡、對稱等等，……音樂的平衡，常體現在時間的長短方面。

> 音樂語言按照一定的規律進行組合和運動，構成音樂語言的要素有節奏、旋律、和聲、複調；以及音色、力度、密度等等。

> 節奏是音樂的架構，通過節奏才能把音樂組織起來。通常，節奏可理解為事物有次序的交替，也即運動的

---

[72] 見姚一葦《戲劇與文學》（臺北：聯經出版公司，1989），頁103-113。

秩序。……節奏的交替意味著一定時間過程後運動的變化……。節奏與音樂的其他因素結合以後，可以表現許多複雜的運動狀態，因而使人通過感覺、知覺、聯想與想像等喚醒大腦以往儲存的記憶，從而得到不同的效果。……當節奏具體與旋律、和聲等結合時，其作用更爲複雜，可以很好地表現和傳達思想及情趣，並能使人產生快感和美感。

音樂語言中最鮮明也最被人感知的是旋律。……旋律的定義簡單地可以理解爲單音的連續進行。……旋律的不斷運動，形成了一定結構，就構成了曲式。因此旋律本身既是內容，也是形式，具有表現功能也有結構功能。結構要素……在音樂中最重要的是重複，變化，對比，層遞發展，平衡等。重複也許是音樂中最重要的結構要素，由於音樂只作用於聽覺，瞬時之後，即行消失，爲了加強印象，重複是不可少的。

層遞和發展是指音樂在原有基礎上逐步變化，一層層推進，最後形成一個嶄新的面貌而言。

在整體結構上，音樂具有運動的特徵，即開始—運動—終止的過程。

從最早，音樂就是表現了情感的。音樂與建築、圖飾是最大的不同，在於音樂是運動的，建築、圖飾是靜止的，而感情也是運動的。感情也在時間中顯現自己，因此音樂可以由於其得天獨厚的條件，即聲音的高低、強

弱、長短、明暗、動力等等對千變萬化的感情進行充分
的模擬和細緻的刻畫。這種模擬和刻畫所傳達的信息完
全是「直觀的」感情。

音樂卻是一種內容（感情）藝術。……音樂是時間藝
術。……音樂是一種內容隱伏在形式中的藝術。……音
樂形式與內容不單存在統一的關係，也存在著相互制
約、相互轉化的特點。感情具有強烈的主觀性。如果
說，文學家還能夠把主觀感情寄託在客觀具象上，從而
曲折、間接、隱蔽地表達自己的感情，那麼作曲家則
「無依無靠」，不能「客觀地」寫作音樂。音樂表現主
觀的感情反應，因而音樂信息具有強烈的主觀性和自
傳性。[73]

　　詞的語言結構與情感內容配合，構成一抒情形式，渾融一
體，基本上和音樂編製的方式有些相似。因為，詞本來就是
依循著樂律來創作的，理應有相類似的結構。音樂本身運用節
奏、旋律向前推進的力量，架構組織各種重複、對比的要素，
層遞發展，表現為一種連續進行、整體一致而又充滿動力的形
式，在聲音高低、長短、強弱的變化中傳達出強烈的直觀的情
緒。將音樂結構形成的曲式，和文辭組合而成的抒情形式相結
合，自然融匯成一更動人心弦，更具感染力的文體。如以「音
樂是一種內容隱伏在形式中的藝術。……音樂形式與內容不單
存在統一的關係，也存在著相互制約、相互轉化的特點」這一
說法，與之前所謂周詞「渾厚」、「頓挫有姿態」等概念互相

---

[73] 見葉純之、蔣一民《音樂美學導論》（北京：北京大學出版社，1988），頁82-
85、93-95、120、129-131。另詳倫納德・麥爾著、何乾三譯《音樂的情感與意
義》，北京：北京大學出版社，1991。

參照，再深加體察分析，周詞之美就更昭然了。

詞既是協樂合律而創作的文體，我們欣賞詞時，對於詞體的抒情方式，除文學修辭外，亦須參酌其與樂曲的關係。

第一、音樂中重複、對比等要素乃參合於旋律、節奏的運作中，組成有機的結構。通常大家分析詞時，亦會注意到的字句音聲與章法構篇的關係，也能解釋順逆正反之筆法如何構成錯綜曲折的情節，詞章文意如何前後呼應。不過，通常會忽略一些微妙的地方：詞如音樂的「層遞發展，表現為一種連續進行、整體一致而又充滿動力的形式」。詞的事理鋪排，重點都在抒情，而其抒情語調是和情意內容是一體的。尤其在長調的書寫中，音樂構篇的色彩更明顯。詞採長短句式、韻位不固定，它的構篇不像近體詩那樣可依循對等的句式、韻位作「起承轉合」的處理，不過從柳永、秦觀到周邦彥，他們在長調的寫作中，似已摸索到一套敘述話語模式，如音樂結構的「運動特徵」：在一個情感的基調上，緣情興感，擴散渲染，構篇採層遞開展，逐步衍變的方式，前句與後句相接，韻與韻之間脈絡也連貫，如是由遠而近，由景及情，由外而內，情節的轉折起落，自然合乎生理和心理的節奏，不做突兀的承轉，而敘述中的時空不時交疊著想像中的時空（此處或彼處，過去或未來），產生共鳴，也帶出反差，最後所有種種都匯合於當事人心裡，激起更深切的感受，完成一段「開始—運動—終止的過程」。詞家尤重結句[74]，而詞之境界高低，須看收篇，不是沒有原由的，因為那是樂章終止處，要重點處理，或促使餘音蕩

---

[74] 沈義父《樂府指迷》：「結句須要放開，含有餘不盡之意，以景結尾最好。如清眞之『斷腸院落，一簾風絮』，又『掩重關，遍城鐘鼓』之類是也。或以情結尾亦好。往往輕而露，如清眞之『天便教人，霎時廝見何妨』，又云『夢魂凝想鴛侶』之類，便無意思，亦是詞家病，卻不可學也。」

漾，引人遐思。譬如柳永的「衣帶漸寬終不悔，為伊消得人憔悴」，東坡的「但願人長久，千里共嬋娟」，秦觀的「兩情若是久長時，又豈在朝朝暮暮」，李清照的「知否，知否，應是綠肥紅瘦」，都是令人激賞的佳句，都安放在詞的最後，就是這個道理。

第二，詞之文體特質、表現形式，亦須注意音樂展演的環境所造成的影響。沈亞丹的論說相當有識見：

> 在樂曲演奏過程中，花間、尊前、公子、佳人構成了一個喧鬧的小環境，置身其中，人們幾乎沒有時間去涵詠過於深刻微妙的言外之意。因此，直白易懂是歌詞的首要特徵。……在一個宴飲的小環境中演唱，其接受方式不可能是涵詠和沉思，歌曲以及歌詞的形式和內容必須對於大眾的感觀有較強的感染力甚至是衝擊力，才能實現其價值。直白和淺顯兩點正是歌詞的早期特徵。正因為如此，詞作為特定場合樂曲的附庸也受到相當大的限制：它的感染力必須在樂曲進行過程之當下獲得，過去、未來之體驗都被納入當下，有濃重的進行時意味。……在詞人訴說的當下，情感抵達極限。當詞不再是一種即時行樂的工具，而詞的時間表述特徵以及對生命瞬間的體驗依然存在。即使在喧鬧時可能悲從中來，歌舞時也許樂極生悲，詞都有「及時」的特徵，是對於當下淋漓盡致的呈現和演繹。「花間」是其最恰當不過的棲身之所，往往棲身之所也可以成為囚禁地。

> 作為音樂的組成部分，詞和具體的樂曲一起當下展開，並由此對聆聽者產生強烈的感染力。日後，詞雖然文人

化了,甚至成為一種獨立文本,「現在」還是詞內在時間結構的表現重點。

> 領字的出現,展示了特定情境的具體發生狀態,所「領」之字便是向他人交代出當下的言說狀態。……那麼詞則必得面對現實中或潛在的聽者。它產生於一種傾聽的需要,即使詞擺脫了音樂和受眾,完全成為一種個人的文字行為,這種字裡行間的訴說習慣已經形成。……領字不僅預示了敘述態度的變化,同時也將敘述時間時態化,同時也當下化了。[75]

　　這幾段話勾勒出歌詞特性和體用環境之關係,相當精要。詞原本就不是獨白體的抒情詩,它本屬歌唱的文辭,在坊肆歌樓、文人雅集間傳唱,因此它有著都市俗情的風貌、娛樂的功能,形式內容有普及化的傾向,以明白易懂為原則,重視文辭樂韻的感染力和衝擊力,不能訴諸單純的雅俗論。雖然日後文人化了,一般合樂的歌詞,文字可更鍛鍊,曲式可更變化,但依舊維持與設定層級的聽眾、讀者的互動基礎,詞所寫的應是彼此都關心的人間素材。上文說周詞的「常人的境界」,須從這層面去體會。

　　歌唱的臨場感存在著參與者即時交流互動的機制,基於「傾聽的需要」,詞配合著樂韻,吟唱出一種如當面向人訴說的抒情語調,語意迴環遞進,如美妙的旋律,「於當下淋漓盡致的呈現和演繹」。像周邦彥的〈少年游〉下片:「低聲問,向誰行宿,城上已三更。馬滑霜濃,不如休去,直是少人

75　見沈亞丹:《寂靜之音——漢語詩歌的音樂形式及其歷史變遷》(上海:上海人民出版社,2007),頁279-280、289-290。

行。」模擬女子的口吻,直向人嬌嗔探問,單憑想像已足以動搖人心,若在歡宴場合演唱,此語一出,立時必令王孫公子醉倒不已,產生很好的互動效果。又如清眞詞中的語句「最苦夢魂,今宵不到伊行」、「天便教人,霎時廝見何妨」、「許多煩惱,只爲當時,一晌留情」,這些向被批評爲有失雅正的話語,在詞曲中卻是生動傳情的訴說。

另須注意的是,就在樂曲進行的當下,整個被強烈感染的氛圍中,「過去、未來之體驗都被納入」。就是說詞中敘述的情景,無論是回憶過去或想像未來,往往都在當下呈現,彷彿一切如在目前。這好像電影所呈現的方式,我們在觀賞的當下同時看見過去、現在、未來的畫面穿插出現。詞寫回憶的情景,不是已逝的過去,卻是喚回到現在的景象,如李後主〈憶江南〉:「多少恨,昨夜夢魂中。還似舊時游上苑,車如流水馬如龍。花月正春風。」詞中用「正」這個字,就是指正在發生著的事。當年的種種,在夢中重現,而在填詞的當下,一切都呼喚到眼前來,讓人感覺彷彿現在就身處這情景當中,一切都好像沒有變化一樣。詞的這種共時性的傳遞方式形成的抒情特質,以「現在」、「當下化」作爲詞「內在時間結構的表現重點」之特色,都一直保留在文人化後詞的文本創作中,不僅僅見於領字之運用而已。

要讓詞產生「臨場感」和呈現「當下性」,它需要具象化的表現方式。現在的流行歌曲,可以配合MV影像,讓觀眾容易進入歌詞的意境。以前沒有這些設備,因此作家要引起聽眾、讀者的共鳴,在詞中就需要具體寫出看見的景物,聽到的聲音,聞到的氣味,而且交代情節,配合動作,構成可觀、可感的世界,如是聽眾讀者在聆賞閱讀時,可隨著樂音、文辭,在腦海中轉化並創造出如在目前的景象,走進作者所在的時

空，彷彿從鏡頭一幕一幕的推進中看到詩詞的情境，身歷作家所見所感。因此，過去的歌詞特別著重寫景敘事，花許多篇幅勾勒細描，製造如真的景象。

過去有所謂「詩中有畫」之說[76]，詞中何嘗沒有畫面？而詞中的畫面配合樂韻，它的時間性與空間性便更立體而流動，因此它呈現出來的就不是個別獨立的畫幅，而應該是動畫的型態，如電影一般的有劇情，有畫面，有配樂。詞的時空情景，乃依循主題而推展鋪排，通常以韻句敘一事造一景，而韻與韻間，連結著各種事物，前後呼應，互有關聯，如鏡頭的運作，轉動，推進，反映了作者觀看世界的方式，而其所展現的空間感，自然相對地揭露某種特別的時間意識，由此而激發出相應的情懷意緒。王國維《人間詞話》說：「一切景語皆情語也。[77]」就是說詞中的景物都是寓有情意的，換言之，在文學裡沒有完全客觀的事物，文學裡的景物都帶有主觀色彩，皆有示意的作用。其實，不僅「景語」，作品中的所有感官意象，包括色彩、聲音、溫度和氣味，都是某種心情的隱喻，心理狀態的投影，整體營造出一個獨特的情意世界。

周邦彥之前，詞人透過動作的變化與畫面的切換以述情已有不錯的表現。請看馮延巳的〈謁金門〉：「風乍起，吹縐一池春水。閒引鴛鴦香徑裡，手挼紅杏蕊。鬥鴨闌干獨倚，碧玉搔頭斜墜。終日望君君不至，舉頭聞鵲喜。」這首詞寫閨中女子思念情人的心情，先以景起興：「風乍起，吹縐一池春水。」是說平靜的池水被驟然一陣春風吹起了細紋微波。這既是寫女子行走在池塘邊看見的景象，也暗喻了某種情緒無端會

---

[76] 蘇軾〈書摩詰藍田煙雨圖〉：「味摩詰之詩，詩中有畫；觀摩詰之畫，畫中有詩。」
[77] 見《詞話叢編》，頁4257。

被惹起來的意思。觸景而傷情，是隨時都會發生的，讓人措手不及，難以提防。就是說，某些情緒是潛伏著的，但一經觸發，便難以平伏，如水的波浪一樣，不斷地擴散。這意象似有若無的揭示了詞的情意動向，貫徹首尾。整首詞轉景述情，每兩句押一韻交代一段情節，相當有條理。作者寫女子在行動中與景物相接，逐漸顯現出內心的情意。在池塘邊逗鴛鴦，難道她不會想起自己形單影隻？所謂鬥鴨場，這不是昔日常與情人遊逛的地方？而今獨倚欄杆，又是何等的孤單難過！最後聞鵲而喜，好像帶著希望結束，但古詞寫喜鵲，不是說過「送喜何曾有憑據」[78]？「終日望君君不至」，終究是無法迴避的事實，因此而生出的閒愁，恐怕是無法完全擺脫的。誠如劉永濟《唐五代兩宋詞簡析》所評：「全首如觀電影之活動鏡頭，閨中少婦之行動、情思、態度，歷歷呈現，極其生動。[79]」這就是詞中有畫，畫中有情的一種動態展現。

　　周邦彥有一首〈訴衷情〉也用了類似電影的運鏡方式，不過手法更獨特：

> 出林杏子落金盤。齒軟怕嘗酸。可惜半殘青紫，猶印小唇丹。　南陌上，落花閒。雨斑斑。不言不語，一段傷春，都在眉間。

　　詞的上片生動地寫出了少女嬌嫩、天真的情態。少女怕酸，不敢再吃，剩下大半個杏子。而在青紫色的杏子上，留下一道小小的口紅痕跡，形成相當特殊的美感，這是詞中很少呈

---

78 敦煌曲〈鵲踏枝〉：「叵耐靈鵲多瞞語，送喜何曾有憑據。幾度飛來活捉取，鎖上金籠休共語。　比擬好心來送喜，誰知鎖我在金籠裡。欲他征夫早歸來，騰身卻放我向青雲裡。」

79 見劉永濟《唐五代兩宋詞簡析》（臺北：龍田出版社，1982），頁24。

現的視覺意象。詞中雖沒說出來，但我們可以想像，這女子怕酸，一口咬下杏子時，必定會攢眉蹙額，她的表情應該是相當可愛的。那也是詞中不常看見的動作與形貌。接著，同樣皺眉頭，下片的情況就不一樣了。作者用落花飄雨，帶出春殘的氣氛。然後一個反差，用女子的一個動作流露出她的心事。這女子不是天真不懂事的，在她不言不語中，眉眼中卻透露出傷春的情懷。究竟這女子有怎樣的傷春情懷？是有感於花落春歸，自傷年華流逝，抑或是對愛情有所憧憬呢？她不言不語，不願透露內心的祕密，只見她皺著眉頭，若有所思似的。這不說話的表現，自然引發出讀者許多想像，不用言語，卻達到饒有興味的抒情效果。這首詞成功的地方就在上下片似不甚關聯，卻能以相類似的皺眉動作來貫串，產生有趣的對比，寥寥幾筆就創造出一個相當生動的人物來，並且也顯露出她的心理。詞如何結合動作、景物的對照、轉換以形成可觀可感的姿態，於此可見一斑。

我們若能充分了解詞的這種抒情特性──詩、賦、樂的協奏，欣賞詞篇時能對詞的往前推進的運作模式，詞的向人傾訴的話語方式，和詞的當下展現的臨場感這些方面多加留意，就應該知道面對詞的這種獨特的文體，就不能單純只透過文字去理解它，而是需要主動的參與，靈活運用各種感官，去看，去聽，用身體和心靈去感受與體會，才能得到最好的效果。

四、創新抒情美典──清眞詞的渾化之境

周邦彥諳樂知音，生活在一個相當精緻的藝術環境，他的詞融合詩情、賦筆與樂韻，敘事以抒情，時空情景交錯安排，句式聲韻與文情相互作用，情節結構變化多姿，形成既立體又流動的美感，誠如龍楡生所言：「長短句慢詞發展到了周

邦彥，才算到了音樂語言和文學語言緊密結合的最高藝術形式。從藝術角度去看他的全部作品，確能做到『渾化』的境界」[80]。周邦彥如何創造新的寫作模式，提升詞的藝術層次，並奠定一種抒情典範？尤其在詞的重要主題，回憶書寫的部分？以下將以詞的實例加以說明。

〈蘭陵王〉是周邦彥的代表作，請看此詞的聲情與辭情密合無間的表現：

> 柳陰直。煙裡絲絲弄碧。隋堤上，曾見幾番，拂水飄綿送行色。登臨望故國。誰識京華倦客。長亭路，年去歲來，應折柔條過千尺。　閒尋舊蹤跡。又酒趁哀弦，燈照離席。梨花榆火催寒食。愁一箭風快，半篙波暖，回頭迢遞便數驛。望人在天北。　悽惻。恨堆積。漸別浦縈迴，津堠岑寂。斜陽冉冉春無極。念月榭攜手，露橋聞笛。沉思前事，似夢裡，淚暗滴。

這首詞借詠柳而引出送別的主題，詞分三疊：第一疊以柳起興，因景述情，描寫京城裡長久以來充滿著各種離愁別緒，包括客居者之思鄉情懷和遠行者的依依離情；第二疊由晚上的離宴，寫到第二日人之快速離去及其別後悵惘之情；第三疊寫送行者積壓的愁緒，並總結以彼此追憶往事的情懷，令人頓感一切美好都如夢般消逝，不禁悲傷落淚。全詞的時空情景之安排，扣緊了離別的主題，鋪敘展衍，寫出了送別的各種場合，以及相對的情緒反應，可謂面面俱到，而且情景相生，共同渲染烘托出一片哀戚的離愁氣氛。詞的敘述沿著整個送別的歷

---

[80] 見龍榆生〈宋詞發展的幾個階段〉，《龍榆生詞學論文集》（上海：上海古籍出版社，1997），頁224。

程，兼顧時間的逐步推展，先交代送別、思歸的普遍人間離恨，然後由晚上的離宴，寫到明日離人遠去的白日情境，再到別後送行所在的黃昏時候，所謂「斜陽冉冉」亦自有「落日故人情」之意，迴盪著一片深情，然後敘寫回憶舊日晚間攜手聽曲的往事，收束在此刻相送分離後，不能忘情的極度哀傷之中。這些片段，交錯著現在、未來、過去的情節，而此情此景，如實寫來，都是熟悉的畫面，彷若就是眼前當下正在發生的情事，給人似曾相識的感覺。

江淹〈別賦〉說：「黯然銷魂者，唯別而已矣。」周邦彥這首詞敘寫人間的離愁別恨，確實能兼顧到種種離別哀傷的情節，如賦一般的鋪述，收到很好的敘事效果。但周詞主要還是寫情，而它的抒情效果則須配合全詞的語調、樂律才能完成的。離情依依，雖「千萬遍陽關，也則難留」（李清照〈鳳凰臺上憶吹簫〉），總令人百般無奈，陷入別後思憶無窮的窘境。周邦彥充分掌握了離人複雜的心緒，整首詞在語調上採取了反覆吟嘆的傾訴方式，且能配合情節的變化，時而融情入景，時而因事述情，或隱或顯，在韻句疏密安排、句式長短調動間，形成緩急有致、跌宕不已的節奏，娓娓道來，情意綿綿，自有吐不盡的心事流蕩其中。

這首詞最成功的地方，就在「送—別」的相對情境中，相應以適切的聲韻節奏，形成獨特的抒情效果。這效果如何形成的呢？簡單的說，詞中的情境乃循著音樂往前推進的模式開展，轉折變化間自不離此一主旋律，但要製造動人的韻致，須運用相反相成的句式、韻律，在前後往返之間，構成複音式的結構，方能產生迴環往復的效應。

首先，請注意〈蘭陵王〉這調子裡的一個特別的構句形式，就是通篇最關鍵的樞紐處都使用了七言韻句：或在一組單

式（三言）、雙式（四言）句[81]後，以這七言韻句作結，形成一個段落；或在一領字所帶的兩組單式句（四言）並押韻後，再安排這七言單式韻句，形成另一個情節，這卻是一景語，用以呼應前文，並借景寓情，別具感染的效果，且兩個段落間緊密協韻，遂形成聲情激盪，讀來抑揚有致；或在一領字所帶的兩組單式句（四言）後，直接結合這七言韻句，形成一個情節，前後貫串成文，節律自然諧暢。

其次，再就整篇格律形式來看，此詞雖分三疊，在聲韻上卻採用重複的語律，變化中有著不變的肌理，與情意內容相互關聯，構成有機的組合，表現十分精彩。第一疊的「隋堤上，曾見幾番，拂水飄綿送行色」和「長亭路，年去歲來，應折柔條過千尺」，兩個段落是同樣的格律，正呼應「送」與「別」間相似的情緒。第二疊的「又酒趁哀弦，燈照離席。梨花榆火催寒食」，與第三疊的「漸別浦縈迴，津堠岑寂。斜陽冉冉春無極」，格律也一致，形成另一種相互對應的情節。而第二疊的「愁一箭風快，半篙波暖，回頭迢遞便數驛」，到了第三節結尾則做了一個變奏：「念月榭攜手，露橋聞笛。沉思前事，似夢裡，淚暗滴。」兩處的格律形式頗相似，後者第二句用「笛」字，多押了一個韻，使語句稍作停頓，然後在最後一句添加「似夢裡」三字，將原先的七字整言句破爲「四—三—三」的長短句，產生抑揚跌宕，聲情更形激切。毛开《樵隱筆

81 鄭騫〈詞曲的特質〉：「絕大多數的詞調，都是由單式（三五七言）、雙式（二四六言）兩種句法合組而成。……這樣單雙句式相配合的組織，造成了音律的和諧。尤其要注意的是：多數詞調的組成，都是雙式句比較多，單式句比較少。越是講究音律的詞家所常用的調子越是如此，音樂性越高的調子越是如此。這種雙多單少的配合方式，使詞的音律舒徐和緩，不近於立體而近於平面。這是構成陰柔美的條件之一。自然，詞調的音律也有縱橫跌宕，近於立體不近於平面的，如〈水調歌頭〉、〈歸朝歡〉這兩個調子。他們之所以縱橫跌宕，正因爲其中句式單多雙少。但像這樣的調子，不僅在詞調裡占少數，而且只有稱爲豪放派，不甚拘音律的詞人才用。」見《景午叢編》（臺北：中華書局，1972），頁59-60。

錄》說：「紹興初，都下盛行周清眞詠柳〈蘭陵王慢〉，西樓南瓦皆歌之，謂之『渭城三疊』。以周詞凡三換頭，至末段聲尤激越，唯教坊老笛師能倚之以節歌者。[82]」誠如龍榆生所說：「此曲音節，猶可於周詞反復吟詠得之。[83]」周詞聲情之美，雖無法以音樂得之，但其字裡行間確實依然充滿著韻律節奏，與其情意內容形成一個整體，讀來極有韻味。

龍榆生嘗試就周詞的句度安排和聲韻組織來探討〈蘭陵王〉一詞的「至末段聲尤激越」的原因，分析十分精到：

> 在句式上，末段用了一個二言、三個三言短句，又以一個去聲「漸」字領兩個四言偶句，一個去聲「念」字也領兩個四言偶句；而在一句之中的平仄安排，又故意違反調聲常例，有如「津堠岑寂」的「平去平入」，「月榭攜手」的「入去平上」，「似夢裡」的「上去上」，「淚暗滴」的「去去入」：又在每句的落腳字，除「漸別浦縈回」獨用平聲，較爲和婉外，其餘並用仄收：這就構成它的拗怒音節，顯示激越聲情，適宜表達蒼涼激楚的情調。

> 再看它的整體結構。第一段用了一個二言、三個三言短句和三個四言、一個六言偶句，雖然中間參錯著一個五言、兩個七言奇句，好像符合「奇偶相生」的調整規律，但在句中的平仄安排，卻又違反調聲常例，有如「拂水飄綿送行色」的「入上平平去平入」，「登臨望故國」的「平平去去入」，「應折柔條過千尺」的

---

82 引錄自唐圭璋《宋詞三百首箋注》（臺北：中華書局，1979），頁90。
83 見龍榆生《唐宋詞定律》（臺北：華正書局，1979），頁146。

「平入平平去平入」，又都構成拗怒的音節。第二段用了一個以去聲「又」字領兩個四言偶句和一個以平聲「愁」字領兩個四言偶句，雖然參錯著兩個五言、兩個七言奇句，似乎有了「奇偶相生」的諧婉音節，但句中的平仄安排卻又違反調聲常例，有如「閒尋舊蹤跡」的「平平去平入」，「回頭迢遞便數驛」的「平平平去去去入」，「望人在天北」的「去平去平入」，加上偶句「燈照離席」的「平去平入」，「一箭風快」的「入去平去」，都是一些不能自由變更的拗句。把這三段的聲韻組織聯繫起來，仔細體味，確是越來越緊，充分顯示激越聲情，和一種軟媚的靡靡之音是截然殊致的。[84]

　　聲情之激越，配合著詞情之蒼涼激楚，音義相諧，便構成動人的頓挫之姿。其實，在文體內外和諧統一的整全概念下，除了句度長短與表情相關，像韻位安排、四聲陰陽方面，也都與詞的情意內容有著密不可分的關係。試看下列兩家評論：

　　〈六醜〉是周邦彥創作的犯調。據周密記邦彥自稱：「此犯六調，皆聲之美者，然絕難歌。昔高陽氏有子六人，才而醜，不以比之。」它的整個音節之美，顯示於韻位的疏密遞變和句式的奇偶相生，欲斷還連，千回百折，而又一氣貫注，搖筋轉骨，極諸變態，其藝術性的絕特，也是清真創調中所罕見的。（龍榆生〈論韻位安排與表情關係〉）[85]

---

84 見龍榆生《詞學十講》（福州：福建人民出版社，1962），第四講，頁32-33。
85 同上，頁57。

清真《片玉》一編，承溫、晏、秦、柳之流風，聲容益盛，今但論其四聲，亦前人所未有。《樂章集》中嚴分上去者，猶不過十之二三，清真則除〈南鄉子〉、〈浣溪沙〉、〈望江南〉諸小令外，其工拗句、嚴上去者，十居七八。即以一句一章論，亦較三變爲密。

樂章但守「上去」「去上」，間有作「去平上」、「去平平上」者，尚守之不堅。至清真益出以錯綜變化，而且字字不苟；其作「去平上」者，如「兩兩相依燕新乳」、「小檻朱籠報鸚鵡」……，作「平去平」者，如〈綺寮怨〉一首中六句如此：「曉風吹未醒」、「淡墨苔暈青」、「嘆息愁思盈」、「去去倦尋路程」、「何須渭城」、「歌聲未盡處先淚零」。去聲最爲拗怒，取介在兩平之間，有擊撞夏捺之妙，今雖詞樂失傳，但依字聲讀之，猶含異響。

清真詞他若「掩重關徧城鐘鼓」（〈掃花游〉）、「夢沉書遠」、「還看稀星數點」（〈過秦樓〉）……，其上去連用、間用，皆在兩結。

詞中以拗調爲警句者，三變已有，至清真而益密。蓋一詞之中，必有數句數字爲音律最美聽處，當施以警句俊語，其位置在詞之頭腹尾無定，而在尾者尤多，復有連數句而皆如此者……。今舉清真詞拗句如下：〈瑣窗寒〉上下片第六句，「灑空階夜闌未休」，「想東園桃李自春」，「未」、「自」皆去。〈滿庭芳〉上下片六七句，「人靜烏鳶自樂，小橋外新綠濺濺」，「憔悴江南倦客，不堪聽急管繁弦」，「自」、「外」、

「倦」、「聽」皆去。……其有拗句在結句者，尤為聲律所關，如「來折東籬半開菊」、「更把茱萸再三囑」（〈六么令〉兩結）……。若〈蘭陵王〉乃三換頭詞（據毛开《樵隱筆錄》）當分四片（舊分三片，非），其四片結云：「曾見幾番，拂水飄綿送行色」（第一片結）、「年去歲來，應折柔條過千尺」（第二片結）、「愁一箭風快，半篙波暖，回頭迢遞便數驛」（第三片結）、「念月榭攜手，露橋聞笛。沉思前事，似夢裡，淚暗滴」（第四片結），三十二相對字中，例外惟一清聲「幾」字；聲情相應，可謂此體之劇例矣。

予以為清真入聲，重在拗句及結聲，與其用上去同，而「去入」之連用，亦與「去上」、「上去」之連用同，此在南宋方、楊諸家，似亦未能了了。

總之，四聲入詞，至清真而極變化，惟其知樂，故能神明於矩矱之中。（夏承燾〈唐宋詞字聲之演變〉）[86]

　　周詞音韻與四聲之運用，自有其絕特之處。夏承燾分析〈蘭陵王〉的字聲，正可與上文的討論此詞的情意內容、結構形式呼應。王國維說周詞「曼聲促節，繁會相宜，清濁抑揚，轆轤交往」，這些在音韻格律上的表現，乃相應於跌宕之詞情而產生；因此而知，要真正體會周詞之佳妙，兩者得須兼顧。

　　詞主要呈現相對的美感，以今昔對照為主軸。周邦彥的〈蘭陵王〉雖寫別情，其實也結合了許多相對的元素，並且其

---

[86] 見夏承燾《唐宋詞論叢》（臺北，宏業出版社，1979），頁66-76。

情思也有著今不如昔的糾結。周邦彥賦情、詠物、懷古之作，都有深濃的盛衰今昔之嘆。在這些題材中，他的「回憶」書寫最具特色，創造出一種抒情典範，影響至為深遠。呂正惠〈宋詞的再評價〉說：

> 這一系統的文人詞，……它的性質的確很特殊，是中國文學中一種全新的感受、全新的表達模式。用最簡單的話講，這是挫敗文人的自憐心境的表現。……他們的詞的基本模式是這樣的：每到一個地方，一定回想到自己的過去，特別是過去的一段情事，沉緬於回憶之中，並以目前的流落自傷自憐。……他們把詞的往事擴大描寫，在他們細膩的筆觸下，回憶起來的往事不論多麼哀傷，卻總是有著令人回味的美感。他們就沉緬在美的傷感之中，表面上自憐自艾，其實卻有另一種「滿足」存在於其中。……他們為中國的詩歌開創了一個特殊的天地、特殊的境界。這是一個細膩而美好的世界，然而，我們不能不說，這不是一個廣闊的天地。[87]

南宋典雅派詞家於長調之創作，將往事擴大描寫，並加強其感染效果，在細膩的筆觸下，回憶往事不論多麼哀傷，總有著令人回味的美感。這套書寫模式，最早就是由周邦彥悉心創造出來的。周邦彥以賦筆為詞，盡思力安排之妙，為往事之追憶塑造了一種美麗與哀愁融合的精緻之美。我們在這裡試整合以上所述的「渾」的觀點，看周詞如何結合音樂旋律與文字鋪敘，融會敘事與抒情的特性，創造出一種可感知的時空模式。

---

[87] 見呂正惠《抒情傳統與政治現實》（臺北：大安出版社，1989），頁131-132。

周邦彥的〈瑞龍吟〉一詞寫舊地重遊，抒發物是人非之感，向來評價極高，允爲此類詞之代表作。周濟謂此詞「不過桃花人面，舊曲翻新耳。[88]」誠然，此詞所寫實乃「常人之境界」，它之所以受到讚美，顯然不在內容，主要就在形式。

> 章臺路，還見襃粉梅梢，試花桃樹。愔愔坊陌人家，定巢燕子，歸來舊處。　暗凝竚，因念箇人癡小，乍窺門戶。侵晨淺約宮黃，障風映袖，盈盈笑語。　前度劉郎重到，訪鄰尋里，同時歌舞。唯有舊家秋娘，聲價如故。吟牋賦筆，猶記燕臺句。知誰伴、名園露飲，東城閒步。事與孤鴻去。探春盡是，傷離意緒。官柳低金縷。歸騎晚、纖纖池塘飛雨。斷腸院落，一簾風絮。

諸家對此詞的分析，重點在章法結構，前面所提到的周詞迴環往復的各種鋪敘手法，如今昔時空情景交錯融合、借人物故事推動鋪展、以景寫情作結等，都落實於此詞的討論上[89]，此處無須複述他們的看法。既然是常人之境，我們就試著從不同的角度理解它怎樣傾訴情意，如何以特別的形式去敘寫回憶，引發抒情的效應。

欣賞周邦彥詞，應該將他「妙解音律」和「善鋪敘」的兩大特色結合一起來體會。王國維說：「讀先生之詞，於文字之外，須兼味其音律。」兩者如能同時進行，會有更立體的感受。因爲文字之理解，重知性；而音律之領會，屬感性。詞作思力之安排，如賦之鋪陳，「傾向繪畫性之呈現」[90]，偏重空

88　見周濟《宋四家詞選目錄序論·附錄》。
89　詳王強《周邦彥詞新釋輯評》（北京：中國書店，2006），「輯評」，頁7-12。
90　見曹淑娟《漢賦之寫物言志傳統》（臺北：文津出版社，1987），頁202-203。

間感；而協樂曲以編製，則有層遞發展的行程，則帶有時間性。誠如上文所強調，要真正體會周詞之「以健筆寫柔情」的「奇崛」之美、「頓挫」之姿，須兼顧內容與形式，各個層面。

先簡單鋪述這闋詞的內容：整闋分三疊，即音樂上的三個段落，前兩段句法全同，稱為「雙拽頭」。第一段寫重訪舊地，來到坊陌門前的情景。章臺路上，白梅已凋殘，紅桃剛吐蕊，這幽靜的巷陌裡，燕子也飛回舊巢，一切彷彿都沒變。這段以敘寫場景為主，烘托一種似曾相識的氣氛，帶出下文回憶往事的內容。第二段敘述當年邂逅相見的情狀，著重刻畫人物的意態——猶記得她年少、癡情的模樣，那天清晨，她額頭抹上淡淡的黃粉，正好走出門外，向外探看，驟然看見我的時候，她立即舉起衣袂擋風，笑盈盈的和我說話——寥寥幾筆，將嬌小可愛的女孩寫得栩栩如生，活靈活現。第三段寫尋訪不遇、失意而歸的傷感。詞人尋尋覓覓，看到過去和她一起歌舞的那位姑娘還像當年一樣的走紅。猶記得當年題詩相贈的事，現在卻不知有誰陪伴著她？想對方或已有所屬，不禁悵然。往事消逝無蹤，如天邊孤雁之飄然遠逝。所謂「探春盡是，傷離意緒」，點出了這首詞的主題。最後以景作結，寫騎馬歸去時，日暮雨落的景象，池塘飄下細雨，而令人傷心的院落，正風飄柳絮。

以上表述詞的情節內容，我們如果換一個角度，順著樂音的推進和圖像展現的架構，沿著文本脈絡，感受它的氛圍，想像簡中情景，應會有一種身歷其境如在現場的感覺。周邦彥用了很多動作意象，增加這風味：「吟牋賦筆、露飲、閒步，

與窺戶、約黃、障袖、笑語，皆如在目前。[91]」吳世昌《詞林新話》謂清眞此詞之敘事如近代短篇小說作法，並說：「《花間》小令多具故事，後世擅長調者，柳周皆有故事，故語語眞切實在。[92]」周詞敘事確實如小說般有情節人物，但比小說更逼眞，更有臨場感，作者如當面對著讀者聽眾訴說正在發生的事情，讓他們當下感受，一切都如在面前[93]，而讀者觀眾就像是被邀請進入其情境中，跟著他歷驗生活的片段。從章臺路、坊陌人家、門戶、鄰里、（名園）、（東城）、池塘到院落，這些模擬的畫面不是靜止的，而是跟著音律節奏移動推進，因此是連貫的、立體的，加上景色的安排、人物活動的穿插，如此，好像小型劇情之搬演，電影鏡頭之運作；寫景如眞，如同布景般，刻劃人物動作、歌舞聲容又那麼清晰細緻，不禁令人懷疑那樣的一首絕妙好詞就是爲了方便歌女表演而作，有點戲劇搬演的意味。當我們一邊讀著，一邊聽著〈瑞龍吟〉時，一字一句，隨著音聲的抑揚頓挫，依憑字面的描摹刻劃，閉目吟哦，不知不覺會在腦海中浮現畫面——這是周邦彥詞所欲製造的敘事抒情效果。爲了切合各篇的主題，營造不同的氣氛，周詞靈活採用「景隨情轉」的手法，一首詞中隨著心情變化，相應的景物亦有不同的展現，光景或明或暗，或濃或淡，色澤冷暖不一，以臻情景相生之效。〈瑞龍吟〉由早春晨光寫到日暮雨景，中間多少轉換，都隨心情投影。此外，周詞的時間布置亦見巧思。除了一般按時敘述，早午晚依序設景寫情外，更常顛倒交錯處理，將早午晚和去來今各時段變化組合，如〈瑞龍吟〉中：重訪在白天、回憶是清晨、訪鄰於午後、擬想在某

---

[91] 見陳洵《海綃說詞》，《詞話叢編》，頁4865。
[92] 見吳世昌《詞林新話》（北京：北京出版社，2000），頁181。
[93] 陳世焜《雲韶集・補詞》評〈拜星月慢〉：「當年畫中曾見，今日重逢，其情愈深。旅館淒涼相思情況，一一如見。」

夜、歸去已黃昏，形成多種時空樣貌，增加了詞的質感密度。

周邦彥如何處理「回憶」？周詞的敘事結構中，有重回舊地，追憶往事，或觸景生情，傷往惜今的寫作模式，以「今—昔—今」為基調，而有不少變奏。近期學者多有討論。這裡只想補充兩點。一是周邦彥之前對回憶本身的書寫，情節比較簡單，敘寫也籠統，如柳永〈雪梅香〉：「臨風。想佳麗，別後愁顏，鎖斂眉峰。」〈竹馬仔〉：「覽景想前歡，指神京，非霧非煙深處。」〈玉蝴蝶〉：「難忘。文期酒會，幾孤風月，屢變星霜。」秦觀〈滿庭芳〉：「多少蓬萊舊事，空回首、煙靄紛紛。」〈望海潮〉：「西園夜飲鳴笳。有華燈礙月，飛蓋妨花。」到了周邦彥，才開始刻意描述追憶往事的情節。周詞賦予回憶以生動深刻的書寫：

> 去年勝賞曾孤倚，冰盤共燕喜。更可惜、雪中高樹，香篝熏素被。（〈花犯〉）

> 因念舊客京華，長偎傍、疏林小檻歡聚。冶葉昌條俱相識，仍慣見、珠歌翠舞。（〈尉遲杯〉）

> 記愁橫淺黛，淚洗紅鉛，門掩秋宵。墜葉驚離思，聽寒螿夜泣，亂雨瀟瀟。鳳釵半脫雲鬢，窗影燭光搖。漸暗竹敲涼，疏螢照晚，兩地魂銷。（〈憶舊遊〉）

再重看〈瑞龍吟〉的回憶畫面：「因念箇人癡小，乍窺門戶。侵晨淺約宮黃，障風映袖，盈盈笑語。」小女孩的「笑語

風姿，宛然在目」[94]。周邦彥刻意經營此道，回憶中的景物、人事都寫得具體而鮮明，予人歷歷如真之感。二是據詞「及時」的特性，又在領字的作用下，所謂回憶其實都是當下的呈現和演繹——只要回憶有被描述的實體，當被呼喚時，在文字音聲傳遞的過程中，它就是現在發生著的。所以，當作者以形式書寫回憶，它已非往事本身，而是隨時可玩味的一種敘述，而作者或讀者，每回閱讀或聆賞，也許仍有所傷感，但亦自有一種美的耽溺，一種自我滿足的感受在其間，因為那往事似也不曾消失，它依然迴盪在詞的旋律、字裡行間。

即使以小令敘寫回憶，周邦彥依然有著出色的表現。請看他的一首〈少年游〉：

> 朝雲漠漠散輕絲，樓閣淡春姿。柳泣花啼，九街泥重，門外燕飛遲。　而今麗日明金屋，春色在桃枝。不似當時，小橋衝雨，幽恨兩人知。

這首詞寫追憶往昔的生活，對照現在的情景，交織著過去的歡樂和今日的傷感，互相映襯，分外動人。它最成功的地方，是它的表現手法。作者先以逆筆追敘往事，然後對照今日不如往時那樣的充滿著青春氣息。周邦彥填寫長調，常用逆敘倒插的手法，突破時空的界限，表現出多層次的敘述效果。他在小令中，也常用這些技巧，交錯地處理時空情景，增加了詞的質感與密度，為短篇令詞注入了更豐富的內涵。這首〈少年游〉，篇幅雖短，卻經歷「過去—現在—過去」三段情境的轉折，既追述了過去的場景，也描寫了今日明媚的春光和安樂的生活，又透露了今不如昨的心情。周邦彥這首詞以忘不了當時

---

94 見俞陛雲《唐五代兩宋詞選釋》（上海：上海古籍出版社，1985），頁295。

那段情，來映照今日無聊寂寞的心境，情節婉轉曲折，寫景歷歷如繪，傾訴的話語亦眞切動人。

　　宇文所安（Stephen Owen）《追憶》說：

> 寫作使回憶變爲藝術，把回憶演化進一定形式內。所有回憶都會給人帶來某種痛苦……。寫作在把回憶變爲藝術的過程中，想要控制住這種痛苦，想要把握回憶中令人困惑、難以捉摸的東西和密度過大的東西；它使人們同回憶之間有了一定的距離，使它變得美麗。

> 詞是在內部世界中，在一間屋子裡或者在人的心裡，才感到最爲自在。當他的主題爲回憶時，詞作者會感到特別舒服，因爲回憶提供了取自生活世界的形象和景象的斷片，這些形象同人的感情是不可分割的，它們根據感情的內在世界的規律，又重新組織起來。

> 回憶被仔細品味著，它變得更美麗，更不具有危險，更不會引起非議了。這種在哀婉的情調中培植起的歡樂，同這些詞的細緻的、自覺的藝術是不可分割的。……因爲回憶具有根據個人的回憶動機來建構過去的力量，因爲它能夠擺脫我們所繼承的經驗世界的強制干擾，在「創造」詩的世界的詩的藝術裡，回憶就成了最優模式。在這種建立在回憶模式之上的藝術裡，一種雙重性出現了：回憶不僅是詞的模式，而且是詞所偏愛的主題。[95]

---

[95] 宇文所安著、鄭學勤譯《追憶》（北京：三聯書店，2005），頁129、135、148-149。

他原是論吳文英詞的，但夢窗的回憶書寫乃啓發自清眞，他們寫作回憶或品味回憶的心理和方式都一樣。人們於現在生活中感到無著處，找不到出路，對未來畏懼，便容易焦慮不安，此時最好的逃避方式就是活在過去，沉湎在記憶中。詞以時空對比激發愁情，今昔盛衰之感特強，的確回憶不僅是詞的模式，也是詞的重要題材。周邦彥在回憶書寫上充分反映了他「想要控制住這種痛苦」的一番努力。在詞的創作過程中，他重新組織回憶的片段，用細緻的筆觸，如眞寫實的方式，融入有當下展現性質的文體，留住種種往事，創造出一種足堪品味的美感—他用力於形式之功極深，相對地，他在詞中積鬱的愁也應不淺。

從《花間》開始，詞體就以精細的表現與幽怨的內蘊，表裡交融，形成其獨特的抒情美感。「美麗」與「哀愁」，既是它的形式，也是它的內容。周邦彥詞的成就，乃在文辭音律、時空情景上強化了這種特色，表現更微妙與細緻（subtlety and sophistication）[96]，創造出可觀可感的結構模式，以頓挫之姿、沉鬱之情而形成其獨特的渾成之境。要言之，周邦彥爲詞體（尤其是長調）創造了一種獨特的姿態（gesture），那是一種新的抒情美典（lyrical aesthetics）。

---

[96] 劉若愚評周邦彥說：「在他的手中，就情景的體會與表達方式而言，詞已達到了微妙和細緻的新的巔峰。他的詞，由於繁複的詩的世界以及錯綜的文字結構而獨立突出。」見《北宋六大詞家》，頁155。

論清詞與清代詞學的特質

一、詞爲何復興於清

　　清詞號稱中興，不但詞家眾多，詞數浩繁，而且流派紛呈，風格競出，在詞的質感上，也展現出邁越元明之風采。論詞境之高遠，清詞雖遜於唐宋，但清人學思兼具，於詞之美感體現，卻甚爲深刻細緻，自有其特色。詞之爲體，要眇宜修，別具一種精微細緻富於女性修飾之美的特質，遂總被認爲是詩之變體別調，難登大雅之堂。然而清人爲何卻愛此體，歷久不衰？清人藉詞以寫幽憤，寄託哀思，此間詞之陰柔屬性與清人之存在意識又有怎樣的關係？這樣建構出來的一種獨特的文體美學，究竟反映了怎樣的人格特質、歷史場域、社會心理、文化氛圍？每一種文體美學的形成，其實皆牽涉情辭、文質、內外多個層面，作者的抉擇、文體的規範、讀者的期待與時代的制約等方面都是互有關聯的。近來研究清詞者，多爲專家論述，且集中於少數詞家，難以通觀全貌，縱作派別及詞學研究，卻多屬歷史性的探索或現象性的分析，也非探本之論。

　　葉嘉瑩先生研究清詞，得出一個結論：清詞雖以其創作及研究的種種成果，號稱中興，但是真正促使清詞有此成就的一個基本因素，乃緣於自清初到清末一直隱伏而貫串於這些詞人之間的一種憂患意識。而與這一系列清詞之發展的憂患意識相配合的，是重視詞之言外之意的比興寄託之說，以及詞中有史的「詞史」之觀念。而詞之意境與地位遂脫離了早期的豔曲之拘限，而得到了真正的提高，也使得有清一代的詞與詞學，成就了眾所公認的所謂「中興」之盛[1]。根據這一論點，我們更

---

* 本文係據2010年5月於香港中文大學中國語言及文學系主辦「比較與建構：中國古代文學理論國際學術研討會」發表之論文：〈論清詞與清代詞學的特質〉，修訂而成。

[1] 詳葉嘉瑩〈序言〉，葉嘉瑩、陳邦炎《清詞名家論集》（臺北：中研院文哲所，1996），頁7-17。

要追問的是：構成這一現象的文化心理結構為何？文人在選體創作時是怎樣一種考慮──詩與詞的特質有何異同？詞，含蓄委婉，是一種比較陰柔的文體，清人結合其身世時代之感入詞，又如何強化此體的特質，形成怎樣的美感？而清代詞家對此種美學特質有何體認？這些論題都是值得再加深入探討的。

　　清詞的美感特質及其義蘊，可就清人的自覺意識、實踐體驗等方面去了解。譬如說，清代詞學審美觀是怎樣形成的？詞學理論的提出，有其深層意義，清人由尊體說而衍生出來的寄託、沉鬱、境界之論，似乎為清詞找到了書寫合理的藉口，這其實正反映了文人矛盾糾葛的心理。而清詞本身有著怎樣的主體意識？清人為何擅寫豔情詞與詠物詞？清詞多遺民之怨、憂國之嘆、身世之悲，其因情寄意，借物述懷，別具幽微要眇、曲折深隱之致，這可從時變與人情的關係，詞家選體創作的本體意義等方面，體察清詞的感傷情調，從而理解清詞的抒情效用及其創造的美感特質。

　　因此，我們可以這樣說：詞之所以復興於清，不是量化的表現所能證實，而是在情意質感上自有其不得不然的勢態在。嚴迪昌《清詞史》說：

　　　　清詞的「中興」，按其實質乃是詞的抒情功能的再次得到充分發揮的一次復興，是詞重又獲得生氣活力的一次新繁榮。「中興」不是消極的程式的恢復，不是沿原有軌跡或渠道的回歸。因而，簡單化地以宋詞作為繩衡標尺來論評清詞，顯然不是一種可取的科學的態度。「清詞」只能是一個特定歷史時期的文學現象的指稱，它是

那特定時空中運動著的一種抒情文體。[2]

　　所謂斯時斯人而有斯體，清詞特有醇雅精嚴、哀感幽豔的韻味，乃清人以其時代個人的哀時感事、苦心孤詣的情意技能注入的精神與表現，換言之，清人已加深了對詞體「要眇宜修」之特質的體認，並賦予了他們有別於宋金元明詞的意涵，成就了個別時代的文體特色。

　　詞的衰落，從元朝中葉開始，到明代至極。明人填詞多屬偶然揮灑，很少專攻此道，壞在多應酬之作。明詞之所以如此式微，簡單來說，就是受了文壇上詩文的復古和曲的盛行新舊兩方的夾攻所致。吳梅更以爲「制舉盛而風雅衰，理學熾而詞意熄」[3]，整個詞學環境是極不利詞的發展的。因此，詞多鄙俗，格律破壞，詞籍刊刻不精，而且流傳不廣。清詞之能矯明詞之弊，質量俱佳，一般學者認爲主要在時代氛圍上、文人的心態上。鄭騫先生〈論詞衰於明曲衰於清〉一文說：

> 因爲政治社會比較清明，清朝人無論在甚麼上，他們的態度都是前進的，他們的心情思想都是光明健全的。……這樣當然會養成向前向上，實事求是的精神。……清人是講考據，重實在的。……清代文學的主要空氣是雅正。……詞經過了清代的復興，已經發展到極點而無可再發展。[4]

2　見嚴迪昌《清詞史》（南京：江蘇古籍出版社，1990），頁4。
3　見吳梅《詞學通論》（上海：復旦大學出版社，2005），頁116。
4　見鄭騫《景午叢編》（臺北：臺灣中華書局，1972），上集，頁167-169。

清人務實而重學養，雅愛詞體，其用心之專，用力之勤，於詞之創作、評論、定律、刊刻與考證，其成就被認為已不讓兩宋：第一，清詞拓境至宏，不居於墟，其內涵之真善美者至夥，此清詞繼宋而後來居上者；第二，清詞之主盟詞壇或以詞雄者，多為學人，所為詞根茂實遂，有高出於宋者；第三，各派詞流之眾多，每變益上，其組織規模及其對詞學之效應，又宋所不及者；第四，詞論之啓迪，如浙派張醇雅之說，常派主比興寄託，況周頤論詞境詞心，王國維融中西之學論境界等，持論邃密高卓，詞不復蒙小道之譏，詞體益尊，詞藝愈精；第五，詞人之眾，詞量之多，宋亦非清敵[5]。以上五點，頗能呈現清詞極盛之態，但就文體論的完整立場言，還不夠透徹，因為這些說法都未真正就詞體的美感特質立論，從根由上去探問：為甚麼是詞而不是詩能有中興之象？所謂「因情位體，即體成勢」，然則清人的情性本質與詞的體式屬性有必然的關係嗎？清人選詞述情，所述者是怎樣的情？又詞的內在動因與外在環境有何關聯？

　　賀光中《論清詞》一書分析清詞復興之原因，其中一項是：

> 晚清國事蜩螗，民生塗炭，學者似不能潛心於文史。然自咸豐以至同治，號稱中興，士學未輟，文風益盛。降至光緒中葉，內外交迫，禍亂紛乘，憂時之士，怵於危亡，發為噫歌，以比興抒其哀怨，詞體最為適宜。文人爭趨此途，而詞學駸駸者有中興之勢焉。[6]

5　參錢仲聯〈全清詞序〉，南京大學中國語言文學系《全清詞》編纂研究室編《全清詞‧順康卷》（北京：中華書局，2002），頁1-4。
6　見賀光中《論清詞》（新加坡：東方學會，1958），頁3。

這主要就詞的功能論詞應時而起之勢，當然他也注意到人「哀怨」之情和詞「比興」之體的關係，但人情的論析仍有所不足。上文提到葉嘉瑩先生探討清詞之復興，不僅僅限於晚清時局，她以爲自清初到清末，詞人之間皆有一種憂患意識，而與此一貫串清詞的憂患意識相配合的，是重視詞之言外之意的比興寄託之說，以及詞中有史的觀念，由於爲詞找到了明確而正面的意義，詞之意境與地位遂得到了眞正的提升，也使得有清一代的詞與詞學，成就了「中興」之盛。這一看法頗能從發生學的立場揭露清詞的主體意識，但作者對於所謂憂患意識的內容，沒有詳細的分析；如只是著重作者有意爲詞、詞體得以被重視的層面，而不正視詞情耽溺的實貌、詞人的生命意態、詞的陰柔體質和時代特殊的氣息等方面，則清詞中興的面貌恐怕仍不夠清晰。清代異族統治下的高壓政策，時代的盛衰變化，加諸文人身上心裡的負擔，其憂讒畏譏、哀時感事、身心煎熬，所形成的婉轉低回、沉鬱幽邈、時不我與的詠嘆與悲感，應是詞復興於清的內在動因。因此，要眞正認識清詞的內容與特質，須對構成這一現象的文化心理結構、清人結合其身世之感入婉曲之詞體而強化其特質所形成的特殊美感以及清代詞家對此種特質的體認等方面，都要有更廣泛而更深入的研究。

二、以深情多感入詞所形成的沉鬱哀豔的情韻

清人爲詞，情要深，意欲高，但由於時代加諸個人的因素，加上清人性格拘謹內斂，其詞婉轉跌宕之中，哀感特深，語意密麗，雖偶有清氣，但整體的意脈和興象卻不疏朗開闊，往往予人鬱結層深之感。

饒宗頤先生在〈論清詞在詞史上的地位〉一文中說：「詞

中之有宋同清，正如詩中之有唐同宋，就是說宋詞等於詩中之
唐，清詞同於詩中之宋。[7]」這說法不無道理。比較來說，宋
詞重意興、尚詩理，清代則重經術，表現不同；宋詞多質樸，
出於自然，清詞則刻鏤，見其巧思；宋人餘興爲詞，清人則多
專業；宋詞作家多顯宦鉅公，以詩爲詞，藉以言志，清則名士
墨客、閨秀佳人，無不爲之，無病呻吟之作不少；宋南渡詞直
寫經濟懷抱，有微言大義存焉，晚清詞則體物詠懷，多比興曲
筆。[8]

　　文學中的情感與形式是內外一體的，主體的「情」與客體
的「辭」必須同時兼顧，才能理解作家與文體的真正關係；
此外，亦須考慮時代的因素。由上所述，可見同樣寫情，宋詞
中的情和清詞中的情，有著不一樣的面貌。中國文學有一抒情
傳統，在這一傳統裡，不管是「唐詩—宋詩」，「宋詩—宋
詞」，「宋詞—清詞」，基本上都保持著一貫的抒情特質，只
是「情」之爲義在各體中的內涵別有偏重、情之質感深淺濃淡
不同而已。就詞體言，它的美感質素就在抒發一種特殊的情
韻：冉冉韶光意識與悠悠音韻節奏結合而成的情感韻律，迴環
往復，通常以好景不常、人生易逝之嘆爲主調。換言之，詞的
抒情特性，主要是以時空與人事對照爲主軸，在多重對比安排
下，抒寫美人遲暮、春花易落、理想成空等情思，表達人間情
愛之專注執著和對時光流逝的無窮感嘆，形成一種迂迴曲折、
輾轉起伏的韻致。而詞的體製，如樂律章節之重複節奏、文辭
句法的平衡對稱，更強化了這種婉轉低回、留連反覆的情感質
性。因此，所謂詞的情韻，往往表現爲一種婉曲之美、跌宕之
姿。詞介乎詩、樂之間：詞若近於樂律，容易陷溺於迴盪往復

7　見《中國文哲研究通訊》第4卷第1期（1994年3月），頁2。
8　參饒宗頤〈論清詞在詞史上的地位〉，頁1-5。

的節奏，而其所抒發的哀傷嘆逝之情，往往能深化詞的婉曲特性，使之轉為幽微密麗，語意纏綿；詞若融入詩意，則緣情興感，往往能結合情意情理情趣，並藉其觀照解悟之能，梳理滌蕩深摯的情思，而臻清麗韶秀之境[9]。清人於詞之情韻，感時傷逝，哀樂盛衰，別有契會，宜乎其於詞之精且工矣。須注意的是，清初詞壇反明詞淫靡之風，去《草堂》之意識甚強烈，對詩餘說之弊失尤多指責，至浙派高舉南宋姜吳之大纛，尚雅正，詞便不走東坡「以詩為詞」的路，更不要說陽羨派學稼軒而流於粗獷叫囂之風了。詞須雅正，是基本的要求。而過於尊體，詞乏詩之意理趣，情思糾結，便少超曠之境、瀟灑俊朗之姿。而清人重學力，耽於考證，極富辨體之意念，更講求詞之審音協律、遣辭造句、立意運筆之法，如是心靈空虛、失志流轉之哀感，糾纏在音聲字句之中，徘徊髣髴，惟求沉鬱渾涵，其意境之欠壯闊高遠，情思之不易自然動人，是不難想像的。

明清詞人的情感觀其實頗不相同。明代中晚期，學界籠罩在一股個性解放的文藝思潮中，情感說大為流行，這可說是對文學復古說與理學的反動，亦反映出市民階層意識的逐漸擴大。這現象促進人們對人性的反思，從而加深了對情感的認識。李夢陽的情真說，李贄的童心說，湯顯祖的神情合至說，袁宏道的性靈說，張綺的情癡說以及馮夢龍的情教說等，都是明人情感論的代表。他們主要的論點是：文學重在抒發一己的真情。不拘理性的規範，著重表現人與生俱來的的自然本性，明代中晚期這一言情論的主調，由詩文到詞曲，幾乎都是一致的。明代詞學的主要特色是：以綿麗流暢為美，貴真重情，尤以緣俗近情為佳，普遍認為婉約為詞之正宗、豪放為變體。王

9　詳劉少雄〈由詩到詞——東坡早其詞的創作歷程〉，《會通與適變——東坡以詩為詞論題新詮》（臺北：里仁書局，2006），頁15-16。

世貞《藝苑卮言》主張詞「婉變而近情」，「柔靡而近俗」，一反過去強調詞須雅正之說，指出詞比詩更貼近人情，更富綺麗動人之姿。在明代類似的見解相當多。沈際飛〈草堂詩餘序〉則認為詞為詩餘，最能表達人內在深曲的情思，並提出「男女之情」是人倫的基礎、人情之極，如是肯定豔詞、張揚男女私情，其反傳統、違禮教的意思，相當清晰。這樣一來，詩餘之為說便有積極的意義，而詞以情為本，備極眾體，其地位之崇高則可想而知。還有一點值得注意的是，沈氏已體會到詞體除了能以麗詞寫豔情之外，還有「借美人以喻君，借佳人以喻友，其旨遠，其諷微」的作用。這種推尊詞體、強調男女之情的合理性、導向詞體寄託功能的主情論，給予清人許多啟發。其後，陳子龍亦主張言情之說，〈三子詩餘序〉一方面指出抒情應出於自然，卻不反對鍛鍊之工；既認為詞體的表現應是纖弱、淺近、婉媚的，但也應有真摯、深刻、含蓄不露的情思。陳子龍的詞論對清代詞學尊體論以及寄託說皆有影響。而整體來看，晚明論詞主情之說，逐漸導向妍婉雅正之旨的範疇，這更成為清代詞學情感論的大方向。清代詞學為挽救明詞衰弊的現象，矯正明詞纖弱的的體質，特別標舉尊體崇雅之說。由浙派到常派，儘管各家宗尚不同，但詞須雅正卻是主流意識。清人在詞的形式與內容各方面，皆以字句淳雅、語意騷雅、合中正之雅調為高。那麼，對於詞中的情，當然更要求雅正得體。清人的情感論以雅正為主調，所體會的情比明人廣泛而深刻，約可歸納為四個要點：一、明人尚緣情近俗之作，清人則強調詞須得情之正，不得近俗而流於褻。二、明人意專閨襜，好婉變柔靡之體，清人亦不避豔情，但主張須求精神品味之雅正，語意不惟不太露，且具深婉流美之致。三、明人惟尚婉約之情，清人兼論婉約與豪放，以有真情者為佳。四、明人

已有閨情可喻深意的體會，清人更主風雅寄託，言外之想[10]。

綜言之，清人的情感論無疑已強化了詞婉雅沉摯的抒情特性。經過明清以來諸家對詞情的論辯與分析，可以清楚看出詞體的抒情特質已有了更清晰的輪廓。由明人之偏於俗情到清人主雅正之調，詞的情感世界擴大了，也有了更豐富深刻的內涵。清人爲詞體的抒情特性立下了明確的意義：詞之言情有別於詩，宜於述男女之私、抑鬱不得志之情以及家國之感、陸沉之痛，可有娛樂、美感、移情或諷諭的作用，筆致有豪宕、疏雋、深婉之別，但作爲一種獨特的抒情文體，詞貴有眞摯深厚的情思，表現爲婉曲的情致——這是詞的抒情體式，各家詞之佳勝處不外於是。

張惠言《詞選序》謂詞：「其緣情造端，興於微言，以相感動，極命風謠里巷男女哀樂，以道賢人君子幽約怨悱不能自言之情，以喻其致，蓋詩之比興，變風之義，騷人之歌，則近之矣。[11]」清人哀感特深，詞則纏綿幽怨，證諸各名家，多具此一特質。例如：吳偉業詞，「其高處有令人不可捉摸者，此亦身世之感使然」（陳廷焯語）。陳維崧〈夏初臨〉詞，「感慨興亡，寓沉痛於清婉，絕無劍拔弩張之態」（鄭騫語）。納蘭性德詞，「一種悽惋處，令人不忍卒讀，人言愁，我始欲愁」（顧貞觀語），「哀感頑豔，得南唐二主之遺」（陳維崧語）。項廷紀嘗自序其詞云：「憶雲生幼有愁癖，故其情豔而苦，其感於物也鬱而深。」又云：「不爲無益之事，何以遣有涯之生。」蓋所謂傷心人別有懷抱者。蔣春霖，「以高才沉頓下僚，生平抑鬱激宕之氣，一託之於詞，運以深沉之思，清折之

---

[10] 詳劉少雄〈東坡詞情的論證與體悟〉，《會通與適變——東坡以詩爲詞論題新詮》，頁124-129。

[11] 見施蟄存編《詞籍序跋萃編》（北京：中國社會科學出版社，1994），頁796。

語，律協氣穩，直逼白石玉田。而生丁咸同之世，倉皇戎馬，其詞境之淒厲壯慨，又姜張所無也」（鄭騫語）。莊棫詞，譚獻評曰：「閨中之思，靈均之遺則，動於哀愉而不能自己，中白嘗曰：非我佳人，莫之能解也。」鄭文焯，「其為詞，造乎端也，朗麗以哀志，舒於文也，耀豔而深華。中年喪亂，哀樂所經，則又隱繆其辭，要眇其致，以喻夫忠愛離憂，揚之以雅聲，齊之以樂句」（沈端琳語）。朱祖謀，「晚處海濱，身世所遭，與屈子澤畔行吟為類。故其詞獨幽憂怨悱，沉抑綿邈，莫可端倪」（龍榆生語），「考其志節抱負，固非願以詞人終老者，感懷家國，隱痛實深」（鄭騫語）[12]。

　　清代政治環境的黑暗與恐怖，社會氣氛的沉湎與低壓，清人深情內斂，情思鬱結，多抱著滿腔空虛苦悶，去過看花飲酒的生活，無力掙脫化解，卻多壓抑自憐，其寫物言情，藉詞婉雅之體調，表幽咽怨斷之音，別具深婉之致。在渾厚綿麗的底面蘊藏著無限深沉的哀感，這是清詞特有的風格。這一風格，得南宋典雅派之風神而更悽婉深曲，美則美矣，但論氣格與境界，則仍差北宋一步，蓋一得於人力，一得於天也。葉恭綽〈全清詞鈔序〉曰：「以清代二百數十年在封建制度和專制統治之下，所謂詞者，其情緒大抵抑鬱而不伸，思想強半拘滯而寡要，言詞幾皆隱晦而不顯。於此中求其技巧較高，胸懷較大者，已屬難得。若求其揚搉古今，牢籠萬象，不為風雲月露之談，刻翠描紅之態者，亦屬不多。若進求其對民生利害，民族興衰，有所警覺闡發者，更屬寥寥。懸格既不能過高，而既云一代之詞，則收取亦不應太隘。[13]」可見於宋詞清詞之去取，

---

12 見龍榆生編選《近三百年名家詞選》（上海：上海古籍出版社，1989）、鄭騫編《續詞選》（臺北：中國文化大學出版部，1982）等書所錄諸家詞評。
13 見葉恭綽輯《全清詞鈔》（北京：中華書局，1982），頁3-4。

自有嚴寬之別。

三、清代詞學理論的提出及其深層意義

在詞學發展的過程中，為詞體而辯護，一直是重要課題。詩有優良的傳統和現實的積極意義，相對於此，詞的出身及其效用就顯得淺狹卑微得多了。詞為豔科，是普遍的看法。因此，文人學士多敬而遠之，填寫歌詞多出之以餘力，並未將之等同於詩文，給予完全正面的評價。我們翻閱詞史，會發現詞家特別強調詞的效用與價值，或將之攀附詩騷，或主詩詞一理，或標榜醇雅，或以雅化俗，而且每每將浮豔、鄙俚、諧謔之音通通併入俗體中加以抑制，藉此拉拔提升詞的地位與意境，這似乎是詞之所以能在傳統文學世界裡得以持續發展的唯一出路。陳廷焯《白雨齋詞話》說：「入門之始，先辨雅俗。」雅俗之辨，無疑是詞人首要而且必須嚴肅面對的課題，這也可以說是詞學的核心項目。詞學中多數有名的體源說、尊體說、清空騷雅說、比興寄託說、沉鬱說、境界說、重拙大之說，基本上都是為了回應詞體出身卑下這一本質問題而提出的。

龍榆生《近三百年名家詞選·後記》說：

> 三百年來，屢經劇變，文壇豪傑之士，所有幽憂憤悱纏綿芳潔之情，不能無所寄託，乃復取沉晦已久之詞體，而相習用之，風氣既開，茲學遂呈中興之象。明清易代之際，江山文藻，不無故國之思，雖音節間有未諧，而意境特勝。迨朱、陳二氏出，衍蘇、辛、姜、張之墜緒，而分道揚鑣。康、乾之間，海內詞壇，幾全為二家所籠罩。彝尊倡導尤力，自所輯《詞綜》行世，遂開浙

西詞派之宗，所謂「家白石而戶玉田」，亦見其風靡之盛矣。末流漸入於枯寂，於是張惠言兄弟起而振之，別輯《詞選》一書，以尊詞體，擬之「變風之義，騷人之歌」。周濟繼興，益暢其說，復撰《詞辨》、《宋四家詞選》，以爲圭臬，而常州詞派以成。終清之世，兩派迭興，而常州一脈，乃由江浙而遠被嶺南，晚近詞家如王、朱、況、鄭之輩，固皆沿張、周之塗轍，而發揮光大，以自抒其身世之悲者也。然則詞學中興之業，實肇端於明季陳子龍、王夫之、屈大均諸氏，而極其致於晚清諸老，餘波至於今日，猶未全絕。論近三百年詞者，固當以意格爲主，不得以其不復能被管絃而有所軒輊也。[14]

　　龍氏這段話簡明扼要地述說了清詞發展的歷程和各派的宗尚，而在清詞的流變中，他也精確地點出清詞之所以興盛的要素及其特質：含蓄委婉而富於女性陰柔之美的詞體正適合於在「寄託」屢經劇變之文士那「幽憂憤悱纏綿芳潔之情」，而清人有心於此，賦予了詞體騷雅之正面意義，則在這尊體的意識下，莫不以「意格」爲重。

　　我們看清詞流派的興衰，詞學主張的更迭變化，都可以看到有識者強烈維護詞體的態度，力保詞之意格不低墜的用心相當顯著，他們尊體尚雅的信念始終不曾動搖。例如：清初朱彝尊編選《詞綜》，旨在矯正明清以來衰頹的詞風，「一洗《草堂》之陋」，推尊詞體，闢開宗派，使「倚聲者知所宗」。浙派之所以歸宗姜張，成此派系，是有其背景因素的。簡言之，

──────────
[14] 見《近三百年名家詞選》，頁225-226。

以傳統的觀點論詞，詞固被目爲小道，而欲使之同具詩文之抒情言志之特質，躋上詩騷風雅之傳統，則持擇務必從嚴，遂不得不有尊體之意向；尤其逢康雍朝極盛之世，猶有文網之時，浙派立義標宗，倡導以詞體陶寫性靈，其拈出一雅字，上祖姜夔、張炎，自不免受當時政治文化氛圍的影響。而事實上，南宋諸家擅以長調詠物寫情，本多雅麗之作，於後學確實有法可循。再加上姜、張諸子身世流離，更增加了清初浙派詞人的認同感。又清代文學流派之爭，多有地緣情結，當時雲間、毗陵等派重北宋（小令），規範《花》、《草》，成一時風尚，浙派詞人乃編《詞綜》等書，提出尊南宋（長調）雅製之主張，與之抗衡，除了救弊補偏的用心外，當然也有鄉誼情結之因素在。詞須雅正，是浙派的基本立場；醇雅，即是他們認定的姜派詞的特色。他們所謂的雅，乃針對言情使事之作之「或失之俚」、「或失之亢」而言；而俚俗、亢直的相對面，乃指語言文字之典雅含蓄，情意內容之雅正得體。朱彝尊《詞綜・發凡》亦云：「詞至南宋始極其工，至宋季始極其變。」前者指其技術之工巧，後者則謂其詞寓身世家國之感。浙派倡雅詞，其實兼顧形質兩方面的。但浙派後學往往只斤斤於模仿創作，務求修辭工雅，逐漸流於餖飣、寒乞、空疏之弊時，浙派詞學家便轉而多從詞意著眼，遂提出思想內容方面的要求。如王昶〈江賓谷梅鶴詞序〉云：「至姜氏夔、周氏密諸人，始以博雅擅名，往來江湖，不爲富貴所熏，是以其詞冠于南宋，非北宋所能及。暨於張氏炎、王氏沂孫，故國遺民，哀時感事，緣情賦物，以寫閔周哀郢之思，而詞之能事畢矣。」他們以詩騷風雅的傳統論詞，而且更明白地指出其所以尊南宋典雅派詞，正因這些作品具有「哀時感事」的特徵。常州派是繼浙西派之後勢力最大影響最深遠的詞學派別，由張惠言編《詞選》揭起大纛，迄清末四大家仍承其緒，前後籠罩清代詞壇達一百多年。

常派詞學尤重意格，好以比興寄託言詞；這觀念的形成，也關乎詞運與世情。乾嘉之際的詞壇，有所謂的「三蔽」：學周、柳的流爲淫詞，學蘇、辛的流爲鄙詞，學姜、史的流爲游詞（參金應珪〈詞選後序〉、謝章鋌《賭棋山莊詞話續編》卷一），內容普遍貧乏，氣格日漸卑弱。尤其是浙派末流，往往競學朱彝尊、厲鶚，只求「字句修潔，聲韻圓轉，而置主意于不講」，作品「既鮮深情，又乏高韻」（語見謝章鋌《賭棋山莊詞話》卷十一、卷九）。至此，清詞勢運已到不得不變之局。且自乾嘉之後，王朝國運日漸衰微，處此內憂外患之艱難時世，文人憂國傷時、盛衰今昔之感甚深；形諸詠嘆，漸少吟風賞月之情，常抒身世家國之嘆；發爲詞論，更主風雅正變之道，獨賞意在言外之旨。大體而言，常派詞學以沉鬱渾成爲高，兩宋詞家則以周邦彥、吳文英、王沂孫爲宗（按：周濟另推舉辛棄疾，提出「問途碧山，歷夢窗、稼軒，以還清眞之渾化」的主張）。這就是常州派詞學之能在張惠言的倡導下乘時而起，於晚清詞壇蔚成風氣的時代環境因素。浙派與常派抗衡，表面看來，乃意格與技術之爭，各有所偏，利弊互見。浙派的末學法玉田而往往不精，遂多浮滑之病，同樣的，常派後人學夢窗而不善學者，則多失於晦澀。晚清詞壇，雖有名家振起，但整體的創作卻不甚理想。面對這氣困意竭、淺薄侷促的詞弊，論者欲加改革，自然會將矛頭指向兩派所宗的張炎與吳文英等家數身上，或重提轉益多師之道，或一概排拒，甚至採取全盤否定南宋的態度。在新舊交替的時代，王國維最惡夢窗、玉田，攻擊南宋最烈，特主境界之說，意欲由浮靡、晦澀的詞風中指出向上一路，其振弊起衰的用心相當顯著[15]。

---

15 詳劉少雄《南宋姜吳典雅詞派相關詞學論題的探討》（臺北：臺大出版委員會，1995），第二章，頁34-78。

詞的情韻糾結纏綿，迂迴曲折，善於表達「哀時感事，緣情賦物」之思，如春之花，如閨閣佳人，自矜嬌容，亦自多感，是美麗與哀愁的合體；它的生命意態，愁思百結，內斂含蓄，往往形成一種壓抑、下沉的力量，而一直顧盼自憐，修飾鎔裁，比興閒吟，幽閉在小小的情意世界中，雖云精美細緻，卻乏靈動活潑之姿，而且終日沉醉於此，哀感頑豔，生命之衰頹萎頓便可想見。清人深情內斂，學人之性格，重內省，耽於沉思，顯得保守而矜持。因此，詞之於清人，正合於其內向多感而重修飾的個性。清人為詞，緣事興感，寫情詠物，多身世之悲，但重立意與思力之安排，情感表達非自然之流露，往往多了一層距離外客觀的審視，冷卻了原始的衝動，多了些人為的運作，可見其於情之陷溺的自覺，意欲保持士人身段的一番努力。因此，所謂尊體、重意格的種種表現，未嘗不可視之為向低沉下墜的生命悲感的一種內在調適、自我救贖的行徑。情欲墜，意尚雅，跌宕起伏，便形成了清詞的主旋律。

　　其實，宋詞之美，就在於它表現了詞人出入於情理之間所形成的跌宕之姿。清詞中興，它的真正意義也許就是它延續了詞體這份特殊的美感特質。鄭騫先生說：「詞之代表陰柔之美，是無可置疑的。……詞之所以有此性分，則因為它的全盛時代在南北兩宋。宋朝的一切，都足以代表中國文化的陰柔方面，不只詞之一端。最後我們要注意，柔並不是一味的軟綿綿，而要有一種韌性。所以粗獷叫囂固然是詞之異端，纖豔儇薄的靡靡之音也同為魔道。詞有韌性，才能成為文學之一體。[16]」這段話所描述的所謂陰柔中的韌性，不也是清詞於哀感中尤重意格之表現的寫照嗎？

---

¹⁶ 見鄭騫〈詞曲的特質〉，《景午叢編》，上集，頁61。

不過，清詞畢竟不是宋調。宋詞中那知其不可爲而爲的執著精神，抑揚跌宕之意態，較諸清詞來得堅定、熱切而強烈。像宋代名公巨宦之爲詞（如范仲淹、司馬光、歐陽脩、王安石），幾不曾出現在清代，其格局之高下便可概見。另須注意的是，宋詞由南唐而柳蘇而秦周而辛劉而姜吳，豪放與婉約兼美，正體與變調對峙，詩與詞的分體與融通，在在顯示宋詞天地的寬廣與活力，當中自以柳周蘇辛爲盛，境界既高大又精嚴。至於清詞，尊體尙雅，雖有派別之不同，然情調變化卻不大，情意世界相當深美，但氣象侷促而欠恢弘。而以姜夔、張炎、周邦彥、王沂孫爲宗，由主清虛騷雅而重比興寄託，詞求典麗，意尙渾厚，多落葉寒蟬之音，少揮灑豪宕之氣，愈到後期，愈往內縮，詞的生命意境去兩宋又更遠了。王國維的境界說，去南宋而主南唐北宋，重直感與眞情，當然是有感而發的。宋人正視詩之介入於詞，於情中導以意理趣，故多新境之開拓；而清人尊體意識特濃，不大重視詩餘之說，以雅爲尙，宗周姜婉約典雅之體而抑蘇辛豪放清曠之調，詞之意境往幽深處發展，氣勢格局便相形狹小。

　　另須一提的是，寄託說爲何獨盛於清代？它有何深層的意義？葉嘉瑩先生以比、興爲喻，比較王國維的境界說與張惠言的寄託說，以爲是兩種截然不同的詮釋方法，她說：「張氏說詞所依據者，大多爲文本中已有文化定位的語碼，而其詮釋之重點則在於依據一些語碼來指稱作者與作品的原意之所在。像他這種以思考尋繹來比附的說法，自然可以說是屬於一種『比』的方式。至於王氏說詞所依據者，則大多爲文本中感發的質素，而其詮釋之重點則在於申述和發揮讀者自文本中的某些質素所引生出來的感發與聯想。像他這種純以感發聯想來發

揮的說法，自然可以說是一種屬於『興』的方式。[17]」興與比兩種詮釋方式，究其根源，乃來自不同的文學理念和人生態度。在這裡不妨借西方的理論來分辨其差別。西方心理學家佛洛姆（Erich Fromm）曾將人類分為兩種存在型態，即「有」的情態（to have）與「是」的情態（to be），我們可以藉來了解比、興二說背後更深的含意。他說：「『是』的情態其先決條件，即是獨立、自由與理性的批判能力。它的基本性格特質是活潑（being active）。……它意謂更新自己，意謂成長，……然而這些經驗中卻沒有一種是可以用語言文字充分表述的。……只能用分享經驗而溝通。在『有』的情態中，僵化的語言文字盛行；在『是』的情態中，則是活活潑潑的、不可表述的經驗在盛行。」「『有』的情態，……它是以執著於我們所佔有的、所擁有的事物，以執著於我們的自我而尋求安全感，尋求認同。」[18]在中國傳統文化的詮釋活動中，怎樣的時代、個人，會特別容易走向以量代質，以資料代替意義的詮釋方法，努力追求所謂客觀的事實，企圖掌握一種不變的定理，求取唯一而且絕對的答案？這是「有」的生命情態的展現。我們看清代的寄託說，尤其是張惠言的比興附會之說，他們膠著於事實的考證，將自我轉往外物（事）之探求，始終迴蕩在封閉的語碼系統裡，難道這是動盪不安的世局裡，個人生命自主性薄弱之時，賴以獲得集體性文化慰藉（「尋求安全感、尋求認同」）的唯一出路嗎？要真切了解清詞的生命意態與美感特質，此意須再深思。

---

17 見葉嘉瑩〈從西方文論中看中國詞學〉，《中國詞學的現代觀》（臺北：大安出版社，1988），頁52。
18 見佛洛姆著、孟祥森譯《生命的展現》（臺北：遠流出版社，1989），頁106-107。

我們今天研究清詞，要知其然也要知其所以然，更須有同情的了解。下列幾方面，或可作進一步探索的參考：一、結合個人、時代與詞體，對清詞的美學特質與清代詞學的走向，作一根本性與整體性的詮釋；二、從詞學文體論（陰柔、女性化的特質）的觀點，看清詞如何為中國的抒情傳統賦予了新的內容與意涵；三、由詞之為體的屬性，文人擇體的內在因素，透視未被看到的自我與社會的幽深處，以導引一種文化意識的新詮解。

草堂詩餘的版本、選旨和影響

南宋坊間編刊的《草堂詩餘》是詞學史上影響最深遠的詞集。趙尊嶽〈草堂詩餘跋〉說：「《草堂》選本，自宋迄今，傳播不廢，幾不與詞事之盛衰相因依。[1]」有明三百餘年的詞壇，幾乎都籠罩在《草堂》的陰影下。清初，朱彝尊為矯正衰靡不振的詞風，所猛力抨擊的對象，主要就是《草堂詩餘》。這部與明清詞學發展有緊密關係的詞集，究竟是怎樣的選本？它的版本流傳狀況如何？它對明清詞壇有怎樣的影響？這些都是本文研究的重點。

一、《草堂詩餘》的分類本和分調本

南宋陳振孫《直齋書錄解題》載《草堂詩餘》二卷，題為南宋書坊編集。《四庫全書目》卷一九九云：

> 舊傳南宋人所編。考王楙《野客叢書》作於慶元（1195-1200）間，已引《草堂詩餘》張仲宗〈滿江紅〉詞證「蝶粉蜂黃」之語，則此書在慶元以前矣。[2]

按：王楙證「蝶粉蜂黃」之語後云：「知《草堂》所註不妄。[3]」可見此書在當時已有註解。

此書原刻二卷本已不可見。元代流傳下來的版本有二：一、至正癸未（1343）廬陵泰宇書堂刊本，僅存前集二卷，為日本狩野直喜博士所藏；二、至正辛卯（1351）雙璧陳氏刊本，前集二卷、後集二卷，原藏國立北平圖書館。這兩個刊

---

* 本文原題〈草堂詩餘的版本、性質和影響〉，見《中國文學研究》5期（1991年5月），頁215-236。
1 見《同聲月刊》，第1卷，第11號，頁87。
2 見永瑢等撰《四庫全書總目》（北京：中華書局，1987），卷一九九，頁1824。
3 見《野客叢書》，卷二四。按：所載張仲宗〈滿江紅〉（晝日移陰），應是周邦彥詞，見《清真集》。

本都題作《增修箋註妙選羣英草堂詩餘》，前有「類選羣英詩餘總目」：

【前集】

春景類　　初春　早春　芳春　賞春　春思　春恨　春閨　送春
夏景類　　初夏　避暑　夏夜　首夏　夏宴　適興　村景　殘夏
秋景類　　初秋　感舊　旅思　秋情　秋別　秋夜　晚秋　秋怨
冬景類　　小冬　冬雪　雪景　小春

【後集】

節序類　　元宵　立春　寒食　上巳　清明　端午　七夕　重陽
　　　　　除夕
天文類　　雪月　雨晴　曉夜　詠雨
地理類　　金陵　赤壁　西湖　錢塘亭
人物類　　隱逸　漁父　佳人　妓女
人事類　　宮詞　風情　旅況　警悟
飲饌器用　　茶酒　箏笛　漁舟　慶壽　吉席　贈送　感舊
花禽類　　花卉　禽鳥　荷花　桂花

　　書中所收詞以十一項事類編選，調下或增詞題，句中或注故實，詞後或附詞話。每卷前皆有「名賢詞話」或「羣英詞話」的標記；所錄詞話多取自黃昇《花庵詞選》和胡仔《苕溪漁隱叢話》，偶附編者按語。辛卯本後集卷上節序類載胡浩然〈萬年歡〉詞，於「斷絃待、鸞膠重續」句注云：「宋陶谷詞：『若得鸞膠續，斷絃是何年。』」可見此本已參有元人的注釋。至於書中每類的子目，只有後集與「總目」的序次大致相符，前集則交錯凌亂。不僅如此，此本輯錄唐五代宋詞，而以宋詞為主；詞調下所列詞家，或書名，或書字，或題「前人」，或不題，頗不一致。更值得注意的是：前、後集詞調下

常注有「新添」、「新增」的字樣，而所增添的詞竟也包括黃叔暘（名昇）、潘庭堅（名訪，1205-1246）等慶元以後詞家的作品，則此本不僅標題、編例、注釋等經後人增改，就是內容方面至少也有過兩次易動，已非原本的面貌。

　　辛卯本前集載詞二百五首，後集一百七十一首[4]，共三百七十六首。癸未本僅存前集，而所收一百七十七首詞，卻與辛卯本並不全同：該本卷上周美成〈漁家傲〉（新添）一首，卷下黃叔暘〈長相思〉（新添）、康伯可〈滿庭芳〉和周美成〈紅林檎近〉三首，皆為辛卯本所無；又卷上周美成〈渡江雲〉，卷下無名氏〈畫堂春〉和周美成〈法曲獻仙音〉三首，詞調下較辛卯本多「新添」二字。這些都可以補辛卯本訛脫不足之處。據此，整理出來的版本，輯詞的情形如下：

前集卷上	100首（新添36首，新增1首）
前集卷下	109首（新添25首，新增2首）
後集卷上	85首（新添17首）
後集卷下	86首（新添11首，新增18首）
合　計	380首（新添89首，新增21首）

　　除去「新添」、「新增」詞，以及後集卷上五首不注增添，但確定是慶元以後的作品（劉叔安〈慶春澤〉、〈水龍吟〉，馮偉壽〈春雲怨〉，劉潛夫〈賀新郎〉和宋謙父〈賀新郎〉），所得二百六十五首，便大概是原本採錄的詞數了[5]。

　　《草堂詩餘》的「新添」、「新增」詞，有一半以上可見於《花庵詞選》，而前述後集卷上五首不注增添，但確定是

---

[4]　後集卷上有胡浩然〈東風齊著力〉一首，不見載錄，此據目錄補。
[5]　張仲宗〈滿江紅〉詞，不見於元本，可見仍有脫漏。

慶元以後的作品，也都見於該書；此外，《草堂》的詞話部分亦以引錄《花庵》詞評者爲多，這些都顯現出兩書之間的密切關係。據此硏判，《草堂詩餘》添、增編集的時間，應該是在《花庵詞選》出版流行以後，約在宋末元初之際[6]。

又，元辛卯本集前的目錄中，有「建安古梅何士信君實編選」一行，爲各本所無。何士信，不知是原編者，還是增修本編者[7]？建安屬閩地，《花庵詞選》的編者黃昇是福建建陽人，因此，上文說《草堂》多錄《花庵》內容，也許與地緣有關。

明代洪武壬申（1392）遵正書堂刊本，行款與元辛卯本同，清末由吳昌綬影印，收在《景刊宋金元明本詞》。同樣題作「增修箋註」的，還有劉氏日新書堂刊本及安肅荊聚校刊本，後者由上海商務印書館據以影印，收入《四部叢刊》。此外，楊金刊本題《草堂詩餘》，也是前集二卷、後集二卷。這些明代的版本，遠不及元辛卯本完備[8]。

天一閣藏明嘉靖戊戌（1538）閩沙太學生陳鍾秀刊《精選名賢詞話草堂詩餘》二卷本，分時令、節序、懷古、人物、人事、雜詠六類，所收三百四十四首詞，皆不出增修諸本範圍。清光緒間王鵬運據此重刻，是爲四印齋本。王國維〈庚申之間讀書記〉又載有嘉靖己酉（1549）李謹刻四卷本，題爲

6　《花庵詞選》，編於宋理宗淳祐間。書前有淳祐九年（1249）胡德方、黃昇序，殆即成書開雕之歲。

7　關於此書的編者，據元代黃縉《金華黃先生文集》卷三〈記居士公樂府〉所說，是苕溪胡仔。按：胡仔《苕溪漁隱叢話》從未提及此書，而此書詞話部分卻常徵引《苕溪漁隱叢話》，疑黃縉誤以爲這些徵引爲原編者的詞話，故逕稱《草堂詩餘》是苕溪胡仔編。

8　明洪武本輯詞367首（前集卷上99首，卷下97首；後集卷上85首，卷下86首）；荊聚本據日新本校刊，輯詞364首（前集卷上96首，卷下97首；後集卷上85首，卷下86）。前者較元辛卯本少9首，後者少12首。

《新刊古今名賢草堂詩餘》，分時令、地理、人物、人事、器用、花鳥六類，蓋亦據增修本改編[9]。

以上所述，是分類編次本。下面繼續介紹分調編次本。

明嘉靖二十九年（1550），顧從敬（汝所）刻《類編草堂詩餘》四卷，題「武陵逸史編次，開雲山農校正」，錄詞四百四十二首，以小令、中調、長調分編。前有何良俊序，稱：「顧子上海名家，……是編乃其家藏宋刻本，比世所行本多七十餘調。」近人趙萬里曾列舉三個證據證明此書應晚於分類本，且可能是根據分類本出的；其一是顧本每調下必有一題，如春景、夏景、立春、元宵之屬，皆爲分類本的目類。其二是分類本所收的詞，有題作者姓名的，也有因作者不詳而空缺不題的，顧本則悉數題有作者姓名，但多出不少錯誤，若兩相比對，會發現顧本所誤題者往往是分類本未題撰人的詞，而其誤題的作者又正好皆爲分類本該詞前首有題撰人者之名氏，顯係顧本因襲分類本，卻又誤解分類本的編例，錯把那些缺名的詞都當成是前一首作者的作品；其三是分類本的編例與周邦彥《片玉集》、趙長卿《惜香樂府》略同，而顧本則以小令、中調、長調編次，於他書無徵，應較分類本晚出[10]。趙萬里的看法相當可取。顧本比分類本多出的詞，應是移錄他書增補而成[11]。顧氏托言家藏別本，旨在自高聲價而已。至於卷內所題

---

9 詳王國維〈庚申之間讀書記〉，《王觀堂先生全集》（臺北：文華出版社，1968），頁1492-1496。王氏以爲李謹本出自宋本，理由是：一、此本編次與周邦彥《片玉集》等相同，自是宋人體例；二、此本注雖無累，分明出宋人手，如卷四東坡〈水龍吟〉「梁州初遍」句注解，非元代以後人所能知者。按：此注亦見於增修諸本，而此本所分六類，顯然是增修本十一類的簡化，且明言李謹纂輯，應是改編自增修本無疑。

10 見趙萬里《校輯宋金元人詞》（臺北：臺聯國風出版社，1972），〈引用書目〉，頁4。

11 趙遵嶽〈草堂詩餘跋〉：「顧本多出五十（應是七十）餘調，想必顧氏刊書之際，爲之增補。」見《同聲月刊》，第1卷，第11號，頁88-89。

「武陵逸史」，疑即顧從敬本人之別號[12]。

顧本出版後不久，就取代了舊本的地位，成為當時流行的詞籍。上元崑石山人校輯四卷本，是據顧本而略增故實。金谿胡桂芳三卷本，則以顧本改為時令、名勝、花卉、禽鳥、宮閨、人事、雜詠七類。吳郡沈際飛六卷本，即用顧本加以評注，又附以續集、別集、新集，俗稱《草堂四集》。毛晉汲古閣《詞苑英華》四卷本，則用顧本而刪去詞話[13]。此外，如李延機評四卷本和楊慎批點五卷本等，也都是顧本的苗裔。

《草堂》版本的兩大系統──分類本和分調本──在明代接踵流行。誠如上文所述，明時的異本特別多。同樣題作「增修箋註」的，續有翻刻（如遵正書堂本、日新書堂本等）；改編分類的，亦有新刊（如陳鍾秀本、李謹序本等）。顧從敬分調本一出，分類本漸少重印，顧本苗裔的各種箋釋本、批點本、無註本則大量翻刻，風靡一時。此書之出版流傳狀況，文末附有「草堂詩餘版本知見錄」，讀者可參考。

二、《草堂詩餘》是歌本還是讀本

《草堂詩餘》的書本性質，或以為是類編歌本。清代宋翔鳳《樂府餘論》說：

《草堂》一集，蓋以徵歌而設，故別題春景、夏景等

---

12 上引趙〈跋〉云：「究之逸史有無其人，亦或即為顧氏客杭時之別字，尚難論定。」王重民則直以武陵逸史為顧從敬之別號，云：「何良俊序是書，稱為『顧子汝所刻』，《提要》則謂為『杭州顧從敬所刊』，但序明云『顧子上海名家』，則顧子非杭人了。觀其自署曰『武陵逸史』，武陵即上海矣。（清金山顧觀號『武陵山人』，疑用同一故事。）」見王重民《中國善本書提要》（臺北：明文書局，1984），頁682-683。

13 詳吳昌綬、陶湘輯《景刊宋金元明本詞》（上海：上海古籍出版社，1989），〈敘錄〉，頁7。

名，使隨時即景歌以娛客，題吉席、慶壽，更是此意。其中詞語間與本集不同，其不同者恆平俗，亦以便歌。以文人觀之，適當一笑，而當時歌伎即必需此也。[14]

其後，龍榆生在〈選詞標準論〉一文中，更根據大晟府詞人「按月律進詞」之例[15]，以爲詞的曲情和詞情必然與節物相應，則凡宋代詞集是以時令分題的，就是爲了便於應歌，因此，他認爲《草堂詩餘》應是當日的類編歌本：

> 惟以《清眞集》編纂體例，相與比勘。此雖不注宮調，而以時序景物分類，且出自書坊，必爲當世比較流行之歌曲；書賈牟利，類錄以爲傳習之資。其作者上自西蜀南唐，下迄南宋諸賢，如史達祖、劉克莊輩。凡所采錄，不必精嚴。吾人但認爲當日之類編歌本可也。[16]

《草堂》爲應歌而編，這說法一直爲今人所採信[17]。然而，若考慮下列三方面的情況，則《草堂》乃歌本之說便不無

---

14 見唐圭璋編《詞話叢編》（臺北：新文豐出版公司，1988），頁2500。
15 宋・張炎《詞源》卷下：「迄於崇寧，立大晟府，……美成諸人，又復增演慢曲、引、近，或移宮換羽，爲三犯、四犯之曲，按月律爲之，其曲遂繁。」清・王奕清等撰《歷代詩餘》卷二六引《古今詞話》：「万俟雅言自號詞隱，崇寧中充大晟府制撰，與晁次膺按月律進詞。」
16 見龍榆生〈選詞標準論〉，《龍榆生詞學論文集》（上海：上海古籍出版社，1997），頁65。
17 周岸登〈詞曲史序〉：「如《遏雲》、《家宴》、《尊前》、《花間》、《蘭畹》、《金奩》諸集，《草堂詩餘》，則以嘌唱爲宗，間明宮調。」見王易《詞曲史》（臺北：廣文書局，1979），頁2。舍之〈歷代詞選集敍錄〉：「《雲謠》、《花間》、《尊前》、《草堂》，皆爲選歌而作。」見《詞學》第二輯（上海：華東師範大學出版社，1983），頁240。又吳熊和說：「南宋時的總集，如《草堂詩餘》之類猶重應歌。」見《唐宋詞通論》（杭州：浙江古籍出版社，1985），頁328。楊海明〈宋人選宋詞研究〉也說：「按春、夏、秋、冬四景及節序、天文、地理、人物、人事、飲饌、器用、花禽十二類分類，看來其編選目的是爲了滿足公私宴會上的演唱。」見《唐宋詞論稿》（杭州：浙江古籍出版社，1988），頁287。

可議。

　　第一，就書名言。《草堂詩餘》書名的取義，據楊愼《詞品・序》說：

> 其曰「草堂」者，太白詩名《草堂集》，見鄭樵書目。太白本蜀人，而草堂在蜀，懷故國之意也。曰「詩餘」者，〈憶秦娥〉、〈菩薩蠻〉二首爲詩之餘，而百代詞曲之祖也。[18]

　　這個說法後世多有承襲[19]，但是否就是原編者之意，卻無法確定。不過，李白二詞確實收在《草堂詩餘》。而詞起源於李白之說，在北宋楊繪的《本事曲子》已有稱述：

> 近世謂小詞起於溫飛卿，然王建、白居易前於飛卿久矣。……〈花間集序〉則云起自李太白。

> 近傳一闋，云李白制，即今〈菩薩蠻〉，其詞非白不能及，信其自白始也。[20]

　　到南宋黃昇編《唐宋諸賢絕妙詞選》，則以李白〈菩薩蠻〉、〈憶秦娥〉二詞冠於篇首，逕稱「二詞爲百代詞曲之祖」。楊愼顯係沿襲黃昇的說法，不過他更巧妙的將李白及其

---

18 見《詞話叢編》，頁408。
19 譬如王易《詞曲史》引曹學佺《蜀中詩話》云：「唐人長短句，詩之餘也，始於李太白，太白以『詩餘』名集，故謂之《草堂詩餘》。」（臺北：廣文書局，1979年版，頁10。）
20 見宋・高承《事物紀原集類》（《四庫全書珍本》，十二集，冊144-145），卷二，〈小詞〉。按：趙萬里《校輯宋金元人詞》所錄《時賢本事曲子集》未收此二則。

詞扣合《草堂詩餘》的書名作解釋。這兩首詞疑非太白之作，近人辯之甚詳，此處不擬贅說[21]。總之，「草堂」之名是否因李白而來，或者另有所指，今已無法考定，但是，「詩餘」二字的意涵，卻足以顯示此集與歌唱的關係應不密切。通常來說，宋人名集，曰「曲子」、曰「樂章」、曰「歌曲」、曰「笛譜」等，多從入樂立論；曰「樵歌」、曰「漁唱」，則以可歌取義；至於「詩餘」，卻每每和體製篇章有關。劉永濟《詞論》說：

> 詞之為體，廣包聲律曲調；而詞之立名，局指字句篇章。非始製之正名，實約定而成俗，概可知矣。是以有宋一朝，異名殊眾。其曰曲子，曰樂府，曰樂章，曰琴趣，曰笛譜，從其入樂而為名也。其曰樵歌，曰漁唱，曰浩歌者，從其可歌而為名也。其曰詩餘，曰長短句者，從其體製篇章而為名也。[22]

更何況，在南宋初高宗、孝宗間到理宗時已頗常使用的「詩餘」一語，多從文學源流的觀點立說，乃餘波別派之意，著重於詩與詞的關係，非關樂歌傳唱。施蟄存〈說詩餘〉一文說：

> 從楊用修以來，為「詩餘」作的解釋，……他們大多從詞的文學源流立論。承認「詩餘」這個名稱的，都以

---

[21] 鄭騫先生說：「兩詞舊本《太白集》中不載，《花庵》《草堂》兩選題為李作；自明以來，人多疑之。據蘇鶚《杜陽雜編》所載，〈菩薩蠻〉為唐宣宗大中初新起之調，太白自無從預填。〈憶秦娥〉亦不似盛唐已有之詞調，惟此詞氣象頗似太白耳。姑從舊題，置於卷首。」見鄭騫編：《詞選》（臺北：中國文化大學出版部，1995），頁188。另詳詹鍈〈李白菩薩蠻憶秦娥詞辨偽〉，《李白詩論叢》（北京：人民文學出版社，1984），頁64-75。

[22] 見劉永濟《詞論》（臺北：龍田出版社，1982），卷上，〈名誼第一〉，頁2-4。

爲詞起源於詩。不過其間又有區別，或以爲源於三百篇之《詩》，或以爲源於唐人近體詩，或以爲源於絕句歌詩。不贊成「詩餘」這個名稱的，都以爲詞起源於樂府，樂府可歌，詩不能歌，故詞是樂府之餘，而不是詩之餘。亦有採取折衷調和論點的，以爲詞雖然起源於古樂府，而古樂府實亦出於《詩》三百篇，因此，詞雖然可以名曰詩餘，其繼承系統仍在古樂府。綜合這些論點，它們的不同意見在一個「詩」字，對於「餘」字的觀念卻是一致的，都體會爲餘波別派的意義。[23]

宋代《草堂詩餘》的編者，是否據李白及其詞之意而命名，不得而知。但後人之所以從文體源流的觀點切入，以爲詞起源於詩，而論定詞爲詩之餘，這一看法應該早已潛伏在宋人的意識中。因爲自唐宋以來，大家都相當在意詞的出身，爲詞而辯護幾已變成詞學的中心課題，因此崇雅黜俗，將詞與詩連成一脈，便是基於這種尊體的意識[24]。如王灼《碧雞漫志》云：「東坡先生以文章餘事作詩，溢爲作詞曲，高處出神入天，平處尚臨境笑春，不顧儕輩。[25]」陸游〈跋後山居士長短句〉亦云：「陳無己詩妙天下，以其餘作詞，宜其工矣。[26]」然則，在這背景之下，《草堂詩餘》照理應是以文學選集的型態編輯而成，不會是一部純粹的歌本，爲應歌而編的。

第二，就當時實際的歌唱情況言。《草堂詩餘》所錄純駁互見，多屬名家之作。它的原選以周邦彥詞爲最多（23

---

[23] 見施蟄存《詞學名詞釋義》（北京：中華書局，1988），頁30。
[24] 關於宋人的詩餘觀，詳劉少雄〈宋人詩餘觀念的形成〉，《會通與適變——東坡以詩爲詞論題新詮》（臺北：里仁書局，2006），頁203-251。
[25] 見《詞話叢編》，頁83。
[26] 見金啓華等編《唐宋詞集序跋匯編》（南京：江蘇教育出版社，1990），頁65。

首），添選也是（21首），增選也是（4首）；而統合三選總數，周邦彥之後，次多的是蘇軾（21首），再來就是柳永（18首）、秦觀（14首）等。諸家之中，周詞最為美聽，曾一度唱遍於教坊，但南渡以後，由於樂譜散失，已絕少傳唱。蔡嵩雲論述南宋樂律失傳的情況說：

> 按《指迷》言前輩好詞不能唱，為其不協律腔，但如《詞源》「節序」條下所述，則協律之雅詞，時人亦不肯歌之。蓋當時風氣，文士不重律，樂工不重文，兩者背道而馳，此詞之音律與辭章分離之一大關鍵也。清真詞聲文並茂，其始唱徧于教坊，南渡後，則歌者漸鮮。毛开《樵隱筆錄》，載紹興初都下盛行周清真詠柳〈蘭陵王慢〉，西樓、南瓦皆歌之，然亦僅此一闋。夢窗〈惜黃花慢〉詞敘，言吳江夜泊惜別，邦人趙簿召伎侑尊，連歌數闋，皆清真詞，而不詳其調名。玩其語氣，似幸希遇。又玉田〈國香慢〉敘，稱杭伎沈梅嬌，猶能唱清真〈意難忘〉、〈臺城路〉二曲。〈意難忘〉詞敘，言吳伎車秀卿歌美成曲，得其音旨。其時已至南宋末年，能歌者更如鳳毛麟角矣。清真詞在教坊所以始盛終衰，猶曰其音譜漸次失傳所致。白石在南宋號知音，其歌曲亦不行于秦樓楚館間，毋亦文士樂工所尚不同之風氣有以致之歟？文士之詞，可傳而失律，樂工所歌，其文不足傳，此詞之音律所以亡也。[27]

---

[27] 見蔡嵩雲箋釋《樂府指迷箋釋》（臺北：木鐸出版社，1982），頁71。按：此書與夏承燾校注《詞源注》合刊。

其實，不獨周詞如是，其他北宋名家詞，恐怕亦鮮能付諸歌喉。當時家妓所唱多爲同時文人雅士的作品，坊肆流傳的則以「教坊樂工及鬧井做賺人所作」爲主[28]。在這種情形之下，《草堂詩餘》若爲應歌而編，實不宜大量選入無法譜唱的北宋名家作品。那麼，按理說《草堂詩餘》應該是另有編選旨趣的。

第三，就體例言。所謂「依月用律，月進一曲」（見王灼《碧雞漫志》卷二），是宋徽宗頒示大晟府的旨令。按古人以十二月分配十二律呂，見於《禮記・月令》及《周禮》等書。至如張炎《詞源》卷上「五音宮調配屬圖」，以四十八調分屬十二月，如正月用太簇，二月用夾鐘等，不過是藉古樂妝點而已，事實上宋人塡詞根本極少遵守此例。陳元龍校本《片玉集》，前六卷以春、夏、秋、冬四景編次，詞調下都注有宮調，但據夏承燾考證，當中能符合月律者僅七首。然則，「美成是首創此制之人，而所作不符月律如此，他可概見」[29]。準此，《片玉集》是否歌本，顯然與它以四時編排的方式沒有必然的關係。那麼，龍榆生只因《草堂詩餘》係按時序景物爲題的體例與《片玉集》相似，說《草堂》一集屬唱本性質，就顯得有點武斷了。事實上，依類編次，是宋人編輯書籍的慣例，不獨在詞[30]，他如《分門集註杜工部詩》、《增刊校正王狀元集註分類東坡詩》、《分門纂類唐宋時賢千家詩選》、《古今歲時雜詠》、《唐文粹》等，也都按事類分篇。而這些詩集、

---

28 沈義父《樂府指迷》：「前輩好詞甚多，往往不協律腔，所以無人唱。如秦樓楚館所歌之詞，多是教坊樂工及鬧井做賺人所作，只緣音律不差，故多唱之。求其下語用字，全不可讀。」

29 見夏承燾〈詞律三義〉，《唐宋詞論叢》（臺北：宏業書局，1977），頁3-5。

30 依四時景物等類篇次的詞集，別集類除《片玉集》外，還有趙長卿《惜香樂府》；總集類則只見《草堂詩餘》。按：《惜香樂府》於詞調下另加「春暮」、「賞花」等標題，與《草堂詩餘》同。

文集的編輯旨趣，通常是爲了方便讀者緣題檢索取用、模仿學習的。依此推測，《草堂詩餘》的性質應與此略同。再者，《草堂詩餘》編者於選詞下每詳加注釋，偶附詞話，更時以仿作或可比照的詞篇附在相關詞篇之後，這些作法，與時人處理一般詩文選讀本的方式沒多大不同[31]。誠如趙尊嶽〈草堂詩餘跋〉說：

> 坊肆之所以選行者，要以詞在南宋，流傳極廣，士夫學者，吐屬珠璣，等而下之，伎流走卒，亦往往脫口成章，咿嚶呫嗶，而或因以自附於文囿之末。其時風氣如斯，人人既以能占韻語爲韻事，坊肆於是擇其淺近易解以及流播最廣之諸調，彙而輯之，以示初學之模楷。重以當時，宇內不靖，學少精專，麟楮獺祭，視爲求學之終南，於是類書之行，風起雲湧，用爲臨時專研之具。書賈固黠慧，因亦以類書之例，從事選詞，聳動士林，冀其流播。用心如此，結習從同。[32]

《草堂詩餘》正是因應這樣的時代需要，而產生的一部供一般欣賞或初學者學習參考用的讀本，並非佐以侑觴的歌唱集。

這本書由於是坊賈編集，它所設定的對象又是一般大眾，因此，爲了省時、易學，自然就以「淺近易學」、「流播最廣」者爲選錄作品的標準，入選的不一定都是名家的代表作。後人不明此理，往往用文人選集的標準來衡量，遂有「漫無鑒

---

31 例如蔡正孫〈詩林廣記序〉云：「暇日採晉宋以來大名家及其餘膾炙人口者，凡幾百篇，抄之以課兒姪；併集前賢評話及所援摹擬者，冥搜旁隱，而麗於各篇之次。」見蔡正孫《詩林廣記》（臺北：新宇出版社，1985），頁3。
32 見《同聲月刊》，第1卷，第11號，頁87-89。

別」（《四庫全書總目・竹齋詩餘》）、「玉石雜糅，蕪陋特甚」（郭麐《靈芬館詞話》卷一）之評。其實，這書所收短篇作品大部分頗為精美，長調則有參差。而此書按照一般類書的體例，分類編輯，詞調下或增以「春睡」、「秋怨」等題，若純粹就編例的醇駁言，各詞的歸類固然未必恰當，詞加副題尤為可議，但對初學者而言，依類按題仿作，卻是方便。同時，書中附錄詞話，也能增廣讀者見識，而其所提示鑑賞、創作之法，更有助於談資。

三、《草堂詩餘》與明清詞學的發展

　　《草堂詩餘》約分三期編集增添而成，始編於南宋寧宗慶元以前，增、添則約在宋末元初。理宗時，趙聞禮編選《陽春白雪》，據陳振孫《直齋書錄解題》所稱，蓋「取《草堂詩餘》所遺，以及近人之作」，由此而知，《草堂》一集在當時已在文人間普遍流傳。到了宋末元初，坊肆願意為此書增修、添選，顯見它的銷售情況不差。至今仍可見廬陵泰宇書堂和雙璧陳氏兩個元代刻本，當時恐不只此數。再者，現存最早元刊本題作《增修箋註妙選羣英草堂詩餘》，這與當時一般書籍像《精選古今名賢叢話詩林廣記》、《精選唐宋千家聯珠詩格》一樣，加上標新立異、堂皇響亮的書題，毋非書商推銷宣傳的噱頭。而各卷前另有「名賢詞話」、「羣英詞話」的標記，也同樣具有廣告的作用。這些現象都顯示《草堂詩餘》在當時應有不錯的銷路，書商才會投入心力，不斷地翻印增修，大作廣告。此外，在元人的著述裡亦屢見稱引《草堂》者[33]。宋元以後，此書更大量翻刻，對明代詞壇產生了極深遠的影響。

33　見元・黃溍〈記居士公樂府〉，《金華黃先生文集》（《四部叢刊初編》本），卷三；元・陳秀明編《東坡詩話錄》（臺北：廣文書局，1971），卷下。

明太祖洪武二十五年（1392），已有遵正書堂所刊與元本行款無異的分類本出現，其後陸續有翻刻（如日新書堂刊本等）及重新分類編次本（如陳鍾秀刊本、李謹序刊本）產生。尤其到了世宗嘉靖二十九年（1550），顧從敬《類編草堂詩餘》本出，內容增加，改為分調編次，為《草堂》一集帶來了新的面貌。此後，分類漸少重印，顧本苗裔的各種箋釋本、批點本、無註本卻大量翻刻，使《草堂》一選達到前所未有的盛況。

《草堂詩餘》在明代盛行，不獨是本書的一再重刊改編，更甚者，有明一代重要的詞選集幾乎都與《草堂》一集有關係。譬如，張綖《草堂詩餘別錄》一卷，是「就《草堂》舊有評點之作，裁篇別出，而加之以箋者」[34]；陳耀文《花草粹編》十二卷，則以《花間》、《草堂》為主，益以《樂府雅詞》、《梅苑》等集而成。又如，長湖外史《續選草堂詩餘》二卷，是輯《草堂》未收之詞；而沈際飛《草堂詩餘別集》四卷，則「博綜《花間》、《尊前》、《花庵》，選宋元名家詞，以及稗官逸史」[35]成書，也有續選之意。再如，陳霆《草堂遺音》（已佚）[36]，楊慎《詞林萬選》四卷，前者顧名思義，後者雖不以「草堂」為名，但據任良幹序所稱：「皆《草堂詩餘》之所未收者」[37]，顯見也是《草堂》的補編。此外，董逢元的《唐詞紀》，不以人序，不以體分，而區別為景色、弔古等十六門，似沿分類本《草堂》舊習；卓人月《古今

---

34 見趙尊嶽〈詞籍提要〉，《詞學季刊》，第3卷，第1號，頁50。
35 見明末翁少麓刊本《古香岑草堂詩餘四集·發凡》，頁4。按：四集包括顧從敬原編《正集》、長胡外史《續集》、沈際飛《別集》，以及錢允治《國朝詩餘》（五卷）經沈氏刪補改選而成之《新集》。
36 見陳霆《渚山堂詞話》，《詞話叢編》，頁357。按：《渚山堂詞話》中有許多指明是自己選錄的作品，大部分為宋末元明人作。
37 見施蟄存編《詞籍序跋萃編》（北京：中國社會科學出版社，1994），頁707。

詞統》[38]、茅暎《詞的》，皆按調編次，則是仿自分調本《草堂詩餘》。再說，《草堂》一集又不只盛於明而已，它的餘風也播及有清。清代猶有若干刻本、評本出現，至如黃蘇的《蓼園詞選》，則完全取材自《草堂詩餘》，而汰其近俚、近俳之作，每闋加以評箋，意在引掖後學[39]。

　　以上所述的明代詞籍，多爲晚明產物，它們據以輯錄的前代詞選，除《草堂》外，像「晦於元明，迨楊升庵始爲顯之」[40]的《花間集》也常被引錄。其後，「花草」並稱，但《花間》的流行程度卻始終遠遜於《草堂》。明萬曆四十三年（1615）湯顯祖〈花間集敘〉說：「《詩餘》流遍人間，棄梨充棟，而譏評賞譽之者亦復稱是，不若留心《花間》之寥寥也。[41]」其他，像《尊前集》、《花庵詞選》，明代最早的刊本也要到萬曆年間才出現，而《樂府雅詞》則更至入清以後才有刻本行世[42]。由此可見，《草堂》一集由明初以來，一直到萬曆年間，可謂一枝獨秀，而萬曆以後，也鮮有匹敵。

　　明‧毛晉〈草堂詩餘跋〉說：

　　　　宋元間詞林選本幾屈百指，惟《草堂》一編飛馳。幾百
　　　　年來，凡歌欄酒榭絲而竹之者，無不拊髀雀躍。及至寒

---

[38] 趙萬里云：「此書後印者題《草堂詩餘》，並剜加『陳繼儒眉公評選』一行，不足據。」見《校輯宋金元人詞》，頁6。

[39] 《蓼園詞選》取材於周顧從敬選、沈際飛評的《草堂詩餘正集》，共選唐宋人詞八十八家，計二百十三首。況周頤〈蓼園詞選序〉說：「《蓼園詞選》者，取材於《草堂》，而汰其近俳近俚者也。」見尹志騰校點《清人選評詞集三種》（濟南：齊魯書社，1988），頁3-4。按：此書所校乃包括黃蘇《蓼園詞選》、周濟《詞辨》和周濟《宋四家詞選》三種。

[40] 見趙尊嶽〈讀詞雜記〉，《同聲月刊》，第1卷，第17號，頁87。

[41] 見施蟄存編《詞籍序跋萃編》，頁634。

[42] 現存最早的《尊前集》刊本，爲明萬曆十年壬午嘉興顧梧芳本；《花庵詞選》則是萬曆二年甲戌龍丘舒伯明本。而《樂府雅詞》乃由清秦恩復始刊於嘉慶二十一年，收入《詞學叢書》。

窗腐儒挑鐙閒看，亦未嘗欠伸魚睍，不知何以動人一至
於此也。[43]

　　《草堂》高據明代詞壇，一再翻刻，傳播不廢，這並不表
示明詞興盛，反而是明詞衰落的表徵。眾所皆知，詞的全盛時
期在宋代，入元以後已是盛極而衰之勢，但尚能繼承兩宋的流
風餘韻，仍有不少名家名作[44]。可是，有明三百年裡，雖有劉
基、楊慎、王世貞、陳子龍等少數代表詞人，卻已不能與元朝
的劉秉忠、劉因等人相比，更遑論宋代詞家。而明人的填作，
雖也不少，然足堪傳誦的則寥寥無幾。明詞如此衰落，是受到
趨新與復古兩種風氣的壓迫而促成的。所謂趨新，是指明代曲
體的發展言。曲在明朝，仍然是一種充滿生氣的新鮮文體，體
製與詞相近，機能則較詞活潑，抒寫的範圍也更寬廣，因此，
一般才子文人多採曲體從事創作。文人與曲接觸多了，偶而為
詞，便往往帶有曲的思致與筆路，明詞多俚字俗語，失蘊藉之
旨[45]，多由於此；而這時的詞體格律嚴重受到破壞，亦與文人
習於曲律有關。所謂復古，是指明人的詩文創作言。有明一代
的文壇，幾乎籠罩在前後七子「文必秦漢，詩必盛唐」的擬古
風氣下。此時，宋詩已經鮮有人讀，而詞這種小道末技，當然
更不為凝重謹飭之士所重。況且，縱然讀者想閱覽名家詞集，
也不易找到讀本，因為明人不喜歡翻刻唐以後的集子，其中尤

---

[43] 見施蟄存編《詞籍序跋萃編》，頁670-671。

[44] 鄭騫〈劉秉忠的藏春樂府〉：「詞到南宋，已經發展成熟，登峰造極，入元以後，
便是走下坡路。……在元朝初年，詞還保留著一些餘勢，到了中葉，大德延祐以
後，才真的衰落下去。元初保持著兩宋餘勢的詞，可以分為南北兩派。著名的詞家
如張炎、周密、王沂孫以及後來的張翥，都屬於南派。屬於北派的則有劉秉忠與劉
因。」見鄭騫《景午叢編》（臺北：臺灣中華書局，1972），頁156。

[45] 吳衡照《蓮子居詞話》云：「明詞無專門名家，一二才人如楊用修、王元美、湯義
仍輩，皆以傳奇為之，宜乎詞之不振也。其患在好盡，而字面往往混入曲子。……
去兩宋蘊藉之旨遠矣。」

以詞籍最不受重視。現在所能看到明刻詞集，選本就只有前述幾部，而專家的詞集，在明末毛晉汲古閣刊《宋六十家詞》之前，大概只有《辛棄疾詞》和《李後主詞》兩種而已[46]。在這種情形下，明人無法得窺前代詞家的全貌，並加以模仿學習，只能憑選本所收的部分略加領會，視野受到限制，自然就寫不出甚麼好詞來。而所有選本中，真正發生鉅大影響作用的則是《草堂詩餘》。所以我說：《草堂》的盛行，就是明詞衰落的表徵。

《草堂詩餘》對明代甚至清初詞人有怎樣的影響？下文將就創作及詞學觀念兩方面分別加以論述。

(一) 詞的創作方面

《草堂》原本就是供學子參考閱讀的選集，所收皆唐宋名賢「淺近易學」、「流播最廣」之作，雖然不盡是佳品，但確有不少名篇。誠如龍榆生所說：「正由其雅俗兼陳，足備撏撦之用，故當詞學式微之日，獨得盛行。[47]」宋末元初，張玉孃撰《凱歌樂府》（又稱《蘭雪詞》），作品皆有「夏夜」、「春曉」等詞題，而其中又有和姚孝寧、東坡、李易安、京仲遠、張材甫之詞六首，似都取材於《草堂詩餘》[48]。其後，《草堂》飛馳於有明一代，更普遍成為一般詞人援據模擬的範本。最顯著的例子，是陳鐸的《草堂餘意》二卷，全是分類本《草堂》詞的和作[49]。陳大聲這些作品，頗多「婉約清麗」

---

[46] 參鄭騫〈論詞衰於明曲衰於清〉，《景午叢編》，頁162-169。

[47] 見〈選詞標準論〉，《龍榆生詞學論文集》，頁72-73。

[48] 饒宗頤說：「《蘭雪集》有《凱歌樂府》。自跋謂俱閒中效而不成者，詞有和李易安、姚孝寧等數首，亦效古之作，似皆取資於《草堂詩餘》。」見饒宗頤《詞集考》（北京：中華書局，1992），頁260。

[49] 詳鄭騫〈陳鐸大聲及其詞曲〉，《景午叢編》，頁255-259。

的佳句[50]，但到底因襲前人，創意並不高，而且句法、字數常有參差。陳詞在明詞之中已屬上乘，則明詞之衰就可知了。清初鄒祇謨《遠志齋詞衷》說：「今人好摹樂府，句櫛字比，行數墨尋，而詞律之學棄如秋蒂，間有染指，不過《草堂》遺調。[51]」可見一直到清初，《草堂》還是一般詞人普遍學習的對象。

《草堂詩餘》是一部選集，因此所錄作品有限，只佔宋詞中的一小部分。就其內容題材言，多屬抒情寫景之作，少見詠懷言志之篇；風格則偏於纖柔婉麗，不重豪邁勁折。總之，此集較多寵柳嬌花之語，還有一些像柳永、黃庭堅、康伯可、胡浩然等人的浮豔鄙俚之辭。然則，《草堂》既盛行於明代清初，當時詞人又一以此集為尚，耳濡目染，自然深受影響。綜觀明詞，既多應酬之作、閨闥之情，內容不出《草堂》範圍，加上模擬仿製之作特多，其能真正抒寫胸襟才情者少之又少，所以王易就指出明詞之所短，「其屬於精神者，則缺乏真切之感情與高尚之氣格也」[52]。再就詞風來說，明詞之高者多為「婉麗」，其下者則往往流於浮靡。這風格一直影響到清初詞壇，像以風韻情志勝的王阮亭詞，就被評為「其婉孌而流動者，《草堂》之麗字也」[53]。至於《草堂》對明清詞在體製形式上的影響也是相當顯著的。明·俞彥《爰園詞話》說：「選《草堂》者，小令、中調，吾無間然，長調亦微有出入。[54]」的確，《草堂》的短篇作品頗為精美，但長調收錄的量卻較少，質也不甚整齊，明人據此學習，實在很難掌握長調的精

---

50 見陳霆《渚山堂詞話》卷二十，《詞話叢編》，頁317。
51 見《詞話叢編》，頁646。
52 見王易《詞曲史》（臺北：廣文書局，1979），頁403。
53 見鄒祇謨《遠志齋詞衷》引金粟語，《詞話叢編》，頁661。
54 見《詞話叢編》，頁401。

華，獲得創作上的啓發；再加上長調體製若要寫得好，實在需要多方研鍊，具備深厚的功力，而明人塡詞，偶然揮灑，很少專攻此道，則好的長篇作品自然不易產生。尤其到了明代中後期，《花間》復出，文人得於《草堂》之外，別見更多短篇佳作，則此時的作品能以短章見長，而鮮有長篇佳構，實非偶然[55]。這種現象一直延續到清初，待「尚南宋、宗姜張、主雅正」的浙派興起，才逐漸改觀。

(二) 詞學觀念方面

《草堂詩餘》的編排方式、風格取向及其書名意涵，都曾引發起相關的詞學論題，影響相當深遠。

1.小令、中調、長調之分 ── 《草堂詩餘》本以分類編次，明嘉靖間顧從敬改依詞調的篇幅長短排列，分爲小令、中調、長調三類。在這以前，宋人往往以長腔、短闋，或大詞、小詞對舉[56]；在這之後，詞集多按調編排，小令、中調、長調成爲普遍接受的詞體分類法。毛先舒《塡詞名解》據此立下界說：「凡塡詞五十八字以內爲小令，自五十九字始至九十字止爲中調，九十一字以外者俱長調也，此古人定例也。」而萬樹《詞律》則認爲此說：「此亦就《草堂》所分而拘執之，所謂定例，有何所據？若以少一字爲短，多一字爲長，必無是理。[57]」這些都是從《草堂》編例引申出來的詞體論見。

2.詞以婉麗爲宗 ── 明人論詞，多尚婉麗。例如王世貞

---

[55] 錢基博說：「永樂以後，南宋諸名家詞，皆不顯於世；盛行者爲《花間集》、《草堂詩餘》二選。楊愼、王世貞輩之小令、中調，猶有可取；長調皆失之俚。」見《明代文學》（臺北：商務印書館，1984），頁103。按：此說乃本清·王昶〈明詞綜序〉。

[56] 劉克莊〈跋劉叔安感秋八詞〉云：「詞家有長腔，有短闋。」沈義父《樂府指迷》云：「作大詞先須立間架，……作小詞只要些新意。」張炎《詞源》卷下云：「大詞之料，可以斂爲小詞；小詞之料，不可展爲大詞。」

[57] 見萬樹《詞律》（臺北：世界書局，1974），頁9。

《藝苑巵言》一方面指出：「《草堂》以麗字則妍，六朝陋也」，一方面又倡言：「詞須宛轉緜麗，淺至儇俏」，「一語之絕，令人魂絕，一字之工，令人色飛，乃爲貴耳」，至於「慷慨磊落，縱橫豪爽之作，已是其次，不作可耳」；他主張：以李氏、晏氏父子、耆卿、子野、美成、少游、易安爲詞之正宗；溫、韋、黃九、長公、幼安爲詞之變體[58]。這些詞人都是《草堂》所收篇數較多的幾家。再如陳霆論詞，也主「清楚流麗，綺靡醞藉」[59]，而從他的詞選命名《草堂遺音》，以及由《渚山堂詞話》的論點來看，《草堂》一選恐怕是他讀詞、論詞的主要典籍。何良俊〈草堂詩餘序〉也說：「詩餘以婉麗流暢爲美，如周清眞、張子野、秦少游、晁叔原諸人之作，柔情曼聲，摹寫殆盡，正辭家所謂當行，所謂本色者也。[60]」凡此，皆可看出，明人論詞，以婉麗爲宗，無疑是深受《草堂》的影響。不過，當時亦有些不同的看法，如卓人月編選《古今詞統》，兼取豪放、婉約，不拘一格；爲他作序的孟稱舜則針對何良俊的意見，認爲婉麗（張柳之詞）、豪雄（蘇辛之詞），「兩家各有其美，亦各有其病」，「作者極情盡態，而聽者洞心聳耳，如是者皆爲當行，皆爲本色」[61]。入清以後，名家詞論與《草堂》關係最密切的，要算王士禎《花草蒙拾》了，因爲這部書正是輯錄他批讀《花間》、《草堂》詞的意見而成[62]。王士禎以「采采流水，蓬蓬遠春」形容《草

58　見《詞話叢編》，頁385。
59　陳霆《渚山堂詞話》卷三云：「予嘗妄謂我朝文人才士，鮮工南詞。間有作者，病其賦情遣思殊乏圓妙。甚則音律失諧，又甚則語句塵俗。求所謂清楚流麗，綺靡醞藉，不多見也。」見《詞話叢編》，頁378-379。
60　見《詞籍序跋萃編》，頁670。
61　見孟稱舜〈古今詞統序〉，卓人月編《古今詞統》（瀋陽：遼寧教育出版社，2000），頁3。
62　王士禎《花草蒙拾》：「往讀《花間》、《草堂》，偶有所觸，輒以丹鉛書之，積數十條。程邨強刻此集卷首，僕不能禁，題曰《花草蒙拾》。蓋未及廣爲揚榷，且自媿童蒙云爾。」見《詞話叢編》，頁673。

堂》詞，仍以婉約綺麗爲詞之正宗，但也不排斥豪放的變體。由此可見，同樣是在《草堂》的影響下，由王世貞到王士禎，對於詞須婉麗的看法已稍有差異。

　　3.詩餘說的流行——《草堂》以詩餘名集，連帶也影響了明人對詩餘說的關注。在明人的著述裡，無論是詞評、詞話，或是詞集的序跋，幾乎都有關於「詩餘」的討論。或簡單說：「詞者，詩之餘而曲之祖也。」（孟稱舜〈古今詞統序〉）或解釋爲：「詩餘者，餘焉耳，餘者天地之盡氣也。」（范文茇〈詩餘醉序〉）「詩者，情之餘，而詞則詩之餘。」（陳琅玉〈詩餘醉序〉）「詩餘之傳，非傳詩也，傳情也。」（沈際飛〈詩餘四集序〉）而對於詞之起源，有的溯源至三百篇，也有推至六朝，至隋唐的。其中，值得注意的是楊慎的意見。楊慎〈詞品序〉說：「詩詞同工而異曲，共源而分派。在六朝，若陶宏景之〈寒夜怨〉、梁武帝之〈江南弄〉、陸瓊之〈飲酒樂〉、隋煬帝之〈望江南〉，塡詞之體已具矣。」又承花庵之說，認爲李白「〈憶秦娥〉、〈菩薩蠻〉二首爲詩之餘，而百代詞曲之祖也。」[63] 他的意思是，六朝樂府爲詞的濫觴，而李白二詞則真正能自詩而別立新體。其後，頗多人因襲這說法[64]。總之，無論詩餘的解釋如何，詞爲詩餘的觀念普遍爲明人所接受。這可以從下表所列歷代詞籍以「詩餘」爲名的情況看出端倪[65]：

63　見《詞話叢編》，頁408。
64　例如陳仁錫〈草堂詩餘敘〉云：「東海何子曰：『詩餘者，古樂府之流別，而後世歌曲之濫觴。』……〈憶秦娥〉、〈菩薩蠻〉二詞，遂開宋待制、柳屯田領樂創調之繁。」見《詞籍序跋萃編》，頁666。
65　按：《直齋書錄解題》以專集計算。趙氏〈提要〉，見《詞學季刊》，第1卷，第3號，頁49-74；第2卷，第1號，頁76-106。

	詞集總數	以詩餘名集者	所佔百分比
陳振孫《直齋書錄解題》歌詞類	107	3	2.8
趙尊嶽《惜陰堂彙刻明詞提要》	99	20	20.2
聶先、曾王孫同輯《百名家詞抄》	100	9	9
陳乃乾輯《清名家詞》	100	6	6

　　說詞乃詩之餘，總有詞不如詩的感覺，因此，有清一代在浙派、常州派極力提倡尊體的情況下，詞集以「詩餘」命名的也就少了。

　　如前所述，明代詞壇爲《詩餘》一集所籠罩，清初詞壇也深受影響，但這兩個時期卻正好就是詞的衰微時期。明詞言語俚俗，氣格不高，清初詞壇則「實沿明末餘習，雖其間雜以興亡離亂之感，情韻特深，才氣亦復橫溢，然其弊爲纖仄與蕪濫」[66]。針對這樣衰微的詞風，有識之士乃思以自振，首開其端的就是朱彝尊。朱彝尊開浙西詞派，他的詞論宗旨主要是尚醇雅、主南宋、宗姜（夔）張（炎）。而影響明代、清初詞壇最爲深遠的《草堂詩餘》，既雜而不純，又鮮收南宋詞，更不錄姜張之作，自然引起他極度不滿。在《詞綜》一書的〈發凡〉，他對《草堂詩餘》就有如下嚴厲的批評：

　　　古詞選本，……獨《草堂詩餘》所收最下最傳，三百年
　　　來學者守爲兔園冊，無惑乎詞之不振也。

---

[66] 見葉公綽〈全清詞鈔序〉，《全清詞鈔》（北京：中華書局，1982），頁1。

填詞最雅無過石帚[67]，《草堂詩餘》不登其隻字，見胡浩然立春、吉席之作，蜜殊詠桂之章，亟收卷中，可謂無目者也。[68]

同時，也顯見朱彝尊編纂《詞綜》的目的，正是希望藉此取替《草堂》，扭轉一代詞風。從朱彝尊開始，清人對《草堂》的嚴厲批評，遂屢見不鮮。例如郭麐《靈芬館詞話》卷一云：「《草堂詩餘》玉石雜糅，蕪陋特甚，近皆知厭棄之矣。[69]」又如陳廷焯《白雨齋詞話》卷八說：「（《草堂》）背謬不可言矣。所寶在此，詞欲不衰，得乎？[70]」再如清人於創作或實際批評時，往往使用「從今不按舊日《草堂》句」[71]，或「洗《草堂》之纖穠」[72]等語。《草堂》一集之被時代所淘汰，已是勢不可當的了。

取代《草堂詩餘》而起的宋代詞選集，就是周密的《絕妙好詞》。朱彝尊為了提倡雅正之風，一方面編選《詞綜》，一方面也留意前代的詞選集。他撰〈樂府雅詞跋〉說：「詞以雅為尚，得是篇，《草堂詩餘》可廢矣。[73]」現在所知《樂府雅詞》最早的清代版本，就是朱彝尊鈔自上元焦氏的本子；則他有意標舉此書的用心，是相當明顯的。然而，日後成為浙派重要典籍的，卻是他所推崇的另一部宋詞選——《絕妙好詞》。朱彝尊編錄《詞綜》時，尚未見到《絕妙》一選[74]，後來才從

67　石帚其實另有其人，然清人多誤以為係白石之別號。見夏承燾〈行實考·石帚辨〉，《姜白石詞編年箋校》（臺北：中華書局，1967），頁263-266。

68　見《詞籍序跋萃編》，頁753、756。

69　見《詞話叢編》，頁1505。

70　見《詞話叢編》，頁3970。

71　同註69。

72　見《賭棋山莊詞話》卷三，《詞話叢編》，頁3358。

73　見朱彝尊《曝書亭集》，《四部叢刊》本，卷四三，頁352。

74　《絕妙好詞紀事》載楊謙〈朱竹垞先生年譜〉引柯崇樸〈絕妙好詞序〉云：「往余

錢曾那裡鈔得。《絕妙好詞》之所以受到朱氏青睞，大概是由於：一、竹垞重雅，而此書正是宋末以典雅詞派的觀點輯錄的選集；二、竹垞主南宋，而此書所收皆爲南宋作品；三、竹垞宗姜張，而此書正以姜張一派爲主要收錄對象。

　　《絕妙好詞》雖因浙派而得以取代《草堂詩餘》，盛行於清代詞壇，然而，它在實際創作與詞學理論上的影響，已不復《草堂》昔日的威風。原因是：朱彝尊、厲鶚等人標舉《絕妙》，本來的用意是在洗除《草堂》陋習，沒想到卻如謝章鋌所說：「反墮浙西成派。」（《賭棋山莊詞話‧續編三》）因此不久後隨著浙派衰落，《絕妙好詞》也就黯然了。再說，清代詞學復興，專家詞集大量刊行，爲因應新時代需要而編錄的選集也紛紛產生，尤其是爲開宗立派而輯的詞選，像張惠言《詞選》、周濟《宋四家詞選》等，都有比較完整的理論作基礎，它們選錄的標準更爲嚴謹，整體的水準自然也較宋代詞選高出許多，於是，不獨《絕妙好詞》，所有的宋人選集都已逐漸被時代淘汰，再也發生不了甚麼影響了。

與朱檢討竹垞有《詞綜》之選，掇拾散逸，采掇備至，所不見者數種，周草窗《絕妙好詞》其一也。」按：《詞綜》刊行於康熙十七年（1678）。

附錄：《草堂詩餘》版本知見錄

一、宋刊本

題《草堂詩餘》，二卷

> 按：此宋代最早載錄之版本，見陳振孫《直齋書錄解題》。

二、分類編次本

(一) 題《增修箋註妙選羣英草堂詩餘》，前集二卷，後集二卷

1. 元至正三年（1343）廬陵泰宇書堂刊本，僅存前集二卷（日本京都大學文學部狩野文庫藏）；影鈔本（史語所藏）。

2. 元至正十一年（1351）雙璧陳氏刊本（北京圖書館藏；史語所有微影）。

> 按：此本凡四冊，內有「韓氏藏書」等印記。《增訂四庫簡目標注》云：「韓氏有元本。」即此本也。

3. 明洪武二十五年（1392）遵正書堂刊本（北京圖書館藏）。

4. 明成化十六年（1480）劉氏日新書堂刊本（國家圖書館藏）。

5. 明嘉靖末安肅荊聚校刊本。

> 按：王國維〈庚辛之間讀書記〉：「荊聚本在唐風樓，羅氏餘三本，均在敝篋。」

6. 民國四年（1915）吳昌綬《景刊宋金元明本詞》本。

> 按：用明洪武本影印，有跋。

7. 《四部叢刊》本。

> 按：此據明荊聚本影印。

8. 1958年北京中華書局排印本。

按：此據雙照樓本排印，刪去箋注詞話。

(二) 題《草堂詩餘》，前集二卷，後集二卷

　　1. 明嘉靖三十三年（1554）楊金刊本（北京圖書館、普林斯頓大學葛思德東方圖書館藏）。

　　　　按：北京圖書館藏三部：江藩跋，四冊；二冊；四冊。葛思德所藏本則為八冊（見屈萬里《中文善本書志》）。

(三) 題《精選名賢詞話草堂詩餘》，二卷

　　1. 明嘉靖十七年（1538）閩沙陳鍾秀刊本（北京圖書館藏，史語所有微影）。

　　　　按：此本分時令、節序、懷古、人物、人事、雜詠六類。

　　2. 清光緒二十二年（1896）王鵬運《四印齋所刻詞》本。

　　　　按：此據天一閣傳鈔陳鍾秀本刻印。

(四) 題《新刊古今名賢草堂詩餘》，四卷

　　1. 明嘉靖十六年（1537）李謹序劉時濟刊本。（南京圖書館藏）

(五) 題《篆詩餘》（原題《陽春白雪》）

　　1. 明嘉靖間高唐王刊篆文本（北京圖書館藏）。

　　　　按：鄭振鐸〈跋嘉靖本篆文陽春白雪〉：「近在杭州石渠閣的殘本《陽春白雪》二冊，為明嘉靖間宗室高唐王所刊，詫為罕見。」又云：「此本篆文一卷，凡『六十八號』（即六十八頁）。……書名別作《篆詩餘》。」據鄭氏所抄目錄，此本所收詞凡九十六闋，全見於分類本《草堂詩餘》前集卷上，惟次序稍有差異。

(六) 題《新刊增修箋註妙選羣英草堂詩餘》，上下卷

　　1. 明萬曆三十三年（1605）余氏滄泉堂刊本。

　　　　按：據中田勇次郎〈草堂詩餘の版本の研究〉（見《大谷大學研究年報》第4期，頁172-251。）所載，此本為神田喜一郎所藏。

(七) 題《類編草堂詩餘》，三卷

　　1.明萬曆三十五年（1607）黃作霖等刊胡桂芳重輯本（北京圖書館藏）。

　　　按：此據顧本改為時令、名勝、花卉、禽鳥、宮閨、人事、雜詠七類重輯刊印。

三、分調編次本

(一) 題《類編草堂詩餘》（或簡稱《草堂詩餘》），四卷（或五卷）

　　1.明嘉靖二十九年（1550）顧從敬刊本（北京圖書館、北京大學、上海圖書館等藏。南京圖書館藏本有丁丙跋。）。

　　2.明萬曆十二年（1584）書林張東川刊唐順之解注本（北京圖書館藏）。

　　　按：王仲聞《李清照集校注・引用書目》引唐順之解注本題作《新刻荊川先生點注草堂詩餘》四卷。

　　3.明萬曆間上元崑石山人校輯本。（天津師範大學、四川大學、遼寧圖書館、福建省圖書館等藏。上海圖書館藏本有葉景葵跋。致和堂重印本，北京圖書館、山西文物館藏。）

　　　按：吳昌綬〈景刊宋金元明本詞敘錄〉云：「用顧刻增注故實。」

　　4.明毛氏汲古閣刊《詞苑英華》本（國家圖書館藏）。

　　　按：此本乃用顧刻，刪去詞話。

　　5.明古吳博雅堂刊韓俞臣校本（日本京都大學藏）。

　　6.明經業堂刊韓俞臣校本。

　　7.明末刻本（附有明一真子續輯四卷。山東圖書館藏）。

　　8.朝鮮鈔本。

　　　按：題《類編草堂詩餘》五卷、補遺二卷、詞餘一卷。卷首標題

下有「武陵顧從敬編次」、「高陽韓俞臣校正」二行。補遺二卷，收唐五代至明詞四百三十七首，按小令、中調、長調編次，編者不詳。詞餘一卷，收散曲。見〈草堂詩餘の版本の研究〉。

9. 明余秀峰刊本。

按：題《草堂詩餘》，見張秀民〈明代印書最多的建寧書坊〉（《文物》第6期）

10. 明高儒著錄本（見《百川書志》）。

11. 明祝枝山小楷本（見《增訂四庫簡目標注》）。

12. 清錢曾家藏本（見《述古堂書目》、《也是園書目》）。

按：原書四卷，另續集二卷，凡四冊。

13. 清康熙二十三年（1684）金昌天祿閣刊本（清華大學、上海師範大學藏）。

按：此本另附卷首一卷、續編二卷。

14. 清乾隆三十年（1765）陸乘笏校精刻本（見《天津直隸圖書館目》）。

按：又有馬廉舊藏本，見〈草堂詩餘の版本の研究〉。

15. 《四庫全書》本（故宮博物院藏）。

16. 清河仲子校刊本（江蘇省立國學圖書館藏）。

按：此本乃據顧本校刊。

17. 清王蘭泉評本（見《增訂四庫簡目標注》）。

18. 顧汝成校本。

按：此本四卷，二冊，棉紙。見《孝慈堂書目》。

19. 《四部備要》本。

按：此據因樹樓重刻毛氏汲古閣本校刊。

20. 民國十五年（1926）中國書店排印本。

按：題《草堂詩餘》，四卷。見《章氏四當齋藏書目》。

21. 1958年古典文學出版社刊本。

按：據明崑石山人校本刊行。

22. 鉛印本。

　　按：題武陵逸史輯《草堂詩餘》，四卷，二冊。見《西諦書
　　　　目》。

(二) 題《評點草堂詩餘》，五卷

1. 明萬曆吳興閔映璧刊楊慎批點、朱墨套印本（國家圖書
館、北京圖書館、北京大學、復旦大學藏）。

2. 明金閶世裕堂刊楊慎批點本（史語所藏）。

　　按：此乃《詞壇合璧》四種之一，乃據楊慎批點五卷本重刊。

3. 清光緒十三年（1887）山陰宋澤元輯刊《懺花盦叢
書》本（史語所藏）。

　　按：據明閔映璧本覆刻校刊。

(三) 題《草堂詩餘評林》

1. 明萬曆十六年（1588）勉齋詹聖學重刊、唐順之解
注、田一雋精選、李延機批評本（南京圖書館、中山大學
藏）。

　　按：題《重刻類編草堂詩餘評林》，六卷。

2. 明萬曆二十二年（1594）書林鄭世豪宗文書舍刊本（北
京圖書館藏）。

　　按：題《新刻註釋草堂詩餘評林》，北京圖書館藏本僅存三卷，
　　　　原鄭振鐸藏。杜信孚《明代版刻綜錄》（廣陵古籍刻印社，
　　　　1986）卷三亦載錄此書，作四卷。

3. 明萬曆三十二年（1604）書林刊李廷機批評、翁正春
校正本（上海圖書館、中國人民大學藏；北京圖書館藏本殘存三
卷，原為鄭振鐸藏物）。

　　按：題《新刻註釋草堂詩餘評林》，六卷。

4. 明萬曆三十六年（1608）起秀堂刊李延機批評、林羅
山手校本（日本內閣文庫藏）。

按：題《新刻註釋草堂詩餘評林》，六卷，二冊。

5.明萬曆間李廷機批評本（日本尊經閣文庫藏）。

按：題《新鋟李太史註釋草堂詩餘旁訓評林》，六卷，六冊。

(四) 題《新鋟訂正評註便讀草堂詩餘》，七卷

1.明萬曆三十年（1602）喬山書舍刊董其昌評訂、曾六德參釋本（北京圖書館藏）。

按：王仲聞《李清照集校注·引用書目》載董其昌校訂本《新刻便讀草堂詩餘》六卷，未知是否同一版本。

(五) 題《類選箋釋草堂詩餘》，六卷

1.明萬曆四十二年（1614）翁少麓刊陳繼儒、陳仁錫參訂本（國家圖書館、北京圖書館、上海師範大學圖書館藏）。

按：此本與錢允治箋釋《續草堂詩餘》二卷、錢允治輯陳仁錫釋《類編箋釋國朝詩餘》五卷合刻。

2.《草堂四集》十七卷本

按：正集六卷，顧從敬編；續集二卷，長湖外史編；別集四卷，沈際飛編；新集五卷，錢允治、沈際飛編。

(1) 明萬賢樓自刊本（北京圖書館藏）。

(2) 明末翁少麓刊古香岑本（國家圖書館、史語所、臺大圖書館、美國葛思德東方圖書館藏）。

(3) 明崇禎間吳門童湧泉刊鐫古香批點本（臺大圖書館、上海圖書館藏）。

(六) 題《新刻題評名賢詞草堂詩餘》，六卷

1.明萬曆四十三年（1615）書林自新齋余文杰刊李攀龍補遺、陳繼儒校正本（北京圖書館藏）。

(七) 題《草堂詩餘雋》，四卷

1.明萬曆間師儉堂蕭少衢刊吳從先編、袁宏道增訂、李于鱗評注本（上海圖書館、南京圖書館藏）。

(八) 題《石渠閣重訂草堂詩餘》

1. 清刊，張汝霖輯本（見〈唐宋詞書目〉）。

四、其他版本

(一) 明天啟五年（1625）周文耀刊本。

(二) 明李良臣東璧軒刊本。

(三) 明葉盛著錄本（見《菉竹唐書目》）。

(四) 明陳第著錄本。

> 按：題《草堂詩餘》，七卷。見《世善堂書目》。此或即董其昌評訂
> 本。

(五) 知聖道齋舊藏李西涯輯南詞本。

(六) 清康熙間刊明潘游龍輯《草堂詩餘合集》本（見〈唐宋詞書
目〉）。

(七) 清宛平查氏隱書樓本。

> 按：題《草堂詩餘》，三卷，宋·何士信輯。見傅增湘《藏園群書經
> 眼錄》。

周濟與南宋典雅詞派

明清以來，有關南宋典雅詞派的派系組織（「派」）及風格特質（「體」）的討論，看法頗有不同，褒貶亦不一致，分別反映了各家各派的詮釋立場。所謂南宋典雅詞派，究竟包括那些詞家？他們的共同特色為何，個別特色為何？誰是派系的領導作家？成員之間有怎樣的關係？源流系統如何？他們創造了怎樣一種時代風格特色？而從個別家數，到結合為派，到代表一時風尚，究竟依據怎樣的標準去別從同？用那些相對的概念離合分析？這些都是探討典雅派詞體派特質時最要關心的問題。今天我們所認識的南宋典雅詞派，就是經過這樣一段歷史詮釋過程，才有比較明晰的概念——它指的是南宋中晚期以姜、吳為代表，並包括史達祖、張炎、周密、王沂孫等詞家的詞學派別，他們講雅正、重音律、貴研鍊，多長調和韻之作，善詠物酬贈之題，詞有身世盛衰之感，「綿密工麗有餘，而高情遠致微減」[1]，共同塑造了所謂「南宋」的風格類型。

　　歷來有關此派詞的詮釋、詞家的評價，論者每依個人的喜好、派別的立場或文學思潮的趨勢立論。大體來說，浙派以姜、張為宗，常派以吳、王為法，或偏技術，或重內容，他們所謂的南宋典雅詞派，大抵依憑自己家派的主張建構出來；這其中包含了尋取師法對象、貫徹家派詞統、聲壯鄉親同黨等動機。其後，或承浙、常二派的理路，或依王國維的學說（反南宋、惡夢窗玉田），或受新思想的影響（如胡適的詞史觀，斥南宋姜吳諸家詞為「詞匠的詞」），各家批評標準不一，但確為南宋姜吳體派賦予了更多更新的內容。而在此派詞的詮釋歷程中，周濟反浙派論調，立常派家法，對姜、吳諸家詞及其所代表的時代意義，提出了相當精闢的意見，而且他的論述有系統，影響

*　本文原載《中國文哲研究集刊》5期（1994年9月），頁155-193。
[1]　見劉永濟《詞論》（臺北：龍田出版社，1982），頁100。

又深遠，是很值得重視的。以下分別就其對浙派姜張詞統的反思、兩宋詞風之辨析及姜吳二家詞情詞筆的體認這三方面，依理論的發展脈絡，用對比的方式，探討並彰顯他在這些論題上的獨特見解，庶幾評定其在南宋典雅派詞詮釋史中的關鍵地位。

一、破浙派之姜張詞統

宋末臨安詞人群，如周密、王沂孫、張炎諸家，結社塡詞，審音定律，以周（邦彥）、姜（夔）爲宗，以雅正爲尚，儼然已有宗派的意識[2]。由元明迄清初，詞學界對姜張諸家及其詞派特質的體認，是零散而又不深入的[3]。一直要到清代浙派出來，架構理論，整個典雅詞派的「體」「派」結構才展現

2　宋末典雅派詞人主要是在臨安一帶活動，他們結爲吟社，以楊纘、張樞等師友弟子爲中心，重要成員包括了施岳、徐理、陳允平、周密、王沂孫、張炎及《樂府補題》唱和諸友等，諸家多精通樂律，以雅爲尚。張炎《詞源・雜論》云：「近代楊守齋精於琴，故深知音律，有《圈法美成詞》。與之游者周草窗、施梅川、徐雪江、奚秋崖、李商隱，每一聚首，必分題賦曲。」可見當時活動之情況。除了社課塡詞外，他們有詞論（張炎《詞源》），有詞選（周密《絕妙好詞》），有詞法（楊纘〈作詞五要〉），有音譜及詞譜（楊纘《紫霞洞譜》、《圈法美成詞》）等，還有共同的師法對象（周邦彥與姜夔）與詞學品味（清虛騷雅）；總之，他們以實際社集爲基礎，以共同創作理念作依歸，是有相當濃厚的宗派意識的。

3　典雅派詞家的實際活動時代，是在南宋中晚期以迄元初。元代詞學理論顯未有就其體派作進一步的釐析，不過，對該派詞仍相當推崇。詞至明代，步入中衰之期，不但名家不多，而且作品不好；典雅派詞甚少流傳，其影響更是微乎其微。我們審視明代的詞論，亦少有提及典雅詞派與姜吳諸家詞者，偶有論述，也多因襲前人語。詞學家僅據寥寥幾部選本，識見自然不夠廣闊，對個別家數既少深切的認識，對時代風格與流派的體認，那就更不足道了。清初詞壇仍延續明末的餘習，奉《花間》、《草堂》爲圭臬；不過，當時的詞論較諸明代尤多評述南宋諸家語。大致而言，清初詞學的中心論點，乃是以唐五代北宋爲宗，多以爲南宋詞之天然神韻猶不及北宋者，值得注意的是，在毗陵詞人的詞論中，已隱約浮現了一個南宋詞派的輪廓。鄒祇謨〈倚聲初集序〉云：「至於南宋諸家，蔣、史、姜、吳，警邁瑰奇，窮姿構彩。」〈遠志齋詞衷〉云：「長調惟南宋諸家才情踸踔，盡態極妍。」又云：「至姜、史、高、吳，而融篇鍊句琢字之法，無一不備。」「梅溪、白石、竹山、夢窗諸家，麗情密藻，盡態極妍，要其琱琢處無不有灰蛇蚓線之妙，則所云一氣流貫也。」「姜、史、吳、蔣」一再並稱，可見這些詞人是可歸爲一個類別的，其特色是善於融篇鍊句、工長調與詠物。他們所談論的多是技術層面的問題，有關派系的體認仍相當粗淺浮泛。

出較完整的風貌。

朱彝尊輯《詞綜》一書，首倡白石詞風[4]，而其好友汪森所撰〈詞綜序〉更為姜詞特立一詞學系統：

> 西蜀南唐而後，作者日盛。宣和君臣轉相矜尚，曲調愈多，流派因之亦別，短長互見，言情者或失之俚，使事者或失之伉。鄱陽姜夔出，句琢字鍊，歸於醇雅，於是史達祖、高觀國羽翼之，張輯、吳文英師之於前，趙以夫、蔣捷、周密、陳允衡、王沂孫、張炎、張翥效之於後，譬之於樂，舞箾至於九變，而詞之能事畢矣。[5]

推姜夔為宗，以醇雅立義，將南宋中晚期與白石詞風相近的十數家繫為一派，是詞學史上明確為姜張諸家正式建立宗脈關係的最早一段文字。浙西詞派風靡於康、雍、乾三朝，當時有所謂「家白石而戶玉田」的情況；以姜為宗，以張為法，是詞壇的普遍現象[6]。而詞尚南宋、宗姜張、主雅正，日後更成為浙派的中心論旨。浙人所謂的姜派詞統，就是以姜張諸子為一派，代表著南宋風尚，而「句琢字鍊，歸於醇雅」就是他們的基本創作特色。這裡所謂的醇雅，乃針對言情使事「或失之俚」、「或失之伉」而言，而俚俗、伉直的相對面，乃指語言

4　朱彝尊〈詞綜發凡〉說：「世人言詞必稱北宋，然詞至南宋始極其工，至宋季而始極其變，姜堯章氏最為傑出」，「言情之作易流為穢，北宋人選詞多以雅為目……。填詞最雅無過石帚」。

5　見汪森：〈詞綜序〉，《詞綜》，《四部備要》本，頁1。

6　朱彝尊〈靜惕堂詞序〉：「數十年來，浙西填詞者，家白石而戶玉田。」浙派初期，姜夔以下，張炎與史達祖的地位相當，或有以史達祖配享姜夔者，然而在乾隆四十八年（1783）左右，王昶發表〈江賓谷梅鶴詞序〉，提出以人品之高下論詞，謂「世人不察，猥以姜史同日而語，且舉以律君。夫梅溪乃平原省吏，平原之敗，梅溪固以受黥，是豈可與白石比量工拙哉？」自此，史達祖在姜派中的地位便開始受到質疑。張、史之外，其他姜派詞人，如吳文英、周密、王沂孫等家，雖亦各有被欣賞之處，但其重要性則遠遜於梅溪與玉田。

文字之典雅含蓄，情意內容之雅正得體。浙派詞家有關南宋姜張詞派之「體」「派」特質的論述，大體不出汪森〈詞綜序〉所描述的範圍[7]。其後或有將姜張詞統溯源於北宋的周邦彥者[8]，但事實上，浙人雖推許清眞，卻始終以姜張爲法，眞正推尊清眞並舉爲一派宗主，那是常派的事。此外，在「雅」的觀點下，浙派後學亦有遙契姜張的清空之境，特別欣賞清婉深秀之作的；但誠如龍榆生（沐勛）所云：「清婉深秀，殆可爲雅字作注腳。[9]」畢竟仍不出雅的範疇[10]。整體來說，浙派有關姜派詞統的論述仍嫌粗略；譬如對各家詞風體認之不夠深刻，對派中詞家源流關係的了解之膚淺，都是流派觀念未臻完善的表現[11]。

---

[7] 朱彝尊〈黑蝶齋詩餘序〉云：「詞莫善於姜夔，宗之者張輯、盧祖皋、史達祖、吳文英、蔣捷、王沂孫、張炎、周密、陳允平、張翥、楊基，皆具夔之一體。」見《曝書亭集》，卷四十，頁2。這名單與汪序大同小異。李調元〈雨村詞話序〉云：「鄱陽姜夔鬱爲詞宗，一歸醇正。于是辛稼軒、史達祖、高觀國、吳文英師之于前，蔣捷、周密、陳君衡、王沂孫效之于後，譬之于樂，舞箾韶至于九變，而嘆觀止矣。」見唐圭璋編《詞話叢編》（臺北：新文豐出版社，1988），頁1377。語氣頗類汪氏。按李氏將稼軒歸入姜派，卻沒有進一步說明他們之間的淵源關係，浙派其他詞論亦未見論述，反而到常派的周濟才明確論定辛對姜的影響，請詳本文第一節之分析。

[8] 厲鶚最推崇周詞，〈吳尺鳧玲瓏簾詞序〉云：「兩宗（應作宋）詞派，推吾鄉周清眞，婉約隱秀，律呂諧協，爲倚聲家所宗。自是里中之賢，若俞青松、翁五峰、張寄間、胡葦航、范葯莊、曹梅南、張玉田、仇山村諸人，皆分鑣競爽，爲時所稱。」見《樊榭山房文集》，卷四。後來張鑑撰〈姜夔傳〉則更直把周邦彥納入姜派體系，並以之爲姜派詞源：「清眞濫觴於其前，夢窗推波於其後，學者宗尚，要非溢美。其後竹屋、玉田、梅溪、碧山之儔，遞相祖習，轉益多師，洗草堂之纖穠，演黃初之眇論，後有作者，可以止矣。」見《賭棋山莊詞話》卷三，《詞話叢編》，頁3358。

[9] 見龍榆生〈選詞標準論〉，《龍榆生詞學論文集》（上海：上海古籍出版社，1997），頁77。按：所謂「清婉深秀」，蓋指文辭清麗、閑婉、深美、秀潔，此乃雅詞常有之表現。

[10] 浙派中，最早提出以清作爲審美要求的，是厲鶚。厲鶚詞論宗旨主要在重申竹垞等人的雅正之說，而與前賢稍有不同的是，他又特別遙契了張炎清空之境，欣賞清婉深秀之作：《樊榭山房文集》卷七〈論詞絕句〉評張炎曰：「玉田秀筆溯清空，淨洗花香意匠中」，特愛其清境；卷四〈紅蘭閣詞序〉謂「沈岸登善學白石老仙」，「其詞清婉深秀」；〈陸南香白蕉詞序〉稱陸詞「清麗閑婉」；皆賞有清筆之詞。

[11] 例如朱彝尊〈黑蝶齋詩餘序〉謂史、吳、王、諸家，「皆具夔之一體」，那是推尊白石的一種說法，至於各家與白石有怎樣的淵源關係，卻始終未見說明，反而在先

浙派之所以歸宗姜張，成此派系，是有其背景因素的。概括而言，以傳統的觀點論詞，詞固被目爲小道，而欲使之同具詩文之抒情言志之特質，躋上詩騷風雅之傳統，則持擇評論務必從嚴，遂不得不有尊體之意向[12]；尤其逢康雍朝極盛之世，猶有文網之時，浙派立義標宗，倡導以詞體陶寫性靈，其拈出一雅字，上祖姜夔，特立一以姜派詞統，自不免受其時代環境之影響。而事實上，南宋諸家擅以長調詠物寫情，本多雅麗之作，於後學確是有法可循。再加上姜張諸子身世流離，更增加了清初竹垞等人的認同感[13]。又清代文學流派之爭，多有地緣情結，當時雲間、毗陵等派重北宋（小令），規範《花》、《草》，成一時風尚，浙派詞人乃編《詞綜》等書，提出尊南宋（長調）雅製之主張，與之抗衡，除了救弊補偏的用心外，亦有鄉誼情結之因素在[14]。

歸浙派後入常派的陳廷焯的早期詞論中才找到進一步的解釋：「碧山學白石得其清者，他如西麓得白石之雅，竹山得白石之俊快，夢窗、草窗得白石之神，竹屋、梅溪得白石之貌，玉田得其骨，仲舉得其格，蓋諸家皆有專司，白石其總萃也。」載王氏晴靄廬鈔本陳亦峰《雲韶集》卷九，此處引自屈興國《白雨齋詞話足本校注》（濟南：齊魯書社，1983），卷二，頁175。

[12] 參龍榆生〈選詞標準論〉：同注9，頁73-74。

[13] 夏承燾〈論姜白石的詞風〉：「白石詞所以會有這麼大的影響，它的主要原因，是由於各個時期裡和他同類型的文人特別多（從宋末的張炎到清初的朱彝尊、厲鶚等等都是）。」見夏承燾《姜白石詞編年箋校》（臺北：中華書局，1967），頁3；楊麗珠〈清初浙派詞論研究〉：「竹垞的身世流離，同於宋末詞人；爲寄寓家國之感，使其特別喜好《樂府補題》等有言外之意的詞作。」見《國立師範大學國文研究所集刊》，第28號，頁1098。

[14] 浙派本來就是具有地域色彩的詞學派別，當其尋找師法對象，探源溯流，以成一詞學體系，自不免以鄉誼爲前提來作規劃。朱彝尊〈孟彥林詞序〉謂：「宋以詞名家者，浙東西爲多。」便頗有以浙人自高之態。雖然姜張諸家未必都是浙人，但朱彝尊卻另有一番說辭，曰：「在昔都陽姜石帚、張東澤、弁陽周草窗、西秦張玉田，咸非浙產，然言浙詞者必稱焉。是則浙詞之盛，亦由僑居者爲之助，猶夫豫章詩派不必皆江西人，亦取其同調爲爾矣。」可見竹垞所謂的「浙詞」，其所涵括的範疇是比較寬廣的。陳撰《樊榭山房集・集外詞題辭》直把姜、張、周、史、仇諸君稱爲「吾杭」，其引以自高之意則更爲明顯。

常派是繼浙派之後勢力最大影響最深遠的詞學派別，由張惠言於嘉慶二年（1797）編《詞選》揭起大纛，迄清末四大家仍承其緒，前後籠罩清代詞壇達一百多年。常派詞學重意格，好以比興寄託言詞；這觀念的形成，也關乎詞運與世情。乾嘉之際的詞壇，有所謂的「三蔽」：學周、柳的流為淫詞，學蘇、辛的流為鄙詞，學姜、史的流為游詞[15]，內容普遍貧乏，氣格日漸卑弱。尤其是浙派末流，往往競學朱（彝尊）、厲（鶚），只求「字句修潔，聲韻圓轉，而置主意于不講」，作品「既鮮深情，又乏高韻」[16]。至此，清詞勢運已到不得不變之局。且自乾嘉之後，清王朝轉入中衰時期，國事日非，朝政紊亂；對此內憂外患日深一日的時局，有識之士形諸詠歎，漸少吟風賞月之情，常抒身世家國之感，詞風為之一變。這就是常州派詞學之能在張惠言的倡導下乘勢而起，於晚清詞壇蔚成風氣的時代環境因素。

　　文學的詮釋，因時、因地、因人而異，文學流派的興衰起落，也意謂著不同時代之相應理論的消長變化。浙派的詞學宗旨，主以清虛雅正之體，洗明末清初纖靡淫哇之陋；而當其流為佻巧浮滑，餖飣膚廓之蔽時，常派欲振廢起衰，便須針對浙派詞學，提出修正的意見，創立自己的體系。因此，浙派之重南宋、宗姜張、主醇雅的詞學主張，便成為最受爭議的論題；南北宋詞，孰優孰劣？浙派所謂的姜派詞統，能否真正涵括

15　金應珪〈詞選後序〉：「近世為詞，厥有三蔽：義非宋玉而獨賦蓬髮，諫謝淳于而唯陳履舃，揣摩床笫，污穢中冓，是謂淫詞，其蔽一也；猛起奮末，分言析字，詼嘲則俳優之末流，叫嘯則市儈之盛氣，此猶巴人振喉以和陽春，黽蛙怒嗌以調疏越，是謂鄙詞，其蔽二也；規模物類，依托歌舞，哀樂不衷其性，慮嘆無與乎情，連章累篇，義不出乎花鳥，感物指事，理不外乎酬應，雖既雅而不豔，斯有句而無章，是謂游詞，其蔽三也。」謝章鋌《賭棋山莊詞話續編》：「按：一蔽是學周、柳之末派也；二蔽是學蘇、辛之末派也；三蔽是學姜、史之末派也。」見《詞話叢編》，頁3485。
16　見《賭棋山莊詞話》卷十一、卷九，《詞話叢編》頁3460、3433。

吳、王、周、史諸家？諸家的文體風貌，有何異同？浙派對雅的意涵的解釋，是否周延？凡此都是常派詞學經常觸及的問題。換句話說，浙派爲南宋姜張諸家「立」派，而常派則是站在相對的立場，「破」其體系，對南宋中晚期姜史吳王等詞人再作評價，重新定位。這些不同的意見，更彰顯了南宋諸家的相對特色，對日後有關「典雅詞派」的各種討論，提供了另一面向的參考。

　　張惠言的詞學宗旨，乃在提高詞的意格，以矯正浙派之一意開宗、未能尊體而流於過重技術之弊病。惠言本易學家，他以經生治經之法治詞，對詞體的本質自有他獨特的見解。他在〈詞選序〉中即開宗明義說：「傳曰『意內而言外謂之詞』」，並謂詞同具詩賦之比興寄託之特質，可上接風騷：「蓋詩之比興，變風之義，騷人之歌，則近之矣」。張惠言尊體的態度是相當嚴正的；他編《詞選》，目的就在「塞其歧途」，「嚴其科律」[17]，以提高詞的地位，示人以學詞的正鵠，因此，他區別正變，選詞既少亦嚴。張氏對宋詞諸家的看法是：

　　　宋之詞家，號爲極盛，然張先、蘇軾、秦觀、周邦彥、辛棄疾、姜夔、王沂孫、張炎，淵淵乎文有其質焉。其盪而不反、傲而不理、枝而不物，柳永、黃庭堅、劉過、吳文英之倫，亦各引一端，以取重于當世。而前數子者，又不免有一時放浪通脫之言出于其間，後進彌以馳逐，不務原其指意，破碎奔析，壞亂而不可紀，故自宋之亡而正聲絕。[18]

17　見金應珪〈詞選後序〉，《詞選》，《四部備要》本，頁2。
18　見〈詞選目錄序〉，《詞選》，頁2。

張惠言對兩宋詞家的看法顯然與浙派不同。首先，張惠言標舉「淵淵乎文有其質」的八家以爲典範，其中南北各半，已打破了浙派以南宋爲宗的局面。其次，張惠言的評詞標準亦稍異於浙派，最明顯的例子是對吳文英的貶抑與對王沂孫的褒揚。張氏將吳文英與柳永、黃庭堅、劉過歸爲一類，指出各家之弊，同加貶斥，那是相對於「淵淵乎文有其質」的其他八家詞來說的。所謂「盪而不反」，是指柳、黃詞有側豔軟媚之容，時有流蕩而不返之弊；所謂「傲而不理」，乃指劉詞有豪邁粗疏之習，不免狂傲違理。至於吳文英詞，善鍊字面，幽邃綿密，在南宋末張炎主清空的論調下，遂被譏爲「如七寶樓臺，眩人眼目，碎拆下來，不成片段」（《詞源》卷下，〈清空〉條），而張惠言稱吳詞「枝而不物」，正受其影響。所謂「枝而不物」，蓋指吳詞蔓生枝葉，言之無物也。這四家詞，相對於前八家之爲正聲，則可說是變調了。張氏不只對之言辭批評，《詞選》更一首不錄，可見其雅正準則之嚴。《詞選》不錄吳詞，這與《詞綜》之收有吳詞四十五首，差別甚大。這一點最受爭議，如極推崇張氏《詞選》的陳廷焯，也認爲「以吳夢窗爲變調，擯之不錄，所見亦左」[19]。至於其他詞家，如不取周密，以王沂孫與姜、張並列，且選王詞（四首）尤多於姜（三首）、張（一首），並讚揚其「有君國之憂」的「詠物諸篇」，凡此皆反映出詞學觀念的轉變——張惠言特別重視憂國傷時的主題。張氏區別詞的正變，也是以雅正爲準則。其所謂「正聲」，乃兼具文質：「要其至者，莫不惻隱盱愉，感物而發，觸類條鬯，各有所歸，非苟爲雕琢曼辭而已」（〈詞選序〉），因此，蘇、秦八家雖獲肯定，但他們「一時放浪通脫之言」，張氏卻仍加指責；而所謂「盪而不反、傲而不理、枝

---

[19] 見屈興國《白雨齋詞話足本校注》，卷一，頁11-12。

而不物」，正是雅調的相對面，那不僅指柳、吳諸家而已，充斥乾嘉詞壇的那些淫詞、鄙詞、游詞及餖飣擬古之作也正犯此弊，當然須亟力排斥。

張惠言的時代意識甚濃，但矯枉難免過正。整體來看，張氏詞學是有開創之功，但還不夠周詳完備；其編撰《詞選》既未能明確開示門徑，而相關詞論亦只做到開其奧窔、明而未融的地步而已。常派家法，大概要到嘉道間周濟撰《介存齋論詞雜著》、編《宋四家詞選》時[20]，才正式確立。

周濟的詞學批評，頗能從文學的本位出發，不同於張惠言之依附詩教傳統。他以為詞「感慨所寄，不過盛衰」，無論寫個人或外在情事，莫不出於作者的「由衷之言」，因為都與時事人情相關，詞也如詩一樣的有史的作用，可供「後人論世之資」[21]。周濟的尊體說，比張惠言之特意比附風騷者，自然圓融得多。又張惠言以比興寄託言詞，往往求之過深，穿鑿附會，而周濟則提出「有寄託入，無寄託出」的主張以救其固蔽。所謂「無寄託」，是指作品有渾然之境，形質合一，既具個別性又具普遍性，如是則「指事類情，仁者見仁，知者見知」[22]，容許讀者作多方面的解釋。這無疑地把張氏的寄託說加以合理化，拓寬了詞的詮釋領域；而如此界定的寄託說，亦較易為人接受[23]。

---

[20] 《介存齋論詞雜著》附刊《詞辨》中，周濟序《詞辨》於嘉慶十七年（1812），道光二十七年（1847）始有刊本行世。《宋四家詞選》則序刊於道光十二年（1832）。

[21] 見《介存齋論詞雜著》，《詞話叢編》，頁1630。

[22] 同上。

[23] 周濟與張惠言詞學之比較，詳鄺利安〈常州派家法考〉，《宋四家詞選箋注》（臺北：中華書局，1971），頁377-415；方智範〈周濟詞論發微〉，載華東師範大學中文系編《詞學論稿》（上海：華東師範大學出版社，1986），頁384-401。

周濟對詞體的看法，相當周延，這表現在選詞與評詞上，比張惠言更能明辨詞的源流正變，知各家得失。有鑑於《詞選》之門庭過隘又無跡可尋，周濟編《宋四家詞選》，遂爲初學指示一條井然有序、切實可循的學詞途徑，爲常派建立一獨特的詞統。〈目錄序論〉曰：

　　　　清眞集大成者也。稼軒斂雄心抗高調，變溫婉成悲涼。
　　　　碧山饜心切理，言近指遠，聲容調度，一一可循。夢窗
　　　　奇思壯采，騰天潛淵，返南宋之清泚爲北宋之穠摯。是
　　　　爲四家，領袖一代，餘子犖犖，以方附庸。

　　　　問塗碧山，歷夢窗、稼軒，以還清眞之渾化，余所望於
　　　　世之爲詞人者，蓋如此。[24]

　　周濟推尊四家詞，其實在他早期編撰《詞辨》時已見端倪。《詞辨》僅存正變二卷[25]，所錄詞作就以清眞、夢窗、碧山、稼軒四家爲多，可見其與《宋四家詞選》義例一貫；而兩書所附之詞論，基本論點亦大致相同。我們結合周濟前後期的詞學來看，他一意爲常派創立新的詞統，正蘊含著一個動機：瓦解浙派舊有的詞學體系。這一破與一立，大抵以「南宋——姜張」爲論爭的焦點。在他早期所撰的《介存齋論詞雜著》就說：

　　　　近人頗知北宋之妙，然終不免有姜張二字橫互胸中。豈
　　　　知姜張在南宋亦非巨擘乎！論詞之人，叔夏晚出，既與

---

[24] 見《詞話叢編》，頁1643。
[25] 周濟云：「向次《詞辨》十卷……，既成，寫本付田生。田生攜以北，附糧艘行，衣袽不戒，厄於黃流，既無副本，悵嘆而已。爾後稍稍追憶，僅存正變兩卷，尙有遺落。」見《詞話叢編》，頁1636。

碧山同時，又與夢窗別派，是以過尊白石，但主清空。

北宋詞，下者在南宋下，以其不能空，且不知寄託也；
高者在南宋上，以其能實，且能無寄託也。南宋則下不
犯北宋拙率之病，高不到北宋渾涵之詣。[26]

　　浙派尊南宋、宗姜張、重清雅之作，周濟乃提出由南返
北，以吳王取代姜張，重質實渾涵之作的策略。周濟反浙派，
主要的論點是：南宋不止姜張一派，宋詞也不止南宋一體。周
濟深諳南北宋各家詞的利病得失；他反浙派，卻未完全否定南
宋作品，只是他更知北宋之妙，並由北而南，從源流發展的關
係著眼，跳開浙派的局限，重新發掘一些被遺忘的作家及作
品。《宋四家詞選》就是這理念的最具體的呈現：特立南宋的
辛、吳、王三家為宗主，並指示由南入北的詞學途徑，最後歸
奉北宋的周邦彥為各宗的祖師；而南北宋其餘各家詞，則依風
格之所近繫於四大家下。這一體系相當完備。

　　在新的詮釋策略下，姜張諸家如何定位？在新的體派觀念
裡，「姜派」又怎樣被解體，重作歸屬？為方便分析，試先根
據《宋四家詞選》選評的內容，並配合《詞辨》的正變觀，作
一簡表，以明各家地位高低及其源流關係：

（正）周邦彥(9)26 ↑				密
（變）辛棄疾(10)24 ↑	姜夔(3)11	蔣捷(1)5	趙以夫2	疏

26　見《詞話叢編》，頁1629-1630。

（正）吳文英(5)22 ↑	周密(2)8		高觀國1、陳允平2	密
（正）王沂孫(6)20	張炎(3)8	史達祖(1)3	陳恕可1、唐珏(1)2	疏

按：(一) 周邦彥、辛棄疾、吳文英、王沂孫四大家之排序，乃按周濟所謂「問塗碧山，歷夢窗、稼軒，以還清眞之渾化」所示學詞途徑之意，由下而上。

(二) 其餘各家之排列次序，由左至右，乃顯示其詞學地位之高低。

(三) 詞家旁邊數目，括號內的是《詞辨》選詞之數，無括號的乃《宋四家詞選》所錄詞數。

　　首先，我們看周濟如何進吳王、退姜張。吳文英與王沂孫在浙派詞統裡原屬姜派旗下，周濟不但將其脫離姜派系統，更推爲二大家，地位凌駕於姜張之上。碧山詞地位之提升，乃得力於張惠言，周濟則再加確認，主張以碧山爲入門的梯航。周濟認爲「碧山饜心切理，言近指遠，聲容調度，一一可循。」碧山詞能尊體，有寄託，而且技巧分明，可謂「思筆雙絕」；而「詞以思筆爲入門階陛」，則以碧山爲詞統的第一人是最合適的。但碧山詞也有「專寄託不出」的毛病，深入卻不淺出，而且有意爲文，「圭角太分明，反復讀之，有水清無魚之恨」[27]。因此，周濟於王沂孫後，遂又列吳文英一家，以示後學由淺入深之法。張惠言評吳詞「枝而不物」，似仍囿於張炎「七寶樓臺」之見（張炎《詞源》謂夢窗詞「質實」，「如七寶樓臺，眩人眼目，碎拆下來，不成片段。」詳下節分析。）周濟卻一反二張，居然把夢窗推爲領袖一代的大家，實是驚人之舉。周濟進吳文英是持之有故的。就個人因素言，周濟喜重筆、薄輕倩之作，尤賞「無寄託」的詞境，而夢窗詞「立意高，取徑遠」，

---

27 見〈宋四家詞選目錄序論〉，《詞話叢編》，頁1643-1644。

「意思甚感慨，而寄情閑散，使人不易測其中之所有」[28]，正合其所好。由救弊補偏的作用來說，吳文英之質實麗密正可治浙派末學空疏滑易之病。由宋以來，吳詞即常被指為晦澀而備受責難，周濟卻提出新的看法，以為夢窗詞「每於空際轉身」，有潛氣內轉的筆致，實而能空，雖偶失於生澀，也總勝空滑[29]。從宋詞的發展脈絡著眼，周濟繼承宋人「前有清真，後有夢窗」[30]的說法，以為吳文英與周邦彥詞風接近，最有緊密的傳承關係，因此，由夢窗以窺清真，是最佳的門徑，換言之，夢窗「能返南宋之清泚，為北宋之濃摯」[31]，是由南追北的關鍵人物，不容忽視。夢窗詞的優點及其重要性，一經周濟點出，立刻獲得晚清詞壇的熱烈回響，學吳之風大開[32]。如此說來，吳詞地位的攀升，周濟實是一大功臣。

　　〈目錄序論〉曰：「糾彈姜張，剟刺陳史，芟夷盧高，皆足駭世。」[33]所提六家，亦本屬「姜派」。周濟進吳王，並全力打壓姜張諸子，目的是要從內部分化浙派的詞派，貫徹其南北相通的詞學體系。周濟的詞學視野比前人寬闊，識見亦高，他對各詞家的批評意見，頗能照顧得失，深中肯綮。從選詞數量上衡量，姜張諸家同遭貶抑，評價卻有高低。下面依次說明之。周濟論白石詞，最重要的發見是：「白石以詩法入詞，門徑淺狹」，時有生硬之弊，「看是高格響調，不耐人細思」；並因文而述人，謂白石「放曠故情淺」、「局促故才

---

[28] 見《詞話叢編》，頁1644、1633。
[29] 見《詞話叢編》，頁1633。
[30] 黃昇《中興以來絕妙詞選》卷十：「山陰尹煥序其詞，略曰：『求詞於吾宋者，前有清真，後有夢窗，此非煥之言，四海之公言也。』」見《四部叢刊》本，頁3。
[31] 同注24。
[32] 饒宗頤云：「自周濟標舉四家，並謂『夢窗奇思壯采，騰天潛淵，返南宋之清泚，為北宋之穠摯』，於是風氣轉移，夢窗詞與後山詩並為清季所宗，如清初之家白石而戶玉田矣。」見饒宗頤《詞集考》（北京：中華書局，1992），頁226。
[33] 見《詞話叢編》，頁1646。

小」；且針對浙派推白石爲一代宗匠之說，指出白石亦有俗濫、寒酸、補湊、敷衍之病[34]。總之，周濟頗能正視白石詞的缺失，若干論點亦富啓發性。在競學白石的時代裡，周濟的論調確頗足駭世；不過，在選詞數量上，白石卻僅少於四大家而已，地位仍相當重要。白石以下，次要的是張炎與周密二家。周濟謂草窗「只是詞人，頗有名心」，其詞「鏤冰刻楮，精妙絕倫，但立意不高，取韻不遠，當與玉田抗行，未可方駕王吳也」[35]；論玉田詞，雖讚賞其清絕處，卻又認爲他只在字句上著工夫，「無開闔手段」，「惟換筆不換意」[36]。接著則是史、蔣二家，周濟評曰：「梅溪才思，可匹竹山；竹山粗俗，梅溪纖巧；粗俗之病易見，纖巧之習難除。」對於蔣捷詞，周濟以爲「竹山薄有才情，未窺雅操」，「有俗骨」，詞風遂顯得有點粗俗，「然思力深透處，可以起懦」；至於對史達祖詞，周濟則認「梅溪甚有深思，而用筆多涉尖巧，非大方家數，所謂一鉤勒即薄者」，並從詞中所流露的意識論定其人曰：「梅溪詞中，善用偷字，足以定其品格」[37]，後來王國維亦深以爲然[38]。更下一等，則是高觀國、陳允平等。周濟所以「芟夷盧高」，是因爲「蒲江窘促，等諸自鄶；竹屋硜硜，亦凡響耳」[39]，不過，猶選高詞一闋，盧詞則隻詞不錄；至於陳允平，亦無好評，但謂其「鄉愿」、「疲轉凡庸，無有是處」[40]。綜言之，周濟對姜張以下諸家詞的批評是相當嚴厲的。

---

[34] 見《詞話叢編》，頁1634、1644。

[35] 同上。

[36] 見《詞話叢編》，頁1635、1644。

[37] 見《詞話叢編》，頁1644、1634、1632。

[38] 《人間詞話》：「周介存謂『梅溪詞中喜用偷字，足以定其品格』，劉融齋謂『周旨蕩而史意貪』，此二語令人解頤。」見《詞話叢編》，頁4250。

[39] 見《詞話叢編》，頁1644。

[40] 見《詞話叢編》，頁1635。

其次，看周濟如何分體立派，爲諸家綰合淵源。當初浙派是以醇雅的概念籠括南宋姜吳張王諸家，周濟則進一步打通了南北界限，不但以文句之雅爲評選詞作的基本準則，而且更重意格之有無寄託，此外，他更深入文體底層，從清實疏密的特質著眼，釐析眾家，分屬四體；至此，原先「姜派」一個系統內的家數，便被打散到辛、吳、王所代表的三體內。其實，細加考察，所謂四體，應可簡化爲兩個體系：周濟說「稼軒由北開南，夢窗由南追北，是詞家轉境」，稼軒所代表的是變體的清疏之筆，「南宋諸公，無不傳其衣缽」[41]，王沂孫等輩即承其緒而發展爲雅正清空之調；夢窗所代表的是質實密麗之體，由吳上溯經辛派，則到清眞虛實並重的渾涵之境；在周濟詞統裡，清眞乃集大成者，是眾流所歸，如此，無論四體或二體，都只不過是清眞一體的分支罷了。然則，謂之爲「一祖三宗」的詞學體系，亦無不可。以清眞爲宗，是常派的家法，但事實上浙派後勁（如厲鶚）亦曾溯源於清眞，只是不如常派之有比較紮實的理論依據，且浙人囿於「南宋」的範疇，始終亦未對此加以正視。周濟從疏密的體質繫屬諸家，謂「草窗最近夢窗」[42]，並將高、陳也隸屬於吳派，而此派乃直承清眞，詞風偏於密麗；相對地，則謂「中仙最近叔夏一派」[43]，史達祖亦歸屬之，又時以碧山、梅溪與屬於辛派的姜、蔣相提並論，細察之，乃是以清疏爲統括數家的依據，而前者與後者則有正變之別。所謂正聲，是指有「蘊藉深厚」之旨；而變體，則指「雖駿快馳騖，豪宕感激稍漓矣，然猶皆委曲以致其情，未有亢厲剽悍之習」（〈詞辨序〉）之作。之前，李調元〈雨村詞話〉嘗稱「鄱陽姜夔鬱爲詞宗，一歸醇正。於是辛稼軒、史達

---

41 同注39。
42 見《宋四家詞選》評周密〈大聖樂〉，《詞話叢編》，頁1657。
43 同注40。

祖、高觀國、吳文英師之于前」[44]，卻未就辛姜關係說明白。周濟將浙派心目中最爲醇雅的姜夔列入變體，並謂姜源出於辛：「白石脫胎稼軒，變雄健爲清剛，變馳驟爲疏宕。蓋二公皆極熱中，故氣味吻合。[45]」明確論定了二家的源流關係，實發前人所未見者。

綜合以上所述，周濟重定了南宋姜吳諸家在詞史上的地位，並從不同的角度探析各家的淵源。就「體」的方面來說，浙派倡雅製，應是形質兼論的，但如汪森所云「句琢字鍊，歸於醇雅」，便容易給人有偏於技巧的看法[46]，而事實上浙派後學斤斤於學習模仿，務求修辭醇雅，流於餖飣、寒乞、空疏，正是不能在詞的思想內容上著力，此後來詞學所以有重意格之傾向也，周濟謂南宋詞無拙率之病、有寄託之深意，可見其兼重言意兩者。這裡要注意的是，周濟破浙派的姜張詞統，原先的姜派詞家分屬於王、辛、吳三體內，若按文辭筆勢論，則如上文所析，可歸爲疏（正變）、密二體，這是就其相異處而言，但如果以其代表南宋某種相同特質來說，諸家亦自歸爲一體；而這一體主要是由姜、張、吳、王諸家建構出來的，此即周濟所說的「南宋」類型（請詳下文分析）。綜觀周濟的詞論，他本人雖沒有意圖直接去爲「南宋典雅詞派」重加定義，補浙派之漏，而更明白的交代出該派的結構組織與派系特色情況，不過，周濟始終有以南宋姜吳諸家作一整體看待的意識卻是毫無疑問的。周濟對南宋姜吳諸家詞的看法，知其各有分屬，又明其共同傾向，就在這同異的比較分析之中，他對南宋典雅派諸家的了解自然比浙派深入了許多。有關諸家的得失處及其傳

---

[44] 見《詞話叢編》，頁1377。
[45] 同注39。
[46] 龍楡生〈選詞標準論〉即持此種看法。

承關係、此派的詞學淵源，周濟都提供了值得參考的意見。其中最值得注意的，是夢窗詞地位的提高，及辛姜關係的認定。晚清詞論家嚮往周濟之學者甚眾。馮煦的《蒿庵論詞》論吳文英詞「幽邃而綿密，脈絡井井，而卒焉不能得其端倪」[47]，直承周氏之說；陳洵《海綃說詞》謂周濟四家之說，「師說雖具，而統系未明，疑於傳授家法，或未洽也」，遂主張「立周吳為師，退辛王為友」[48]，更提高了吳詞的地位；陳銳《裦碧齋詞話》說：「白石擬稼軒之豪快，而結體于虛。夢窗變美成之面貌，而鍊響於實。南渡以來，雙峰並峙，如盛唐之有李杜矣。[49]」這也是本周濟之說而推衍其意者。這些看法，無論我們贊成與否，都不能否認這是認識南宋典雅派諸家詞的新起點——浙派宗姜，周濟尚吳，後來論者雖各有所重，然莫不以姜、吳為此派的兩大代表作家[50]。

二、兩宋詞風之辨

歷來有關兩宋詞風的討論，往往以姜、吳諸家代表「南宋」的風格類型，相對於秦、歐等人的「北宋」詞風。在時代風格這一詞學論題上，周濟知兩宋之得失，能以南北對比的概念陳述，較諸前人零碎而又偏頗的主張，顯得完整而富創意。

詞學文體論之有南北宋之辨，乃始於明末清初。元人於詞的創作，延續宋季餘緒，尤有可觀，但詞論之作則未見精彩，況且與宋相接，美感距離不足，對於兩宋詞風的同異便難有深刻獨到的體認。有明一代，詞的創作成績更不甚理想，詩文的

---

47 見《詞話叢編》，頁3595。
48 見《詞話叢編》，頁4838-4839。
49 見《詞話叢編》，頁4200。
50 如龍楡生〈兩宋詞風轉變論〉說：「論南宋詞者，或主白石，或主夢窗，……就二家風格言之，雖清空質實殊途，然其並重音律而崇典雅則一也。」見《龍楡生詞學論文集》，頁249-250。

復古與戲曲、小說的盛行，佔據了文人大部分的創作時間與空間[51]，詞的寫作多是游戲筆墨，鮮有全力以赴者，更何況當時又缺乏足夠的詞籍作參考，論詞者對兩宋詞家既少深切與全面的認識，更難以要求其對宋詞的風格流變的情況能有周詳的省察了。這種情形到明末清初才逐漸有所改善，毛晉刻《宋六十名家詞》是開拓視野的起點，而詞派的形成，詞家爲確立派系的詞學取向，論析前人的成果，尋源溯流，則自然加強了對詞體的辨識能力，而詞派與詞派之間，由於理念不同，時有論辯，更促進了認識的深度與廣度，南北宋之辨從此時起便成爲詞學文體論中的一個主要課題。

　　尊北而卑南是明末清初詞壇的主要論調，不過在態度上卻有強弱之分。雲間詞派以唐五代北宋爲宗，重神韻，長於小令，極鄙棄南宋詞。宋徵璧嘗論南宋詞曰：「詞至南宋而繁，亦至南宋而敝。[52]」陳子龍則曾比較宋南渡前後詞風云：「自金陵二主以至靖康，代有作者。或穠纖婉麗，極哀豔之情；或流暢澹逸，窮盼倩之趣。然皆境由情生，辭隨意啓，天機偶發，元音自成，繁促之中尚存高渾，斯爲最盛也。南渡以還，此聲遂渺。寄慨者亢率而近於傖武，諧俗者鄙淺而入於優伶。以視周、李諸君，即有彼都人士之嘆。[53]」南宋繁而敝，主要就是它失去了北宋天然高渾的意趣。這一界線，劃下了南北對立的基點。

　　清初毗陵諸子也是以北宋爲尚，對於南不如北的基本看法也與雲間無異，不過，其對南宋詞的認識卻比雲間深刻得多，

---

51 詳鄭騫〈明詞衰落的原因〉，《大陸雜誌》第15卷第7期（1968年10月），頁211-212。
52 見〈倡和詩餘序〉。
53 見〈幽蘭草詞序〉，《陳子龍文集》（上海：華東師範大學出版社，1988）之《安雅堂稿》，卷三，頁13。

批評態度也較爲和緩。王士禛《花草蒙拾》嘗評雲間詞人曰：「雲間數公論詩拘格律，崇神韻。然拘於方幅，泥於時代，不免爲識者所少。其於詞亦不欲涉南宋一筆，佳處在此，短處亦坐此。[54]」王氏以爲，雲間拘於門限，極不可取。我們在上引陳子龍的評語中，會發現其論南渡以後詞僅及「寄慨者」與「諧俗者」，似乎沒提姜張典雅派諸家，其對南宋詞的了解看來是十分淺狹的。毗陵諸子比雲間詞人有更寬闊的視野，在這論題上，他們最大的成績就是初步整理出姜、史諸家詞特色。王士禛《花草蒙拾》云：「宋南渡後，梅溪、白石、竹屋諸子，極妍盡態，反有秦、李未到者。雖神韻天然或減，又自令人有觀止之嘆。[55]」鄒祇謨〈倚聲初集序〉云：「至於南宋諸家，蔣、史、姜、吳，警邁瑰奇，窮姿構彩；而辛、劉、陳、陸諸家，乘間代禪，鯨呿鰲擲，逸懷壯氣，超乎有高望遠舉之思。[56]」鄒祇謨《遠志齋詞衷》云：「長調惟南宋諸家才情蹀躞，盡態極妍。」「至姜、史、高、吳，而融篇鍊句琢字之法，無一不備。」「詠物固不可不似，尤忌刻意太似。取形不如取神，用事不若用意。宋詞至白石、梅溪，始得箇中妙諦。」[57]歸納其意見，可有三點值得注意：第一，他們分析南宋詞，知有姜、吳與辛、劉二大派別，而在描述南宋詞的特色時卻多就典雅派諸家著眼，因此，他們雖未直接以姜、史諸家指稱「南宋」，但已隱約有此含意。第二，謂南宋詞之天然神韻不及晚唐、北宋之作，但也認爲南宋詞極妍盡態之特色亦有前期所不逮者，其間雖仍有高下之別、好惡之分，但在南北之

---

54 見《詞話叢編》，頁685。
55 同上。
56 見鄒祇謨〈倚聲初集序〉，引自嚴迪昌《清詞史》（南京：江蘇古籍出版社，1990），頁63。
57 見《詞話叢編》，頁659、651、653。

辨的論題上，這無疑是一種進步，因為他們已頗能就兩宋詞的優劣處作對等而理性的思考。第三，他們所界定的以姜、吳諸家所代表的南宋詞，主要是有極妍盡態之特色，而這種風格如何形成？他們雖然沒有明說，但據其文字脈絡可以猜想，應與諸家精於詠物、長於慢詞之創作，善於融篇鍊句等因素有關。北宋有天然神韻的自然之美，南宋有極妍盡態的人工之姿——後世有關南北宋詞風格特質的界定，大抵不離這一要點。

有別於明末清初詞家之好小令、尊北宋，浙派諸子乃提出主雅正、宗姜張、尚南宋的主張，明係針對當時的詞學風氣而發的。朱彝尊界分南北兩宋詞風說：「世人言詞必稱北宋，然詞至南宋始極其工，至宋季而始極其變」（《詞綜·發凡》）[58]；「小令宜師北宋，慢詞宜師南宋」（〈魚計莊詞序〉）[59]；「竊謂南唐北宋人惟小令為工，若慢詞至南宋而極其變。以是語人，人輒非笑，獨宜興陳其年謂為篤論」（〈書東田詞卷後〉）[60]；「詞至南宋始工，斯言出，未有不大怪者，惟實庵舍人（曹貞吉）意與予合。今就詠物諸詞觀之，心慕手追，乃在中仙、叔夏、公謹諸子，兼出入天游（詹正）、仁近（仇遠）之間。北宋自方回、美成外，慢詞有此幽細綿麗否」（〈珂雪詞·詠物詞評〉）[61]。由這幾段話可看出，他對南北宋詞的了解，其實是頗粗淺且乏創意的。詞至南宋而工，其時以慢詞見勝，這兩點看法，前人早有論述。不過，在學詞的立場上，特別提出小令當法北宋、慢詞宜師南宋的主張，從而揭示兩宋體製各有所長這一論點，的確比前人明白得多，但對於南北宋詞風貌的整體看法，則不見得比前人高明。北宋以短篇為

---

[58] 見《詞綜》，頁3。
[59] 見《曝書亭集》，《四部叢刊》本，卷四十，頁5。
[60] 同上，卷五十三，頁8。
[61] 見王昶輯：《國朝詞綜》，《四部備要》本，卷三，頁1。

長，南宋工於長調，但兩者的風格特質爲何，竹垞沒作明確的界說。竹垞謂「世人言詞必稱北宋」，當時之重北宋主要就表現在令詞的創作上，他一再強調慢詞要學南宋，指出了一條創作的新路，其思以另立門派的用心已相當顯著。令詞篇幅短小，重意興之自然感發；慢詞篇幅長，講究鎔裁鍛鍊之工夫。南宋既長於慢詞的創作，則「詞至南宋而始工」，是不難理解的。但這樣區分南北，實在不夠深刻。雖然竹垞有提到南宋慢詞的特色是「幽細綿麗」，但那不過是相對於北宋的慢詞而言，至於能否以此概括整個南宋詞風則不敢斷言。以上只是摘錄竹垞詞論中在字面上有明顯提到南、北宋的幾則加以論述，真的要了解其對南宋詞風格特質的看法爲何，就不能不綜覽其有關姜張諸子的評論，譬如上引〈珂雪詞‧詠物詞評〉於述及詞至南宋始工後所推舉的重要詠物詞家就包括張炎、王沂孫、周密諸人，而事實上在朱彝尊和他同時代的浙派成員的心目中，所謂「南宋」，就是姜派詞人的代稱。這是風格上的論定，無關於實際政朝。如上一節所引汪森〈詞綜序〉，歷述唐宋詞之發展，於南宋則獨標姜張一派，而姜張諸子字斟句酌，極盡「詞之能事」，這正是朱彝尊所謂「詞至南宋始工」的具體說明。南宋姜張一派工於詞，他們的理想就是要使詞「歸於醇雅」。所謂醇雅，相對於俚俗、亢直，蓋指語言文字之精巧細緻、情意內容之雅正得體；而姜派詞人所代表「南宋」的大概就是這醇雅的風調。

　　《詞綜‧發凡》原文是說：相對於北宋而言，「詞至南宋始極其工，至宋季而始極其變」。這裡可有一個疑問，就是究竟宋季之變是否相融於南宋之工的範圍內，是一種工中求變的情況，還是彼此之間是兩個完全不相干的領域？要理清這個問題，先要了解所謂宋季極變的真正涵意。這方面，朱彝尊沒

作正面的答覆，他對宋季詞的看法，只反映在對《樂府補題》的評論上：「誦其詞可以觀其志意所存，雖有山林友朋之娛，而身世之感別有淒然言外者。其騷人〈橘頌〉之遺音乎？[62]」然則，宋季之變，蓋指當時詞作在情意內容上受時代之影響而寓有更多身世淒然之感。這一點可藉後來王昶〈江賓谷梅鶴詞序〉的一段話加以引證：「至姜氏夔、周氏密諸人，始以博雅擅名，往來江湖，不為富貴所薰，是以其詞冠於南宋，非北宋所能及。暨於張氏炎、王氏沂孫，故國遺民，哀時感事，緣情賦物，以寫閔周哀郢之思，而詞之能事畢矣。[63]」王氏此說頗能闡明宋季之變的意義。所謂詞至宋季而變，意思是宋末諸家詞深化並拓寬了詞的情意內容，寫出了身世家國之感，緣情賦物，表達了無限之哀思，但基本上卻仍維持姜、史之工雅典麗之筆調。丁紹儀《聽秋聲館詞話》云：「宋末人詞，語馨旨遠，淺涉者每視為留連景物而已，不知其忠憤之忱，恆寓於諧聲協律中。[64]」就是此意。因此，綜觀南宋中晚期姜、張諸家詞，工而雅應是他們的共同特色，亦是浙派理念中作為與「北宋」相對的「南宋」的基本風貌。

南宋詞工麗雅緻的風格又是如何形成的呢？王昶〈琴畫樓詞鈔自序〉云：「唐之末造，詩人間以其餘音綺語，變為填詞；北宋之季，演為長調，變愈甚，遂不能復合於詩。故詞至白石、碧山、玉田，與詩分茅設蕝，各極其工。[65]」宋初柳永、張先始多為長調，北宋季世周邦彥更精於此體，立下許多創作佳法，足堪楷模，長調至南宋，已然獨立於詩之外，但此體在文字樂律方面還未充分發展，換言之，尚有極大的創作空

---

62 見〈樂府補題序〉，《曝書亭集》，卷三十六，頁4。
63 見《春融堂集》，清嘉慶十二、十三年塾南書舍刊本，卷四十一。
64 見《聽秋聲館詞話》卷十七，《詞話叢編》，頁2790。
65 見《春融堂集》，卷四十一。

間。長調之爲體，貴婉轉鋪敘，設色協律最講究工夫。南宋諸家既以此體爲創作主力，而有邁越前人的成績，則其個人或時代風格所顯現出來的自然是一種符合長調一體所要求的雅麗精緻的特質。南宋詞之工雅，確是與詞體的發展有關。又，長調難工，若非專攻此道，實難有所成就，而南宋以長調擅名，論者莫不認爲與專業詞人的大量出現有密切的關係，如郭麐〈秋夢樓詞序〉云：「唐人以詩爲樂章，而有李、溫之詞，五代及宋詞別爲一體，至南渡諸家，分刌合度，律呂精嚴，其矩矱森然秩然，一時爲之渠帥者，皆爲好古絕俗之姿，蕭遠超邁之氣，而又於他文皆不工，獨工爲此事，故其道爲大備。[66]」李良年〈錢魚山詞序〉亦云：「宋固多專於詞者，至南宋而盛；白石、玉田、夢草二窗，極專家之能事矣。[67]」總之，偶一爲之或是一心二用的寫作態度，實不如專心一致者容易創造佳績，尤其在駕馭長調一體上，而姜張諸子「極專家之能事」，詞至南宋有極工的表現，那是自然的結果。

　　浙派作南北之判，謂小令以北爲優、慢詞乃南宋所長，南宋詞較北宋爲工，風格更爲醇雅，這些論點其實多繼承前說，沒多少創見；對於「詞至南宋始工」這一論題，浙派詞人的確作了一些解說，無疑也加深了我們對南宋詞工雅之特質的認識，但在整體風格（包括文體的、時代的）的體驗上，似乎還不夠確切周詳，更何況要探析南宋的風格特色，不透過與北宋作精細的對比，是難有深刻的體會的，浙派於此，相當不足。清初王士禛等人論南北之別，以爲南宋有極妍盡態之美，卻乏北宋天然神韻之姿；這種看法，浙派諸子自不以爲然，但我們審閱浙派的詞論，卻發現不曾有對「天然神韻」這一點作出回

---

[66] 見《靈芬館雜著》，《花雨樓叢鈔》本，卷二，頁22-23。
[67] 見《秋錦山房集》，清乾隆二十四年重刊本，卷十五，頁8。

應。總之，南北之爭這個課題，由浙派正式燃起，但浙派分辨南北風格特質未為完善，這些還得留待後人作檢討並加改進了。

有清詞壇，浙、常二派各領風騷。自朱彝尊分辨宋體，提出崇南宋的主張，從此論詞，莫不以南北宋對舉。愈激烈的言論，愈容意引起爭端。浙派唯南宋是尚，常派與之抗衡，自以貶抑南宋為對策，更重要的是盡量發揚北宋之美，樹立一新的師法統脈；而在這論辯的過程中，除了表達激切的反對意見，常派大家亦頗能就事理立論，為兩宋之別，劃下了比較明確的界線，對後來的討論頗有規範的作用。

張惠言開常州詞派，未見其有直接介入南北宋之辨的言論。張氏〈詞選目錄序〉云：「宋之詞家號為極盛，然張先、蘇軾、秦觀、周邦彥、辛棄疾、姜夔、王沂孫、張炎，淵淵乎文有其質焉。[68]」所舉宋詞八家，南北各半，儼然突破浙人以南宋為宗的格局。不過，這完全沒涉及兩宋風格論的問題。

常派詞家中最先為兩宋詞風劃下清晰的界線而論說最有創意的，是周濟。先將他主要的意見鈔錄如下：

> 兩宋詞各有盛衰，北宋盛於文士，而衰於樂工；南宋盛於樂工，而衰於文士。

> 北宋有無謂之詞以應歌，南宋有無謂之詞以應社。

> 初學詞求空，空則靈氣往來。既成格調求實，實則精力彌滿。初學詞求有寄託，有寄託則表裡相宣，斐然成

---

[68] 見《詞選》，《四部備要》本，頁2。

章。既成格調求無寄託，無寄託則指事類情，仁者見仁，智者見智。北宋詞下者在南宋下，以其不能空且不知寄託也；高者在南宋上，以其能實且無寄託也。南宋則下不犯北宋拙率之病，高不到北宋渾涵之詣。

北宋詞多就景敘情，故珠圓玉潤，四照玲瓏；至稼軒、白石，一變而為即事做敘，使深者反淺，曲者反直。

北宋主樂章，故情景但取當前，無窮高極深之趣；南宋則文人弄筆，彼此爭名，故變化益多，取材益富。然南宋有門逕，有門逕故似深而轉淺；北宋無門逕，無門逕故似易而實難。[69]

　　周濟能夠完全跳開浙派的格局，為常派奠立完整的理論基礎，對兩宋詞能有通透的認識，實歸因於他的才識與學力。周濟反浙派，主要的論點是：南宋不只姜、張一派，吳文英與王沂孫更是名家；宋詞也不只南宋一體，北宋更在南宋之上。周濟對南北宋詞家的特色與成就皆有深刻的了解，他反浙派，卻不完全否定南宋詞，只是他更知北宋之妙。周濟的南北宋之說有幾點值得注意：

　　第一、站在學詞的立場，他打破了浙派專師南宋之說，指出一條由南返北的創作途徑，這是經過詳細比較兩宋詞之長短得失而獲至的心得。所謂由南返北，意謂在學詞程序上要由有門徑到無門徑、由易而難、由淺入深，周氏這一理念在他所編的《宋四家詞選》中有更具體的陳述：「清真集大成者也。稼

---

[69] 見〈介存齋論詞雜著〉，《詞話叢編》，頁1629、1630、1634；〈宋四家詞選目錄序論〉，《詞話叢編》，頁1645。

軒斂雄心抗高調，變溫婉成悲涼。碧山黌心切理，言近指遠，聲容調度，一一可循。夢窗奇思壯采，騰天潛淵，返南宋之清泚爲北宋之穠摯。……問塗碧山，歷夢窗、稼軒，以還清眞之渾化，余所望於世之爲詞人者，蓋如此。[70]」舉四家詞作爲典範，其學詞門徑更顯得清晰而有法可循。在這理論架構觀照下，南北宋顯然代表兩個風格類型，彼此之間是有優劣高下之判的。

第二、造成兩宋詞有深淺難易之別，主要就在於南宋有門徑而北宋無門徑，這可說是前面提到的自然與人工之爭的進一步的解說。周濟謂北宋詞多就景敘情，這是指一種感物吟志的自然的表現方式；而南宋即事敘景，顯然多了一種人工安排之跡。所謂有門徑、有寄託，乃南宋詞人弄筆爲文而特有的現象，意謂其章法結構、文情意旨都有妥善的鋪敘與安排，工雅妍麗，表裡相宣，絕無拙率之病，但也因爲講究詞法，多一分精思便少一分自然之趣，總顯得淺直而難臻渾涵之詣。北宋詞無門徑可循，似易學而實難，雖偶有粗率之作，但也易發抒眞情實感，詞質精力彌滿，指事類情，能容納廣闊的想像空間，此周濟所謂能實而無寄託之表現。這是北宋與南宋之間最大的分野。

第三、周濟從文士與樂工的盛衰情況來區分兩宋詞，是相當有見地的看法。作者的屬性，是文士的角色還是樂工的身分，都會使得作品的文辭語調與精神特質呈現不同的面貌；南北宋詞風格之所以不同，由這一角度切入去了解，是值得參考的途徑。劉大杰《中國文學發達史》曾引申周濟的話說：「因北宋盛於文士，故詞中有名士氣，有詩人氣，有自由浪漫的精

---

70 見〈宋四家詞選目錄序論〉，《詞話叢編》，頁1643。

神，有活躍的生命與性格。因南宋盛於樂工，故詞中有音律美，有字句美，有形式美，有古典主義的精神，而缺少活躍的生命與性格。[71]」這為周濟所言作了很好的解釋。

　　第四、周濟稱「北宋有無謂之詞以應歌，南宋有無謂之詞以應社」，這是就兩宋之弊而發。應歌與應社的服務性質不同，作家為文造情，以無謂之詞應付歌筵酒席或詞社組織之要求，所作不失於佻即失於陋。北宋易犯拙率之病、南宋難臻渾涵之詣，都與這從俗、鬥巧的創作心理有關；兩說可以並看。後來各家引述周濟此說，幾乎都改從正面的意義著眼，作為解釋北宋詞風自然、南宋筆調雅正之依據，例如薛礪若《宋詞通論》曾分宋詞為「應歌」與「應社」兩大主流說：「北宋詞在能得聲調之諧美，以自然入勝；南宋詞則立求體製之雅正，以技巧工麗見長。[72]」又楊海明《張炎詞研究》亦嘗云：「北宋詞有『應歌』之說。既然『應歌』，即當力求入耳易懂，因此詞風比較明快自然，一般不求『寄託』，即有『寄託』，也非刻意求之。南宋詞則有『應社』之說。既為『應社』，就勢必爭奇鬥巧，因此詞風比較趨於典雅雕琢，且南宋人一般喜求『寄託』，往往刻意求之而出以雕飾（此風表現在宋末尤甚）。[73]」作品的寫作性質決定了作品的風格特色，這是相當值得注意的一點。

　　周濟對兩宋詞風格特質的體認可謂深刻獨到。他明確界清南宋與北宋兩種風格類型的差異性，知其然而又知其所以然，言簡意賅，理論架構相當完整，甚有啟發性，以後不少有關南

---

71 見劉大杰《中國文學發達史》（臺北：臺灣中華書局，1978），頁633。
72 見薛礪若《宋詞通論》（臺北：開明書店，1980），第四章，頁50-51。
73 見楊海明《張炎詞研究》（濟南：齊魯書社，1989），頁140。

北宋詞風格問題的討論都有參考他的說法，影響頗爲深遠[74]。
詞學南北宋之辨，由周濟開始，論者比較能從南北對舉的角
度，陳述其對南宋與北宋詞風的看法，雖其間仍存優劣之見，
看法亦有深淺之分，但多能照顧兩方，將南北宋的風格特色儘
量剖析出來，不像先前浙派某些論述那樣的偏頗，這不能不算
是一種進步，然而這種進步又不僅表現在陳述方式上能做得比
較精細周到而已，更重要的是論者對宋詞的認識比前人深厚寬
廣，在心態上已頗能做到客觀平正地面對問題，不至於因爲派
別之爭，爲反對浙派而走上另一種唯北是尚的偏鋒；尊北宋而
又知其缺失，卑南宋而又識其佳美，兩不偏廢，各師所長，是
常派詞學家最普遍的論詞態度[75]。總之，周濟以來的南北宋詞
之辨，由字句、體製、筆調、意境，界分兩宋，已頗能從各個
層面掌握兩宋風格的形貌，而且對南北宋風格的形成也有更多
面向的注意，「南宋」與「北宋」代表兩種風格類型已經是詞
學上普遍的認定了。

三、對白石詞情夢窗詞筆的體認

　　周濟對南宋典雅派諸家詞的基本看法，在第一節裡已有陳

---

[74] 劉大杰《中國文學發達史》、薛礪若《宋詞通論》發揮周濟之說，正文已有引述。
又如顧憲融《塡詞門徑》云：「南宋之詞有不同於北宋者，北宋人善用重筆，惟重
能大，惟重能拙；南宋人善用深筆，惟深能細，惟深能密。北宋多雨雪之感，南宋
多禾黍之思。北宋主樂章，故情景但取當前，無窮極高深之趣；南宋則文人弄筆，
彼此爭名，勾心鬥角，無巧不臻。然南宋有門徑，故似深而轉淺；北宋無門徑，故
似易而實難也。」後半段幾乎全襲周濟說法。

[75] 如陳廷焯《白雨齋詞話》云：「詞家好分南宋北宋，國初諸老幾至各立門戶。竊謂
論詞只宜辨別是非，南宋北宋不必分也。若以小令之風華點染，指爲北宋，而以長
調之平正迂緩、雅而不豔、豔而不幽者，目爲南宋，匪獨重誣北宋，抑且誣南宋
也。」陳氏論南北宋之辨，最值得注意的是他的態度，他那欲調停南北之爭的意圖
是相當明顯的。陳氏有他自己一套的詞學理論，其中心論旨是「溫厚以爲體，沉鬱
以爲用」（〈白雨齋詞話序〉），他以爲詞不應分南北宋，而以辨是非爲宜，因爲
在他的理念中「兩宋詞家各有獨至處，流派雖分，本原則一」（卷六），那本原
所指的就是所謂的溫厚沉鬱之境。《泰州志‧人物流寓》卷二八說陳廷焯「探源
〈騷〉、〈雅〉，不屑屑爭南北宋界說」，正是此意。

述。所謂退姜張、進吳王，乃周濟破浙派詞統、立常派家法的策略；其中尤以對姜詞的批評及對吳詞的褒揚，最具代表性，後來有關白石詞情、夢窗詞筆的討論，莫不深受周濟的啓發。以下分別加以論述。

首先，論白石詞情。白石詞筆之清、格調之高以及其情意內容之富身世盛衰之感，是最爲歷來論者所賞愛的[76]。但周濟卻在一般所注意的層面外，更深入白石詞的內蘊，直探其生命型態及其作品的情意本質，謂其「看是高格響調，不耐人細思」，並比較辛姜說：「稼軒鬱勃，故情深；白石放曠，故情淺」。這一論點，周濟沒作更詳細的說明，反而是被後來的王國維《人間詞話》所吸收，有進一步的發揮；我們結合兩家之說，便更能明白何謂「放曠」、何謂「情淺」。

《人間詞話》評白石詞，最主要的論點是：白石格調高，「惜不於意境上用力，故覺無言外之味，絃外之響」；其寫景之作，「雖格韻高絕，然如霧裡看花，終隔一層」；而其作品的特質，是「有格而無情」；若與蘇軾相比，則「東坡之曠在神，白石之曠在貌」[77]。綜合這些論點，是可與周濟的看法互爲引證的。他們所說的「情」，簡單的說，應是指作品的一種精神特質；缺少了這種特質，作品便疏拙寡味，不能眞切感人。用情之深淺有無，是與個人的生命型態有關的。鄭騫先生曾說：「曠者，能擺脫之謂；豪者，能擔當之謂。能擺脫故能

---

76 如張炎《詞源》云：「詞要清空，不要質實：清空則古雅峭拔，質實則凝澀晦昧。姜白石詞如野雲孤飛，去留無跡。」陳廷焯《白雨齋詞話》云：「白石詞以清虛爲體，而時有陰冷處，格調最高。」王國維《人間詞話》亦以爲「古今詞人格調之高無如白石」。至於情意內容方面，王昶認爲白石詞，「託物比興，因時傷事，即酒席遊戲，無不有黍離周道之感」（《春融堂集》）；宋翔鳳稱詞家之有白石，「猶詩家之有杜少陵」，說姜夔「流落江湖，不忘君國，皆借託比興於長短句寄之」（《樂府餘論》）。

77 見《詞話叢編》，頁4248-4249、4266。

瀟灑，能擔當故能豪邁。這都是性情襟抱上的事。[78]」面對人生種種的難題，各人有不同的反應與自處之道，關係個人的生命型態。粗略地分，有知其不可爲而爲者，有獨善其身者，有表現積極的，也有表現消極的，或狂或狷，各取其道。在詞人當中，《人間詞話》說：「蘇辛詞中之狂，白石猶不失爲狷。[79]」同屬「狂」者，在面對生命時，稼軒之豪放，表現爲一種能入乎其內而眞有所擔當的鬱勃之氣；東坡之曠達，則表現爲一種能出乎其外而實有所擺脫的瀟灑之情；兩家所呈現的型態雖有差異，但骨子裡都有一份對生命執著的熱誠，或豪或曠，在性情襟抱上，都有著一種沉厚深廣的力感。周濟謂白石「放曠」，而王國維則進一步說白石是「曠在貌」，這不但指出了其與蘇辛的同異處，更可使我們了解其詞所以令人有「情淺」之感的因由。何謂「曠在貌」？《人間詞話》說：「白石雖似蟬蛻塵埃,然終不免局促轅下」；「古今詞人格調之高無如白石，惜不於意境上用力」；「『紛吾既有此內美兮，又重之以修能。』文字之事於此二者不能缺一。然詞乃抒情之作，故尤重內美，無內美而但有修能則白石耳」[80]。綜合王氏的看法，可了解白石詞風所以顯得「有格而無情」，原因就在於他只求表面之修能，而不重內美、不在意境上用力。所謂「曠在貌」，就是指白石在遣辭造句上確有高雅而拔乎流俗之表現，予人曠遠之感；不過可惜的是他僅能以其「修能」在鍊句修辭方面求格調之高，「雖似蟬蛻塵埃」，但終究因爲只是外貌放曠而已，而非生命實感直接自然之顯露，故顯得有點可望不可即，不容易動人心魂，畢竟文字之高雅不同於境界之眞摯，此所以王國維雖讚賞白石有高格調，卻又同時特別指出「惜不於

---

[78] 見〈漫談蘇辛異同〉，《景午叢編》（臺北：中華書局，1972），頁268。
[79] 見《詞話叢編》，頁4250。
[80] 見《詞話叢編》，頁4250、4249、4266。

意境上用力」，而譏其「終不免局促轅下」之故。王氏特重能開拓意境之作，而這種意境是指能以鮮明眞切之方法表達眞切自然的感受、且富興發感動之作用者，此即王氏所謂的「有境界」的作品[81]。他以詞之有無境界來論其高下，在他的心目中，南宋詞（尤其是姜吳典雅派諸家）寫景有隔、氣格凡下、失之膚淺，多是境界不高之作，與北宋詞相去甚遠[82]。王氏持境界說以論詞，有很明顯的尊北抑南的意向，則作爲南宋典雅派大家的姜夔詞，自然會受到嚴厲的批判。總之，在王氏看來，白石能在筆端求「曠」，故詞風「有格」，又因爲其「曠」只「在貌」，而非內美充實之表現，遂顯得「無情」。劉若愚《北宋六大詞家》有一段話說：「就作爲一位詩人而言，姜夔較周邦彥更爲微妙與精細，他詩的世界常常是罕見的和日常生活有相當大的距離。他避開強烈的感情而以冷靜的態度觀察人生，雖然時常略帶悲哀。當他回想一段愛的往事時，沒有一點性愛的情感，連回憶的熱情也沒有，只是纏綿的對所愛過和失去了的美人的回憶；當他悲悼戰爭的摧毀時，沒有慷慨的愛國呼喊，只有壓抑的嘆息。甚至像這樣相當表露的收斂也不是他根本的格調；通常他寧願借著意象和文學典故表露一些感情或美感。[83]」從白石詞所展現的人格特質來看，顯然缺乏一種沉摯動人的力感。白石那些寫男女、家國之情的作品，在整體效果上沒有營造出強烈感人的力量，也許是他生命型態在情感本質上有不能熱切投入而採取退遠之傾向所致。風格乃

---

81 參葉嘉瑩〈對境界一辭之義界的探討〉，《王國維及其文學批評》（香港：中華書局，1980），頁212-226。

82 《人間詞話》云：「白石寫景之作，……雖格韻高絕，然如霧裡看花，終隔一層。梅溪、夢窗諸家寫景之病，皆在一隔字。」又云：「北宋詞亦不妨疏遠，若梅溪以降，正所謂切近的當、氣格凡下者也。」又云：「梅溪、夢窗、玉田、草窗、西麓諸家，詞雖不同，然同失之膚淺。雖時運使然，亦其才分有限也。」

83 見劉若愚著、王貴苓譯《北宋六大詞家》（臺北：幼獅文化事業公司，1986），頁193。

人格的某種投影，在這層面上，說白石「無情」固然語重，但相對於東坡之放曠、稼軒之鬱勃所蘊含的深情厚意，則白石也只能說是淺情了[84]。

傳統主寄託說者認爲白石詞多寓有盛衰今昔、憂國感時的身世之感，而且往往牽涉某種特定的情事，照理應是有情之作。但這樣的「情」，與此處所界定的「情」字的內涵，是有所不同的。傳統寄託說所謂的「詞情」，乃指作者情意表達之內容，通常是可指涉某一相關的情事的，持論者所追求的往往是作者創作之原意，關心的也常常是作品外緣的歷史傳記素材；而周濟與王國維所謂的「詞情」，則指作品所呈現的某種情感本質，無關乎作品之題材內容，而是作者人格特質之投影，它特別著重作者之情意透過文字所展現的興發感動之作用，其間有強弱有無之分，得由讀者深切體會之。這是兩種截然不同的詮釋方法，應細加分別[85]。

由周濟而王國維，對白石詞的體認，探索到作品的情意本質，注意到作者的意識、讀者的反應，確實比一般的評論更深入一層。周濟對作品的敏感體察，於此可見一班；而其在白石詞的詮釋史上的地位，自然更不容忽視。

---

[84] 有關姜夔詞的情感本質，筆者嘗撰文加以論述；請參〈從流浪意識看白石詞中的情〉，《中國文學研究》第三輯（臺北：國立臺灣大學中國文學研究所，1989），頁165-183。

[85] 葉嘉瑩先生曾比較二者說：「張氏（惠言）說詞所依據者，大多爲文本中已有文化定位的語碼，而其詮釋之重點則在於依據一些語碼來指稱作者與作品的原意之所在。像他這種以思考尋繹來比附的說法，自然可以說是屬於一種『比』的方式。至於王氏（國維）說詞所依據者，則大多爲文本中感發之質素，而其詮釋之重點則在於申述和發揮讀者自文本中的某些質素所引生出來的感發與聯想。像他這種純以感發聯想來發揮的說法，自然可以說是一種屬於『興』的方式。」見〈從西方文論看中國詞學〉，《中國詞學現代觀》（臺北：大安出版社，1988），頁52。由「比」的附會方式思索尋繹所得的「詞情」，與由「興」的體悟方式感發聯想所得的「詞情」，當然是兩回事：一往外求，一返內觀；一重情事之考證，一貴情意之感受；這是兩種不同的認知態度。

其次，論夢窗詞筆。在介紹周濟的看法之前，不得不先提張炎《詞源》的論調。張炎對吳文英詞大體是肯定的：〈詞源序〉謂吳文英與秦、高、姜、史諸家，「格調不侔，句法挺異，俱能特立清新之意，刪削靡曼之詞」；〈字面〉亦云吳夢窗「善於鍊字面，多於溫庭筠、李長吉詩中來」；〈令曲〉也說「吳夢窗亦有妙處」[86]。但吳文英喜用代字，善鍊字面，有時研鍊過深，務爲典博，令人莫測其旨，故當時沈義父《樂府指迷》即批評說：「夢窗深得清眞之妙，其失在用事下語太晦處，人不可曉」[87]，而張炎更指斥他的詞過於質實，以致「凝澀晦昧」，「如七寶樓臺，眩人眼目，碎拆下來，不成片段」[88]。「七寶樓臺」之喻，是指吳詞錘鍊堆垛，字句華麗輝煌、色彩斑爛，但意象堆積複迭，不易理解，妨礙了文氣的流動貫穿[89]。而《詞源》所說的「質實」，則指的是在修辭形貌上相對於「清空」的一種詞弊，它往往是由於堆垛實字、辭句過於研鍊所致，有文氣不疏暢、片段不成文、晦澀難懂等種種弊端。張炎對夢窗詞的批評意見，影響甚大，亦備受爭議。由來惡夢窗者，必多加引用，而愛夢窗者，則亟力反駁，在清代更形成浙常兩派對立的局面，各有其理論依據。張炎認爲夢窗

---

86 見《詞源》卷下，《詞話叢編》，頁255、259、265。
87 見《詞話叢編》，頁278。
88 《詞源》「清空」條云：「詞要清空，不要質實；清空則古雅峭拔，質實則凝澀晦昧。姜白石詞如野雲孤飛，去留無跡。吳夢窗詞如七寶樓臺，眩人眼目，碎拆下來，不成片段。此清空質實之說。夢窗〈聲聲慢〉云：『檀欒金碧，婀娜蓬萊，游雲不蘸芳洲』，前八字恐亦太澀。如〈唐多令〉云：『何處合成愁，離人心上秋。縱芭蕉不雨也颼颼。都道晚涼天氣好，有明月，怕登樓。　前事夢中休，花空煙水流。燕辭歸客尙淹留。垂柳不縈裙帶住，謾長是，繫行舟』，此詞疏快，卻不質實。如是者集中尙有，惜不多耳。白石詞如〈疏影〉、〈暗香〉、〈揚州慢〉、〈一萼紅〉、〈琵琶仙〉、〈探春〉、〈八歸〉、〈淡黃柳〉等曲，不惟清空，又且騷雅，讀之使人神觀飛越。」
89 參邱世友〈張炎論詞的清空〉，《文學評論》1990年第1期，頁157；陳曉芬〈張炎清空說的美學意義〉，《古代文學理論研究》第13輯，頁214-215；耿庸編《新編美學百科辭典》（福州：福建人民出版社，1989），頁163-164，「質實」條。

疏快的詞，「集中尚有，惜不多耳」，則意謂夢窗集中多爲質
實之作，而質實既被張炎界定爲一種詞弊，這對擁護夢窗詞的
常派詞學家來說，便形成一個挑戰，他們絕不能只停留在叫囂
責罵，必須在質疑張炎的說法之餘，眞正發掘出夢窗詞的美
質，建立一套周延的理論，才能破《詞源》之說，抗衡浙派，
爲自己的派系穩立基礎。

　　浙派論詞主清虛，常派論詞主厚實，兩派的立場不同。常
派詞學家幾乎都爲夢窗詞辯護，而他們不時使用「厚」「實」
等相關的概念論吳詞，其所賦予的意義與張炎的質實說大不
相同。就夢窗詞來說，其評價之高低，正由宋代的張炎到清
代的常派作了一大轉變；而否定與肯定之間，由「質實」到
「實」，其間的意涵有了怎樣的變化，是我們關心的焦點，這
方面必須從奠立常派基礎的周濟說起。周濟曰：

> 初學詞，求空，空則靈氣往來；既成格調，求實，實則
> 精力彌滿。初學詞，求有寄託，有寄託則表裡相宣，斐
> 然成章；既成格調，求無寄託，無寄託則指事類情，仁
> 者見仁，知者見知。北宋詞下者在南宋下，以其不能
> 空，且不知寄託也；高者在南宋上，以其能實，且能無
> 寄託也。南宋則下不犯北宋拙率之病，高不到北宋渾涵
> 之詣。[90]

　　周濟的「空」、「實」之說，是配合他所主張的由南入北
的學詞門徑而提出的。周濟所謂的「實」與張炎所謂的「質
實」，意義層次大不相同。我們可分三方面來說明：一、張炎

---

[90] 見《詞話叢編》，頁1630。

的清空質實說基本上是因南宋姜吳兩家詞風而起，周濟提出空實之說則主要是以此判分南北宋詞的特質。二、張炎貴清空而斥質實，二者優劣判然，並非對等的美學術語，但「空」與「實」卻是同一層次上相對的美學概念，周濟雖以實為高，那祇是個人品味而已。三、就實際內容言，「質實」是指文辭上膠著板滯、晦澀曖昧的一種詞筆，「實」則是「既成格調」後在言意上的一種凝重渾厚的要求，有「精力彌滿」之感，有沉摯之風；以「質實」與「實」相對來看，前者有負面意義，作詞須力求避免，而後者卻賦予了正面的意涵，是填詞者所欲追求的一種美感特質，這是張炎與周濟二家論實之說的最大分野。後來的常派詞學家就美的層面所言之「質實」，其意涵大抵與周濟所說的「實」無異，已非張炎之本意[91]。而事實上，常派詞學中所謂的「沉鬱」、「厚」、「重」、「留」等概念，正與周濟所提出的「實」的意涵相通，這可從各家對夢窗詞一致推崇的評語中互為呼應這一點上獲得證明。

周濟評夢窗詞曰：

> 夢窗每於空際轉身，非具大神力不能。夢窗非無生澀處，總勝空滑，況其佳者，天光雲影，搖蕩綠波，撫玩

---

91 蔣兆蘭〈替竹庵詞序〉云：「即言與律俱順矣，而氣體之間，抑尤有難者。夫清空而流為剽滑，質實而入於晦澀，又病也。」此將「清空」、「質實」對舉，視為「氣體」的兩種表現，或係針對浙常各自的弊病而發。又陳銳《褒碧齋詞話》曰：「詞貴清空，尤貴質實。」亦云：「白石擬稼軒之豪快而結體於虛，夢窗變美成之面貌而鍊響於實。」（《詞話叢編》，頁4206、4200。）這裡已明顯地將「清空」、「質實」對等看待，至於「清空－質實」與「虛－實」是否等同的概念，陳氏沒有說明。趙尊嶽〈金荃玉屑〉說：「言景質實，言情清空者，初乘也。言景清空，言情質實者，中乘也。清空質實，蘊之於字裡行間，而不見諸文字者，更上乘也。并二者而超空之，言景而不嫌其實，言情不嫌其空，所語不在情景，而實含二者於一體，最上乘也。」此處不惟「清空」、「質實」並重，更巧妙地將其與「空」、「實」這兩個概念劃上了等號。上引諸家皆從正面的意義說「質實」，而無論有否明說，他們所謂的「質實」其實皆可從「實」的概念來了解。

無斁，追尋已遠。君特意思甚感慨，而寄情閑散，使人不易測其中之所有。（《介存齋論詞雜著》）

夢窗奇思壯采，騰天潛淵，返南宋之清泚，爲北宋之沉摯。（〈宋四家詞選目錄敍論〉）[92]

　　周濟大體上仍承浙派之說，以爲南宋詞之佳處在空而有寄託、在清泚，不過他更推許北宋之實而無寄託、能沉摯之詞風，而在此理論架構中，如何安排原被張炎貶抑的南宋辛、吳二家而不破壞其南北宋詞的基本界域？周濟巧妙地說：「稼軒由北開南，夢窗由南追北，是詞家轉境」（〈宋四家詞選目錄敍論〉），謂稼軒開姜張疏宕之風，夢窗傳美成密麗之法，這無疑地彰顯了兩家在南北宋「空」、「實」二種詞風之承傳關係中的樞紐地位。周濟對夢窗詞的評價甚高，歸納其意見，主要有三個重點：首先，夢窗沉摯厚實之風是矯治當時空滑之弊的良方，不能因其偶失於生澀而一筆抹煞其優勝處；再者，夢窗詞能「返南宋之清泚，爲北宋之沉摯」，而北宋詞之絕妙處是能實且能無寄託，有渾涵之詣，則夢窗詞之佳者是必有此特色，所謂「天光雲影，搖蕩綠波，撫玩無斁，追尋已遠」，所謂「意思甚感慨，而寄情閑散，使人不易測其中之所有」，夢窗詞所以耐人尋味，必須由此了解；復次，夢窗詞的運筆非如一般求疏朗暢快者之理路明晰，而是一種鬱結盤旋的表現，是「精力彌滿」、「具大神力」而能有的轉折氣勢，故別具精神又不易捉摸，此之謂「空際轉身」、「騰天潛淵」。

---

[92] 見《詞話叢編》，頁1633、1643。

周濟的見解，相當獨到，後來諸家有關夢窗詞的體認，大抵不出上述幾個要點。我們只要檢視幾家意見，便可了然，如陳廷焯《白雨齋詞話》云：「夢窗長處，正在超逸之中見沉鬱之意。」[93]況周頤《蕙風詞話》云：「近人學夢窗，輒從密處入手。夢窗密處，能令無數麗字，一一生動飛舞，如萬花為春，非若雕瓊蹙繡，毫無生氣也。如何能運動無數麗字？恃聰明，尤恃魄力。如何能有魄力？唯厚乃有魄力。夢窗密處易學，厚處難學。」又云：「重者，沉著之謂，在氣格，不在字句，於夢窗詞中，庶幾見之。即其芬菲鏗麗之作，中間雋句麗字，莫不有沉摯之思，灝瀚之氣，挾以流轉。令人玩索而不能盡，則其中之所以存者厚。沉著者，厚之發見於外者也。」[94]陳洵《海綃說詞》云：「以澀求夢窗，不如以留求夢窗。見為澀者，以用事下語處求之；見為留者，以命意運筆中得之也。」又云：「夢窗神力獨運，飛沉起伏，實處皆空。」[95]陳匡石《舊時月色齋詞譚》云：「世人病夢窗之澀，予不謂然。蓋澀由氣滯，夢窗之氣，深入骨裡，彌滿行間，沉著而不浮，凝聚而不散，深厚而不淺薄，絕無絲毫滯相，淺嘗者或未之知耳。但必有夢窗之氣，而後可以不澀。」又云：「細讀夢窗各詞，雖不著一虛字，而潛氣內轉，蕩氣回腸，均在無虛字句中，亦絢爛，亦奧折，絕無堆垛餖飣之弊。」[96]晚清以來對夢窗詞之特質的基本看法是：有厚重沉著之感，而在沉厚中自有超逸之氣。夢窗詞之實之厚如何形成？他們認為：那是不在字句間、用事下語處求得，而須在氣格中蘊蓄沉著渾厚的精神，命意運筆鉤勒盤鬱，表現一種「留」的意態，章法奧折綿密，

93　見屈興國《白雨齋詞話足本校注》，頁154。
94　見《詞話叢編》，頁4447。
95　見《詞話叢編》，頁4841。
96　引自《白雨齋詞話足本校注》頁147、148〈注〉。

字句絢爛典麗，表面雖疊用實字，卻無堆垛餖飣之病，因其行氣「深入骨裡，彌滿行間」，故「沉著而不浮，凝聚而不散，深厚而不淺薄」。這種用「潛氣內轉」之法而在詞的內裡形成了一種沉鬱的魄力，能突破文字表層的艱澀，呈現飛揚振拔的神致，能蕩氣回腸。那是一種迂迴深隱的特質，須細加品味才益覺其美，不同於清空之即然可予人神觀飛越之快感。陳洵說「夢窗神力獨運，飛沉起伏，實處皆空」，最能形容夢窗詞之結合了沉實與空靈於一體的特色。所謂「實處皆空」，正可與周濟之實而無寄託之說參看。周濟謂「實則精力彌滿」，詞之能實，是以沉摯之思為其基礎，字句鋪排典麗有則，幽邃綿密，又須出之以灝瀚之氣，空諸所有，才能臻無寄託之境，令人玩索而不能盡；不然，過於凝重修飾，則言盡意窮，氣滯辭澀，終至不可卒讀、索然乏味，便成詞之蔽障。換言之，所謂「實」不是徒具華采、毫無生氣的，須有深厚的情思為其內容，是言辭意韻均充實渾厚的一種表現。

四、結語

上文從南宋典雅派諸家詞的詮釋歷史角度，探索周濟對該派詞家、派系特色的體認，可以下一結論說：周濟在這些論題上有許多突破性的看法，十分值得肯定。以下簡單歸納幾個要點，作為全文的總結：

第一、周濟破浙派的姜張詞統，立一以王、辛、吳為法，歸宗於清真的學詞門徑，體系相當完備。在較論典雅派各家優劣、探討諸家源流發展方面，最值得注意的是貶抑了姜張、提升了吳王這一論調，以及縮合周與吳、辛與姜的看法；透過各種比較分析，無疑增加了對諸家詞風同異得失的了解，也加強了對南宋典雅詞派的體派結構的認識。

第二、周濟視野廣闊、識見獨到，在詞學南北宋之辨的論題上，提出了相當完整而有創意的理論，透過與北宋風格的比較對照，以吳王姜張為代表的南宋詞風的特色則更能彰顯出來──相對於北宋詞的無門徑可循，易學而實難，詞質精力彌滿，有能實而無寄託的表現；南宋詞則顯得有門徑、有寄託，詞人有意為文，鋪敘安排自能妍麗工雅，絕無拙率之病，但卻欠自然之趣，難臻渾涵之詣。至於兩宋詞風之形成，周濟從文士樂工的作者屬性、應歌應社的服務性質等方面加以釐析，是極可參考的意見，後人多引以論證發揮。

第三、周濟論白石詞情，探析作者的意識及其作品的感染力，開王國維有格無情之說；而論夢窗詞筆，由表層的密麗深入剖析作者行筆運氣的精彩處，更影響往後一般的夢窗詞論──總之，姜、吳二家詞史地位的改寫，周濟的意見發揮了相當大的影響力。

胡適的詞史觀及其詞學效應

一、尚待釐清的問題

　　詞，在胡適的學者與作家生涯中有很特別的意義。胡適早年即嗜填詞，留美期間曾作〈沁園春・誓詩〉一首表達了「爲大中華，造新文學」的心志[1]。當他決定開始創作白話詩後，就決定不再寫舊詩詞了[2]。可是，胡適自此以後不但沒有眞正停止詞的寫作，他還將詞納入他的學術研究與新詩創作的領域中：在新文學運動期間，他嘗試以詞調的形式、氣味融入新體詩的創作，自成一格[3]；在教學研究方面，他更選詞、論詞，考訂作者生平，重估詞家的文學地位；而晚年抱病，則常背誦詞篇，以消磨時光[4]。

---

* 本文原載林玫儀編《詞學研討會論文集》（臺北：中央研究院中國文哲所籌備處，1996），頁427-447。今增補第五節「簡述胡適詞學的效應」，以見胡適詞學影響之深遠。

[1] 詞曰：「更不傷春，更不悲秋，以此誓詩。任花開也好，花飛也好，月圓固好，日落何悲？我聞之曰，『從天而頌，孰與制天而用之？』更安用爲蒼天歌哭，作彼奴爲！　文章革命何疑？且準備搴旗作健兒。要前空千古，下開百世，收他臭腐，還我神奇。爲大中華，造新文學，此業吾曹欲讓誰？詩材料，有簇新世界，供我驅馳。」按：此篇錄自作者留學日記，1916年4月12日。見胡適《嘗試集》（臺北：遠流出版公司，1994），頁224。

[2] 胡適說：「在1916年7月底8月初，我就決定不再寫舊詩詞，而專門用活的語言文字來寫白話詩了。」見唐德剛譯注《胡適口述自傳》（上海：華東師範大學出版社，1993），頁148。

[3] 胡適曾敍述他創作新詩的過程說：「我做白話詩，比較的可算最早，但是我的詩變化最遲緩。從第一編的〈嘗試篇〉，⋯⋯等詩變到第二編的〈威權〉、〈應該〉，⋯⋯等詩，從那些很接近舊詩的詩變到很自由的詩。⋯⋯第一編的詩，除了〈蝴蝶〉和〈他〉兩首以外，實在不過是一些洗刷過的舊詩。⋯⋯第二編的詩，雖然打破了五言和七言的整齊句法，雖然改成長短不齊的句子，但是初做的幾首，如〈一念〉、〈鴿子〉⋯⋯，都還脫不了詞曲的氣味與聲調。在這個時期裡，〈老鴉〉與〈老洛伯〉算是例外的了。就是七年十二月的〈奔喪到家〉詩的前半首，還只是半闋添字的〈沁園春〉詞。故這個時期，——六年秋天到七年年底——還只是一個自由變化的詞調時期。自此以後，我的詩方才漸漸做到『新詩』的地位。」見胡適《嘗試集・再版自序》，頁35-36。

[4] 胡頌平編《胡適之先生晚年談話錄》，有一段記載說：「下午，先生在看《詞選》，指著晏幾道的一首調寄〈生查子〉的詞，念了『墜雨已辭雲，流水難歸浦』八句之後說：『像這首詞，我今天讀來還是非常的感動。這本《詞選》裡的詞，我都會背的。我現在看了一首，再細細的背誦。』先生是用吟味一首詩或一首詞的意境來消磨病中的時光的。（1961.3.2）」見胡頌平編《胡適之先生晚年談話錄》（臺北：聯經出版事業公司，1984），頁130。

這樣的一位不諳豔情[5]、急欲思變的新派人物，怎麼會與一種要眇宜修、含蓄委婉的傳統文體有如此緊密的關係？我們也許可以換一個角度來看這個問題。胡適一生致力於推動文學革命，倡導白話文運動，當他回頭檢視過去的文學傳統，居然仍肯定詞的存在價值，應該是因為詞體的某些特質還適用於他欲開創的新文學創作的領域中。新文化運動時期的學者，雖然反傳統，但很少會完全切斷與傳統的關係，反而常在傳統中找尋理論的根據，重新評定過去的價值[6]。胡適給與詞怎樣的歷史定位，他發現了詞體有哪些值得保存的成分，都必須考慮到胡適的時代意識、詮釋立場以及他對文學的終極關懷等層面，才能有充分的了解。在這吸納傳統，轉化創造的過程中，胡適其實已為詞這種文體賦予了新的意義。

胡適以新觀念治詞，最大的成就是建立了新的詞史觀，樹立了新的批評準則，這些都具體表現在1927年出版的《詞選》一書裡。〈詞選序〉說：「我是一個有歷史癖的人，所以我的《詞選》就代表我對詞的歷史的見解。[7]」胡適以歷史演進的觀點論詞，如同他研究小說、詩歌，有其積極的文學革命的意義。胡適說：「今日回頭看去，近代中國文學革命之所以比較成功，實在也有許多歷史的因素。第一，我必須指出，那

5　胡適在〈讀沈尹默的舊詩詞〉一文中說：「我平生不會做客觀的豔詩豔詞，不知何故。……今夜仔細想來，大概由於我受『寫實主義』的影響太深了，所以每讀這類詩詞，但覺其不實在，但覺其套語的形式（如『錦枕』、『翠袖』、『香銷』、『捲簾』、『淚痕』之類），而不覺其所代表的情味。往往須力逼此心，始看得下去；否則讀了與不曾讀一樣。既不喜這種詩，自然不會做了。若要去了套語，又不能有真知灼見的閨情知識可寫，所以一生不曾做一首閨情的詩。」見《胡適文存》（臺北：遠東圖書公司，1985），第一集，卷一，頁161-162。

6　余英時〈五四運動與中國傳統〉說：「當時在思想界有影響力的人物，在他們反傳統、反禮教之際，首先便有意或無意地回到傳統中非正統或反傳統的源頭上去尋找根據。因為這些正是他們比較熟悉的東西，至於外來的新思想，由於他們接觸不久，瞭解不深，祇有附會於傳統中的某些已有的觀念上，才能發生真正的意義。」見汪榮祖編《五四研究論文集》（臺北：聯經出版事業公司，1987），頁121。

7　見胡適選注《詞選》（臺北：臺灣商務印書館，1982），頁2。

時的反對派實在太差了。……第二，用歷史法則來提出文學革命這一命題，其潛力可能比我們所想像的更大。把一部中國文學史用一種新觀念來加以解釋，似乎是更具說服力。這種歷史成分重於革命成分的解釋對讀者和一般知識分子都比較更能接受，也更有說服的效力。[8]」胡適的詞學論見，在當時保守陣營中所以沒有遭受特別強烈的反彈，卻引起廣泛的回響，除了他論辯清晰，有獨特見解，主要還應歸功於他那源於傳統的文體演進的歷史觀與考證工夫[9]。論者多認為胡適的詞史觀乃演繹王國維的「文體遞變」說[10]，但這只是事實的一部分而已，因為文學演變之說在傳統上還有其他淵源，而西方也曾提供理論的依據。胡適以白話的寫作方式闡述新觀念，雖在近現代詞學史上有著樞紐性的地位，影響不可謂不深遠[11]，然而在他豐富多姿的學術世界裡，詞學卻一直不很顯眼，因此相關的專題研究不多[12]，而他的詞史觀也很少被單獨拿來作討論。胡適的詞史演進觀究竟是怎樣形成的呢？王國維和胡適二家的說法有何實質的差異？這些論題都沒有好好處理，更不用說去關心胡

8　見唐德剛譯注《胡適口述自傳》，頁165。

9　夏承燾〈致胡適之論詞書〉云：「尊著于各詞家小傳，平驚作風，時有新解，如論東坡、論稼軒、論白石、玉田皆至佳；考證時代，亦有補于拙作〈詞林年表〉。」見夏承燾《天風閣學詞日記》（杭州：浙江古籍出版社，1984），頁22-23。龍榆生〈論賀方回詞質胡適之先生〉云：「自胡適之先生《詞選》出，而中等學校學生，始稍稍注意於詞；學校中之教授詞學者，亦幾全奉此書為圭臬；其權威之大，殆駕任何《詞選》而上之。胡氏自信力極強，亦自有其獨特見解。」見《詞學季刊》，第三卷，第三號，頁1。

10　詳繆鉞〈王靜安先生之文學批評〉，《學衡》（中華書局，1928），第64期；《大公報・文學副刊》，1928年6月11日。任訪秋〈王國維人間詞話與胡適詞選〉，姚柯夫編《人間詞話及評論匯編》（北京：書目文獻出版社，1983），頁73-84。

11　謝桃坊說：「他是新文學運動以來第一個以新文化的觀點，以新的方法與白話的表述方法來研究詞學的。他的詞學觀點與方法在現代詞學產生了廣泛的影響，成為我國現代詞學的奠基者。」見謝桃坊〈胡適與新文學建設時代的詞學研究〉，《中國詞學史》（成都：巴蜀書社，1993），頁368。

12　針對胡適詞學的觀點與方法，提出討論的文章，最有分量的是夏承燾〈致胡適之論詞書〉、龍榆生〈論賀方回詞質胡適之先生〉、謝桃坊〈胡適與新文學建設時代的詞學研究〉三。出處參注9、注11。

適繼承前說、開新格局到底是依賴怎樣一套完整的理論架構
了。選擇一套模式去詮釋歷史，整理歸納而自成體系，有所察
見，相對地亦會有所不見，這是任何一種方法論都不能超越的
盲點，難以求全。私意以爲胡適的文體演進觀，在他的詞學裡
有最具體而完整的詮述，這對了解他的文學革命論很有幫助，
因爲胡適曾說：「『歷史的文學進化觀念』。這個觀念是我文
學革命論的基本理論。[13]」而要透徹了解胡適的詞史觀，就須
釐清胡適進化論文學觀的批評的效用性，從而知悉它的內在限
制，及其所以引起廣泛影響的文化根由。

二、詞在胡適文學史觀中的地位

歷史的、進化的、科學的觀念，是胡適學術思想的核心。
他在1914年1月25日的日記裡這樣寫著：

> 今日吾國之急需，不在新奇之學說，高深之哲理，而在
> 所以求學論事觀物經國之術。以吾所見言之，有三術焉
> 皆起死之神丹也：一曰歸納的理論，二曰歷史的眼光，
> 三曰進化的觀念。[14]

這三種研究法則，大體是從他早年深受嚴復和梁啓超的社
會達爾文主義進化論、王充《論衡》的批判態度、張載朱熹
「學則須疑」的精神和清代乾嘉考證學等方面的影響[15]，所歸
結出來的。這些零碎的觀念，簡單的法則，一直到他第二年
開始細讀杜威的著作之後才深化了他的觀點，構成有系統的思

---

13 見《嘗試集・自序》，頁22。
14 見胡適《留學日記》，載《胡適之先生年譜長編初稿》，第一冊，頁145-146。
15 詳余英時〈中國近代思想史上的胡適〉，《中國思想傳統的現代詮釋》（臺北：聯
　　經出版事業公司，1987），頁548-549。

想[16]。杜威的實驗主義，胡適最感興趣的其實僅在它的方法論上，而不在它作為一種學說的本身。從他的中國背景出發，胡適所看到的實驗主義主要就是一套「假設」和「求證」的科學方法的運作程序、一種把達爾文進化觀念應用到哲學上所產生的「歷史的態度」兩個部分[17]。在〈杜威先生與中國〉一文裡，胡適即把杜威的實驗主義視為一種哲學方法，其中包含歷史的方法與實驗的方法兩種，以之可解決一切具體的問題。所謂歷史的方法，就是「不把一個制度或學說看作一個孤立的東西」，要掌握它的前因後果，指出其成因與背景以了解其歷史地位，而據其結果則可評判其價值。所謂實驗的方法，「至少注重三件事：(一)從具體的事實與境地下手；(二)一切學說理想，一切知識，都只是待證的假設，並非天經地義；(三)一切學說與理想都須用實行來試驗過；實驗是真理的唯一試金石」[18]。這兩種方法無疑強化了胡適從事變革的批判精神與論證態度，因為一切現象既然都是「待證的假設」，自然沒有所謂永恆不變的真理[19]，許多看法隨時都可被修正，甚至被否定，歷史也可以改寫，但沒有一件事情、一種說法是憑空而來的，一切都有其因果關係，其所以能被理解、所以有價值，必須放在時間之流中加以比較衡量，才能相對地彰顯出它的意義來。胡適往後治學論事，其「明變—求因—評判」的歷史觀之所以特別強烈[20]，乃由於他這一套方法論的取向所致。

---

16 詳唐德剛譯注《胡適口述自傳》，頁94-98。
17 詳胡適〈實驗主義〉，《胡適文存》，第一集，卷二，頁291-297。
18 見《胡適文存》，第一集，卷二，頁380-382。
19 胡適〈實驗主義〉有一段話說：「我們所謂真理，原不過是人的一種工具……。因為從前這種觀念曾經發生功效，故從前的人叫他做『真理』；因為他的用處至今還在，所以我們還叫他做『真理』。萬一明天發生他種事實，從前的觀念不適用了，他就不是『真理』了，我們就該去找別的真理來代他了。」就是這個意思。同注17，頁309-310。
20 「明變」、「求因」、「評判」，胡適認為是治哲學史的三項要務，見氏著《中國古代哲學史》（臺北：臺灣商務印書館，1986），〈導言〉，頁3-4。按：這三項

胡適這個方法論觀點，運用到文學上，便形成了一種所謂歷史進化的文學觀。胡適回顧這段時期的新文學運動說：

> 簡單說來，我們的中心理論只有兩個：一個是我們要建立一種「活的文學」，一個是我們要建立一種「人的文學」。前一個理論是文字工具的革新，後一個是文學內容的革新。中國新文學運動的一切理論都可以包括在這兩個中心思想的裡面。……所以文學革命的作戰方略，簡單說來，只有「用白話作文作詩」一條是最基本的。這一條中心理論，有兩個方面：一面要推翻舊文學，一面要建立白話為一切文學的工具。在那破壞的方面，我們當時採用的作戰方法是「歷史進化的文學觀」，就是說：「文學者，隨時代而變遷者也。一時代有一時代之文學，……各因時勢風會而變，各有其特長。……唐人不作商周之詩，宋人不當作相如子雲之賦，即令作之，必亦不工。逆天背時，故不能工也。……今日之中國，當造今日之文學。」（〈文學改良芻議·二〉）後來我在〈歷史的文學觀念論〉裡，又詳細說明這個見解。這種思想固然是達爾文以來進化論的影響，但中國文人也曾有很明白的主張文學隨時代變遷的。最早倡此說的是明朝晚期公安袁氏三弟兄。……清朝乾隆時代的詩人袁枚、趙翼，也都有這種見解，大概都頗受了三袁的思想的影響。……我們要用這個歷史的文學觀來做打倒古文學的武器，所以屢次指出古今文學變遷的趨勢，無論在散文或韻文方面，都是走向白話文學的大路。[21]

一體其實是胡適研治中國學問時最常用的方法。

[21] 見胡適〈新文學運動小史〉，載《中國新文學大系·論戰一集》（臺北：大漢出版社，1977），頁22-25。

用白話取代文言，是文學革命的主要內容，它的理論依據就是文學演進的觀念。語言是思想的工具，採用文言或白話，自然都牽涉到背後不同的文化理念。白話文運動，基本上是一反傳統的運動——反傳統的思維模式、觀念心態，當然也極力批判構成此傳統文化的文言符號系統。胡適提倡「國語的文學，文學的國語」，試圖打通日常語言與文學語言的限界。他所推動的白話文運動，與救國運動是連繫一起的，而為切合新時代的需要，遂特別重視語言的溝通性與普遍性，以為文言已是死的語言，重故實、吟風月的古典文學則是死的、無意義的文學；而相對地，白話就是活的語言，平民化的、寫實的語體作品便是活的、有價值的作品。根據這樣的二分法，胡適認為中國文學史基本上是朝雙重進化的路子演變的，一邊是上層的文學，代表文人貴族的文學，是死了的文學，一邊是下層的文學，代表平民老百姓的文學，是活的文學[22]。這樣的劃分，只是方便文學就語言文字的樣態作歸類而已，卻無法真實表現文學的動態發展。依胡適的的看法，文學推動進化的能量其實是在民間，他說：

　　　　一切新文學的來源都在民間。民間的小兒女，村夫農婦，癡男怨女，歌童舞妓，彈唱的，說書的，都是文學上的新形式與新風格的創造者。這是文學史的通例，古

22　詳胡適〈中國文藝復興運動〉，載《胡適哲學思想資料選》（上海：華東師範大學出版社，1981），上冊；此處乃參姜義華編《胡適學術文集——新文學運動》（北京：中華書局，1993），頁288。又《胡適口述自傳》一書裡亦有相同的看法，說：「在研究中國文學史方面我也曾提過許多新的觀念。特別是我把漢朝以後，一直到現在的中國文學的發展，分成並行不悖的兩條線這一觀點。……這一個由民間興起的生動的活文學，和一個僵化了死文學，雙線平行發展，這一在文學史上有其革命性的理論實是我首先倡導的；也是我個人（對研究中國文學史）新貢獻。我想講了這一點也足夠說明我治中國文學史的大略了。」見《胡適口述自傳》，頁258-259。

今中外，都逃不出這條通例。

文人做作民歌，一定免不了兩種結果：一方面是文學的民眾化，一方面是民歌的文人化。……但這種「通俗化」的趨勢，終久抵不住那「文人化」的趨勢。……這有點像後世文人學作教坊舞女的歌詞，五代宋初的詞，祇能說兒女纏綿的話，直到蘇軾以後，方才能用詞體來談禪說理，論史論人，無所不可。這其間的時間先後，確是個工具生熟的問題：這個解釋雖是很淺，卻近於事實。23

一部中國文學史只是一部文字形式（工具）新陳代謝的歷史，只是「活文學」隨時起來代替「死文學」的歷史。文學的生命全靠能用一個時代的活的工具來表現一個時代的情感與思想。工具僵化了，必須另換新的，活的，這就是「文學革命」。24

　　胡適後來更明確地把文學演變的流程歸納爲一個公式：任何一種文體皆出於民間、衰於文士；當它已成習套，流爲模倣的形式主義，失去了創新的精神，新的一體就漸從民間興起，取而代之，最後又在文人手中僵化；如此循環遞變，便構成了文學的歷史25。將這一套公式再配合以朝代作文學史的分期依據，則自然產生一代有一種代表文體的機械看法。而根據這套

---

23 見胡適《白話文學史》（臺北：文光圖書有限公司，1978），第三章，頁13；第五章，頁45、50-51。
24 見胡適〈逼上梁山〉，載《中國新文學大系·論戰一集》（臺北：大漢出版社，1977），頁49。
25 詳胡適〈詞選序〉，《詞選》（臺北：臺灣商務印書館，1982），頁9-10。

白話文學的觀點，便大幅度的改寫了傳統以詩文為主軸的古典文學藍圖，歷代歌謠、宋詞、元曲、明清傳奇、章回小說即由此而得到了重視，大大地提升了它們在文學史上的地位[26]。

胡適曾非常明白地指出他的理論是實驗主義的應用：「我的白話文學論不過是一個假設，這個假設的一部分（小說詞曲等）已有歷史的證實了，其餘一部分（詩）還須等待實地試驗的結果。[27]」胡適的基本信念是，白話文學由古至今有一個進化的歷程。因此，對於詞體，必須在這樣一個新的文學觀念下，以歷史的方法，觀察它的前後關係，才能較量出它的地位和價值，換言之，詞的重要性是要擺在白話文學進化的歷史中來理解才會有意義的。胡適從語言的角度，將中國詩體的演進分為四次解放：一是由風謠體變為騷賦體（長篇韻文）；二是由騷賦體變為五七言古詩；三是由詩變為詞；四是由詞曲變為新詩。它們的演變趨勢，就是從不合語言之自然到較合乎語言之自然，由整齊句法變為參差句法，從詞調曲譜的限制到格律的自由，不拘形式[28]。詞在詩與曲之間，有何特殊的意義？胡適在〈答錢玄同書〉說：

> 古來作詞者，僅有幾個人能深知音律。其餘的詞人，都

---

26 胡適〈中古文學概論序〉說：「從前的人，把詞看作『詩餘』，已瞧不上眼了；小曲和雜劇更不足道了。至於『小說』，更受輕視了。近三十年中，不知不覺的起了一種反動。臨桂王氏和湖州之朱氏提倡翻刻宋、元的詞集，貴池劉氏和武進董氏翻刻了許多雜劇傳奇，江陰繆氏、上虞羅氏翻印了好幾種宋人的小說。……這種風氣的轉移，竟給文學史家增添了無數難得的史料。詞集的易得，使我們對於宋代的詞的價值格外明瞭。戲劇的翻印，使我們對於元、明的文學添許多新的見解。古小說的發現與推崇，使我們對於近八百年的平民文學漸漸有點正確的了解。我們現在知道，東坡、山谷的詩遠不如他們的詞能代表時代；……方苞、姚鼐的古文遠不如《紅樓夢》、《儒林外史》能代表時代。於是我們對於文學史的見解也就不得不起一種革命了。」見《胡適文存》，第二集，卷四，頁495-496。
27 同注24，頁65。
28 詳〈談新詩〉，《胡適文存》，第一集，卷一，頁165-171。

不能歌。其實詞不必可歌。由詩變而爲詞，乃是中國韻文史上一大革命。五言七言之詩，不合語言之自然，故變而爲詞。詞舊名長短句。其長處正在長短互用，稍近語言之自然耳。即如稼軒詞：「落日樓頭，斷鴻聲裡，江南游子，把吳鉤看了，闌干拍遍，無人會，登臨意。」此決非五言七言之詩所能及也。故詞與詩之別，並不在一可歌而一不可歌，乃在一近言語之自然，而一不近言語之自然也。作詞而不能歌之，不足爲病。正如唐人絕句大半可歌，然今人不能歌，亦不妨作絕句也。詞之重要，在於其爲中國韻文添無數近於言語自然之詩體。此爲治文學史者所最不可忽之點。不會填詞者，必以爲詞字字句句皆有定律，其束縛自由必甚。其實大不然。詞之好處，在於調多體多，可以自由選擇。工詞者，相題而擇調，並無不自由也。人或問既欲自由，又何必擇調？吾答之曰，凡可傳之詞調，皆經名家制定，其音節之諧妙，字句之長短，皆有特長之處。吾輩就已成之美調，略施裁剪，便可得絕妙之音節，又何樂而不爲乎？然詞亦有二短：一、字句終嫌太拘束；二、只可用以達一層或兩層意思，至多不過能達三層意思。曲之作，所以救此兩弊也。有補字，則字句不嫌太拘。可成套數，則可以作長篇。故詞之變爲曲，猶詩之變爲詞，皆所以求近語言之自然也。最自然者，終莫如長短無定之韻文。元人之小詞，即是此類。今日作「詩」（廣義言之），似宜注重此種長短無定之體。然亦不必排斥固有之詩詞曲諸體。要各隨所好，各相題而擇體，可矣。[29]

---

[29] 見《胡適文存》，第一集，卷一，頁44-45。

歸納以上的論點，胡適所重視的是詞的語言特性，詞的歷史價值乃在於它提供了較詩爲自然的語言，詞體的長短句式，較詩能達曲折之意，傳婉轉頓挫之神[30]，而詞調的音節形式仍具現代的意義，可提供新詩學習參考。詞乃詩的進化，而曲就是詞的進化，對此三體，胡適皆從白話文學的鑒賞標準來論定其歷史地位的，正由於這是從新詩的自然的語言特性來考察其歷史的進化的過程，則詩與詞或詞與曲的不同，就只有因時代先後而導致其接近自然語言的程度之差異而已，文體的時代愈前，距離自然的語言便愈遠，反之，便更具活的性質。因此，在胡適看來，詞基本上就是詩的一體，可與音樂分離，至於詞與曲的分界，他之所以有「在文學演變史上，詞即是前一時代的曲，曲即是後一個時代的詞，根本上並無分別」的看法[31]，那是不足爲奇的。

三、胡適詞史觀評析

　　胡適在1922年發表的〈南宋的白話詞〉，運用了前述的文學演進的概念，初步形成了他的兩宋詞史觀：

> 詞的進化到了北宋歐陽修（脩）、柳永、秦觀、黃庭堅的「俚語詞」，差不多可說是純粹的白話韻文了。不幸這個趨勢到了南宋，也碰著一個打擊，也漸漸的退回到復

---

30 胡適《留學日記》1915年6月6日曾討論詩詞的不同，分析較前引文清楚，可參考。記曰：「詞乃詩之進化。……吾國詩句之長短韻之變化不出數途。又每句必頓住，故甚不能達曲折之意，傳婉轉頓挫之神。至詞則不然。如稼軒詞：『落日樓頭，斷鴻聲裡，江南游子，把吳鉤看了，闌干拍遍，無人會，登臨意。』以文法言之，乃是一句，何等自由，何等頓挫抑揚！『江南游子』，乃是韻句，而爲下文之主格，讀之毫不覺勉強之痕。」

31 見胡適〈校輯宋金元人詞序〉，載趙萬里輯《校輯宋金元人詞》（臺北：台聯國風出版社，1972），頁3。

古的路上去。南宋的詞人有兩大派，一派承接北宋白話
詞的遺風，能免去柳永、黃庭堅一班人的淫褻習氣，能
加入一種高超的境界與情感，卻仍能不失去白話詞的好
處。這一派，我們可用辛棄疾、陸游、劉過、劉克莊作
代表。一派專在聲調字句典故上做工夫；字面越文了，
典故用的越巧妙了，但沒有什麼內容，算不得有價值的
文學。這一派古典主義的詞，我們可用吳文英作代表。[32]

他從詞體的文字語言特性，將宋詞界分爲歐柳、辛劉與吳
文英所代表的三體，也粗略地劃分了宋詞的兩個流派。到他
編選《詞選》時，考證論析，正式建立了一套嶄新的詞史觀，
對於詞的源流發展都有完整的交代，體系相當完備。在〈詞選
序〉裡，胡適將詞的歷史分爲三個大時期：第一時期，自晚唐
到元初，爲詞的自然演變時期，是詞的「本身」的歷史；第二
時期，自元到明清之際，爲曲子時期，是詞的「替身」的歷
史，也可以說是「投胎再世」的歷史；第三時期，自清初到今
日，爲模仿塡詞的時期，是詞的「鬼」的歷史[33]。這正是他一
時代有一時代的文學之意。詞起於民間，衰於文士，到宋末
「早已死了」，除非另創新體，進化發展，否則因襲模仿，毫
無意義。在詞的「本身」的歷史裡，其因變演進的歷程如何？
詞家歷史地位怎樣評定？下文試就詞的起源、唐宋詞分期、重
要家派等方面加以探討。

關於詞的起源問題，要注意的是，胡適主要是從文學體式
的角度著眼，他所關心的乃是作爲詩體的一種的長短句詞如
何產生的問題。胡適在〈詞的起源〉一文開宗明義即提出他的

---

32 見《晨報・副刊》，1922年12月1日。
33 見《詞選》，頁2-3。

結論說：「長短句的詞起於中唐，至早不得超過西曆第八世紀的晚年。[34]」以句式整齊不整齊的角度作考察，他發現初盛唐的樂府歌詞都是整齊的律絕，「當時無所謂『詩』與『詞』之分；凡詩都可歌，而『近體』（律詩，絕句）尤其都可歌。」而細考中唐流行的六個詞調，方才發現文人依拍填詞，作長短句之例[35]。胡適認為長短句詞調產生的過程是這樣的：

> 長短句之興，自然是同音樂有密切關係的。唐人的歌詞雖多是整齊的律絕，然而樂調卻是不必整齊的，卻可以自由伸縮。換句話說，就是：樂調無論怎樣自由變化，歌詞還是整齊的律絕；作歌的人儘可不管調子的新花樣，儘可守定歌詞的老格律。至於怎樣把那整齊的歌詞譜入那自由變化的樂調，那是樂工伶人的事，與詩人無關。這是最初的情形。長短句之興，是由於歌詞與樂調的接近。通音律的詩人，受了音樂的影響，覺得整齊的律絕體不很適宜於樂歌，於是有長短句的嘗試。這種嘗試，起先也許是遊戲的，無心的；後來功效漸著，方纔有稍鄭重的，稍有意的嘗試。〈調笑〉是遊戲的嘗試；劉、白的〈憶江南〉是鄭重的嘗試。這種嘗試的意義是要依著曲拍試做長短句的歌詞；不要像從前那樣把整齊的歌詞勉強譜入不整齊的調子。這是長短句的起源。[36]

說樂工所譜的都是整齊的歌詞，而長短句詞則是由通音律的詩人開始嘗試的，這無疑低估了樂工伶人的創作活力，也把文人創體成形的時間推前了，與其文學演進的觀念謂一切新文

---

[34] 見〈詞的起源〉，附載於《詞選》，頁1。
[35] 同上，頁1-9。
[36] 同注34，頁12-13。

體皆起於民間的說法是有些牴觸的。不過，胡適只是在這裡沒有把話說清楚罷了，其實在往後的討論裡他還是秉持他一向的文學史觀的。胡適說：

> 我疑心，依曲拍作長短句的歌詞，這個風氣是起於民間，起於樂工歌妓。文人是守舊的，他們仍舊作五七言詩。而樂工歌妓只要樂歌好唱好聽，遂有長短句之作。劉禹錫、白居易、溫庭筠一班人都是和倡妓往來的；他們嫌倡家的歌詞不雅，……於是也依樣改作長短句的新詞。……所以我們可以說，唐、五代的文人填詞，大概是不滿意於倡家已有的長短句歌詞，依其曲拍，仿長短句的體裁，作為新詞。到了後來，文人能填詞的漸漸多了，教坊倡家每得新調，也可逕就請文人填詞。……大概填詞之起原總不出這兩種動機之外：或曲無詞而文人作詞，或曲已有詞而文人另作新詞。後來方纔有借用詞調作詩的，如蘇軾、朱敦儒、辛棄疾皆是。南宋姜夔、吳文英等人自己作曲，自己填詞，那又是第一種動機了。[37]

　　這段文字，把詞體如何自民間進入文人的創作領域，如何由依附於樂調到成為一種新詩體到樂調與歌詞的再次結合的演變歷程，交代得相當清楚。問題是：按照這個說法，樂工歌妓如已有長短句之作，唐代文人只是據其調而化俗為雅，則詞的起源時間是否就應稍為提前呢？在胡適的時代，唐人的敦煌詞已被發現，只可惜胡適未能注意這一線索，因此對當下只掌握了文人詞資料的他來說，所謂長短句起於民間之說終究只能停

---

[37] 同注32，頁16-18。

在「疑心」的地步，論證據，他不得不就其所見的詞例而定長短句詞的起源時間在中唐。這一方面表現出他的科學的研究態度，一方面也反映了他的文學進化論的基本立場，固執觀點的看法，而其中之所以有扞格，乃是他的方法論的內在問題所導致的。

　　就詞的「本身」的歷史來說，依據胡適在〈詞選序〉裡歸納出來的一個文學演變的公式，唐宋詞的興衰變化也呈現一個三段式的發展過程。從詞人的創作態度，由文辭與樂曲的離合關係（如上文所述），胡適很巧妙的將這一時期的詞劃分爲三個階段：歌者的詞、詩人的詞、詞匠的詞。第一個階段，指「蘇東坡以前，是教坊樂工與娼家妓女歌唱的詞」，特徵是：多無題之作，內容都很簡單，不是相思離別，便是綺語醉歌；而詞家大都「採用樂工娼女的聲口」，作品「接近平民的文學」，「所以作者的個性都不充分表現，所以彼此的作品容易混淆」。第二個階段，指「東坡到稼軒、後村，是詩人的詞」，這個時期的作者（包括蘇軾、王安石、黃庭堅、秦觀、晁補之、周邦彥、朱敦儒、辛棄疾）都是有天才的詩人，「他們不管能歌不能歌，也不管協律不協律；他們只是用詞體作新詩。這種『詩人的詞』，起於荊公、東坡，至稼軒而大成。」他們特徵：以詩爲詞，內容變複雜了，詞人的個性也出來了。第三個階段，指「白石以後，直到宋末元初，是詞匠的詞」，他們的特徵是重音律而不重內容，側重詠物，又多用古典，缺乏情感與意境，沒有文學上的價值。詞發展到「詞匠」的階段，「音律與古典壓死了天才與情感」，便到了已不可挽救的末運了[38]。

---

[38] 見〈詞選序〉，頁5-11。

胡適說：「這是我對於詞的歷史的見解，也就是我選詞的標準。[39]」胡適基本上是以白話性質的詞為詞史的中心，蘇辛一派是唐宋詞的重點，而詞的盛衰則呈一種拋物線狀的情形發展，由樂化、詩化而律化，詞家地位的重要性由其所屬的階段便可大致評定。這一分期說，以時序為經，以詞體的語言特性為緯，體驗了詞體發展的某種規律，歸納出詞人的作品屬性，不但觀念新穎，而且結構上有其內在的邏輯聯繫，是相當完整而有創意的詞史觀。有關唐宋詞的分期與分體，傳統的說法之中，有仿唐詩而作「初、盛、中、晚」之分[40]，或依詞風特色歸為幾種作家身分類型的[41]，這兩種說法與胡適的三階段說相較，顯得浮泛粗略多了，因為胡適之說有明白的理論依據，而其論述程序由歌者而詩人而詞匠，更能突顯宋詞盛衰升降之跡。胡適的詞史觀確有其長處，他從白話文學的觀點看詞，將詞的評價標準單一化，可突破長久以來的正宗與變調、豪放與婉約的紛爭，而且將民間化與文人化的詞區隔開，對我們了解詞的本質頗有幫助，因為如按照傳統的詞學觀，通常所謂正宗婉約派乃包括溫韋晏歐與周姜吳張等詞家，重視的是他們的合

---

[39] 同上，頁11。

[40] 尤侗〈詞苑叢談序〉云：「詞之系宋，猶詩之系唐也。唐詩有初盛中晚，宋詞亦有之。唐之詩由六朝樂府而變，宋之詞由五代長短句而變。約而次之：小山、安陸，其詞之初乎；淮海、清眞，其詞之盛乎；石帚、夢窗，似得其中；碧山、玉田、風斯晚矣。」又劉體仁《七頌堂詞繹》云：『詞亦有初盛中晚，不以代也。牛嶠、和凝、張泌、歐陽炯、韓偓、鹿虔扆輩，不離唐絕句，如唐之初未脫隋調也，然皆小令耳。至宋則極盛，周、張、柳、康，蔚然大家；至姜白石、史邦卿，則如唐之中。而明初比唐晚，蓋非不欲勝前人，而中實枵然取給而已，於神味處全未夢見。」按：二家以唐詩之初盛中晚論詞，時代斷限各有不同。

[41] 王士禎〈倚聲集序〉云：「詩餘者，古詩之苗裔也。語其正，則南唐二主為之祖，至漱玉、淮海而極盛，高、史其嗣響也；語其變，則眉山導其源，至稼軒、放翁而盡變，陳、劉其餘波也。有詩人之詞，唐、蜀、五代諸人是也；有文人之詞，晏、歐、秦、李諸君子是也；有詞人之詞，柳永、周美成、康與之屬是也；有英雄之詞，蘇、陸、辛、劉是也。至是，聲音之道乃臻極致，而詩之為工雖百變而不窮。」見《帶經堂集‧漁洋文》，清康熙間七略書堂程氏校刊本，卷三，頁11-13。

律典雅的音樂文學特色，而透過胡適的詞史觀，卻讓我們看到他們之間有本質上的不同，五代宋初諸家還保留了民間文學的特質，而周姜以下則已完全是士大夫的詞了[42]。不過，這種單一化的標準，卻有其批評視野的限制性。詞，畢竟是一種音樂文學，而其演進發展也不是那麼規律化的。胡適以詞為一種新體詩，重視其長短句的形式，而輕忽了詞體的音樂特性，即曾引起學者的非難。謝桃坊說：「詞體雖然形式是長短句，但這絕不是詞體的本質特徵。詞體是律化了的長短句，而且是以具體詞調的音樂要求為準而存在的。」胡適以詩人的詞為高，極端排斥南宋典雅派詞，以為姜吳諸家不惜犧牲詞的內容來遷就音律上的和諧，沒有意境與情感，文學價值不高。謝氏繼續批評說：「這個論斷也並非姜夔等人創作的真實情況。詞體是音樂的文學，它的衰亡的真正原因仍是與音樂關係的分裂而失去社會基礎的。所以片面地強調詩人之詞的意義，必然導致對詞史的歪曲。胡適堅持認為：『詞起源於樂歌，正和詩起源於歌謠一樣。詩可以脫離音樂而獨立，詞也可以脫離音樂而獨立。』但是，詩與音樂的關係和詞與音樂的關係，一是在文藝的原始階段建立的，一是在文藝發展的較高階段建立的，若簡單地比較便可能誤解它們產生的文化條件。[43]」總之，以「詞匠」概括姜吳諸家，把姜夔以下的詞人看得太淺了，因而也就沒有認識到南宋典雅派詞精美細膩的本質[44]。再者，以詞的創作特性分詞為歌者的詞、詩人的詞和詞匠的詞三體，理論上本無問題，不過若以之作分期，則與詞人的先後未必能一致，便

---

[42] 參呂正惠〈宋詞的再評價〉，《抒情傳統與政治現實》（臺北：大安出版社，1989），頁127-128。

[43] 見謝桃坊〈胡適與新文學建設時代的詞學研究〉，《中國詞學史》，頁375-376。

[44] 詳劉少雄《南宋姜吳典雅詞派相關詞學論題的探討》（臺北：臺大出版委員會，1995），第五章，第四節，頁316-338。

容易有互相牴觸的地方。其實，胡適亦未嘗不知道他方法論上的困境的，不然他不可能有這樣的說辭：「南唐李後主與馮延巳出來之後，悲哀的境遇與深刻的感情自然抬高了詞的意境，加濃了詞的內容；但他們的詞仍是要給歌者去唱的，所以他們的作品始終不曾脫離平民文學的形式。[45]」若按照前一段話，則李後主和馮延巳應屬詩人的詞，但既已界定「詩人的詞」是從東坡開始，便不能破壞這個原則，因此不能不以後語為之解說了。又如周邦彥的歸屬問題，那是相當棘手的，傳統上一向視周姜為一派，但在時間上周卻在蘇辛之間，應為詩人的階段；面對這個問題，胡適遂特別強調周邦彥的詩人身分：「周邦彥是一個音樂家而兼是一個詩人，故他的詞音調諧美，情旨濃厚，風趣細膩，為北宋一大家。南宋吳文英周密諸人雖精於音律，而天才甚低，故僅成詞匠之詞，而不是詩人之詞，不能上比周邦彥了。」「大概周邦彥與吳文英都是音樂家，從音調的方面看去，這兩人可以相提並論。但從文學的方面看去，吳文英就遠不及周邦彥了。周是詩人而兼音樂家，吳能製曲調聲而不是詩人。[46]」這便很技巧的迴避了這道難題。

我們要了解胡適如何評定詞家、流派在詞史中的地位，首先須知道胡適對白話文學的看法。胡適曾作〈白話解〉，以為「白話」即俗語，是一種明白如話、乾乾淨淨的，沒有堆砌塗飾的語言[47]。在〈文學改良芻議〉一文中，他明確提出文學改良須從「八事」入手——所謂「八事」，即言之有物、不模仿古人、須講求文法、不作無病之呻吟、務去爛調套語、不用典、不講對仗、不避俗字俗語——[48]這是他建設新文學的基本

---

[45] 同注38，頁6。
[46] 見《詞選》，頁152、342。
[47] 見〈答錢玄同書〉，《胡適文存》，第一集，卷一，頁43。
[48] 見〈文學改良芻議〉，《胡適文存》，第一集，卷一，頁5。

信條。總的來說，胡適的文學觀，是重自然而輕人工，倡創新而忌因襲，他認爲文學的要件是文意要明白易懂，意象須具體而眞實，表達有力而能動人，而且最好要有眞摯的情感和高遠的思想[49]。在文學革命的策略上，胡適鼓吹以活的白話取代死的文言，就是要追求詩體的解放，打破束縛自由精神的枷鎖與規則，他說：「這一次中國文學的革命運動，也是先要求語言文字和文體的解放。新文學的語言是白話的，新文學的文體是自由的，是不拘格律的。初看起來，這都是『文的形式』一方面的問題，算不得重要，卻不知道形式和內容有密切的關係。形式上的束縛，使精神不能自由發展，使良好的內容不能充分表現。若想有一種新內容和新精神，不能不先打破那些束縛精神的枷鎖鐐銬。因此，中國近年的新詩運動可算是一種『詩體的大解放』。[50]」胡適重視詞在文學史上的價值，如前所述，主要是因爲它帶有「白話的性質」[51]，這有點偏於形式意義言，有其策略上的需要，但以白話的觀點落實到詞家作品的批評上，內容便豐富多了，不獨著重形式創新，其實還包括內容意境這層面。

以「白話性質」的觀點論唐宋詞，胡適最肯定的當然就是詩人的詞，尤其是蘇辛一派的作品 —— 東坡以詩爲詞，提高了詞的風格、意境，放大了詞的範圍，是詞的變革點[52]；稼軒才

---

[49] 詳〈甚麼是文學〉、〈談新詩〉、〈文學改良芻議〉，《胡適文存》，第一集，卷一，頁215-217、182、8-9。又胡適曾分析自己的新詩創作說：「所謂『胡適之體』，也只是我自己戒約自己的結果。我做詩的戒約至少有這幾條：第一，說話要明白清楚。……第二，用材料要有剪裁。……第三，意境要平實。」見〈談談胡適之體的詩〉，《嘗試後集》（臺北：遠流出版公司，1994），頁69-71。按：胡適的創作論和他的批評觀相當一致。

[50] 見〈談新詩〉，《胡適文存》，第一集，卷一，頁165-166。

[51] 胡適在〈建設的文學革命論〉說：「用死了的文言決不能做出有生命有價值的文學來，這一千多年的文學，凡是有眞正文學價值的，沒有一種不帶有白話的性質，沒有一種不靠這個『白話性質』的幫助。」見《胡適文存》，第一集，卷一，頁58。

[52] 詳《詞選》，頁98-100。

氣縱橫，見解超脫，情感濃摯，是詞的頂峰[53]；「這一派的長處在於有情感，有話說；能謀篇，能造句；篇章皆有層次條理，造語必求新鮮有力」[54]。相對於此，第三階段的「詞匠的詞」，不合其審美標準，得到非常苛刻的批評，尤其是吳文英與王沂孫二家，胡適最爲厭惡。他批評說：「《夢窗四稿》中的詞幾乎無一首不是靠古典與套語堆砌起來的。近年的詞人多中夢窗之毒，沒有情感，沒有意境，只在套語和古典中討生活。[55]」「清代的詞人張惠言周濟等皆極推崇王沂孫。周濟把他列爲宋詞四大家之一。……其實我們細看今本《碧山詞》，實在不足取。詠物諸詞至多不過是晦澀的燈謎，沒有文學的價值。[56]」由此看來，胡適建立新史觀，重定詞家的地位，是有其救時弊的用心的。胡適以白話文學的觀點論詞，另外特別抬高朱敦儒的地位，以之比作陶潛，是因爲欣賞他樂天自適的一面，而南宋小詞人向鎬的作品「明白流暢，多有純粹白話的詞」，也得到肯定[57]，這與傳統的看法很不相同。至於歌者的詞，太過接近平民妓女，難免有淫藝習氣、惡劣語句，它的風格意境不及詩人之詞[58]。由此而知，胡適倡言文合一，看似重視口語的自然特性，其實還是有文學美的基本要求的。雖然如此，在實際批評裡，胡適《詞選》也收錄了不少明白易懂淺俗乏味之作[59]，可見胡適論詞選詞的態度還不夠嚴謹，而這也是

---

[53] 同上，頁216-217。

[54] 見《詞選》，頁318。

[55] 同上，頁342-343。

[56] 同上，頁357。

[57] 同上，頁189-190、182。

[58] 胡適《詞選》評張先：「柳永風格甚低，常有惡劣氣味；張先的風格也不高，但惡劣氣味較少。」（頁68）評柳永：「《四庫提要》稱柳永爲詞中之白居易，也是說他的詞能通俗。柳永詞纏綿細膩，但風格不高，常有惡劣的語句。」（頁86）

[59] 如歐陽脩〈洞仙歌令〉（樓前亂草）、〈怨春郎〉（爲伊家終日悶），柳永〈秋夜月〉（當初聚散）、〈滿江紅〉（萬恨千愁），秦觀〈河傳〉（亂花飛絮），黃庭堅〈卜算子〉（要見不得見）、〈沁園春〉（把我身心），周邦彥〈紅窗迥〉（幾

他的白話文學觀在批評視野上所隱藏的盲點。

四、胡適詞史觀的內在限制性

　　胡適用歷史的文學觀念，衡定詞家的地位，分期析體，爲詞史建立新的典範，允能表現個人的見解。但誠如余英時所說：「胡適思想中有一種非常明顯的化約論的傾向，他把一切學術思想以至整個文化都化約爲方法[60]。」而化約論的具體表現則是一種決定論的取向，即依據一些「基本假定」來解釋文化現象，譬如粗糙的決定精緻的，下層的決定上層的。對民國以來這種決定論的解釋觀點，余英時批評說：

　　　　在人文社會科學領域內，「決定論」確實是一個佔有主流地位的觀點。不但如此，「決定論」挾著科學的權威侵入了通俗思想，影響了一般人的觀念。建立在上述幾個「基本假定」上的決定論思潮自然排斥了文化超越的觀念。[61]

　　胡適的詞史觀，是他的歷史的進化論文學觀的一環，有其結構的完整性，但這套方法論愈嚴謹，自成一個封閉的系統，便難免有許多疏忽或不見之處。持單一標準論文學，有其方便，但這個標準的效用性究竟有多大，是必須考慮的前提，不然便會造成不對應的後果。譬如說以白話取代文言，以白話爲活文學、文言爲死文學，但白話與文言如何能明確界分？如何驗證甚麼是活文學？甚麼是死文學？語言的淺深、難易、隱顯

日來眞箇醉）等。

60 見余英時〈中國近代思想史上的胡適〉，《中國思想傳統的現代意義》，頁553。

61 見余英時〈論文化超越〉，《中國文化與現代變遷》（臺北：三民書局，1992），頁3。

或合不合乎文法，都是相對的，能以此決定文學的價值嗎？這些都不是容易解答的問題。

張漢良〈白話文與白話文學〉說：

事實上，白話文（語體文）和文言文並非對立的語言系統；兩者本無先驗的、獨立的語言質素，足以作爲彼此區分的標準。就語音、語（句）構，和語意三層次而言，兩者沒有本質上的差異。如果有區分，也僅在於語用層次，亦即語言使用者對以上三種層次的慣例的認知、認定，和認同問題。其次，所謂「語體」的白話文，和文言文一樣，已經不再是口語，而是被書寫過的文字。兩者都是具有介中（mediating）作用，但本身也被介中（mediated）的體制；即使狀寫現實，兩者也不過是在量而非質上有所差別，《儒林外史》裡的王冕未必是活人，宋濂集子裡的王冕也未必是死人（見胡適〈建設的文學革命論〉）。也許有人會說，文言到白話的發展是自然趨勢。首先要澄清的是，語言的歷史未必顯示文言與白話的先後；縱然它們可以二分，在歷史上它們也可能呈現相互吸收轉化的情形。語言系統的演化是自然卻又複雜的人文現象，牽涉許多歷史、社會、心理因素，它們泰半和約定俗成有關。最後要指出一點：由於語言的特色被認爲是區分作用，任何語言的發展，都無非是同音異義與同義異音的辯證關係（書寫的中文再加上字形），白話與文言本無二致。因此，與其說白話與文言不同，毋寧說語言成分之間的異同。[62]

---

[62] 見張漢良《比較文學理論與實踐》（臺北：東大圖書公司，1986），頁122。

以上四點旨在破斥文言與白話對立的所謂語言二元論神話。胡適將白話文學觀應用到詞學研究，不僅影響了他的詞學研究方法與態度，而且也決定了他的價值判斷——詞的發展的三階段說，詞的批評之有重五代北宋而輕南宋的傾向，都是這詞學觀點與價值取向的結果。因此，我們研究胡適的詞學，不能不知道他的白話文學觀的內容及其內在限制性。就其詞史觀而言，文學演進的情況相當複雜，而以白話文學的觀點，從語言形式的角度入手，取其同而略其異，自限了視野，也模糊了傳統文學的界域，這對詞的體認是有所偏失的，說詞與詩、詞與曲沒有本質上的差異，便大有問題。總之，胡適的詞史觀最令人詬病的，主要有兩點：一是泯滅了詞體的個別特性，一是簡化了詞的發展程序。

不過，話雖如此，胡適畢竟建立了一個白話的詞的世界，新的史觀，他在詞學史上的開創地位是不容抹煞的。繆鉞撰〈王靜安先生之文學批評〉，認為胡適是王國維學說的推波助瀾者，「故凡先生所言，胡適莫不應之，實行之。一切之論，發之自先生，而衍之自胡適。[63]」細加比較，兩家的詞史觀在本質上其實是有差別的。王國維以為「文體通行既久，染指遂多，自成習套。豪傑之士，亦難於其中自出新意」（《人間詞話》）。因此，根據王氏這一「文體遞變」的理論看宋詞，唐五代北宋是自然發展、渾成時期，有境界的佳作遂多；而清真南宋以後，詞往往鋪張揚厲，已是文體衰蔽之時，姜吳諸家之作，技巧不免掩蓋了真性情，作品的價值也就不高了。驟眼看來，胡適的詞史觀與之如出一轍，但細加分析，兩家的基本出發點仍有不同。王國維的「文體遞變」觀務必結合他的境界說

---

63 見《學衡》第64期。

來看，就是說一種文體之興衰，是以它在某一時空裡整體性的表現有無境界、隔或不隔來作判準。通常，每一種體製都有它的興盛期與衰蔽期，興盛期的作品較易表達真切自然的感受，衰蔽期的作品則否，故前者多有境界、不隔之作，後者難免就無境界且有隔了。而王氏所謂的「不隔」，雖也強調不用典、不雕琢、自然渾成的一面，但實際上卻是以情景交融、有興發感動作用的特質作立論根據的，這與胡適白話文理論之歸於民間性、自然易懂的平面化意向截然不同。這有一個更根本的差異，就是王國維仍生活在文言的文字世界中，而胡適欲建立的是一個白話的語言世界，他們的思考模式不很一樣。

　　胡適的詞史觀確實前有所承，而要了解它的影響深度，則務必放在決定論的白話文學史觀變成民國以來主流的詮釋觀點的角度下來看，才能真正顯露出它的意義。決定論所以成為主流的觀點，是有其社會及個人的心理因素的。據余英時先生觀察，那是一種在動亂而不穩定的時代企圖確立定準、超越陌生、掌握不可知的一切的心理慾望[64]。張漢良也認為「提倡白話文學革命運動者，由於離異心驅策，往往相信文言與白話的對立是本質的，並且進一步發展出以白話穩定語言物價的神話」，「它的產生也肇因於形而上的與心理的危機意識，使得發動文學革命的人有意地、戲劇姿態地與傳統切斷」[65]。在狂飆的時代裡，五四學者改革的熱誠多勝於理性的思辨，尤其對於文學的體驗，亦有其時代的限制，今日我們自可理性地批判新文學運動時那種白話化、平民化的文學觀點，但在那個時代，那種直接、單純的理念，卻是最富煽動性，最能撼動人心的。倡議文學的白話化與民間性，發展到極端，容易走上強烈

64　同注61，頁4-5。
65　同注62，頁122-123。

二分法的論調，把士大夫階層與人民階層對立看待，著重文學的階級意識。民國初年已有主張強烈手段的文學革命論者[66]，後來在馬列主義唯物論的推波助瀾下，更一味強調文學的階級性與意識型態，重視文學的實用性猶勝於藝術價值。在這股思潮影響下，詞的文學性便更被忽略了。對此，胡適當然是始料不及的。

五、簡述胡適詞學的效應

百年來詞學花葉繁茂，新枝競豔，無論在義理、詞章、考證方面都創造出豐碩的成果，質與量俱佳，優勝於過往的成績。近年學者評介二十世紀的詞學，衡定新文學以來如胡適、俞平伯、胡雲翼、龍榆生、唐圭璋、夏承燾、劉永濟等名家的成就與地位，為未來的詞學尋找新的方向[67]。他們大抵都能透過歷史距離，擺脫意識形態，對深陷狂飆時代、政治風暴中的學人，給予同情的理解、公允的評價。經過這些年來的討論，諸名家在詞學史上的功過得失，大家已有了一些共識。譬如，胡適的現代詞學的開創性地位、胡雲翼的詞學新體系的創立、夏承燾的譜牒之學與樂律之學、龍榆生的詞體特質之研究和唐圭璋的詞籍編校工作，都獲得普遍的肯定。個別的研究，當然可彰顯各家的特色，但現代詞學之所以為現代，是有它特別的意義的。要了解現代詞學的意涵，不得不由胡適談起，因為胡適以新文學的觀點治詞，建立了新的詞史觀，提示了新的評

---

66 見陳獨秀〈文學革命論〉，載《中國新文藝大系‧論戰一集》，頁86-89。
67 詳謝桃坊《中國詞學史》，成都：巴蜀書社，1993；施議對《今詞達變》，澳門：澳門大學中版中心，1999；施議對《詞法解賞》，澳門：澳門大學中版中心，2006；朱惠國《中國近世詞學思想研究》，上海：上海古籍出版社，2005；曹辛華《20世紀中國古代文學研究史‧詞學卷》，上海：東方出版中心，2006；曾大興《詞學的星空──20世紀詞學名家傳》，石家莊：河北人民出版社，2009。

價標準，是「現代詞學的奠基者」[68]。我們審視這段時期的詞學，會發現胡適賦予了詞體「正統」的地位，幾乎完全改變了詞學研究的觀念與方法，學界中無論贊同或反對者或多或少都因其所掀起的文化巨浪作出回應，一直影響到現在。換言之，胡適的詞學效應，是有普遍的意義的。我們不敢說胡適完全主導了整個詞學的走向，但他的言論與著作確實是個引爆點，引起廣泛的注意，並激盪出相當大的迴響。

這裡我想借余英時的一段話切入話題：

> 從文學革命、整理國故、到中西文化的討論，胡適大體上都觸及了許多久已積壓在一般人心中而不知「怎樣說纔好」的問題。即使在思想上和他完全不同，甚至相反的人也仍然不能不以他所提的問題為出發點，所以從思想史的觀點看，胡適的貢獻在於建立了孔恩（Thomas S. Kuhn）所說的新「典範」（paradigm）。而且這個「典範」約略具有孔恩所說廣狹兩義：廣義地說，它涉及了全套的新信仰、價值、和技術的改變；狹義方面，他的具體研究成果則起了「示範」的作用，即一方面開啟了新的治學門徑，而另一方面又留下了許多待解決的新問題。[69]

民國初年文學革命的性質，就是一種典範的轉移[70]。白話文運動，改寫了整個中國文學史，詞體在「白話」的觀照下便

68　見謝桃坊《中國詞學史》，頁383-384。

69　見余英時〈中國近代思想史上的胡適〉，《中國思想傳統的現代詮釋》（臺北：聯經出版公司，1987），頁528。

70　詳龔鵬程〈典範轉移的革命──五四文學改革的性質與意義〉，《聯合文學》，第4卷，第7期（1988年5月），頁11-15。

有了不同的面貌，而與之相應的詞學更在觀念與方法上展現了新的風采。當時實際的情況是，新的典範初立，舊的體系仍在，各具立場，互有攻訐。往後的詞學，無論是保守派或激進派、「內行」或「外行」、主啟蒙或重學術，各家不斷在迎拒依違的過程中發展，看是針鋒相對，其實彼此吸納消融，共同構成了現代詞學的格局。不過，誠如余英時所說，胡適「一方面開啟了新的治學門徑，而另一方面又留下了許多待解決的新問題。」我們以此觀察胡適詞學方面的表現，他確實帶來了新氣象，但也遺留了不少問題，而後來與之相應或相抗的理論和作為中不但未能完全洞悉它的癥結，並加以梳理，反而引申出更多問題來。最關鍵的一點是，過去詞的創作與詮釋世界所依恃的文化環境與價值體系都變了，詞作為一種古體文學如何對應新的局勢？怎樣重估它的價值？這些都是現代詞學家須面對的課題。同時，所謂「啟蒙」、「救國」、「革命」等運動又緊緊相隨，文學研究受到嚴重的外在因素干擾，讓人不易冷靜、理性的去思考、論辯，文學內部的問題無法好好處理，不只胡適被「逼上梁山」作出激烈的反應，其他陣營的反響有時亦過於激切，難免偏頗，而一般學者亦很難置身事外，不受影響。這不是一個純學術的年代，他們所屬的知識階層、所持的政治立場、所有的意識型態，在在都左右了他們的治學觀念與方式。詞之為體，文小質輕[71]，在這樣的大時代裡，究竟還有多少價值？它有無時代意義？如何證實它的重要性？這些問題是當時學者面對詞學本身和外在環境時所不能迴避的。為詞而辯護，而特別提出各種形式的尊體之說，是詞學界普遍存在的現象[72]。如今在以白話為主、科學為重、普及教育為要的時

---

[71] 詳繆鉞〈論詞〉，《詩詞散論》（臺北：臺灣開明書店，1977），頁1-15。

[72] 我曾為文論述這一現象：「為詞體而辯護，一直是詞學的重要課題。……相對於詩的優良傳統及其現實的積極意義，詞的出身及其效用就顯得淺狹卑微得多了。詞為

代，從傳統環境中成長的詞學研究者，一時之間實難適應。不可諱言，這些學者大多處於非主流的地位，然而在這時代的夾縫中，他們仍努力不懈地倡導詞學、繼續填詞，究竟是怎樣一種生命情調，乃緣於怎樣一種尊體意識？他們的身分與心態，決定了他們的詞學內容與風格。

當時胡適的影響可謂無遠弗屆，除了革新派學者值得注意之外，也不能忽略胡適詞學效應的另一面，就是它對傳統學界的激盪與影響。白話文和新文學運動，是對傳統文學價值觀的顛覆，當時新舊派學者在依違迎拒間，或前衛，或保守，各有主張，有時更各走極端，然而這是大時代中一體的兩面，在這些相異的論調中理應有其內在的共通性。畢竟他們所論述的都是同樣一種文體，雖然各有立場，彼此為詞賦予了不同的意義，但面對時代急遽的變化，在回應與挑戰之間，詞作為一種存在意識的表現，在眾聲喧嘩的底層，自必蘊含一種生命相應的旋律，必能折射出時代的普遍感受與共同心聲。

首先，我們看胡適和革新派的關係。曾大興說：

> 胡適的詞學觀點和研究方法影響了當時和後來的許多學
> 者。胡雲翼的《詞學概論》、《中國詞史大綱》，陳子
> 展的《中國近代文學變遷》、《最近三十年中國文學

豔科，是普遍的看法。因此，文人學士多敬而遠之，縱然寫作亦多出之以餘力，並未將之等同於詩文，給予正面的評價。……文人有著這樣一種心理負擔，如何找出正當的理由說服自己或他人接受詞體，便是一道無法規避的難題。我們翻閱詞史，會發現詞家特別強調詞的效用與價值，或將之攀附詩騷，或主詩詞一理，或標榜醇雅，或以雅化俗，而且每每將浮豔、鄙俚、諧謔之音通通併入俗體中加以抑制，藉此拉拔提升詞的地位與意境，這似乎是詞之所以能在傳統文學世界裡得以持續發展的唯一出路。……詞學中多數有名的起源說、尊體說、本體論、風格論，歸根究柢，是為了回應詞體出身卑下這一本質問題而提出的。」見劉少雄〈秦柳之外——東坡清雅詞境的取向〉，《會通與適變——東坡以詩為詞論題新詮》（臺北：里仁書局，2006），頁61-62。

史》，劉大杰的《中國文學發展史》，陸侃如、馮沅
君的《中國詩史》，薛礪若的《宋詞通論》，鄭振鐸的
《插圖本中國文學史》，趙景深的《中國文學史》，俞
平伯的《唐宋詞選釋》等等，都在觀念、方法、評價標
準、表述方式諸方面深受胡適的影響。[73]

直接受胡適影響的這些學者，有一個共通點：他們幾乎都
是新文學的作家，而他們的詞學相關著作都是用白話文寫作
的。詞，對他們來說，基本上就是詩的一體，它的價值須在文
學史的演變歷程中見出，並有助於新詩的發展。接受新思潮，
觀念接近胡適的，可以俞平伯和胡雲翼二人爲代表。請看下列
幾則評論：

> 詞只可作詩看，不必再當樂府讀，可以說是解放的詩或
> 推廣的詩。（俞平伯〈詩餘閒評〉）[74]

> 南宋還有很多的詞家，比較北宋更顯得繁雜而不平衡；
> 有極粗糙的，有很工細的，有注重形式美的，也有連形
> 式也不甚美的，不能一概而論。大體上反映時代的動
> 亂，個人的苦悶，都比較鮮明。……有些詞人情緒之低
> 沉，思想之頹墮，缺點自無可諱言；他們卻每通過典故
> 詞藻的掩飾，曲折地傳達睠懷家國的感情，這不能不說
> 比之花間詞爲深刻，也比北宋詞有較大的進展。……
> 花間既不足爲準，則正變云云即屬無根。……蘇、辛一
> 路，本爲詞的康莊大道，而非蹺确小徑。説他們不夠倒

---

73 見《詞學的天空──20世紀詞學名家傳》，頁51。
74 見俞平伯《讀詞偶得・清眞詞釋》（北京：人民文學出版社，2000），頁11。

是有的，說他們不對卻不然。……過去的變化，其病不
在軼出範圍，相反的在於還不夠廣闊。詞的本色是健
康的，它的發展應當更大，成就應當更高。其所已受到
限制，主要關鍵在於思想，其次，形式方面也未能充分
利用。以歷史的觀點，我們自然不能多責備前人。過去
的各種詩型，這裡所說曲子詞以外，尚有散曲、民歌等
等，都有成爲廣義新詩中一體的希望。（俞平伯《唐宋
詞選釋·前言》）[75]

我寫這本《詞學概論》，並沒有意思提倡中國舊文學。
我們爲甚麼要研究詞？乃是認定詞體是中國文學裡面
一個重要的部分，它有一千多年的歷史，遺留下來了
許許多多不朽的作家和不朽的作品，讓我們去鑑賞享
受。……我這本書是「詞學」，而不是「學詞」，所以
也不會告訴讀者怎樣去學習填詞。……詞體在五百年前
便死了。（胡雲翼《胡雲翼說詞》）[76]

　　他們的論調基本上是沿襲胡適的看法。由俞、胡二家可清
晰看見在濃厚的時代意識主導下之詞學走向，也因此而知悉現
代詞學是如何的改變傳統面貌及其所帶來的詮釋問題。

　　胡適及革新派詞學家的基本立場是反夢窗的堆砌深奧的詞
風，主張文學以清新自然爲尙。而近世反夢窗立場最鮮明的，
則莫過於王國維。清代浙派與常派末流，學張炎的流爲浮滑，
學吳文英的失於晦澀，終至氣困意竭、淺薄侷促；而這樣的詞
學氛圍，如何能回應時代的需要呢？爲了補偏救弊，提高士

---

[75] 見俞平伯《唐宋詞選釋》（臺北：木鐸出版社，1981），頁15-17。
[76] 見胡雲翼：《胡雲翼說詞》（上海：華東師範大學出版社，2004），頁175。

氣，貶抑玉田與夢窗的相對面，便是標舉東坡與稼軒，這是學界有識之士的基本方針。當時代表守舊勢力且以夢窗為尚的是朱祖謀，他所倡導的詞風已受到許多質疑，連他的學生也不以為然；龍榆生就強烈主張學蘇、辛，以醫治其師因標舉夢窗所帶來的弊端[77]。在那國勢削弱、士氣消沉，文風頹靡的年代，雄豪壯闊的蘇辛詞確實是振奮精神的藥石。可是反吳文英的堆砌晦澀之詞風，在當時卻普遍走上了以白話為尚而重白描的矯枉過正的寫作路向。不只朱敦儒詞當時受到歡迎，稼軒詞當然更是因為大量使用口語表現而廣泛被接受。一時之間，詞壇充斥著內容枯乾文辭淺率之作，看似豪放其實是叫囂的口語，更遑論詞的格律形式特質，連文學之為何物竟也不知了。所謂文學反映現實，作家須站在人民的立場，這些觀念不斷擴散，發展到最後，連稼軒這樣的愛國詞人都因其階級限制而受到批判，那兩宋其他詞人則更是一文不值了。

當白話成為書寫和溝通的主要媒介，由此形成的文學觀，在時代風潮、意識形態的影響下，容易走上題材決定論，強調作品的普及性和社會意義，這不只是革新派的主要論調，其實更波及保守派的陣營，從此詞的文學性便常被忽略了。

保守陣營最具代表性的學者是夏承燾，他曾撰〈致胡適之論詞書〉，論詞之起源等事，針對胡適說法提出一己之見，最後卻沒寄出[78]。他又在閱畢胡適《白話文學史》後，說道：「閱讀胡適白話文學史完。此書搜集甚富，頗多新見解，如謂

---

[77] 龍榆生〈今日學詞應取之途徑〉：「私意欲於浙、常二派之外，別建一宗，以東坡為開山，稼軒為冢嗣，……以清雄洗繁縟，以沉摯去雕飾，以壯音變悽調，以淺語達深情，舉權奇磊落之懷，納諸鏗鏘鏗鈞之調。庶幾激揚蹈厲，少有裨於當時。世變亟矣，『感人心者，莫先乎情，莫切乎聲。』世有以吾言為然者乎？請事斯語。」
[78] 見《天風閣學詞日記》，「1928年8月4日」，頁19-23。

一切新文學來源都在民間，建安文學之主要事業在於製作樂府歌辭，考故事詩起來之時代……胡適長於考證批評。他日如作中國學術大事表，文學一類，此書可參考者甚多也。[79]」我們翻閱他的《天風閣學詞日記》，會發現夏氏在二、三十年代十分留意胡適的論著，甚至翻譯著作，幾乎都找來仔細閱讀[80]。他在日記中不時流露出彷徨不安的情緒，甚至有盡拋舊學，改寫新文學的想法。這可反映出在轉型時代中傳統讀書人的苦悶和矛盾心理：

> 年來治舊學嫌瑣碎支離，無安心立命處，頗欲翻然改習
> 新文學，又苦不解西方文字。年齒漸長，尚在旁皇求索
> 中，愧懼交作。翻梁任公書，嘆其魄力不可及。安得假
> 我十年好境地，成中國學術年表，亦足自慰矣。[81]

　　新思潮所帶來震撼相當驚人，幾可全面顛覆基本的價值觀。然而，夏承燾終究沒有迎向新時代，反而重回傳統的老路，甚至更強化過去的「知人論世」、「以意逆志」的觀念與方法。我們有理由相信，他的譜牒之學、情事考證說（白石、夢窗情事）、《樂府補題》寄託發陵說，是受到當時強調科學研究精神的影響的。殊不知那樣的研究又陷入詮釋的困局。另一位代表人物是龍榆生，他曾撰文〈論賀方回詞質胡適之先

79　同上，「1928年9月4日」，頁28。
80　例如：「見胡適譯拜倫哀希臘一首，甚愛之。」（1928/12/1）「夜閱胡適〈廬山遊記〉，止有考據二、三則，他無足觀。其白話文無描摹山水佳話。」（1929/3/24）「再閱胡適〈治學方法與材料〉（《小說月報》新年號），洵有價值文字。此公初謂少年以科學方法治舊學，近又悔之，昌言自然科學矣。」（1929/7/7）「閱胡適文存。」（1929/10/15）「夜閱胡適譯哈代米格兒短篇小說，甚佳。」（1930/12/25）「閱《新月雜誌》胡適〈四十自述〉。」（1931/3/20）「閱胡適《章實齋年譜》。實齋三十五歲著手著《文史通義》，覽之自奮，思棄去詞學，務為大者遠者。」（1934/12/28）
81　見《天風格學詞日記》，「1929年5月12日」，頁94。

生〉，檢討詞的特質問題。其後，他研究宋詞的發展階段，講究詞的格律、語法，也應是受到胡適詞學的刺激而作出的回應。傳統詞學家爲了矯正革新派崇尙白話而偏愛蘇、辛、朱敦儒等詞家的現象，遂有主格律又重意格的主張；但後來他們身陷赤色的世界，卻也跟著強調文學的階級性與意識型態，與之前的文學革命論者，眞可謂「殊途同歸」。對此，我們應要有同情的了解。由來所謂文學革命，難免都會矯枉過正。如何在新舊之間取得平衡，而且不失詞體的本色，這是後來的詞學家須努力的方向。

以上論述胡適的詞史觀，主要分析詞在胡適文學史觀中的地位及其詞史觀的內容，指陳其內在之限制性，並簡單描述了它的影響。全文簡略地陳述了客觀的現象，未能更深入的據文體特性和民族心理等層面作剖析，自然無法清楚解釋胡適及其繼承者或反對者的內在關聯性。這一課題值得持續關注。我們如能深切了解當時各種依違迎拒的聲浪及種種現象之所以發生的根由，對諸名家如龍楡生、夏承燾、唐圭璋、俞平伯、胡雲翼、劉永濟、顧隨、鄭騫等所激盪的迴響及其因應的方式與態度，作批判性的探討，以勾勒在胡適影響之下百年來的詞學面貌，整理出一條現代詞學發展的主脈絡，貫通彼此的關聯，自能探得其所蘊含的人文精神和時代意義。

● 筆記頁

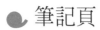 筆記頁

筆記頁

筆記頁

 筆記頁

國家圖書館出版品預行編目(CIP)資料

詞體美典形成與詞史建構之探索／劉少雄著.
-- 初版. -- 臺北市：五南圖書出版股份有
限公司, 2023.08
　面 ； 公分
　ISBN 978-626-366-372-5 (平裝)

1.CST：詞史　2.CST：詞論

820.93　　　　　　　　112011938

1XLY

詞體美典形成與詞史建構之探索

作　　　者 ─ 劉少雄 (344.9)

發 行 人 ─ 楊榮川

總 經 理 ─ 楊士清

總 編 輯 ─ 楊秀麗

副總編輯 ─ 黃文瓊

責任編輯 ─ 吳雨潔

封面設計 ─ 姚孝慈

美術設計 ─ 姚孝慈

出 版 者 ─ 五南圖書出版股份有限公司

地　　　址：106台北市大安區和平東路二段339號4樓

電　　　話：(02)2705-5066　　傳　　真：(02)2706-6100

網　　　址：https://www.wunan.com.tw

電子郵件：wunan@wunan.com.tw

劃撥帳號：01068953

戶　　　名：五南圖書出版股份有限公司

法律顧問　林勝安律師

出版日期　2023年8月初版一刷

定　　　價　新臺幣480元